有吉佐和子の世界

井上謙　半田美永　宮内淳子―編

翰林書房

断弦
講談社　昭和32年11月

まっしろけのけ
文藝春秋新社　昭和32年６月
（装幀　佐野繁次郎）

處女連禱
三笠書房　昭和32年２月

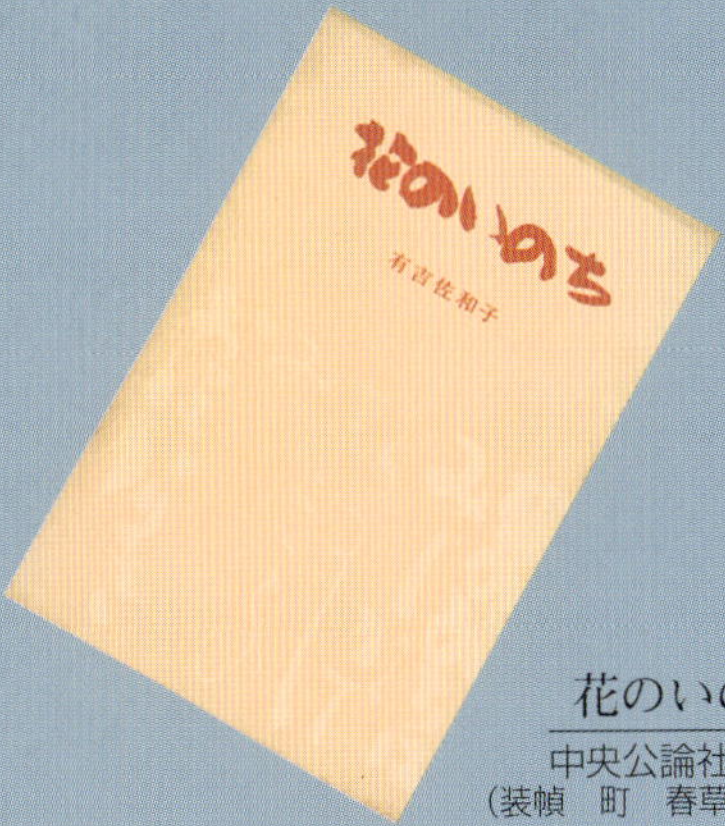

花のいのち
中央公論社　昭和33年４月
（装幀　町　春草・装画　阿部　龍）

美っつい庵主さん
新潮社　昭和33年４月
（装幀　橋本明治）

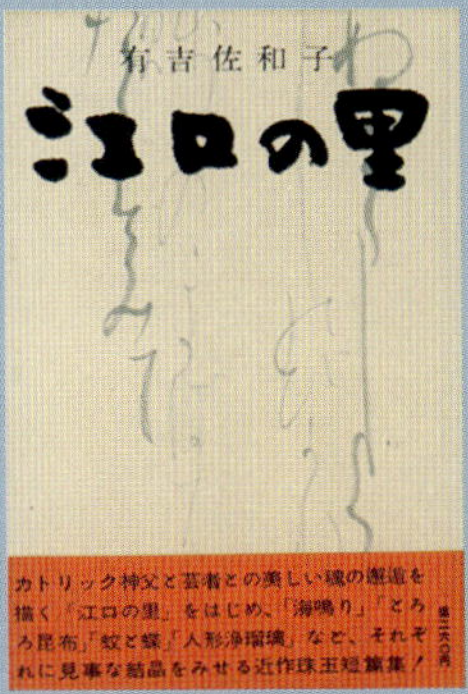

江口の里
中央公論社　昭和34年４月
（装幀　町　春草）

げいしゃわるつ・いたりあの
中央公論社　昭和34年１月
（装幀　佐野繁次郎）

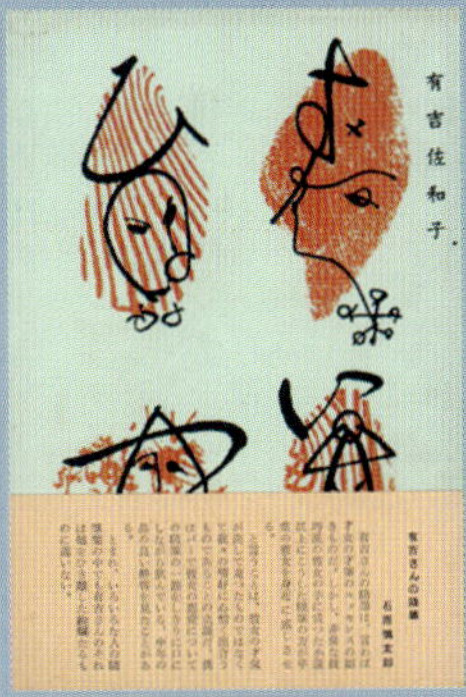

ずいひつ
新制社　昭和33年９月
（装幀　初山　滋）

私は忘れない
中央公論社　昭和35年３月
（装幀　岩崎　鐸）

祈禱
講談社　昭和35年２月
（装幀　加山又造）

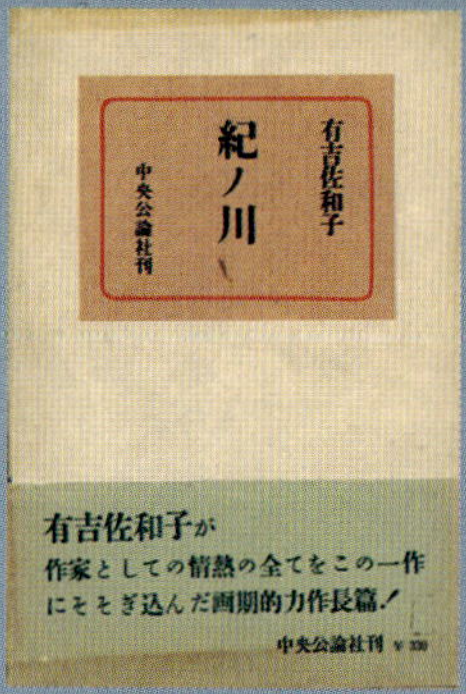

紀ノ川
中央公論社　昭和34年６月
（題字　幸田　文）

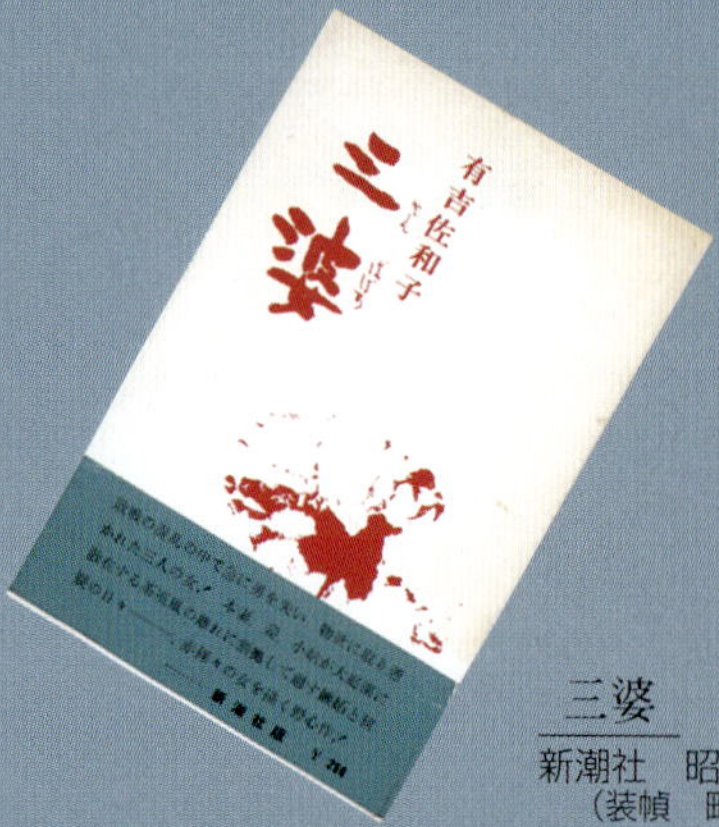

三婆
新潮社　昭和36年４月
（装幀　町　春草）

新女大学
中央公論社　昭和35年８月
（装幀　谷内六郎）

更紗夫人
集英社　昭和37年２月

女弟子
中央公論社　昭和36年11月
（装幀　町　春草）

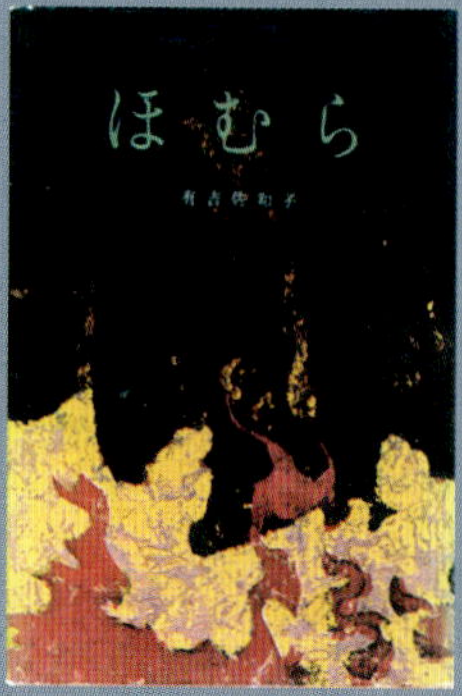

ほむら
講談社　昭和36年５月
（装幀　加山又造）

脚光
講談社　昭和37年７月
（装幀　清川泰次）

開店時間
講談社　昭和37年３月
（装幀　初山　滋）

雛の日記
文藝春秋新社　昭和37年２月
（装幀　山田申吾）

絵本の世界

かみながひめ
ポプラ社　昭和45年１月

つるの恩返し
集英社　昭和39年４月

おむすびころりん
講談社　昭和38年11月

ブレーメンの音楽隊
講談社　昭和37年５月

こぶとりじいさん
講談社　昭和37年１月

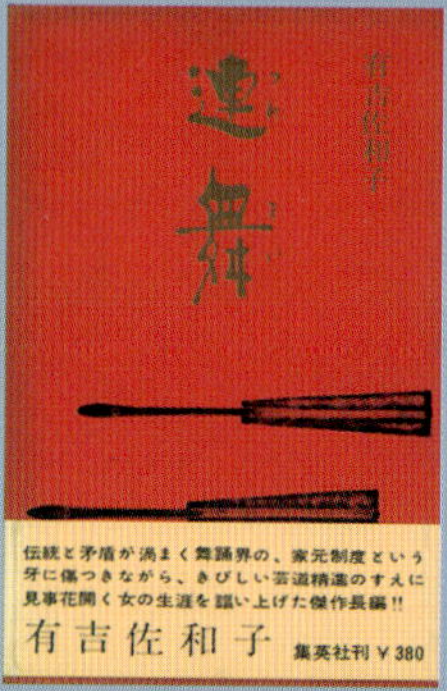

連舞
集英社　昭和38年7月
（装幀　町　春草）

若草の歌
集英社　昭和38年4月
（装幀　宮田武彦）

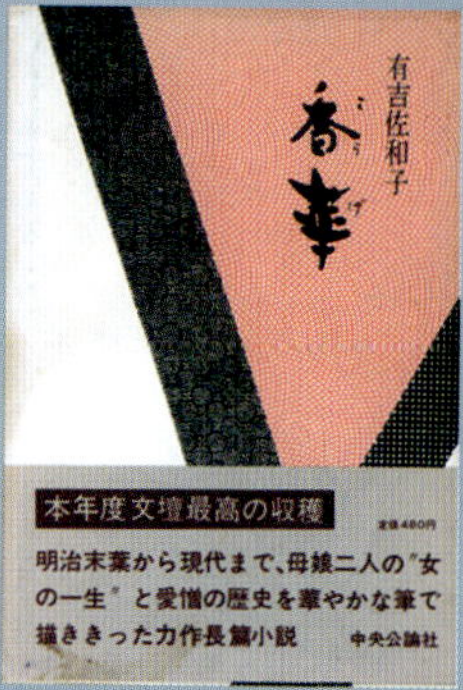

香華
中央公論社　昭和37年12月
（装幀　町　春草）

有田川
講談社　昭和38年11月
（題字　町　春草・装画　郷倉和子）

助左衛門四代記
文藝春秋新社　昭和38年9月
（装幀　町　春草）

ぷえるとりこ日記
文藝春秋新社　昭和39年12月
（装幀　中林洋子・題字　星　奈美）

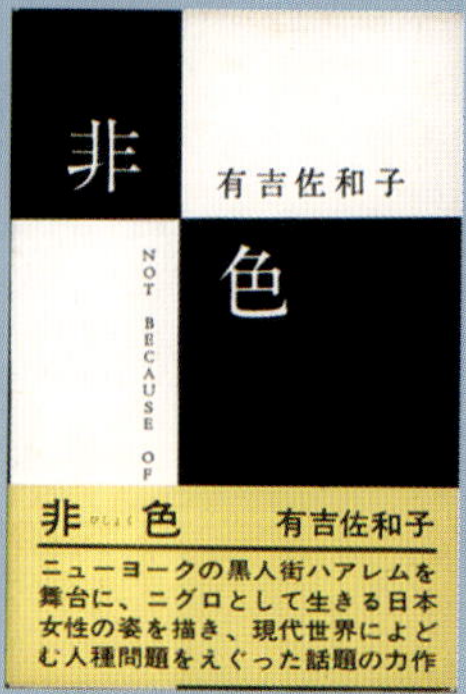

非色
中央公論社　昭和39年8月
（装幀　中林洋子）

仮縫
集英社　昭和38年11月
（装幀　中林洋子）

日高川
文藝春秋新社　昭和41年１月
（装幀　星　奈美）

一の糸
新潮社　昭和40年11月
（装幀　町　春草）

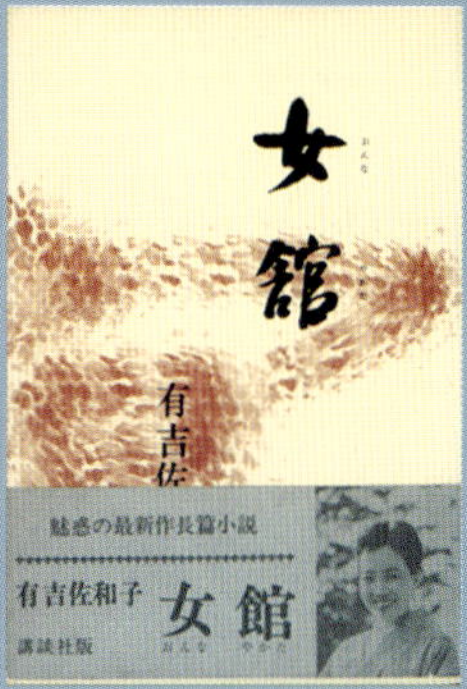

女館
講談社　昭和40年６月
（装幀　町　春草）

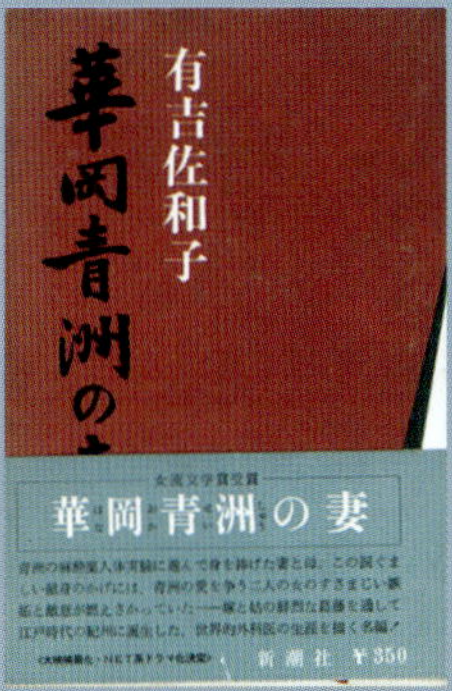

華岡青洲の妻
新潮社　昭和42年２月
（題簽　花崎　采琰）

乱舞
集英社　昭和42年２月
（装幀　町　春草）

女二人のニューギニア
朝日新聞社　昭和44年１月
（装幀　宮田武彦）

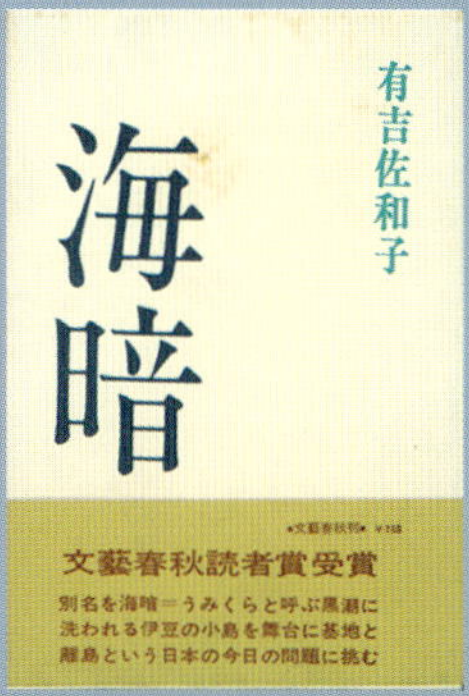

海暗
文藝春秋　昭和43年10月

不信のとき
新潮社　昭和43年２月

芝櫻　上・下

新潮社　昭和45年８，９月
（題字　町　春草・装画　原　万千子）

ふるあめりかに袖はぬらさじ

中央公論社　昭和45年７月

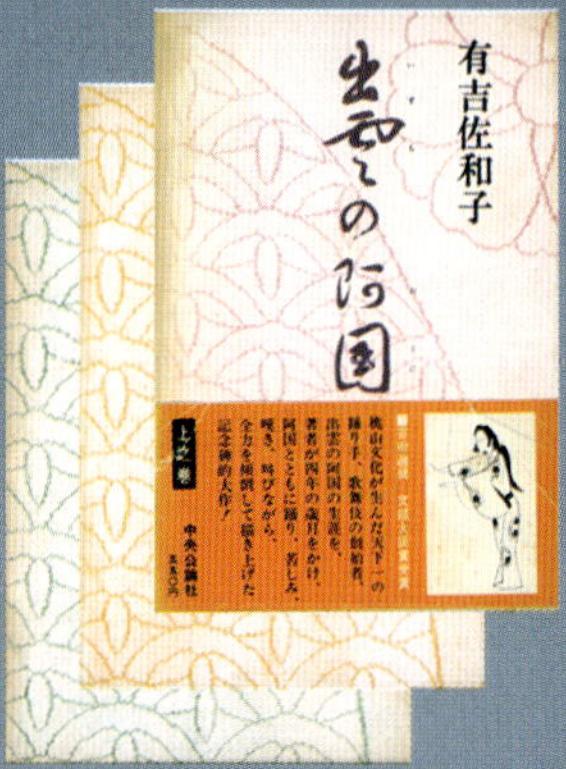

出雲の阿国　上・中・下

中央公論社　昭和44年９，11月
（題字　花崎　采琰・見返絵　中尾　進）

孟姜女考

新潮社　昭和48年３月
（装幀　関野準一郎）

恍惚の人

新潮社　昭和47年６月
（装画　猪熊弦一郎）

夕陽ヵ丘三号館

新潮社　昭和46年５月
（装画　正田　壤）

針女

新潮社　昭和46年３月
（装幀　二見彰一）

真砂屋お峰

中央公論社　昭和49年９月
（装幀　加山又造）

母子変容　上・下

講談社　昭和49年３月

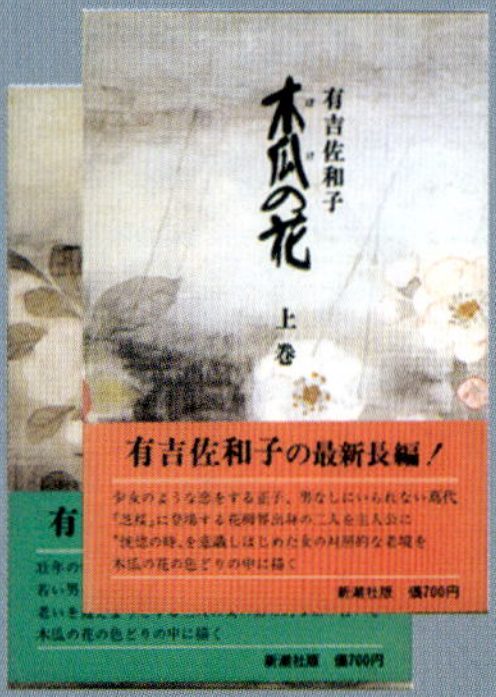

木瓜の花　上・下

新潮社　昭和48年９月
（題字　町　春草・装画　原　万千子）

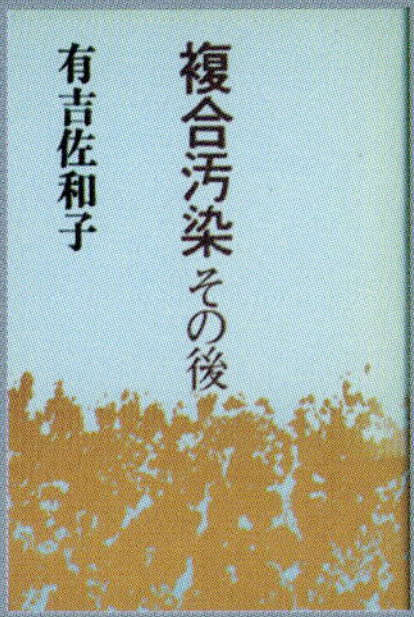

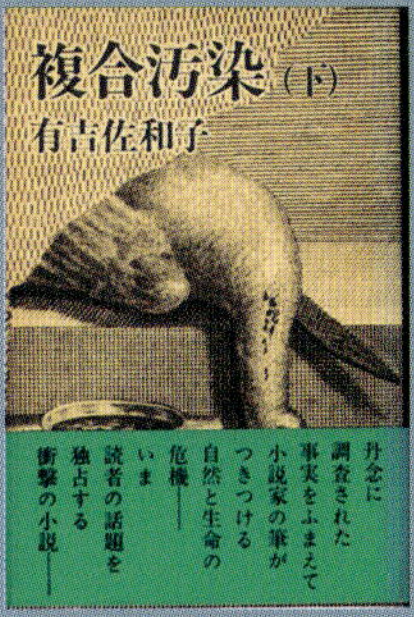

複合汚染その後
潮出版社　昭和52年７月

複合汚染　上・下
新潮社　昭和50年4，7月
（装幀　司　修・装画　上口デザイン研究所）

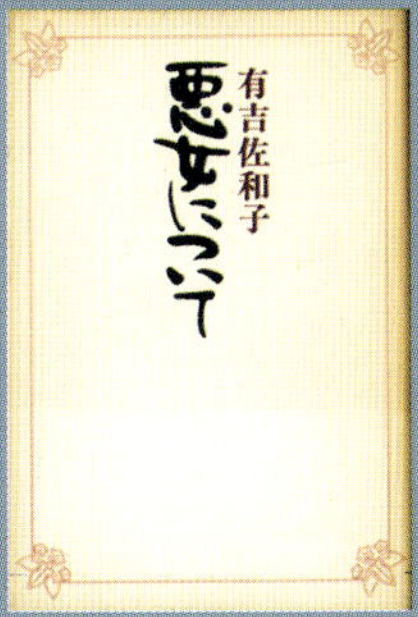

悪女について
新潮社　昭和53年９月
（題字　町　春草）

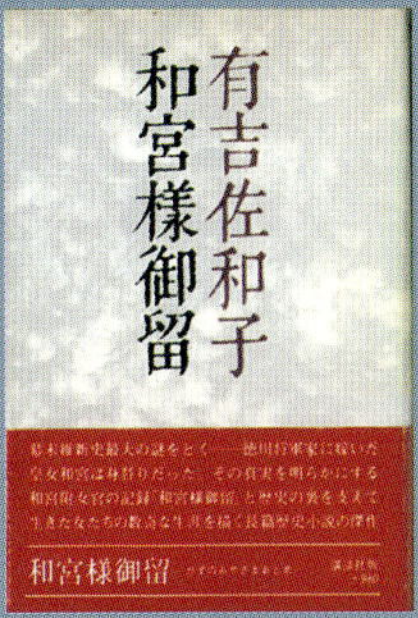

和宮様御留
講談社　昭和53年４月
（装幀　大泉　拓）

青い壺
文芸春秋　昭和52年４月
（装幀　坂田政則）

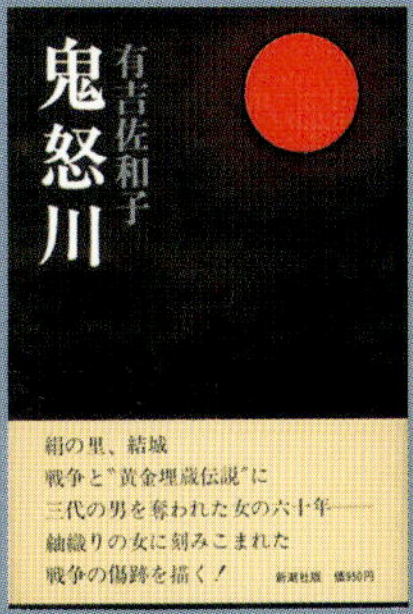

鬼怒川
新潮社　昭和50年11月
（装画　星　襄一）

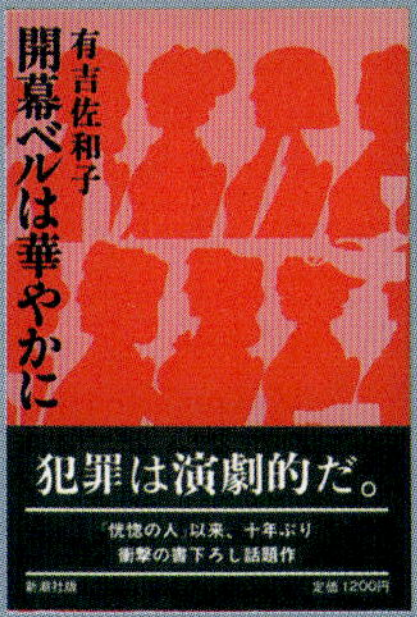

開幕ベルは華やかに
新潮社　昭和57年３月
（装幀　福田繁雄）

日本の島々、昔と今。
集英社　昭和56年４月
（装幀　有吉　徹）

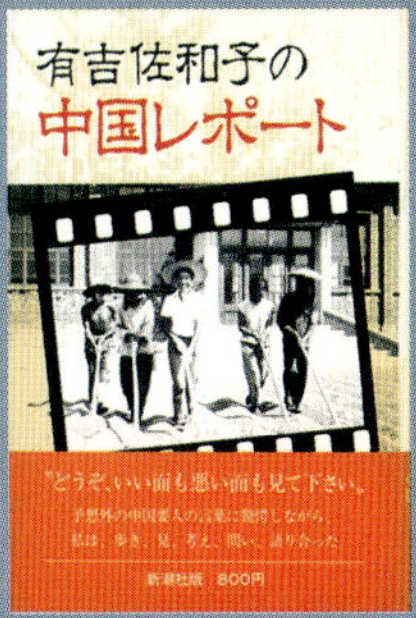

有吉佐和子の中国レポート
新潮社　昭和54年３月

外国語の出版

華岡青洲の妻
（台北）

紀ノ川
（台北）

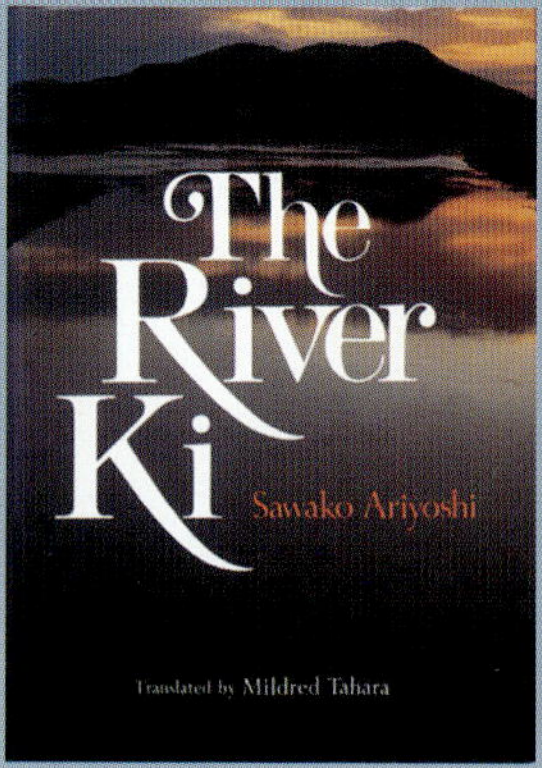

紀ノ川
（英語）

有吉佐和子小説選
（北京）

複合汚染上・下
（台北）

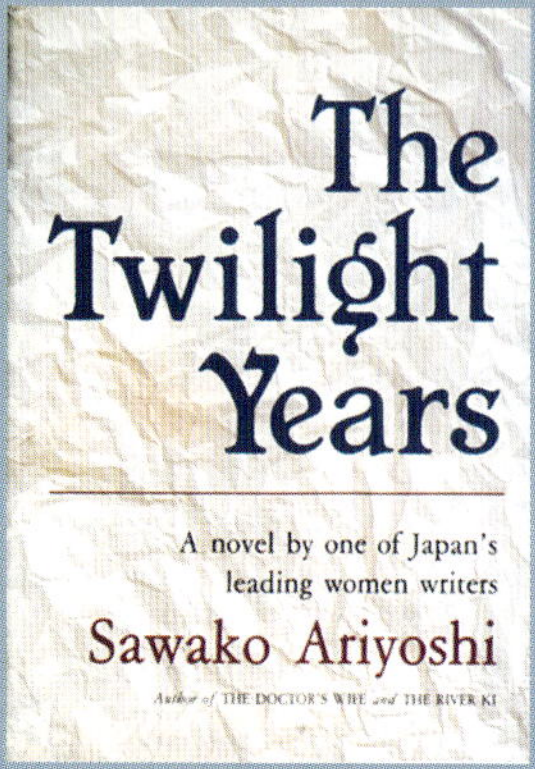

恍惚の人
（英語）

恍惚の人
（ソウル）

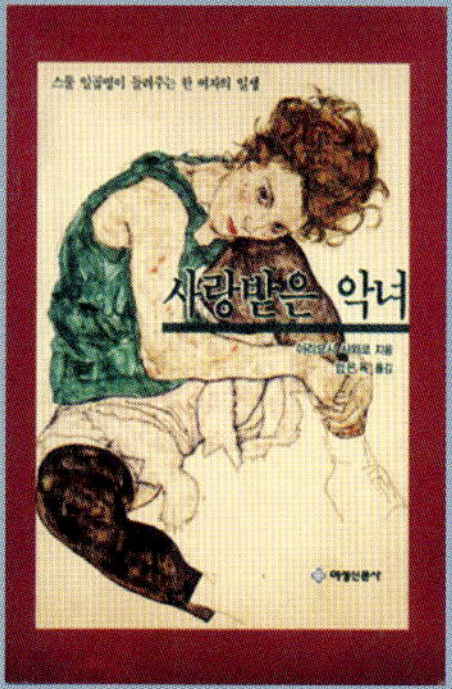

「悪女」
（ソウル）

有吉佐和子の世界＊もくじ

口絵

1 essay……7

4 study……167

1 *essay*

藤田　洋
小幡欣治
坂東玉三郎
大藪郁子
エリザベス・ミラー・カマフェルド
伊吹和子
カトリーヌ・カドウ
丸川賀世子
佐伯順子
石田仁志
一戸良行
山田俊幸
有吉玉青

❶essay

『演劇界』と有吉佐和子

藤田　洋

はじめに『演劇界』のことを説明しておかないと、分りにくいかも知れない。

日本の演劇雑誌は明治四十年創刊の『演芸画報』が長い歴史をもっていた。昭和十八年頃第二次世界大戦が激しくなり、用紙配給の制限から『舞台』『東宝』など六誌の統合が命じられ、鑑賞指導誌『演劇界』と評論・研究誌『日本演劇』の二誌に衣替えした。戦中・戦後の混乱期を切り抜けたが、昭和二十五年に倒産。

久保田万太郎社長は、『日本演劇』編集長だった戸板康二氏に再建を依頼したが、戸板氏は評論家として自立したいと固辞、当時フリーの劇作家、演劇ライターだった利倉幸一氏が推挙され、半年後に再出発した経緯がある。

わたしは、この『演劇界』に昭和三十七年から六十年末まで二十三年間勤めていた。途中、社長、編集長の時期が五年あった。

さて復刊されて間もなく「俳優論」の懸賞募集をはじめた。有吉さんが佳作の一人に選ばれた昭和二十六年五月号の第四回には、当選者が水村貫一氏、佳作のなかに草壁知止子、利根川裕、権藤芳一氏らが入っている。草壁さんは、映画評論家草壁久四郎夫人で、なんどか当選したのち、劇評のレギュラー執筆者になった。有吉さんは、結局は一等には選ばれていない。

しかし、翌昭和二十七年から社外ライター（利倉はそういう表現をした）として、原稿を書くようになる。

その年、東京女子大英語科を卒業したばかりの二十一歳。好奇心を発揮して、異色の人びとのインタビューを書いている。その最初に英国文化振興会日本駐在員のA・C・スコット氏が登場しているので、わたしは因縁の糸が、歌舞伎を通じて張りめぐらされていることを実感して、不思議な感慨をもったのである。

実は、スコット氏の死後、遺品のなかの日本に関する写真などを日本に返したいという未亡人のご意志で送られてきたものが、めぐりめぐってわたしの所蔵品になった。なかには例えば芸者の踊りの、何年頃の、どの花街か、わからなくなっているものもある。古い時代にあった琴平市中の四国の金丸座の写真もあった。これは後年に、朝日新聞（昭和三十三年六月五日付）に、文化財を立ちぐされにしていることの非を書いたのがきっかけで、国が重い腰をあげて、今日の丘のうえの金毘羅大芝居に移築、修復したと記憶している。

その六年も前に、来日一年ほどのスコット氏の話を聞いているのは、英語で会話する有吉さんの選択だったに違いない。

ほかに『旅』の編集長・戸塚文子、女流作家・眞杉静枝、婦人代議士・山口シヅエ、アメリカ人のロムバルディ、随筆家・幸田文、日本舞踊・西崎緑、ニッポン・タイムスのR・A・カースン、随筆家・小堀杏奴、女流作家・網野菊、聲楽家・佐藤美子さんらが、対象に選ばれている。

有吉さんは、二十八年十月号の原稿の最後にこう記している。

「自分の仕事を持つ人が、機に觸れては観たもの感じたことを自分の仕事に結びつけて成長して行くのだという発見が、二年越し続いた此の訪問記の収穫の一つであるが、歌舞伎の世界でも他とのこうした交流が懸念されている封建制から健康に脱し得る機会をもたらすものとなるのではなかろうか」

人選で気がつくのは、外国人と日本は女性だけなのである。利倉編集長は、京都の商家に生まれ、武者小路実篤に私淑して新しき村に入っていたので、進取の気風ももっていたが、案外有吉さんの新しい感覚を注目していたのであろう。そのへんは、あまり拘泥のない人柄であった。

インタビュー記事で認められ、二十八年十二月号から「父を語る」という連載がはじまる。記録のために、記しておこう。

岡本綺堂（岡本経一）、松居松翁（松居桃樓）、眞山青果（眞山美保）、水木京太（七尾伶子）、岡鬼太郎（岡鹿之助）、小山内薫（小山内徹）、島村抱月（島村君子）、杉贋阿弥（杉正作）、森鷗外（森茉莉）、岸田国士（岸田今日子）、坪内逍遙（坪内士行）、長谷川時雨（長谷川春子）。以上十二人。

いずれも日本演劇史に大きな足跡を残しておいている人びとであり、内容も〝演劇秘史〟といえるものをもっている。後継者が健在のうちに、よくぞ記憶を文章に残しておいてくれたものだと敬服する。

この企劃は、利倉編集長も気に入っていたようで、約十年後に入社したわたしも、なんども、有吉佐和子の名前と共に聞かされてきた。なかでも、松居松翁は二代目市川左團次と組んで明治末年に演劇革新を目指した人だったが、晩年は演劇から手を引いた。その息・桃樓は戦後浅草の「蟻の街」と呼ぶバタヤ（屑屋）の一人になっていた。有吉さんは、その紙屑の山をくぐったところで、桃樓氏に話を聞いている。

それからの有吉さんは、「地唄」をきっかけにして小説家として活躍するようになる。

時代は大きく飛んで、昭和四十七年一月。前年のハワイ大学での講義をきっかけに、エリザベス・ミラーと訳した「ケイトンズヴィル事件の九人」を翻訳発表。上演委員会をこしらえて紀伊國屋ホールで上演（十月）することになる。作者ダニエル・ベリガン役（小沢栄太郎）を登場させた裁判劇である。内容は、ベトナム反戦を訴えた兵隊が裁判にかけられた反戦ドラマで、まだ戦争が終結していない時点での作品であった。有吉さんは、訳・脚本・演出を担当していた。当時社会的な話題作であった。

それから二年のち、昭和五十年一月に同じ紀伊國屋ホールで有吉作・演出「山彦ものがたり」が初演される。「山彦の会」という上演のプロジェクトをこしらえている。紺絣に筒っぽうの十人の出演者が、日本のお伽ばなしをメドレーにして、ほとんど扮装なしで演じるものだった。

初演のプログラムに出演者十人（安宅忍・今井和子・佐々木功・杉本淳子・神保共子・鈴木慎・前田美波里・松山省二・宮城まり子・矢崎滋）の座談会をやるから、司会をせよという依頼があった。

演劇出版社には、なんどか立寄られたが、いつも利倉編集長と話すだけで、隣りに座っているわたしとは話す機会もなかったが、この時は紀伊國屋書店の上のサロンに案内してくださり、紹介だけすますと、すぐに立ち去った。

記憶というのは、まことに怪しい。「山彦―」の前に「華岡青洲の妻」を小説に書き、ベストセラーになったあと自身で脚色して芸術座で山田五十鈴・司葉子が演じている。昭和四十二年十月。この舞台評をわたしは『週刊朝日』に書いている。そのあとで、「劇評読んだわよ」といわれて、喜んでくださった感じだったので、よかったのかなと思った。その頃から何となく劇場やパーティーなどで立ち話ぐらいはしていたのかも知れないが、わたしの立場は『演劇界』での先輩・後輩だった。有吉さんは、利倉幸一と戸板康二のお二人を信頼していた。「山彦ものがたり」の司会役が、先輩に近づいた一つのきっかけだった気がする。「山彦―」は、その後、日生劇場、京都南座などで、松竹が公演している。

「山彦の会」の主宰者片山忠彦氏は、東京都助成公演第一回（昭和四十五年二月砂防ホール）の「海暗《うみくら》」（有吉原作、大藪郁子脚色）の小道具係で手伝い、「ケイトンズヴィル事件―」で有吉さんのアシスタントを務めた。その時気に入られたようで、資金を渡されて独立するようにすすめられる。こうしてこしらえられたプロダクションが、「山彦の会」であった。

南座公演と若干の地方公演もすますと、「山彦ものがたり」は上演が途絶えている。片山氏の説明では、再上演の計画をすすめるうちに、宮城まり子の「ねむの木学園」の方のスケジュールが割り込んできて、調整できなくなったためだという。それならば改めてプロジェクトを組もうとして、有吉氏も喜んでいた一週間後に、突然の死という悲運が訪れた。

夏の暑い日の葬式は、東京大聖堂マリア・カテドラルで行われた。

「山彦ものがたり」の再開は、昭和六十三年十月近鉄劇場からだった。有吉演出を、基本的に踏襲する形で、振付の関矢幸雄氏が演出を受けもつことになったが、その後演出の取りまとめは何人もが関わり、今は演出が岡本一彦氏、振付が出雲蓉さんである。

平成十四年のニューヨーク公演は英語上演で「TALES OF THE ECHO」のサブタイトルをつけ、暮には帰朝公演を三百人劇場で披露した。

その翌十五年秋には、ベトナムの、ハノイ、フエ、そしてホーチミン市で公演をもった。あの、「ケイトンズヴィル事件の九人」の反戦行動の裁判劇から三十年以上たって、世界の状況も大きく様変りしている。有吉さんが存命ならば、ベトナムで「山彦―」を上演することに、双手をあげて賛成しただろうと想像できる。ニューヨーク公演と違って、こちらは日本語だが、字幕が出るのでよく理解されているようだった。

ベトナムのホーチミン市の公演に同行したが、平和、平穏であった。街には戦争の翳は、まったく消えている。アメリカの海兵隊がはじめて上陸したのが話題になっていたが、ベトナム人たちがどんな思いでこれを受け止めたのだろうか。

有吉さんは、「ケイトンズヴィル―」を魂の救済と捉え、法を優先させるより、人間の生命が基本なのだと主張して上演した。その延長線に「山彦―」が書かれてあって、日本のお伽ばなしのなかの、動物に仮託しているところもあるが、人間性の主張が根底に大きく横たわっている。そこが、ベトナムの見物にもきちんと見分けられているように感じられたのである。

人間の抗争は繰り返される。今ベトナムがバイクの洪水で活気づいている一方で、イラクの戦禍は続いている。歳月の早い流れと、人間の短い寿命を、しきりと痛感させられるのである。それにしても有吉さんは早く逝ってしまった。

A.C.スコット氏の描いた有吉佐和子の肖像画

❶ *essay*

芝居大好き有吉さん

小幡欣治

初めてお目にかかったのは、有吉さんが「ケイトンズヴィル事件の九人」（ダニエル・ベリガン作、有吉佐和子・エリザベス・ミラー共訳）の上演準備のために忙しく飛び回っているころだった。

夏の暑い盛りだった。銀座裏の小さな料理屋で、四、五人の芝居仲間と酒を飲んでいる席で紹介された。女性は有吉さん一人だったせいもあって、初めは口数も少なく控え目だったが、そのうち、話が「ケイトンズヴィル事件の九人」になると、俄然目が輝いて、独演会になった。

結局、仲間全員が総見という形で劇場に足を運んだのは、有吉さんの熱心な勧誘もさることながら、ベトナム戦争を背景にした反戦劇、という硬質の主題に私達が魅かれたからでもあった。それまで一面識もなかった私は、当代の才女といわれて、華やいだ文名に包まれている彼女の、奥深いところにあるもうひとつの魂に触れる思いがして、あらためて有吉佐和子という小説家に畏敬の念を抱いた。

「三婆」が上演されたのは、それからほぼ一年後の一九七三年の夏である。東宝が劇化を企画しているとは聞いていたが、まさか私のところへお鉢が回ってくるとは思わなかった。なんとなくやりにくいなと思ったから、「私でいいのかね」とか、「原作者はなんと言っているんだ」とか、話を持ちこんできた担当者に何度も念を押したが、すべてお任せするの一点張りなので、思いきって引きうけることにした。私がやりにくいと感じたのは、有吉さんは芝居にも造詣が深く、いわば専門家でもあるから、恥を掻きたくないと思ったからである。だが、縁とはふしぎなものである。「三婆」の劇化が切っ掛けになって、それ以後、「芝桜」「和宮様御留」「恍惚の人」といった秀作の舞台化に携わることになった。芝居の仲間であると同時に、原作者と脚色・演出者としての関係が、有吉さんの亡くなるまで続くのである。いや、亡くなられたあとも、各地で再演されているから、現在もその関係は続いている。

劇化については、有吉さんは殆どなにも言わなかった。大切な作品が、舞台という次元のちがう世界に移し変えられるのに、無関心でいられるはずはないのに、一度認めた以上は、どのように料理されようとも一切口出しはしない、といった姿勢は、晩年まで一貫していた。言いたいことは山ほどあるけど、芝居とはそういうものだと知悉していたからだろう。それでもたまに、有吉さんの意図したことと違う台詞を書いたりすると、「ねえ、ここは、こう直した方がいいと思うけど」と、人に聞かれないように、小声で註文することがあった。脚色者に恥を掻かせまいとする彼女のやさしさだった。

その代わり、と言ってはなんだが、稽古場での有吉さんはきびしかった。

芝居の稽古は、ふつう「顔寄せ」と称するセレモニーから始まって、そのあと俳優さんたちの「読み合せ」へと続くのだが、「読み合せ」は、途中の休憩時間などを入れると、三時間から、ときには四時間を超える場合がある。自分の役柄と、台詞をたしかめるのが目的だから、関係者以外は、見ていても決しておもしろいものではない。原作者は、だからセレモニーが終ると、たいがい席を立つ。たしか「芝桜」の稽古初日だったと思うが、気を利かしたつもりの担当者が、「先生、お退屈でしょうから、別室でお茶でもどうぞ」と言ったために、有吉さんが怒り出した。柳眉を逆立てるとはまさにこのことだろう。「退屈とはなんですか、私は原作者としてお稽古に立ち会っているのです。役者さんに対しても失礼でしょう」と一喝した。思わぬ雷に担当者はもちろん、稽古場の全員がふるえあがった。

ふだんは、俳優さんたちに気軽に声をかけるし、世情にも結構明るくて、だれそれという歌舞伎の役者が、昨日舞台で絶句したとか、間を外して、あとで楽屋で大目玉を喰ったとか、おもしろい話をいろいろ聞かせてくれる有吉さんが、稽古場では別人になった。「三婆」のときもそうだった。「和宮様御留」のときもそうだった。演出テーブルの私のとなりに座って、最後まで熱心に「読み合せ」に立ち会ってくれた。

律儀で、芝居が大好きで、出来れば人まかせにしないで、自分で脚本を書いて、自分で演出したかったに違いない。有吉さんとはそういう人だった。

今でも思い出すのは、「和宮様御留」の稽古のときだった。

一九八〇年に東京宝塚劇場で初演されたこの作品は、和宮降嫁をめぐる一種の宮廷劇である。和宮身替り説の大胆な構想を有吉さんから伺ったのは、まだ活字にならない前だった。その後雑誌に連載され、単行本になって毎日芸術賞を受賞されたが、読んで感動した私は、脚本を書くかたわら、京都へ何度か出向いて、演出に備えた。拝観がゆるされたので京都御所も見学したが、寒中の、それも底冷えのする日の御所の畳に座ると、しんしんと冷えて、体がふるえてきたことを今でも覚えている。

稽古は、たっぷり時間をとって始まったが、困ったのは、いわゆる御所言葉だった。たとえば、「おみ大きゅうならしゃりまして、まあ先帝《さきのおかみ》によう似ておいで遊ばされますこと。まことに畏れ入り、忝《かたじけの》う存じ上げまいらせます」と、和宮へ挨拶する言葉も、これだけでも難しいのに、さらに、独特のイントネーションで喋らなければならないから、女優さんたちは悲鳴をあげた。「台詞は覚えたけれど、喋ることができない」と、稽古場は修羅場と化して、稽古は遅遅として進まない。方言ならば、その地方の出身者に頼むことも出来るが、御所言葉だけはどうにもならない。困った末に、担当者がお宅までお願いに上がったら、有吉さんは早速稽古場へ来てくれた。「私は専門家ではないから、完全という訳ではないわよ」と言いながらも、主だった女優さんを一人ずつ呼んで、口移しで台詞の指導をしてくれた。みながあまり堅くなると、たとえば仲の良い司葉子さんなどには、「葉子ちゃ

「和宮様御留」上演のため、京都御所を見学する
左より有吉佐和子、竹下景子、草笛光子、ひとり置いて司葉子

ん、あんた、少し鈍いんじゃないの」と笑わせることも忘れない。おそらく有吉さんのことだから、小説を書いているときに、御所言葉をだれかに習ったのだろう。丁寧に、納得するまで何度でも繰り返していた。スタッフの一人は、有吉さんの教える台詞を、ちゃっかりテープに取っていたが、今となっては貴重なあのテープ、どうなっているだろう。

有吉さんに助けてもらったおかげで、「和宮様御留」は好評だった。とくに御所言葉が評判になったのは嬉しかった。

有吉さんも、この芝居がよほど気に入ったとみえて、何度も劇場へやってきた。口さがない女優連中が、「有吉先生がおみえになった」、「またおみえになった」から、「今日もおみえになった」と噂していたのを、おそらく有吉さんは御存知なかったろう。

❶ *essay*

有吉先生と「ふるあめりか」

坂東玉三郎

有吉先生と初めてお目に掛かったのは、昭和五十五年の六月、先生の作の『綾の鼓』という舞踊劇に出演させて頂いた時でした。その頃は客席で演出をしておられる先生と遠くからお目にかかるだけで、親しくお話しさせて頂くことはほとんどありませんでした。その後暫くして、お話をさせて頂いた時の忘れられない思い出、その情景が今でも鮮明に浮かんできます。それは昭和五十六年の六月大阪新歌舞伎座、新派公演の楽屋でした。波乃久里子さんが、有吉先生の『芝桜』を演っていらっしゃって、その演出の為に先生が大阪の劇場に来られていたのです。久里子さんから、「有吉先生が私の楽屋にいらしているから、貴方に絶対会わせたいの、だから会いに来てよ」という伝言が届きました。でも私は「以前にお目に掛かったこともあるし……、恥ずかしいから」と伝えますと、「先生が、（六世）歌右衛門さんと貴方とで、『華岡青洲の妻』をやらせたいと言っているのよ……」と言うのです。その時の自分としては、そんな事は思ってもみない事でした。恥ずかしさを隠して、そっと久里子さんの楽屋に入っていくと、久里子さんの隣に先生が座っていらして、私の顔を見るなり、「歌右衛門さんと貴方とで、『華岡青洲の妻』をやらせたらどんなに面白いかしら」と言うのです。私はその時、何が何だか訳も解らず「有り難うございます」と答えただけでした。

有吉先生のことを周りの人が口々に、「厳しい先生だし、好き嫌いのものすごくはっきりした人よ」と言っていることは心得ていましたが、私にはそんなことは気にならず、かえって作家としてそれは当然であろうとも思っていました。そうでなければ、人間の心の奥を、魂を、あれ程素晴らしい作品として文章に出来る筈も無いと自分なりに理解していました。そういう意味で有吉先生にそう言っていただけたことは、私にとって光栄なのでした。

その後、私が実際に『華岡青洲の妻』の加恵を演じさせて頂く事になるなどとは、まったく考えてもいなかったのですが、平成二年に演舞場で杉村春子先生と共演の機会に恵まれたわけです。しかしその時はすでに有吉先生は世を去られ、見て頂くことは叶わなかったのです。もちろん歌右衛門さんとの夢の共演も果たせないままでした。

先生は一時期、「吾妻歌舞伎」として世界を廻られた、舞踊家の吾妻徳穂先生の秘書として仕事をしていらっしゃったことがおありでした。そこで日本の舞踊界を見、日本の芸能の世界における位置を理解し、演劇制作の舞台裏を熟知しておられたのでしょう。小説家としても大きな存在であったと共に、座付き作家とも言える程の腕前を発揮なさり、多くの戯曲を執筆なさいました。その永い劇場との密接な生活の中から書き上げられた作品は、小説家としての戯曲にとどまらず、日本の芝居がこうであって欲しいという強い思いが込められています。転換の多い日本の芝居に対し、ある作品は道具転換も非常に少なく、またその芝居がどのような劇団で上演され、どのような大きさの芝居を抱えることが出来るかという事情まで考え、そこに携わる役者の設定、着替えや出入りのことまで考慮し、役者達が速やかに役に入って行けるように書き上げられています。戯曲が数多く出来上がって行く近年でも、これ程芝居に精通していた作劇法は希なことではないでしょうか。私は今となって先生の芝居を演じれば演じるほど、そのことを痛感させられるのです。

特に『ふるあめりかに袖はぬらさじ』という作品を演じております時、有吉先生独特の心の底から湧き上がって来る、女としての生き方を強く感じるのです。あの主人公のお園があれほど世の中のことを鋭く冷静に見据えていながら、自分でも割り切ることの出来ない人間への愛情の深さ、外国語を話し世界を相手に仕事をする男への皮肉な憧れ、思いやる亀遊という遊女の死、政治と風聞に翻弄されて行く大衆の愚かさを痛切に描いています。

役者として戯曲を深く理解しようとした時、どうしても知っておかなければならないのが、その作家の人生観です。有吉先生の御主人という方は、世界の芸術を日本に輸入する、国際プロモーターとしての仕事をしていらっしゃったと聞きます。戯曲の中で藤吉という男があれ程亀遊を愛していながら、事件の後、藤吉が彼女との恋よりも自分の志を選んで行くことが、ややもすると男の卑怯さのように描かれています。それにも拘《かか》わらず芝居の最後に至って、その男に対し「藤吉どんはあめりかで今頃は何をしているんだろう。このお園さんときた日にゃ、ふるあめりかに袖も何もびしょ濡れだよ」と主人公に言わせています。これは私の勝手な空想なのですが、あれは作家として成功してしまった自分と、いつも遠く遥か隔たった所に居る御主人へのやるせない思いであったのかも知れないと想像するのです。舞台の真ん中にある障子を開ければ、広々とした海が見え、閉鎖的な日本の因習の中に置かれた女達の切なく儚い夢がそこに繋がるのでした。そして、あのお園の亀遊に対する強い愛情とも言える程の思いは、もしかすると御自身にも気付かなかった、御自分の中の消えることのない女心が、あの亀遊という女に託され、自ずと筆が走り描いてしまったのではないかと思えてなりません。しかしそんなことを遥かに乗り超えてしまった有吉先生の人生観はもっと覚めていて、自分を厳しく見つめていたのでしょう。

芝居の後半、お園に「私が喋ったのは、全部本当だよ」と言わせながら、最後には「みんな嘘さ、嘘っぱちだよ、おいらんは、亀遊さんは、寂しくって、悲しくって、心細くって、一人で死んだんだい……それにしても、よく降る雨だねえ」と芝居を締めくくっています。有吉先生が亡くなられた時、前の晩に床に入り朝になって目覚めないまま、この世には帰らぬ人となったと聞きます。『ふるあめりかに袖はぬらさじ』を演らせて頂く度に先生の心の内を思っています。

「ふるあめりかに袖はぬらさじ」パンフレット表紙
坂東玉三郎特別公演（シアター・ドラマシティ　一九九四年八月二三日〜九月四日）

❶*essay*

赤い靴

大藪郁子

有吉さんについての思い出は、女子大に入って早々に受け取ったララ物資から始まる。ララ物資というのは戦勝国アメリカからの救援物資で珍妙な食品が多かったが、女子大に届いたのは、古着と新品の皮靴という実用品で、私が属した一年Aクラスには歓声が沸いた。敗戦後四年たってはいたが、着たきり雀が珍しくない時代だったのだ。

ララ物資の靴はスリッパに縁がついたような船底型でカーキ色だけだったが、サイズの違いはあった。古着は殆どが原色で巨大に見えた。それでも私は山をかきわけ紺の上着が選べたが、子供服だったのか袖がきつい。靴は先はやたら長いが幅が狭く痛かった。級友達も寸法か形に難があったとみえ、ララ物資で変身する気配はなかった。

ところが、夏めいてきた或る日、それまでは地味な手編みセーターで通していた大柄な一人が、白地に薔薇の花模様で登校したのだ。胸の谷間が見える襟ぐり、パットが高々としたフレンチスリーヴ、ギャザーたっぷりの円形スカート。驚きの声が沸いた。

「あのララ物資?」

「サイズぴたりなの。似合わない?」

一同は(でも凄すぎる)との声を飲み、高々と組んだ足に視線を移した。赤い靴だ。

「ララ物資の靴に赤いのあった？」

「染めたの。ＰＸのマニキュア、新宿の闇市で二壜も買って」

「マニキュアって？」

「パンパンが爪染めてるあれ。下品でもいい。赤い靴履きたかったの、アンデルセン読んで」

「白雪姫とか親指姫、赤い靴履いてたっけ？」

「魔法の靴屋の話よ。彼が作った赤い靴履いたら、村一番の踊り子になれるの。でも死ぬまで、靴が脱げない。それでも赤い靴買った娘がいてね、踊りが好きで、上手で、踊り続けて、くたびれて死ぬの」

「残酷ね」

「喝采浴びて燃え尽きるのよ。夢感じない？」

彼女は踵のない赤い靴で、背伸びをしてくるりと廻り、フレアースカートをなびかせた。これが、有吉佐和子さんだった。アンデルセンからヒントを得たとやらの英国映画『赤い靴』が封切られたのは、次の年である。有吉さんの発想の方が早かったのだ。

入学以来、不機嫌そうな顔で沈黙がちだった有吉さんは、赤い靴の魔術がかかったかのように、スター性を発揮しはじめた。

ボーイ・フレンドが大勢いて、中の一人に「夜の皇居前広場」見学に誘われ好奇心でついて行った。すると噂以上の野合の大群。

「のけぞりそうになったわよ。東京駅まで夢中で走って、中央線に飛び乗ったら、彼、追いかけて来てね、きまり悪そうに黙ってるの。高円寺のうちの前まで送ってくれたけど。この次の電話、どんな台詞になると思う？」

というたぐいの話術の巧みさ。Ａクラス十五人は目を丸くして傾聴した。

或る時は、日程のぎっしりつまった手帳をちらと広げて「外では為になる勉強、こんなにあるのよ。つまんない授業、さぼれたら、人生二倍になるのになぁ」と溜息をついた。私は日程の中の「三島由紀夫氏と面談」という一行が目に焼きついた。当時二十四歳の三島由紀夫が大蔵省をやめ、文学に専念すると宣言したのは、文学青年たちにとっての大事件だった。その「三島氏と面談」とは！　後年、「三島由紀夫とは学生の頃から親しかったのね」と手帳の話をすると、「錯覚よぉ。三島さんと知り合ったの、ずーっとあと」と、いう。面談とは、講演会にでも出ることだったのか？　しかし、「三島由紀夫氏と面談」でも当時の彼女には自然な勢いがあった。

二年間で教養課程クラスは解散で、私は有吉さんと同じ英米文学科に進んだが、二人とも秋から休学をした。彼女は家の階段を上っても動悸が打つ。「十二指腸虫」による貧血との診断で薬物療法を受けるという。私は肺結核で入院だった。

一年後の秋、復学手続きの場で偶然有吉さんと出会った。四年制大学の、三年生前期まではすませているから、あと一年半在籍すれば卒業できる。女子大には単位不足者救済のため、秋にも卒業の制度があったので、私は「同じ秋に卒業ね」といった。すると意外にも彼女は短大に移る、あと半年で出るという。

「短大は二年制で、あなた、大学部を二年半もすませたのに」

「短大としての必修科目取るのに半年かかるのよ。あなたこんな幼稚園みたいな所にあと一年半も、よくいる気になれるわねぇ」

四年制女子大が幼稚園なら、なぜ短大に普通より一年も長く通うのか？　彼女は早く社会に出たかった。しかし中退ではなく卒業というけじめはつけたい。豪快な彼女には古風な律儀さがあったから、それが多分、答だ。

半年の短大時代に、有吉さんは壮年の魅力溢れる（先々代）尾上松緑を女子大に招き座談会を開いた。休学中に歌舞伎の造詣を深め、『演劇界』に投稿した「尾上松緑論」が評価され、松緑丈自身とも親しくなっていたのだ。「松緑を囲む会」での有吉さんの言動は、すでにひとかどの文化人の趣きがあった。

私はシェイクスピアより、現代演劇ばかり愛読していたので、変り種の点で趣味が合うと思われたらしく、通学生の有吉さんは、寮の私の部屋に時折休息に寄るようになった。強い薬でも十二指腸虫は出ず、心臓の異状に病名がつかないとこぼしつつも、さっさと短大を卒業し大蔵出版という所に就職し、歌舞伎評論家としての実績も積んでいた。

大学部に残った私が、やっと卒論を仕上げた頃、真紅のエナメル・ハイヒールで颯爽とした有吉さんが寮に来て、「吾妻徳穂って知ってる？　天才舞踊家よ。彼女がアメリカ公演に行くから、英語関係のこと助けてたんだけど。秘書になってあげなくちゃ、ピンチなの。あなた、あたしのあと大蔵出版に入らない？」と薦めてくれた。給料は当時の常で、英語関係の職場より遥かに少なかった。私は、「卒業しても東京に残るんじゃ、送金して貰えないから」と、好意を断った。すると「親元から通えない人、自立は大変ね。でも英語関係って、経験第一主義よ。試験にパスするまで出版社の可能性、残しといて上げる。男と対等に仕事ができる所、滅多にないから」と、友情に満ちた言葉を残してくれたのだ。

幸い私は或るつてを頼りに外資系の事務所に就職できたが、事務英語やタイプの経験のなさから仕事がこなしきれず残業が続き、結核が再発しそうだった。郷里では父が白血病で死期が迫っていた。つまり眼前のめまぐるしさで、有吉さんに報告が遅れていたのだが、間借り先に、流麗な筆書きの巻紙が届いた。就職の件を風の便りで知ったが、報告しないとは許せない。大蔵出版に推薦をしておいた自分の立場がない、と激怒の文から始まり「その様な誠意のなさ、無礼無作法は、社会に出ては通用しませんよ。最後の忠告です。以後、お付き合いは止めます」と締め括られていた。

詫び状を書くべきだったが、申し訳なさに打ちのめされてペンが持てなかった。しかし以後私は、恩義に対して礼を尽くすという常識を肝に銘じ、どうやら「社会に通用した」のだ。ありがたい絶交状であった。

有吉さんは間もなく小説『地唄』で才女時代のさきがけとなり、猛然たるスピードで名作を書いて行った。アメリカ留学、結婚、出産、中国への子連れ文化使節、そして離婚といったニュースがマスコミを賑わしていたが、偉くなったこの友人はもう遠い人だった。

私はといえば、やっと英語の職場に馴れた頃、テレビが普及し、演劇好きの血が騒いだのか、テレビ脚本家という新しい道に入った。

そして数年後、一九六八（昭43）年、山本薩夫監督から電話が入り「大映で有吉さんの『非色』の映画化が決まり、原作者から脚本は大藪さんでと指名があった……」との話だった。私の動向を、今や雲の上の彼女がどうして？

打合わせ場所には有吉さんが先に来ていて、私と二人だけになる数分があった。

「あなたオランウータンの孤児院をボルネオに探しに行って、テレビドラマ書いたでしょ。名前見てびっくりしたわよ。脚色してもらいたい小説、沢山あったのに、どうして連絡をくれなかったの？」

「あんな別れ方のあと、仕事上の利害で接近するみたいなこと……」と、言うのも角が立つ。私は答えられなかった。

監督や製作者が入って来ると、「この人、『非色』の主人公が生きた時代を、私と同じ視点で見て来たんです。信頼できます」と紹介した。その時もその後も彼女は私と同級だった事にはふれず、「書ける人」と、正攻法の推薦ばかりしてくれたものである。

『非色』での再会をきっかけに、私は数え切れないほど、彼女の小説を原作とするテレビドラマを書いた。脚本化のために私は原作を研究者のように熟読した。構成と語り口が見事なので、劇化に向いているには違いないが、彼女の文学の真価は主題の永遠性だと思う。風俗小説風の作品にさえ、古びない主題が秘められている。時代小説ともなれば、膨大な資料を鋭い直感で立体化し、独創的作品に仕立て上げる。最たる例は『出雲の阿国』だ。

絶交の解禁が出て七年目、東宝から山田五十鈴主演『香華』の舞台劇執筆の依頼があった。有吉さん自らの演出で、学ぶことが実に多かった。私にとって処女作のこの舞台劇の成功で、私はテレビから舞台に場が広がった。

有吉さんは私に「劇作家」という財産をくれたのだ。そして九年後、急逝の知らせを受けた時、私はニューヨークにいた。その夜に見た『キャッツ』の主人公は、華麗に生涯を走り続け、疲れて早い最期を迎える。昇天する彼女の足には、磨り減った赤い靴がなおも美しく光っていた。

❶essay

有吉佐和子の素顔

――パブリックとプライベートの両面

エリザベス・ミラー・カマフェルド

有吉佐和子さんが亡くなられてからすでに二〇年も経ったのに、それがつい昨日のことのように、はっきりと想い出される。その日、彼女が睡眠中に亡くなったと、ニューヨークにいた私のもとに有吉秋津さんから連絡があった。

私は一九七二年に、一〇年ほど住み慣れたワシントンを離れ、以来ニューヨークに永住している。

佐和子さんとお嬢さんの玉青ちゃん、私と娘のセオドシアの四人で初夏の夕べを楽しんだのは、そのつい数ヶ月前のことだった。佐和子さんの御贔屓の、メイフェアにあるゲイロードレストランで食事をした後、私たちは、ケンブリッジで英語の勉強をしていた玉青ちゃんを駅まで見送った。後に残された私たち母親二人は徹夜で、演劇界、世界問題、文学界、また娘たちの将来の事などいろいろと語り合い、二人とも一人娘しかなかったので、母親二人のうち生き残った一人が、真の母のように、残された娘の面倒を見るべしと誓いあった。こういった大げさな規則を決める前に、一応娘たちに相談するのが常識なのではなかろうかなどという考えは、私たちの意識外だった。娘二人がお互いに姉妹のように親しみを深め、一人残った母を亡くなった母の代理として頼り、生き続けるのが当然としか私たちは考えていなかったのだ。

佐和子さん急死の報を聞いた私が反射的に意識した事は、まず玉青ちゃんの面倒をすぐ見なければという責任感であった。ロンドンは既に深夜である事にも気付かず、当時ロンドン経済大学院に籍をおいていたセオドシアを電話で呼び起し、佐和子さんの急死を知らせた後、至急玉青ちゃんに連絡して、必ず手落ちなく彼女の面倒を見るようにと私は命令した。それと同時に私は、佐和子さんのお母様の秋津さんに再び電話して、お通夜や葬儀などの日程を伺った後、ニューヨークから東京に飛んだ。

一週間ばかり前に、転んで足を骨折していたため、私の右足はギブスに包まれていた。東京じゅう杖をつきながら、私は、大聖堂で行なわれたお葬式などに、喪主となってしまった玉青ちゃんのそばを危なっかしく付き添った。その奇妙な私の姿を、記者やカメラマンたちが追跡した。

この二〇年、私は、多少なりとも作家・有吉佐和子の素顔を伝える義務があるのではないかという思いを持ち続けてきた。佐和子さんとの思い出を語ることで、その義務の一端が果たせるだろうか。

佐和子さんと私が親しくなったのは一九五〇年であった。戦後日本の教育組織がまだ固定していなかった頃、二人とも新入生として東京女子大学に入学したのである。終戦直前にはことに空爆がひどかったが、その空爆を逃れ、校舎は手入れのゆきとどいた芝生に囲まれ、クリーム色の礼拝堂、図書館、講義堂などが整った閑静な雰囲気のなかに建っていた。私は一日も早く、戦争被害を逃れたアメリカの大学に移ることを望んでいたので、資格不足の学生のためにあわただしく臨時に設置された大学予科に入り、佐和子さんは二年後に卒業可能な短期大学に入られた。そして彼女が病気で休学中、私は東京女子大からシカゴの郊外にあるウイートンカレッジに転校し、そこからミネソタ大学院に進んで、米文学と日本文学を含む比較文学の研修に励んだ。

佐和子さんが『紀ノ川』を書き上げ、サラローレンス大学に留学した年、私は既に二年間、ミネソタ州セントポールにあるベセル大学の教師として米文学、作文などの講議にあたっていた。佐和子さんからニューヨークに来て英語予習の援助をしてほしいと依頼があった年、私はハーヴァード大学院で近代米文学の研究にあたっていたので、躊躇なくそれを引き受けた。

ライシャワー教授の元で、日本文学を副専攻科目として研修したものの、私の日本近代文学の知識は浅く、佐和子さんの作品が歴史的にどの位置をしめているか、正確に検討できる自信もなかった。けれど、それゆえ逆に、彼女が書いた作品を参考までにと読まされたとき、何の偏見もなく理解することができた。しかし、一九五〇年代末のアメリカでは、日本文学専門の学者は殊に少数で、ほとんどみんな佐和子さんの作品を真剣に検討することに興味を示さなかった。彼らは、有吉佐和子の作品を大衆小説の如く扱って無視しているようだった。そういう状態だったので、彼女の作品の価値がマーガレット・ランドンの小説レベルなのか、それともジェーン・オースチンの古典的小説に比較できるものなのかを検討することなど、彼らの興味の外にあった。

どこに行っても、佐和子さんの作品はアメリカの日本文学専門の学者たちに無視され続けた。一方で三島由紀夫の作品を褒めたてながら、佐和子さんの作品を真剣に鑑定する価値のあるものと認めてくれなかったことは事実である。懸命に依頼しても、彼らは有吉佐和子の作品を当時の評論雑誌やその他の出版物に取り入れたり、社会に紹介する事を避け続けた。そして、ニューヨークの一流の編集者や出版社も、英訳された佐和子さんの作品の出版を躊躇し続けた。

しかしついに五〇年後の今日、やっと佐和子さんの作品の価値は、日本文学を研究する米人長老たちに認められるようになって来ている。佐和子さんは、自分が不平等な取り扱いを受け続ける理由について、しばしば冗談混じりに推定した。私も全く同感だった。たぶんアメリカの日本文学専門家たちは、ダイヤの指輪やミンクのコートをまとった若い日本の女性作家への応対の仕方に、迷っていたのであった。

渡米直後に受けた、このような失望的かつ侮辱的な佐和子さんの体験が、その後の彼女の作品にどの様に影響を及ぼしたかを検討するのも、意味ある仕事ではないかと思う。

私は東京女子大学で教鞭を執っていた一年と、城西大学で五年続けて一ヶ月の短期集中セミナーを行った期間を除き、一九五一年からほとんどを海外で暮らしてきた。だから有吉佐和子の読者や観客が、作家としてのキャリアと同時に、私生活ではシングルマザーとして、彼女が一人娘を育てていたことなどについて、どのようにみていたのかほとんど知らない。しかし、他の人たちが知りえない彼女の素顔は多少なりとも知っている。その生活がいかに華やかに見えたとしても、彼女は男性と親しく交わること、ことに好意を寄せてくる男性の存在に関して、ほとんど無関心に見えた。けれども、数少ない例外もなかったわけではない。

一つの恋愛が終わったあと、私への手紙のなかで彼女は、相手の男性の家族を不必要に崩壊させてしまう恐怖を感じて、相手との距離をとったのだと語っている。そして彼女自身が距離をとろうとしたときに、その恐怖も終わったのだという。その固い道徳的価値観は、彼女の小説や戯曲なかの男女や、夫婦のいきいきとした関係性の描写に映し出されている。佐和子さんが好意を寄せたり、愛した特定の男性との親密な関係は、彼女が描き続けた作品のなかで、文学的な高い価値をもって反映されているはずである。

彼女は小説のなかで、しばしばある法則性をもって、自分の体験から作り出した人物を登場させている。また、平均的な主婦の、ありふれた日常に自分自身をわざと置くという能力をもっていた。たとえば結婚当初、彼女は執筆活動を中断し、日本にボリショイサーカスを呼ぶためにモスクワに行く夫について、ロシアにいくと決めた。佐和子さんは私にこう言った。

「お米と炊飯器を持ってモスクワにいくわ。それでホテルの部屋で料理をしようと思う。ロシアは食糧不足と聞いているから」

誰が、「女流作家」有吉佐和子がホテルの部屋で、夫と彼女自身のために料理しているなどと想像できただろう。彼女はそれをやってしまう人だった。彼女がサラローレンス大学に通っていた頃、Yonker のアパートに私を招待してくれたときも、私は、もし彼女がそれを望むなら、とてもよい料理人（主婦？）になれる人なのだと気づかされた。今でも私は、小さなキッチンで、二人分の夕食を作っている彼女の姿をありありと思い出す。

またあるとき佐和子さんは、私がニューヨークに住んでいるのに、ヤンキースの試合を一度も見た事がないと知って、とても驚き、私を叱った。私はヤンキースどころか、野球観戦に一度も行ったことがなかったのだ。そして、彼女が野球好きなことを聞いた私の主人が、佐和子さんをニューヨーク・メッツの試合に招待したときのことである。彼女は、斉藤レストランに日本式のお弁当を二人分用意させ、大喜びで出かけた。普通ホットドッグで済ませるアメリカン　ベースボールの観客席で、前ニューヨーク副市長であり、当時は大出版社の社長であった主人が、佐和子さんとお箸でお弁当を食べながら野球を見ている姿は、とても奇妙なものだったろう。

野球の試合中、更に主人が驚かされたのは、佐和子さんが、非常に野球の通であった事である。初めて見たメッツの試合なのに、彼女は選手の名前も知っているし記録もよく覚えており、ルールもよく理解していたという。そのうえ彼女は、スコアまできちんとつけていたそうである。

彼女は、私があまりにも野球に無知で、ルールさえ知らないので、〝野球を楽しむ本〟を私のために書いてくれると約束した。そして、私が野球好きになるように〝運動〟を始めた。特別に、日本の有名な野球選手たちとの夕食会に連れて行ってくれるなど、彼女の努力は重ねられたが、誰ひとり選手の顔もわからない私にとっては、野球ファンの友人たちにうらやましがられただけだった。そして、残念ながら私が待ち構えていた〝野球を楽しむ本〟は、出版されぬまま佐和子さんは亡くなってしまった。

こうして二〇年にわたって、私たちは友情を育んだ。しかし、有吉佐和子のそうした人柄と、文学性は切り離して語られるべきである。それは、彼女の表面に現れた〝印象〟と、彼女の内面は異なるのだと換言してもよい。たとえば戦争、あるいは経済競争、環境破壊、女性差別などの問題に関しては、私はいつも佐和子さんより私のほうが理解が深いと思っていた。しかし、彼女は即時に何でも理解する人で、未知のもの、あるいは新しく発見した知識について、深い好奇心を持って対応する人であった。

彼女がベトナム戦争の最中に一週間、劇場視察のためにニューヨークに来たときのことであった。案内を乞われた私はまず、ブロードウエイにかかっており、二国間の争いを中心に扱った『ケイトンズヴィル事件の九人』という劇を選んだ。米国の徴兵募集に関する書類を焼き、ベトナム戦争反対の意思表示をした九人についての劇であった。この九人は逮捕され、彼らの過激な行為のため裁判にかけられたのだった。

もうひとつ、私は『ロイヤルハント・オヴ・ザ・サン』という、スペインからの征服者とインカ王国との間の戦いを扱った劇を選択した。佐和子さんは、直ちに征服国とその犠牲国の関係を理解した。そして、短期間のニューヨーク滞在の後、佐和子さんはロンドン経由で急いで帰国の途についた。飛行中に佐和子さんは二つの劇のことを考え通したのであろう。ロンドンに到着するや、彼女は私に、『ケイトンズヴィル事件の九人』の翻訳を大至急始めて、三日後の帰国時には翻訳原稿が届いているようにしてほしいといった。現在すでにベトナム戦争が真っただ中である事を、日本人はほとんど気付いていない……。一刻も無駄にする暇はないと、彼女はいった。

彼女の真剣に思いつめた意気に動かされた私は、三日三晩徹夜で完成をめざし、翻訳原稿が東京で彼女の帰りを待ち受けているよう努力した。彼女は帰国するや瞬時に、私の翻訳を修正し、原稿を出版させ、日本語訳の『ケイトンズヴィル事件の九人』の演出にあたった。

素朴な考え方で、ベトナム式共産主義破壊を目的に戦争に当っている米国政府。それに反対して多くの米市民たちが、デモを行うなど様々な手段をとって政府に反対の意志を示している。この状況を、『ケイトンズヴィル事件の九人』の紹介を通して、有吉佐和子は日本の観客に伝えた。訪米するや、作家は事態を即座に理解して、自らの読者とこの発見を共有しようと努力したのだ。

私たちの努力が、如何にこの劇をみた日本の観客や読者に影響を及ぼしたかについて、ここで特に取り上げる必要はないと思う。それ以来、多くの日本の知識階級の人々から、繰り返し何度もこの芝居を見たり読んだりしたことによって、アメリカ市民が自由に政府のベトナム政策に反対し、それをデモなどで表現していることに親近感をもった、と聞かされた。そしてそれから四〇年後、佐和子さんと一緒に制作を担当なさった片山氏にお会いしたとき、その経験が彼の一生の生き方を変えるほどの影響を与えたと、私は知ったのだった。

『ケイトンズヴィル事件の九人』は、有吉佐和子という作家が、如何に即座に新しい現実を理解する能力に長けていたかを物語ると同時に、理解するやそれが彼女の信念となり、それを基礎にして作家、劇作家、ジャーナリストあるいは芸術者として、自らが生きる世界の改革に尽そうとしたかを示す一例である。彼女はこのように、創造した環境に宿らせた人物を通して真実を提供し、そうすることによって現実を再現してみせたのであった。

ダニエル・ベリガン神父作の『ケイトンズヴィル事件の九人』の共訳など、一緒に仕事をした経験を通じて私が見た有吉佐和子は、当初どんなに馴染みのないものであっても、出会うやいなや直ちに物事の本質を理解できる稀有な能力を有していた。そして、一度その状態を理解するや、直ちにその真剣な代弁者となった。人間の魂をさらし、そこに描いた環境を通して、読者や観客にそれを追体験させる能力に恵まれていた。有吉佐和子が観客や読者に提示した背景はじつに多種で、複雑な問題も、広い人間世界のさまざまな状態として、彼女の戯曲および小説に提示されている。

日本文学に対する私の知識が浅いことはよく自覚しているが、私は、確信をもって、有吉佐和子の作品は〝単なる流行小説〟ではないと、断言したい。彼女の作品のほとんどは、勤勉に研究して書かれたものであり、学問的な検討にふさわしい文学作品だと知っているからだ。

「ケイトンズヴィル事件の九人」の演出風景　中央に有吉佐和子、左隣が大藪郁子

❶ *essay*

風のように

——早く逝った有吉さん

伊吹和子

有吉佐和子さんに私がはじめて会ったのは、昭和三十六年（一九六一）秋のことであった。当時、私は中央公論社の書籍出版部にいて、谷崎潤一郎先生の『新譯源氏物語』を担当していた。同書はすでに何回か改装して版を重ねていたが、また新しく「豪華愛蔵版」と銘打った五巻本を出すことになり、その宣伝のために、新装の「谷崎源氏」を手にした有吉さんの写真を使わせていただく——といういきさつで、上司に連れられて有吉邸に出向いたのが初めてであった。その十一月、中央公論社からは有吉さんの『女弟子』が発売されているから、それにも関係した訪問であったように覚えている。豪華愛蔵版の「谷崎源氏」の装幀は、その頃華々しく活躍しておられた女流書家の町春草氏であった。新築の有吉邸の新居の玄関を開けると、その町さんの書の額が大きく飾られていて、すがすがしい木の香りが流れてきた。年譜を見ると、有吉さんはその年三十歳である。

有吉さんの第一声は、「あなた、何年生まれ？」であった。そして私が一歳上の昭和四年三月の生まれであることを知ると、「じゃあ、先生って呼ばないでね、有吉さんって言ってね」といわれた。それから死去まで、二十数年のお付き合いになった。

その後ほぼ十年の間、有吉さんは結婚したり、愛嬢の玉青さんを産んだり、離婚したり、中国や東南アジアへ行ったり、マラリアで入院したり、と、目まぐるしい身辺の中で、力作を次々に発表された。中央公論社からも

『香華』『非色』『出雲の阿国』などが出ているが、それらを私が直接担当したというわけではない。ただ、何かにつけて始終行き来があって、玉青さんの成長ぶりもよく知っていた。片言の玉青さんの「ももたろう」のお話を、訪問者は必ず聞かされた、という一件は、のちに玉青さん自身が書かれた『身がわり』に詳しいが、私もその一人である。有吉さんからは何かというと長い電話がかかってきた。「聞いて、聞いて。今日タアちゃんがね」から始まり、「自宅へ来る記者や編集者の中で誰が好きなの、って尋ねたら、イブキさんって言うのよぉ、どうしてかって？『ヤチャチイカラ』ですってよ」と、電話のむこうの声はいつも弾んでいた。

直接に担当したのは、『真砂屋お峰』の「中央公論」連載（昭和四十八年一月号より）と、その単行本化だったが、前年の『恍惚の人』（新潮社）執筆の頃からは、他社に書かれる原稿のチェックも頼まれるようになっていた。「恍惚」という言葉は、二十八歳頃、外国の公園のベンチに腰かけた老夫婦の表情を見かけた瞬間に頭に浮かんだの、やがてこういう人たちのことが日本でも必ず社会問題になるだろう、私が書かなければならない、って思ってから十年ね、と言い、まだ誰も気付いていないのよ、私が書くのは今よ、と言われた。

『恍惚の人』はベストセラーとなり、その二年後の『複合汚染』も、朝日新聞に連載が始まると同時に評判になった。それは、文学作品としてよりも社会問題の提起として世間を揺るがせ、政治の無策が指摘されて、俄かに対策の必要が叫ばれるようになったりした。二十年後の今日、曲がりなりにも社会の関心が向けられている、そのきっかけが、二つの作品であったことは間違いない。有吉さん自身には、「二つとも、文学作品として見てくれない」という不満があったようだが、その直感と着想の鋭さには改めて驚くばかりである。今思えば、ほぼ同時期に書かれた『真砂屋お峰』も、いわゆる「経済成長」を上り詰め、やがてバブル景気に湧いた後の空しさを、予告するものであった。「お峰」は、洪水のように押し寄せる収入に対抗して濫費に濫費を重ね、その贅沢を咎められて島流しにまでなりながら、いささかも動じない女として描かれている。

有吉さんは一途になる人であった。原稿執筆に夢中になって呼吸をするのも忘れ、失神寸前になったという話などは日常のことだったが、自分を追い詰めて苦しみながら名作を生み出して行く、という作家本来の宿命を、この人も負っておられたのであろう。『鬼怒川』『青い壺』『和宮様御留』『悪女について』と立て続けに書き継がれて行く間に、生来あまり頑健ではなかった身体と、繊細な神経とが傷付きはじめていたことに、私は薄々気付いていた。何となく疲れちゃった、と入退院を繰り返した後、スポーツ・クラブで汗を流すことを覚えて、もうこれで更年期は乗り切って元気になった、と喜び、贅肉を落として、今は七号サイズのスカートがはけるのよ、羨ましいでしょ、だぶだぶになったものは皆、あなたに上げるわ、と高々と笑って言われた時、その意気軒昂とした笑顔の裏にちらちらと見え隠れする危うさを、どう処置すればよいか、私自身が悩んでいた。

その頃、突然、あなた、オペラを見る？ と尋ねられたことがある。実は私は他言をはばかる程のオペラ好きであったが、有吉さんはそれを知ると、じゃあ、あたしも全部見る、代金はあたしが払うから二人で行きましょう、来日公演はすべてチェックして頂戴、見落としがないようにしてね、一つでも見逃したら怒るわよ、と、大変な熱の入れ方であった。プッチーニの「トスカ」を見た折、歌詞にラテン語の祈りの部分があるのを、「あなたはあの意味、正確には分からないでしょ、あたしはみんな分かるのよ、だってカソリックですもの、ここに来ている聴衆の誰よりもよく分かってるのはあたしよ」と、得意げに言われた。

ところが、しばらくその熱が続いた後、もうオペラはいいの、それどころじゃないものに今のめり込んでるの、と言われる。今度は室内楽か何かですか、と尋ねると、新しい関心は甲子園の高校野球であった。

「あなた、あの野球に興味がないなんて、つまらない人ね。あたしはちゃんと録画もしているのよ。何度見ても飽きないわ、少年の情熱に涙が出て来るの」

と、この時の一途さは、いささか尋常ではなかった。

昭和五十九年（一九八四）、私が会社を退職してすぐの夏、有吉さんは突然逝かれた。枕もとに、高校野球のテープが残されていたという。

自宅の玄関を出る有吉佐和子　うしろに町春草の書の額が見える
（『朝日新聞』一九六一年五月）

❶essay

アルバトロスのような

カトリーヌ・カドゥ（禹　朋子訳）

アメリカインディアンのことわざでは、その人の靴を履いて何ヶ月か歩いてからでなくては、ある人について語ることはできない、という。有吉佐和子さんが亡くなった時、私は玉青さんから形見として二足のパンプスをいただいた。特別な機会にその靴を履くことを、私は今なお、誇らしく、幸せに思う。そのたび毎に、私たちが共有した陽気な、時には呑気な、また創造の緊張に満ちてもいた時間のことを思う。これらの時間は、今日なお私の導きとなっている。

実のところ、一九七四年の私と有吉佐和子さんとの出会いは、きわめて女性的な共犯関係から始まった。というのもその関係は、私がパリ、マドレーヌ大通りの高級靴店に有吉さんのお供をしたことで成立したからだ。有吉さんは、ある環境汚染会議出席のためパリに来ていて、朝日新聞パリ支局長の奥尾幸一氏の依頼で私が自由時間のお供を務めることになったのだった。有吉さんは次作「複合汚染」のことで頭が一杯だったし、私は水俣の悲劇をテーマにした高橋治の芝居、「告発」を翻訳したばかりであったから、有吉さんとは地球の未来について大議論を交わすものと思っていた。ところが私たちは他愛のないおしゃべりをしたり、ブティックをのぞいてぶらぶらしたり、有吉さんの靴を買ったりして日中を過ごした。けれどもその夜、奥尾さんが、同じく汚染会議に出席していた二人の先生方と一緒に私たちを招いて下さった豪勢な晩餐の席で、私は忘れられない光景を目にしたのだった。

海の幸で有名なそのレストランで、私たちのホストは牡蠣、貝、蟹に伊勢エビの豪華な盛り合わせを注文して下さり、私たちは熱心に各自の取り皿を満たしていた。その時、有吉さんは急に気分が悪くなり、失礼、と言って席を立った。その夜のごちそうのことを事前に知らされて楽しみにしていたので、私たちは昼をごく軽くしか取っていなかったから、有吉さんの落胆はひとしおだった。けれども席に戻ることは無理とわかり、私も夕食抜きで有吉さんをホテルへ送って行かねばならなかった。別れ際、有吉さんは、明日、全て説明します、と約束した。

その言葉通り、この不可思議かつ衝撃的な体調不良のわけを告げられた時、私は、有吉さんのような作家の肉体そのものを貫く感覚の密度と速度に言葉も出なかった。創作という象牙の塔への避難を強いられるほどの感覚だ。「恍惚の人」の有名な一節に、この小説の老主人公、茂造が、がつがつと蟹をむさぼる、ぞっとするような描写がある。問題の夜、宴会の会食者の一人がこれと同じ料理に、待ちきれないとばかり貪欲に取りかかる姿が、有吉さんには小説を書きながらただ想像していたより、なおおぞましいものに思えたのだった。有吉さんは、その翌朝もまだ恐怖で息が詰まる様子だった。有吉さんと最初に過ごしたこの数日間については、即刻成立した共犯関係と、有吉さんの尽きせぬ寛大さのことが、なお鮮やかに思い出される。

ブノワット・グルー
最後の植民地
有吉佐和子 カトリーヌ・カドゥ訳
この本が書かれることを
聡明な男たちは予感し、怖れていた！
だが、これは過激なウーマンリブの
本ではない。男と女の関係を平和に、
正常にと願う、熱いメッセージである。
新潮社版
1300円

その後私が日本へ行く度、有吉さんは広く美しい御自宅に招いて下さり、最高に洗練されたレストランへと私を連れだしては素晴らしい料理を味わわせて下さった。私たちは、社会問題や日本、フランス、そして中国の政治について、何時間も議論を交わした。佐和子さんは私と一緒に森英恵のブティックへ行くのも好きで、お揃いの服を買って楽しんだりするのだった。彼女の好みの確かさと、服を選ぶ速さは素晴らしかった。時には私の好みがクラシックだと言って、奇抜としか言いようのない服に目を付けつけるのだが、それがまた確かにとても似合っていた。

このように何回も会う機会をもつ中で、私は彼女に、とあるテーマのことを切り出した。そのテーマとは、女性の優位という観点から見たフェミニズム。有吉さんが緊急に扱うべきとテーマだと私には強く思えた。テーマはいいとして、どうやって書くの？と、有吉さんは聞いてきた。当時私は、エッセーでも書いてはどうかと思い、ちょっと前に読んで触発された本のことを、記憶を頼りにお話しした。ブノワット・グルーの「Ainsi soit-elle」という本だった。イメージがわくように、すこし訳してあげましょう、と申し出さえした。そうして私は、何事もなく、東京旅行の際に泊まることにしていた木場のマンションに戻った。

びっくりしたことに、その翌日から、いくつかの出版社から電話がかかってきた。「あなたが有吉佐和子氏と共訳することになっている本のレフェランスを至急知りたい」というのだ。自分の耳が信じられなかった。私はあわてた。まるで契約を結んだかのように話すあちこちの出版社に何と答えていいやらわからなかった…その本は手許にないし、著者の名前はわかっていても、出版年なんてもちろん覚えていない。出版社の名前すらあやしくなってきた…それに何より、どの出版社を選んだらいいのかわからなかった。

電話すると、佐和子さんは大笑いし、有利な条件を引き出すための私の作戦なのよ、と言って私を安心させてくれた。このようにして私たちは新潮社と契約し、伊藤喜和子さんの面識を得た。彼女は私たちの素晴らしい担当者であり、今も大の友人だ。伊藤さんの提案で、まず直訳調の第一稿を作り、私が有吉さんと一緒に最終稿を仕上げることになった。有吉さんはフランス語が一言もできない。数ヶ月後、有吉さんはパリに一週間の予定でやって来た。その間にこの「共訳」の仕事を片づけないといけないのだった。

その一週間は、過酷で厳しいスケジュールにもかかわらず、とてつもなく密度の高い、楽しいものだった。共同作業のできる日は七日間しかないのだから、毎日、翻訳の七分の一を終えないわけにはいかなかった。西崎富紀子さんの手になる第一稿は原文に非常に忠実であったが、私たちは全く自由にテキストにとりかかりたいと思った。創造性を持ち込まなくては我々が共訳する意味がない。そこで私たちは朝九時からお昼まで仕事をし、日によっては必要に応じて、午後三時に再開することに決めた。仕事の方法は一定だった。有吉さんが翻訳を音読し、彼女が意味に疑問を持つか、あるいは私が翻訳に同意できない場合、直ちにストップする。そこで始まるのがテキスト解釈についての活発で比類のない議論や、表現の適切さをめぐっての共同探究作業だった。

今も思い出されるのは、露骨だったり、きわどかったりするくだりの翻訳について二人で大笑いしたこと。私がぴったりの訳を見つけられるようにと有吉さんが示してくれる語彙の信じられない豊富さ。魔法のようだった。私有吉さんが仕事の時間を減らそうとする度、私は強硬に反対した。私はやる気満々で、この翻訳の隅々にまで、私たちの共同作業が反映されることを心底望んでいたからだ。とりわけ忘れられないのは、極めて真面目で深刻な事柄から、突飛な場所の可笑しな可笑しな散歩を着想するに至るまで、何事にも芽生える彼女の独創性だ。

有吉さんはゴド・ド・モロワ通りのホテルに宿泊することになっていた。この通りは、かなり贅沢な売春宿がいくつもあることで知られている。通りにはセックスショップが何軒かあったが、有吉さんは私と一緒にそこへ行くのが好きだった。目的はただ、お客の困った顔を見ること。店の客は皆男性で、こんな店で、どちらかというと「まともな」女性達に接する習慣はない。その上、そのうち一人はとても背が高く…日本人なのだ。有吉さんは、お客の誰かが私たちの値段を尋ねることを想像していて、試しにお客の誰かに声をかけて、値段はいくら、と聞きかねなかった。他にもまだ二人で大笑いした思い出がある。私が警官達に付き添われて有吉さんの部屋に到着した朝のことだ。警官は、私が本当にホテルの女性宿泊客と面会の約束があることを確認したがっていた。実際のところ、その頃私は、と言っても今だってそうなのだが、小型バイクを移動の足にしており、例の通りが一方通行なのに、逆から入ってしまった。風紀取締り班の警官達に止められ、ホテル・モンレアルに「仕事に行く」ところだ、と言ったらば、警官達は「今じゃ朝っぱらからバイクでお仕事か！」と言ったのだ。高級車で客引きする「アマゾーヌ」たちに慣れているため、私がフランスの小説を日本女性と一緒に翻訳すると言ったところで、警官達は信じてくれなかった。その日の朝、私がこんなエピソード付きで有吉さんの前に現れたものだから、いつもの勤勉さを取り戻して、翻訳にまた集中するのにとても骨が折れたものだ。

シャンゼリゼを下ったところのシックなレストランで、友人のジャーナリスト達ととった昼食、というのもあった。共訳作業の間、私たちは非常な緊張状態に置かれたので、昼食時はリラックスの時間として楽しみにしていた。その日私たちは、「教会の神父達」がどんな悪意を持って男性に対する女性の服従を制度化したかを実に良く例証する一節を訳し終えたところだった。「女性が男性と同等であるということは、なすびに雲雀《ひばり》のごとく空を飛べというくらい不可能なことだ」というくだりである。私たちは男性の悪意に対して怒り狂っており、昼食の間中、友人のジャーナリスト達に向かって、あなた達は本当に自分が雲雀のようだと思っているの、だとか、こんなに有名な場所でなすびがお昼を頂いてもいいものかしらね、などといって彼らを責め立てた。私たちは、まさにその日の朝、翻訳のタイトルを「最後の植民地」とすることを決めたところで、自分たちが女性解放のジャンヌ・ダルクであるような気になっていたから、尚一層、情け容赦なかった。

有吉さんの素晴らしさは、社会生活の未知の地平を探求する並々ならぬ熱意、それを彼女の断固たる決意と併せ持っていたこと、つまり革新的な視点の酵母となる全てをもっていたことだ。

けれどもメダルには裏面もあった。オペラに一緒に行ってほしいと頼まれた夜のことだ。私はロングドレスを持っていなかったから、夜会用のパンタロンをはいて有吉さんを迎えに行ったところ、有吉さんは自分と同じくドレスを着てほしいという。そして、私のドレスのうち好きなのを選んで頂戴と言ったのだ。これは私の最初のロングドレスとなり、今も大切に持っている。ホテルからオペラ座まで歩く一〇分の間、私たちは、良い共犯関係にあることに心軽やかで、幸せな気持ちだった。と、その時、私たちは日本人観光客の一団によって「地上に」引き戻されてしまった。彼らは自分の目が信じられなくて「目の前にいるのは、本当に有吉さんなの?あなた、本当に有吉さんですか?」と問いかけたのだ。すると有吉さんは、きっとなって、険しい表情すら見せ、「だから何なの」と素っ気なく答えた。私は残念な気持ちになった。というのもその夜の魔法は解けたも同然だったから。同時に私は、その名声ゆえ、自由な女性として活動できる範囲がこれでもか、これでもかと狭められていることへの有吉さんの深い苛立ちを感じた。これは一つのエピソードにすぎないが、人気ゆえに有吉さんが受けねばならず、また耐え難く思っていた束縛をよくあらわしている。有吉さんは、パリでは身を隠していられると思っていたから、とりわけ耐え難かったのだ。

有吉さんは、大抵は有名人という役をこなしていたが、時にはそれが大変な重荷になっていた。エクリチュールと友情と寛大さの天空を飛んでいる時はとてつもなく強くて優雅さに満ち、一方で、人間世界の足かせから決して逃れられない雌のアルバトロス、というのが私が彼女に今も抱くイメージである。私たちの出会いは、有吉さんにとっては大空への脱出であり、私にとっては、今なお折に触れてインスピレーションを沸き立たせる、特権的なひとときであったと信じている。

❶essay

思い出の有吉宅

丸川賀世子

今年二〇〇四年は、佐和子さんが亡くなって丸二十年になる。彼女と私は共に一九三一年（昭6）一月生まれで、私はれっきとした高齢者となり、五十三歳で逝った彼女は、それ以上老いることがない。だが友情というものは、相手がこの世にいてもいなくても、続くものだと実感した二十年でもあった。

その二十年の間には母堂の秋津さん、令兄の有吉善さん、令弟の有吉真咲さん、それに玉青さんの父、神彰氏、佐和子さんと公私共に縁が深かった吾妻徳穂氏が、お亡くなりになった。ふりかえるとあっというまのようでいて、二十年の歳月はやはり長い。

それだけに佐和子さんゆかりの方々が、健在だった頃の堀ノ内の旧有吉宅が、夢に見るほど懐かしい。

私が初めて堀ノ内の有吉宅を訪問したのは、一九六四年五月で、三十三歳の時である。婦人公論の女性編集者と一緒に伺った。当時すでに若手のスター作家として、脚光を浴びていた彼女から、コメントを頂くためにお訪ねした。応接間で話を伺い、辞去する時、佐和子さんは生後六カ月の玉青さんを抱いてきて、母になった喜びを全身で表わした。当時の彼女は神彰氏の夫人で、お手伝いさんは「奥様」と呼んでいた。

初めの頃こそ、佐和子さんの天衣無縫ぶりや、イエス、ノーがはっきりし過ぎる物言いに、違和感やとまどいをおぼえたものの、その後の自然なお付き合いから、彼女の性格がわかってきてご家族とも親しくなった。私は頻繁に有吉宅を訪問した。

ある夏の一日有吉宅へ伺うと、佐和子さんはTシャツ姿で庭に出ていた。応接間に面したその庭には水を張った蹲《つくばい》があって、石灯籠や庭石が、小じんまりした和風の庭を、うまく引き立てるように配置されていた。彼女は青庵という茶名を持つ茶人でもあった。

庭先にいた佐和子さんは、木漏れ日を浴びながら、

「つつじの花って散らないでしょ。朽ち果ててくたくたになっても、葉っぱや小枝にくっついている。応接間から見るとコゲ茶色したゴミみたいだし、それでは咲き誇った花も可哀想でしょ。ありがとうといいながら、枯れた花を摘んでいたとこ」

と、明るい笑顔でいった。

つつじが花咲く季節になると、私はこの日の佐和子さんを思い出す。

応接間の隣りは茶の間で、茶の間に面した庭は花壇やブランコ、物干台などがあり、樹木も塀ぎわに立っているので、空間が広かった。そのため茶の間は日当たりも風通しもよかった。部屋の隅の茶簞笥の前には四角い座卓があって、それは掘りごたつでもあった。いつも和服姿の母堂の秋津さんが、香ばしいほうじ茶をいれてご馳走して下さった。

佐和子さんが神氏と離婚後は、娘に乞われて秋津さんが同居し、玉青さんを育てていた。秋津さん、佐和子さん、玉青さんの女性三世代の家庭は、雰囲気がやわらかく馴れ親しみ易くて、都心でひとり暮らしをしていた私にとっては、心和む憩いの場だった。居心地がいいのでつい長居をしては「それでは仕事場へ行ってまいります」と口にして帰宅したものである。

幼い玉青さんの可愛いしぐさに笑い興じたり、お母さんの昔話に聞き入ったり、時にはお母さんと佐和子さん母娘の熱い論争に、聞き手までが興奮したり、あの日、あの時の思い出はつきない。令兄善さん、令弟真咲さん

とお会いして、お話をしたことも何度かあった。ご兄弟とも一流企業にお勤めで、妹思い姉思いのやさしい方だった。三人きょうだいの真中が、佐和子さんである。

あれは『恍惚の人』がブームを巻き起こした一九七二年（昭47）の大晦日に、私は有吉宅の茶の間にいた。一緒に新年を迎えようと招かれて、お邪魔していた。佐和子さんと私は、掘りごたつに入って、テレビを見ていた。画面には、歌謡ショウが映っていた。女性歌手が、歌謡大賞を受賞した場面になった。当の歌手はとび上がって喜んだあと、受賞曲を歌い出したが、こみ上げてくる感動を抑え切れない様子で、歌いながら涙をこぼした。息苦しいような画面に何気なく佐和子さんを見ると、何と彼女は既に両頬を涙で光らせていて、とめどもなくあふれる涙をぬぐいもせず、食い入るように画面に見入っている。私はさりげなく、ティッシュペーパーの箱を彼女の前へ置いたが、彼女はそれにも気付かぬ風で、みじろぎもしなかった。貰い泣きなどという生やさしい印象ではなくて、受賞した当事者の何倍もの涙を流していた。

やがて我に返った彼女は、

「つい感情移入をしてしまった」

と照れたように苦笑して、

「これだから私は、お葬式が苦手なのよ。告別式では、遺族以上に悲しんではいけないという不文律があるでしょ。わたしはその人の死が本当に辛くてたまらなくて、思い余って号泣してしまうの。それでふるまいがオーバーだの、非常識だのと迷惑がられるの」

と嘆いた。

彼女自身が感受性の豊かさや、感情の激しさを持て余していた。作家の素質としての長所も、世間一般とはつじつまが合わない場合がしばしばだった。根が純情でやさしいだけに、情の深さが時として感情の奔流となった。

二階への階段を上って左側に水道を引き、風流な水屋を造っていた。階段右側の青畳が匂うすがすがしい座敷には、茶釜用の炉が切ってあった。茶道の流派は藪内流で、伝統と品格がある大名茶だとのことである。正月二日に初釜をした。

秋津さん、佐和子さん、玉青さん、それに若いお手伝いのH子さんの全員が和服で、振り袖姿の玉青さんがひときわ華やかに茶席を彩っていた。お点前をする前に、

「青庵でございます」

と佐和子さんが挨拶をすると、その横で控えていた後見役の玉青さんが
「小青庵でございます」

と行儀のいいお辞儀をした。

客は正客の秋津さんと、次客の私の二人だった。

佐和子さんのお点前は、端然としていながらもたおやかで、客もゆったりした気分にひたれた。

有吉宅には外国からの客が多く、この座敷は国際的な民間の文化交流の場でもあった。

ある時は中国から政府要人が来日した際、中日友好協会の依頼で、彼女は一行をこの座敷に招いてお茶会を開いた。佐和子さんのお点前を、七名程の要人が注目している写真を見せて頂いた時は、要人の一人一人の名前をあげ、席次をすらすら説明する彼女に驚かされた。

「一期一会だからこそ」

と涼しい顔で青庵さんは言った。母堂の秋津さんはそのことに話が及ぶと、

「SPさん付きのお客様は、気が重くて疲れます」

と苦笑されていた。

佐和子さんが好きな言葉に裂帛の気合がある。

「わたしはことに当たって、裂帛の気合で臨みますからね。取材だって、対談だって、裂帛の気合ですよ」

その言葉通り、仕事の獲物に向かってのダッシュする時のエネルギーと、炎となって燃え上がる情熱には凄みすらあった。

そんな果敢な行動力や、表面の強さに覆われていた彼女のこよなくやさしい思いやりなど、最近ではやわらかい面の美点ばかりが思い出される。これも二十年という時の流れによるものだろう。

一九七九年佐和子さん一家は、近くに新築した洋館へ移り旧宅には思いでだけが残った。年を重ねる毎に追慕の念は深まるばかりである。

自宅で茶会を開いたときの青庵（有吉佐和子）と
小青庵（玉青）（撮影　田沼武能）

❶essay

芸能による救済
——『江口の里』の世界

佐伯順子

能の『江口』は、山城国から西海へ抜ける河川交通の要衝であった江口（現大阪市東淀川区）の遊女が、諸国一見の僧の前で歌舞を披露し、最後に普賢菩薩に変身して西の空に昇ってゆく姿を優美に描く。世阿弥作とされるこの曲は、『撰集抄』や『古事談』が伝える、遊女が普賢菩薩に変じたという仏教説話に、西行法師が江口の遊女と歌問答を交わしたという逸話を加えて作られている。大江匡房の『遊女記』が、「その歌声を聞いた旅人は、皆家のことなど忘れて陶然とした」と記す江口の遊女たちの存在は、後代の創作者たちをいたく触発したようで、能の『江口』のみならず、日本舞踊の『時雨西行』、あるいは谷崎潤一郎の『蘆刈』と、芸能から近代文学に至るまで幅広い影響を与えている。

遊女を美的ファンタジーの源とするのは男性作家であり、女性の性を商品化する男性本意の幻想が働いていると批判されがちであるが、有吉佐和子もまた、同じ江口の遊女を素材に、文字通り『江口の里』と題した短編を残している。昭和三十三年十月に『文芸春秋』誌上に発表されたこの小説は、翌年四月に中央公論社から刊行された短編集の題名ともなり、昭和五十年に同題名で文庫化（中公文庫）もなされている。

主人公のグノー神父は、東京郊外のカトリック教会の主任牧師であり、きまじめすぎる信者たち相手の日々の職務にうんざりしていた。そんなおり、突然、柳橋の芸者小ふみこと坂井さと子がグノーの教会に通うようになり、洗礼を希望する。信者たちは芸者の入信に反対するが、グノーは彼女を受け入れようとする。

プロットは一見して、マグダラのマリア伝承に通じ、〝悔い改めた娼婦は誰よりも救われる〟というモチーフが見え隠れする。人間は罪深いほどかえって悟りに近いという宗教的発想である。イエスの足を涙でぬらし、自分の髪でぬぐった後、接吻して香油を塗る女性が、イエスを招待したファリサイ派の人物に、「罪深い女なのに」と非難がましく見られ、それにイエスが反駁して女性に赦しを与えるという『聖書』の逸話（「ルカによる福音書」第七章三十六節～五十節、『聖書』新共同訳、一九八七年による）は、グノー神父のもとに訪れた坂井さと子を、信者たちが「第六誡と第九誡にそむく生活」をしていると批判し、それに対してグノーが、「売春婦であると知っても、神父はさと子に失望しない」と、さと子を許容する構図に似る。実際グノーは、さと子を非難する信者たちに対し、「娼婦を指して罪なきものこれを打てと云ったイエス・キリスト」のことを思いおこしており、「カトリックについて殆ど何も知らない者よりも、カトリックを知っているつもりでいる桜井夫人の方が、神父にとっては導き難い羊であった」と、モラルの形骸にこだわる信者よりも、無心に神に近づこうとするさと子のような女性を、より神に近い存在ととらえている。

「ルカによる福音書」第七章に登場する、イエスの足に接吻した女性と、「マグダラのマリア」（同第八章二節）を同一視する絶対的根拠は、実は聖書には無い。にもかかわらず、これらを同一視する解釈は「カトリック教会の生命ともいえるほどに大事な釈義」（石井美樹子『マグダラのマリア』一粒社、昭和六一年）とされ、絵画、彫刻を問わず、多くの西洋美術のモチーフともなってきた。こうした現象は、日本文化史における江口の遊女像に通じるものがある。身体を売る女性は、東西の宗教において、等しく人間の罪の権化とみなされるが、その一方で、芸術的インスピレーションの源でもあり続ける。そこに、東西に通じる文化的、宗教的逆説がある。

「マグダラのアリア」は、涙でイエスの足をぬらす一連の行為のなかで、「罪深い女」である自らに対する万感の思いをこめ、江口の遊女も、「罪業深き身」と反省する。そこには、人間のセクシュアリティを煩悩の象徴ととらえ、それを女性という性に仮託して、男性中心の聖域から排除しようとする発想が等しく働いている。

だがこうした、セクシュアリティと女性性を同一視して排斥しようとする思想とは全く逆のベクトルが、娼婦たちの伝承には同時に働いている。江口の遊女は、「罪業深き身」と卑下しながらも、最後には普賢菩薩として神格化される。一方、「マグダラのマリア」も、十字架のイエスのもとに最後に集った三人の女性の一人であり、後には聖女として神聖視されることになる。そこには、セクシュアリティを排除する表向きの信仰世界とは逆の心性、すなわち、性的経験に象徴される心身のカタルシスを、そのまま一種の救済ととらえる感覚が働いている。遊女は中世から近世の言説のなかで、しばしば「歌舞の菩薩」と称された。そこには、「歌うも舞うも法の道」、すなわち心身の快楽をそのままこの世の苦悩からの救済とみなす思想が働いている。一方、マグダラのマリアもまた、ルーカス・ヴァン・レイデン『マグダラのマリアの踊り』(十六世紀初頭)に見られるように、芸能をする女性として描かれることがある。ヴァン・レイデンの描くマグダラのマリアは、豪華な衣裳と華やかな髪型で、フルートと太鼓の音にあわせて踊っており、それは、中世の絵画的象徴にてらせば「色欲を象徴」し、「踊りをとおして色欲という七つの大罪源…のひとつが人間のなかに入りこ」む(石井前掲書)意味をもつとされる。だが、それはあくまでも表向きの見解であり、背後には、キリスト教が抑圧しようとした、踊りという芸能がもたらす心身の解放を、美術という手段で暗に賛美する動機が横たわっているように思う。

そもそも、美術作品や舞台芸能自体、それらを眺める者に何らかの視覚的、聴覚的、すなわち官能的カタルシスを与えるべくして生まれるのであり、その題材として遊女やマグダラのマリアがとりあげられるのは、それら美術や演劇、近代的カテゴリーとしては「芸術」に期待される身体的カタルシスを、存在としての遊女なり娼婦なりが担っていたことと不可分に結びついている。そして、有吉佐和子の『江口の里』もまた、同じ力学によって成立しているのである。

江口の里の黄昏に、迷いの色は捨てしかど……

「能うつしの唄」を二度にわたって引用する『江口の里』のテクストは、歌の引用のない文学テクストに比べれば、書かれた文字が読者に音として伝わることをより直接的に意識している。作品の終幕に芸者小ふみの舞姿を描き、それを眺めながら、「彼女の訪れによって、どれだけ彼は潤おうことができたことか。天主の恩恵に対しては感謝して、そして応えるべきだと彼は決意していた」と、自らの救済を明確に自覚するグノーの姿でしめくくられる『江口の里』一篇は、芸能のもたらす快楽が現世の苦悩からの救済にほかならないことを、高らかにうたっている。

遊女によって救済（「天主の恩恵」）を与えられる男性聖職者。この構図は、能の『江口』、ひいては『江口の里』の典拠といえる仏教説話の描く男女の関係性そのものである。普賢菩薩に変身した遊女の姿に、「感涙おさへがたくして、…泣く泣く帰り給ふ」（『撰集抄』）と記される、舞う遊女を眺める播磨国書写山の性空上人の視線は、「舞う遊君から普賢菩薩の御姿を拝する」舞踊の中の西行法師の視線、ひいては、そこに自らの視線を重ねるグノーの姿に重ねられよう。

日本の廃娼論は、東京婦人矯風会の活動に見られるように、明治以後、キリスト教主義の知識人の主導によって発展した。だが、明治五年の芸娼妓解放令は貸座敷の公認によって形骸化し、本格的な公娼の廃止は、昭和三十三年四月に全面施行された売春防止法を待つことになる。いわば、明治の廃娼運動の悲願の達成ともいえる売春防止法施行のほぼ半年後に、遊女を普賢菩薩とみなす芸能に感銘を受ける神父を描いた、作者有吉佐和子の意図はどこにあったのか。グノーはカトリックの神父であり、明治の廃娼運動は主としてプロテスタンティズムによって担われたという相違はある。だが、キリスト教の男性聖職者が遊女の近代的継承である芸者の芸に感銘を受けるという内容は、明らかに、明治近代のもたらした芸者＝醜業婦という図式に対するアンチ・テーゼであろう。

明治の廃娼論は、遊女や芸者を賤業婦、醜業婦として容赦なく貶め、芸娼妓解放令の条文もまた、「娼妓・芸妓は人身の権利を失う者にて、牛馬に異ならず」と、芸娼妓＝牛馬という認識を打ち出した。ミサへの芸者の出席に、「教会の恥辱」と反発する『江口の里』の信者たちの反応も、こうした明治期に端を発する芸者観に裏打ちされている。だが有吉は女性の立場から、〝芸者＝醜業婦〟という発想に抗し、彼女たちの存在を、芸能による救済を体現するものとして擁護したのではなかったか。有吉佐和子といえば、古典芸能に造詣が深かったことはつとに知られるところであり、『江口の里』と同時期には、文楽の組合問題をとりあげた『人形浄瑠璃』をものしている。近松の心中ものをはじめ、人形浄瑠璃にも、遊女が主役となる例は少なくない。日本の芸能への思い入れの深さが、有吉のなかにおのずから、遊女を救済者とみなす発想への共感を生んだのであろう。

もちろんそれは、彼女が売春そのものを肯定したという意味ではない。芸能をする女性のなかに、自らの作家活動にもつながる創造者としての力を、有吉はみいだしたのではないか。遊女を普賢菩薩とみなす伝承は、男性聖職者が女性の身体を買うための自己正当化にすぎないという批判もある。だが、有吉佐和子の『江口の里』には、そうした女性の性の商品化とは次元の異なる、創造者としての女性の性への礼賛がある。そこにこそ、近代の女性作家が、長い歴史的背景を持つ江口の遊女伝承を改めて描き直した大きな意義があると思われるのだ。

「出雲の阿国」前進座公演の稽古場にて（一九七二年）

❶essay

〈恍惚〉の奥にあるもの——『恍惚の人』

石田仁志

私がこの小説に対して述べたいことは、ただ一点である。それは、この小説がある盲点を隠しているということである。但し、それは小説の瑕瑾ではない。むしろこの盲点の存在は小説を動かす重要な仕掛けである。だが、盲点は盲点である。小説のタイトル「恍惚の人」とは立花茂造を指しているはずだが、この小説の主人公は彼ではない。そのことの中に、この小説の盲点は集約されている。

「お爺ちゃん、どうかしたんですか、雪ですよ」

「はあ、はあ、雪が降ってきましたねえ」

舅の眼つきは昭子を見ていながら奥がとろんとして、遠くを眺めているような具合であった。

茂造の目は昭子を見ているようで実際は見ていないものとして描かれている。彼のこうした眼つきは作中で何度となく繰り返し描き出されている。「信利の顔を見返しながら、焦点は遥か彼方にあるような遠い眼をしていた。それは恍惚として夢を見ているようにも思われた。」現実を超越してまるで悠久の彼方を夢見ているような眼つきを、この小説は「恍惚」と表現する。そこには、有吉佐和子の明確な生命観が含みこまれている。自分を苛め抜いた舅を「生かせるだけ生かしてやろう」と昭子が決意するのは、急性肺炎から回復した彼の「可愛い笑顔」を見たときであるが、「老い」というものを単純に死への一過程として捉えるのではなく、生命の根源への回帰として捉えようとしている姿勢がそこには伺える。そのことは、この小説の最も重要なテーマであろう。

しかし、この昭子と茂造との関係は、一貫して〈見る／見られる〉という固定的な視線の枠組の中にある。茂造の視線は常に何物をも捉えておらず、〈見る〉という主体性を喪失したものとしてしか捉えられていない。彼の存在は昭子や信利、敏ら〈見る〉者たちの側から〈見られる〉対象として、どのように受容されるかという、きわめて受動的な立場にしか置かれていないのである。〈見る〉ことは〈看る〉ことであり、昭子と茂造の関係はそのまま介護者と被介護者となる。二人の視線の枠組は決して変わることはない。それが一九七〇年代以降の老人福祉をめぐる枠組そのものであった。

その中で茂造が盲点だというのは、痴呆を患っている老人その人の心の内側からの見返す視線を、この小説は持っていないということである。

痴呆を患って子供の顔も名前も思い出せない人間の内面などというものは簡単に描けるものではないし、仮にそうしたものを直截に描き出す表現のリアリティとはとても危ういものでしかないであろう。私は『恍惚の人』にそうした表現が不可欠だと言いたいのではない。この小説は、あくまでも痴呆老人を介護しなければならない側の人間の視線を通して、社会が抱えるべき問題としての「老い」と、個人が受容すべき問題としての「老い」を描き出したところにアクチュアリティがあるのである。

有吉佐和子の文学の特色として言われることの中に〈社会派文学〉ということがある。例えば『複合汚染』は、公害や環境問題といった、当時の日本社会で顕在化してきた社会的な問題に鋭く切り込み、その現状や問題点を浮き彫りにしている。この『恍惚の人』も言うまでもなく、痴呆症や老人介護といった高齢化社会において避けて通れない問題に焦点を当てた小説として、発表当時から三十年経った現在に至るまで、その社会批評性は高く評価されて来ている。

作中で、特別養護老人ホームや老齢人口のことが述べられているが、現在の日本の福祉政策が抱える問題は、おそらくこの小説の延長線上に置かれたままであろう。

作中では「東京都民生局が認定している特別養護老人ホームというのは全部で二十一もある」と昭子が驚いているが、二十年後の二〇〇三年度現在、都内の特別養護老人ホームは三四一施設あり、その数は十六倍に増えている。収容定員数も現在は三万人を超えている。

しかし、そうした施設の拡充も根本的な問題解決にはなっていない。というのも、現在の痴呆老人（疑いのある人も含む）の数は都内の高齢者（六十五歳以上）人口の四・四％と試算されており、その数は九万人を超えているのである。作中では痴呆老人は二千人ほどと言われているのであるから、その数は実に四十五倍にも増えていて、施設の不足はこの小説の時代よりはるかに深刻化している。ハード面での行政の整備は三十年前よりも大きく進展しているにもかかわらず、問題は一向に改善されていないのである。

というのも、現代の高齢者福祉において求められているのは、そうしたハードの整備だけではなく、介護を巡るソフトの改善なのである。例えば、昭子が訪ねた敬老会館の事務員が、老人は「子供や孫と一緒に暮すのが誰でも一番幸福」だと語るシーンがあるが、介護を受ける側に、自宅で世話をしてもらいたいという希望がある限り、特養ホームの受け皿が拡充すればそれでいいということにはならないのである。二〇〇一年度の東京都の調査では、要介護高齢者の五二％が自宅での生活を希望しているとの統計結果が出ている。むろんその一方で、在宅の場合、誰が介護をするかが大きな問題となる。同じ調査では、特養ホームへの入所を希望する人（約二万五千人）の半数以上が介護する家族の精神的・身体的負担の軽減を入所希望理由の第一に挙げている。つまりは在宅をのぞみながらも、介護する家族のそうした負担を考えて特養ホームへの入所を希望する者が多いというのが現状である。昭子が自分の体力と仕事を多少「犠牲」にしても茂造の世話をしようと決意するのは、家族としてのあり得べき一つの姿を表していると言える。しかしまた、そうした役割が信利との葛藤の末に選択されたというよりは、昭子自身が自らのジェンダー役割として引き受けてしまっていることに、もう一つの問題もあるだろう。

だが、いずれにせよ、現代日本社会が抱え込んでいる、老人福祉といった社会的弱者の問題に光を当ててきたという点にこの小説のアクチュアリティはあるのであり、その点は高く評価すべきものである。そしてそうした社会的弱者の問題は、林京子の原爆文学や石牟礼道子の水俣病文学と同様に、女性というジェンダーと不即不離のものとして生まれていると、私は思う。

ただ、隠蔽された盲点はやはり気にかかる。先の統計的な数字から見えてくるのは、介護を望みながらも家族に気兼ねする高齢者の心の葛藤ではなかっただろうか。茂造のように痴呆を患った高齢者の心の動きがどのようなものであるかということへの視点を、この小説は見事なまでに封印している。姑の急死後初めて痴呆に気づかされるという設定によって、痴呆老人の介護という問題は突然外から降ってきた〈事件〉であるかのように、他者の顔をして家の中に入り込んできている。しかし、実際の痴呆は徐々に進行するものであり、記憶障害や見当識障害（場所や時間がわからなくなる）などの中核症状は誰にでも現れるのに対して、徘徊や幻覚症状、便いじりなどの周辺症状は人によって現れ方が違うと言われている。小澤勲『痴呆を生きる』（岩波新書）に拠れば、そうした周辺症状は、痴呆患者が自分の置かれた状況を把握しようとして苦しむ過程で、それができずに発現させていってしまうものだそうである。家族が痴呆患者の側に立って早期のケアをしてあげれば、そうした周辺症状の進行は抑えることができるとある。『恍惚の人』では姑が舅のそうした初期痴呆の段階を抱えたまま死んでしまう。昭子には、茂造の側に立って介護する機会がそもそも与えられていない。核家族化という流れの中で希薄化していた家族への意識が昭子からそれを奪っているとも言える。

〈見る〉主体である昭子や信利は、〈見られる〉客体としての茂造の、その痴呆という病態をまさに一種の鏡として、自分たちの「老い」という問題を見詰めさせられている。そう見る限りにおいて、昭子や信利は茂造の姿を自分自身の「老い」の姿として受け止めようとしているのであり、介護の根底にあるのは茂造への理解や同情ではなく、老いるということに対して目を背けまいとする真摯さだと言って良い。だが、老いて「壊れ」始めてしまった茂造が、どのような苦しみを生きて来たかは、昭子たちには見えない。「恍惚」という表情は、〈見る〉者の視線を撥ね返してくる他者の顔なのである。しかしまた、それが醜く「壊れた」顔ではなく、夢見るような「神」の顔だと捉えることで、この小説は社会や個人が「老い」というものを生の果てにあるものではなく、生とともにあるものとして受容すべきだというメッセージを投げかけてきている。「恍惚」の奥にある、茂造その人の苦しみは依然として闇の中に押し込められたままではあるが、昭子らがたどり着いた場所は、茂造が望んだであろう（そして三十年後の高齢化社会が求める）地平だったのではないだろうか。だから繰り返すが、盲点は欠陥ではない。むしろ、それを隠蔽することで、この小説はこれから老いていく者たちの覚悟を問い直そうとしているのだと言えよう。

しかし、実はその闇に光を当てることへの誘いは作中に仕掛けられている。

「昭子さん、苦しいですよ。漏れそうですよ。ああ、ああ、ああッ」

「お爺ちゃん、庭でしてしまいなさい」

「ここで、ですか」

「ええ」

「ここで、ですか」という茂造の言葉の中に何を見るか、そこにこそ「恍惚」の向こう側にあるものへの通路を開く扉がある。そのことを私たちは忘れてはならない。盲点を見詰め、そこに光を当てることができたとき、〈見る／見られる〉という関係は相互的・相対的なものとなり、真に「痴呆を生きる」ことができるのではないだろうか。

なお、文中の東京都の統計は東京都福祉局のホームページ掲載の「東京都高齢者保健福祉計画　平成15年～19年度」による。（現在は東京都福祉保健局に統合され、http://www.fukushihoken.metro.tokyo.jp）

文藝春秋祭りの文士劇で「ヴェニスの商人」のポーシャを演ずる
バサーニオ役は村上龍（1977年）

❶essay

『複合汚染』を読む

一戸良行

私の専門分野は生態化学である。永年、この領域研究に打ち込んできた者にとって、有吉佐和子の作品『複合汚染』は非常に興味深い一冊であった。国民に反省と喚起を求めたこの作品の発表から三十年を迎えている。そこにおいて発表・指摘された化学構造の比較論は、今なお通称「環境ホルモン」としてその陰影を刻している。しかし、単なる現象論に留まらず、絶対構造に関する本質論に迫る基礎理論の展開は、前世紀末から今世紀初頭にかけて二年連続という世界的に輝かしいノーベル化学賞の具現にまで結びつくと見るのも必ずしも関係のないこととは言えない。

朝日新聞朝刊の連載小説欄に『複合汚染』が掲載されたのは昭和四十九年十月十四日から翌年六月三十日にかけてのことだった。当初、市川房枝をはじめとする参議院議員選挙の応援演説に関する記事より始まるので、政治についての随想作品かと読むうちに、大気汚染・合成洗剤・食品添加物・農薬と話題は展開し、さらにそれら化学物質による慢性中毒・出産障害・奇形・難病・奇病などの話に及ぶ。すでに二年程前に、〝死〟との間に〝老〟という人間にとって避け得ない問題の小説、ベストセラーとなった『恍惚の人』以上に身に起り得る切実さ、切迫感を強く意識したものであった。

有吉佐和子は『複合汚染』の中で、「物質化学（傍線筆者）文明の高度な発達は、科学実証主義では安全性を支えきれない事態をひき起している」と語る。そして「生物学者は、人間について、生物について、『この未知なるもの』という懼れを常にもっているが、化学者は人間の理解した範囲の中でその知識を複雑にすることばかりに血道をあげてきた」と記している。それは正に化学文明をつくり出す化学者に対する警告であると感じた。

〝化学物質〟の用語は、特殊分野での言葉であったが、彼女によって普遍的用語とされ、それを縦横に駆使し、調査の適確性と資料の精密性には唯々驚くばかりで、最後まで息を抜けずに読み続けた。その反面、直接自然科学の道に携わっていないため、時折、短絡的表現が目立つが、それは寧ろ天才的な感覚と受け取り、その大胆な仮説に共鳴を感じたほどであった。

有吉は『複合汚染』の執筆に十三年の歳月を要し、その読破書数は三百冊に及んだと言う。この冊数から類推すると、主要な関係書全てを網羅する程で、特に著名な書籍からの引用に関し、新旧を問わず暗喩・隠喩の形式を採用している。例えば『恍惚の人』と同年刊行され、話題になった石牟礼道子が書いた『苦海浄土――わが水俣病――』などその類いである。ここでは自然科学系で高名・著名な人物や書物を取捨選択し、どの様な箇所にその修辞が見られるか眺めてみよう。

一九六二年、海洋生態学者レィチェル・カーソンは、『沈黙の春』を上梓するが、それには塩素化メタン系化合物の化学構造式として三種を示しているに過ぎない。それに対して理系を志向したこともあったためか、物質科学の論理学が数学であるように、生命科学のそれに有機構造論の適用を図り、展開したことは高く評価されねばならない。最近、立花隆編著による『環境ホルモン入門』(新潮社)においても、この手法を巧みに利用されている。その先鞭をつけたのは有吉の『複合汚染』である。そして、彼女は「水俣病の第一号患者が出たのは、昭和二十八年十二月」として「公害病であることを政府が正式に認めたのは、その五年後のことであった」と述べている。昭和二十八年と言えば、日本化学会創立七十五周年に当る年でもあった。農芸化学出身の宮澤賢治が『化学本論』を座右の書としたことは有名な話であるが、その著者である片山正夫がその時の会長であった。片山は将来の化学における理論と技術の発展と隆盛を祈願・期待して、世界的に著名な三人の化学者、レッペ（独・アセチレン化学）、エグロフ（米・石油化学）、ロビンソン（英・天然物化学）を招聘し、本邦各地で盛大な講演会を開催した。

筆頭者レッペの業績については、既に佐久間昇により〝アセチレン化学〟のPBレポートが飜訳され、『レッペ反応』として丸善KKより出版されていた。そこにはアセチレンからアセトアルデヒドの合成が書かれ、触媒として水銀を使用するため、その企業化に関し細心の注意が記されていた。すなわち、為政者の責任において施行し、操業者は交替制とし、厳重な生産管理体制の下で行なうべきことが書かれている。この論述に賛同した有吉ゆえに『複合汚染』の冒頭に最高行政機関としての参議院議員の選挙をもって来たことは頷ける。

企業体の秘密主義が禍となったことは否めず、類例のない奇病発生が、水俣保健所に公式な形で初めて届出をしたのは、昭和三十一年五月一日、奇しくも労働者の日であった。それから四〇年、一九九六（平成八）年、非営利活動（NPO）法人による企画で〝水俣フォーラム〟が澤地久枝司会の下に催され、本（二〇〇四）年も朝日ホールで、竹下景子司会の下で開催されている。天草生れの石牟礼道子が、海からの毒液・有機重金属化合物の仕業を、方言を駆使した芸術的詩論的作品『苦海浄土』で語ったのに対し、紀州生れの有吉佐和子は標準語による科学的評論的作品『複合汚染』の中でそれを語っている。

カーソンの『沈黙の春』においてその主役を演じた化学物質は、ジクロロジフェニルトリクロロエタン（傍線筆者、略称DDT）であった。有吉の『複合汚染』の化学構造の表示は、基本骨格の比較から始っている。ビ（ジ）フェニルとナフタレンである。次に事実、問題化した化学物質・DDTとPCB（パークロロビフェニル）を比較する。これは、現象面ばかり見てはいけないことを示唆する。〝化学の弱い人でも、（略）、一目でこの二つの物質が似ていることに気がつくだろう。似た化学構造式のもつものは、互いに似た性格を持っている〟と語っている。これは、化学構造の書かれた関係書を相当量読まねばならないし、有職者からの聴取が無ければ書けないことでその裏付けが必要であった。亀の甲と呼ばれるベンゼン環（フェニル）と鎖式（エタン）を区別し、塩素化による催涙性・靡爛性など意識しており、朧気ながら有機含塩素化合物に危険記号を発したのは、この『複合汚染』をもって濫觴としよう。

然し、いくら親が極悪人であっても、兄弟や子孫が必ずしも悪人とは限らない。〝鳶《とび》が鷹《たか》を生む〃の諺もある。天然物・コカインは習慣性のある魔薬である。しかしこのコカインの化学構造と薬理作用の徹底的研究は、局所麻酔剤として合成物・プロカインの誕生史話として存在する。

準備期間十有三年となると、『沈黙の春』発刊近くにまで遡り得る。昭和三十九年は、東京オリンピックの開催された年であり、東京―大阪間に新幹線が開通された年でもある。この四月十四日、カーソンは癌で他界している。同じ頃、京都においては、「国際天然物化学会議」が開催され、世界各国の学者が一堂に会している。

これに、先の三大化学者の最終者・ロビンソンが再訪、出席する。彼は『華岡青洲の妻』の主役を演じる全身麻酔薬「通仙散」の主成分・曼陀羅華の植物塩基・アトロピン、その基本骨格であるトロパノンを、常温常圧という生理的条件下で合成したその人である。そればかりではない。化学構造式を微視的にみて、電子密度による基礎理論を展開する所謂、有機電子論の創設者でもある。そして、その副成分である草烏頭の植物塩基などを研究している諸大学・研究所を歴訪し、離日している。その三年後に書き上げられた『華岡青洲の妻』は江戸時代のことであるにせよ、関連植物とその化学成分に関する予備知識は、彼女にとって必須のことであったと判断する。

『複合汚染』で同郷に近い医師梁瀬義高の名を挙げ、〝昭和の華岡青洲〃と呼んでいる。彼が瀬戸内海に浮ぶ小島を回診し、合成農薬による罹病を観察し、『農薬の害』を自費出版しているからである。これは、カーソンの『沈黙の春』より一年早い発刊であり、その中で〝死の農法とは、化学肥料と農薬を用いること〃であると述べている。また、この頃は石油化学の最盛期を迎える時期で、瀬戸内の鱚《きす》の刺身や東京湾の蝦蛄《しゃこ》の鮨に舌鼓の打てない頃にもなっていた。

有吉は女性ホルモン（エストロゲン類）についても言及している。事実、天然エストロンを脱水素して『複合汚染』の基本骨格として挙げたナフタレン骨格をもつイソエキレニンに誘導してもその生理活性は衰えない。DDTの塩素置換基に関し、ベンゼン環の方を水酸基とし、エタン部位を水素に置き換えても、千分の一に生理活性は低下しても完全に消失を見ることはない。簡潔に説明すれば、千倍量の化学物質を多量生産すると、単位体重当りの計算で軽量の生物に影響を与えることは当然となる。

『複合汚染』の発表当時としては、直接、調査研究に従事し、実際に化学物質を取り扱っていた科学者や技術者にとって『複合汚染』の記述内容は、悪言酷評と解し、木を見て森を見ないの諺通り異論や反論の出ない筈はなく、当然のことながら翌昭和五十一年一月には、『小説複合汚染への反証』なる書が発刊された。しかし論述にはその筆者自身も疑義を抱き否めない矛盾も見られ、早急な化学構造と生理作用の相関性の解明に関する必要性まで観察されるものもあった。また、有吉は司馬遼太郎の『土地公有論』に呼応し、園芸関係者への新展開とみられる座談会や政治評論家たちとの対談を集録し、昭和五十二年の夏には『複合汚染その後』を発刊している。

『複合汚染』は想像による架空な筋や事柄を創作しているフィクションでは決してなく、環境汚染に関する記録文学であり、ノンフィクションの分野に入る。化学物質による絶滅植物の増大化、日本固有種である佐渡の鴇《とき》の死滅など、「日本文学古来の伝統的主題であった『花鳥風月』が危機にさらされているとき、一人の小説書きがこういう仕事をしたのがいけないという理由など、あるでしょうか。」という「あとがき」に結んでいる文章が強く印象に残る。

小説とは〝作者の構想を通じて人生の真実（傍線筆者）を描き出そうとする話の筋をもった散文体の作品〟と一九七一年第二版の「国語辞典」（岩波書店）が、一九七九年の第三版には〝人生の真実〟の箇所が「人物や事件、人間社会」に書き換えられていた。この『複合汚染』の出版が、当時の社会や人々に対し大きな波紋を呼び、いかに大きな影響を及ぼしたかは、この辞書からも諒解されよう。ここで「小説《ノーヴェル》」の定義ばかりでなく「複合汚染」の自然科学的狭義な定義から人文社会科学との複合領域的《インターディシプリン》広義なる定義の必要性を招来する時代を迎えたと言えよう。

重ねて語ることになるが、有吉佐和子が若き日に『キュリー夫人伝』を読み、それに感銘し、理系への志向を経験したからこそ、この『複合汚染』の執筆に真正面から立ち向うことができたのである。

『複合汚染』の核心の歴史的原点は、やはり、昭和二十八年で、それは理論物理科学においては、湯川秀樹を会長とする国際理論物理学会議が東京の山葉《ヤマハ》ホールにおいて開催され、基礎生命科学においては、ワトソンとクリックによる化学物質・核酸ＤＮＡの絶対構造の発表が見られる。しかしその隠れた協力者としてローザ・フランクリンの存在は決してわすれてはならない。

有吉佐和子が喝破した如く、蒸気機関の発明が第一次産業革命であるならば、有機合成の発見とその新展開は第二次産業革命であると言っても過言ではあるまい。物質科学領域のみならず生命科学領域に関し、化学物質過敏症に留まらず運動失調症から心身失調症までを予見し、鋭敏な社会分析を施したこの卓越した文学作品『複合汚染』は後世に永く伝えるべき書であらねばならない。

❶essay

有吉佐和子と町春草
——有吉佐和子の本の表情

山田俊幸

女性画家のかかわった「本」の装幀を取り上げて、勤め先の文学部の図書館（帝塚山学院大学図書館・狭山館）で展示したことがあった。学生の自主企画でもあったので、展覧会タイトルを決めなければいけない、「女性画家の装幀」展では堅すぎる、さてどうしようと学生たちと相談した結果、「装幀」という言葉を避けて、学生たちの提案で、より分かりやすい、「女性画家たちの本の表情」展というタイトルになった。人の在り方に、その時その時の「表情」があるように、本の佇《たたず》まいにも、その本その本の表情があるというのだ。言われてみれば、とりわけ女性たちによる本の表情（装幀、装画）には、作者と気圏を共にしたインチームな好い表情がある。その表情が、この女性画家たちの「本」の魅力だといってよいだろう。大学は女子大学だが、それだからこそなのかもしれない、学生たちはなかなかよいアイディアをもっているのだ。「装幀」を「表情」と言い換えること、これは好い感性からしか生まれないものなのだ。

その展覧会に並んだ女性画家たちは、ソヴィエト旅行で独自のリアリズム画風を手に入れた赤松俊子、ユーモアたっぷりのシュール・レアリストを演じていた桂ユキ子、晩年はわりと独自の絵画世界が反映したが、戦後のあたりでは川端康成の装幀でも過激なシュール・レアリスムの試みもした三岸節子、日本画一筋で端正で清清しい画風を示した小倉遊亀、童画で有名になったがそれ以前の画家として立とうとしていた時期のいわさきちひろ、川端の『女であること』のカヴァーなどに前衛生け花の片鱗をみせて早逝した勅使河原霞、ユーモラスな飄々とした画風が愛された長谷川春子といった画家たちに加えて、学生たちの世代に人気の高いマヤ・マックスなどだったが、その中に作家と画家のわりと積極的な交渉として位置付けられたのが、有吉佐和子と町春草の組み合わせだった。

有吉佐和子という作家と、町春草という書家の出会いが意図的であったことは町の証言であきらかにされている。

この方の本は、ご本人の希望でほとんどわたしが装幀、題字を任されていました。こんどは何が出るのかなあ、どんな本かなあ、とたのしみでした。

そのうち何かのことで、こんな女の人がいる、あんな人もいるって話をしたら、それを、おもしろおかしく、小説にしましたねえ。ああ、小説家と、うっかり話はできないもんだと思いましたよ。京都のマンションに、若い男の人あつめて、うわさ話させて、そこからヒントを得て、かいちゃうのよ、なんて冗談おっしゃってましたけど。

頭のいい方で。

玉青さんが生まれてから、嬉しくて嬉しくて、万葉の、子どもにまさる宝はないっていう歌がありますねえ。あれをかいてほしいって、頼まれて、かいたこともありました。

「ほんとうに、子どもって、いい、宝だわあ」って、おっしゃってましたねえ。

『日本人萬歳』っていう、パリの日本館を建てた薩摩治郎八の痛快な一代記を舞台におかけになったときも、題字は、わたしがかきました。

(『うつくしき書』)

この、町春草の証言を信じるならば、有吉佐和子著作における町春草装幀のはじまりは、有吉の側から要請されたものということになる。事実、有吉佐和子本には昭和三三年頃から町の装幀が頻繁に盛んに使われていく。昭和三三年四月『花のいのち（小説林芙美子）』（中央公論社）、三四年四月『江口の里』（中央公論社）、三六年一一月『女弟子』（中央公論社）、三六年四月『三婆』（新潮社）などが有吉の町春草装幀だが、その頃から単行本を量産した有吉のことである、町が思い出しているように「ご本人の希望でほとんどわたしが装幀、題字を任されていました」とまではいかなかっただろう。ただ、その量産されはじめた有吉佐和子本（これはおそらく、昭和三一年頃からのことだろうと思われる）に、比較的初期から町はかかわっていて、しばらく二人はけっこうインチームな関係を保ちながら（「万葉の（略）あれをかいてほしいって、頼まれて、かいたこともありました」）、ともに時代を歩んだということだろう。

この初期の《有吉佐和子本》に書家がかかわり、書をイマジュリィ・メッセージ（図像発信）としたということは、有吉佐和子のイメージ戦略としては当たったのだといってよい。いわゆる流行作家と流行書家との組み合わせは、ベストセラー狙いの出版社あたりが考えそうなことだが、それを有吉佐和子自身が申し出たということに、有吉の意図的な共闘とでもいう匂いを嗅ぐこともできるだろうか。有吉佐和子はベストセラー作家であるが、当然のこと、その作品が純文学であるかどうかについての毀誉褒貶ははなはだしい。ベストセラー作家と文学的レベルは文壇では反比例するのだ。町春草も同様であった。町は書家であるが、閉ざされた書の世界から《書》を社会に解放していく方向で活動を始めた書家であった。そのために協力してくれた多くの人々を利用したと見られ、「書」そのものは軽んじられた。有吉が、自著の装幀を町に頼むということは、町の書を有吉が好んでいたということばかりではなく、そうした負荷をお互いが背負っているという思いもあったのにちがいない。

町春草は、書壇での一般評価がその活躍中はたいへん微妙だった。書の批評家である金田石城は、町を「書を商業美術として新しい形で開拓する中で、自分の書のパターンを築いた作家である」と評価しながらも、書壇での町の微妙な位置を考慮に入れながら、「いわばジャーナリズムがスターにしたのか、春草が書を社会性の高いものにしたのか、そのいずれにしろこの人の持つ異端な才能は素直に認めなければならない」（『現代書作家対談集1』日貿出版社、昭和49年3月）と、屈折した表現を用いながら書く。当然この背景には、ジャーナリズムが町をスターにしたことに対して快く思わなかった多くの書家の思惑が見えかくれしている（あるいは町が好んでジャーナリズムに出ていったのだろうという書壇の貶めかもしれない）。しかも金田が、「異端な才能」というように、町の才能はけっして書家としての正統の才能だとは思われていなかったふしもある。従来、書家は、社会性を無視し、伝授と展覧会だけの逼塞した書のみの世界に沈潜していなければならなかったのだ。しかし、町は「書」を社会へ向けて（ジャーナリズムに向けて）開いてしまったのだ。「町という印がいつのまにかトレードマークとなり、この人の題字でひところの電化シリーズはあまりにも有名」になったという。町は、「題字、装丁、衣裳、デスプレイのほか、対談、随筆など」（同前）多彩な仕事を受け、書に添えられた「町」印章のイメージを氾濫させ、社会に自己の表現を露出させていった。少なくとも、批判する書壇の人々はそうみていたのだ。この町の、書家としての社会性は、おそらく芸術的「書」の自己充足した世界にいた人々には認めがたいものであったのだろう。これは、「異端な才能」と言うしかない。しかも、「書」の世界も伝統芸術の世界同様、男性管理の世界であった。女のくせにという非難は、この場合、黙っていても聞こえてきそうだ。その点、町春草の書の世界での立場は、有吉佐和子の文壇での立場と似通ったものだったといえるだろう。男性管理の世界のなかで、この二人は自己を貫き通したのである。

町春草の随筆などを読んでいくと、町を評価した（むしろ、可愛がったと言うべきか）多くの人々がいて、町はその人々に支えられて自身の世界を作り上げたといってよいことがわかる。第一回の個展をデパートで行うときに支えてくれた細川護立、町の書による装幀を確立する場を作ってくれた川端康成、『宮本武蔵』の題字を依頼した吉川英治、書の付き合いのあった草野心平、デザインでのアドバイスをしてくれた亀倉雄策、晩年に書の世界に遊んでいた堀口大學、そして書の師である飯島春敬などだ。じっさい、町の装幀が単に題字を書くだけの見せかけのものではなく、本全体にかかわったものであったことは、吉川英治の本についての逸話からも推測することができる。「『宮本武蔵』の題字は、やはり格調高くなければいけないから、中国の名筆を集字して、箱は、粗い目の布を使って、そこに銀で文字をのせたんですね。そこまではいいんですけれど、見返しの色を何にするか。／いろいろな案が出たんですけれど、結局、みんなうまくあわないんですよ。なにしろ、ぱっとした色だったし。先生、／「いやだねえ、この色。女の腰巻のような色じゃないの」っておっしゃるの。／これしか色がないんですよ。本にするときっとよくなりますよ、って、いやいや本にしたら、案外よくて、先生も、よかった、よかった、って。／あのときは、ほっとしましたね」（「花のいのち墨のいのち」）。箱の素材と題字とを考え、さらに表紙と見返しの色を合わせる。吉川が「いやだねえ」と言っても、町は「本にするときっとよくなりますよ」と切り返す。もちろん、町に不安がないわけではないだろう。だけれども、生《なま》の素材と、印刷の色の出具合の違いは町には想像できるのである。これだけでも、町春草が書家の手遊びで装幀をしていたわけではなく、装幀もほぼプロはだしだったことがわかる。本に装幀誰某《だれだれ》と書いてあっても、じつは芸術家装幀（画家装幀）の多くは作品（絵画）の提供にしかすぎないことが多い。多くの装幀にかかわる作業は、出版の現場でなされるのである。町は、この時代だから現在の装幀家（ブック・デザイナー）のように本文レイアウトまではしなかっただろうが、箱、カヴァー、表紙、見返し、扉と、装幀の重要部分にはかかわっていたのだ。

書家が画家と違っている点は、画家が画面をまんべんなく塗りたくるのに対し、書家は文字の構成で画面を飾ることだろう。その構成の意識が、装幀という構成（色や素材の合わせ）の作業に近いといえば近い。町の装幀本には、そうした「散らし」と「合わせ」の意識が満ちている。グラフィック・デザイナーの亀倉雄策は、町の書には強い叱咤もしたと言うが、装幀の先輩として、装幀の相談については時に優しかったという。「装幀の仕事を、ずいぶん学ばせていただきました。わたしの本の三部作は、先生に装幀していただいたんですけれど、そのあと、わたしのところにずいぶん装幀のお仕事がきました。慣れないうちは、行き詰まることもあって（略）／

「先生、困っちゃってんです、どうしてもうまくいかなくて」って、申し上げたことあります。／そうしたら、「それは、あんた、しょうがないよ。装幀ってのは色で勝負だものなあ。迷ったら、迷い迷って、それを通り過ぎなきゃ、だめよ」／そうおっしゃりながら、何気なく、教えて下さるんですね」。どのように教えたものか、具体的に教えたのかどうかは不明だが、亀倉の存在が装幀をする際の町に、心強い拠り所となっていたことは間違いがないだろう。

そんな、強力な協力者のなかでも、川端康成は特別に町の装幀とかかわりをもった作家である。

忘れられないのは、新潮社から昭和三十一年に出た、十巻本の、先生の選集の装幀をまかされたときでした。題字だけでなく、すきなようにやってくださいって、全部まかせてくださったんですけれど。大変、どうしましょう。

「いやね、町さん。装幀もやってちょうだい。何でもいいんだから。あなたの発想でいいんだからやってちょうだい」

ほんとうに途方にくれましたけど、とにかく一生懸命やらせていただきました。

（「書芸の時間」）

この『川端康成選集』全十巻は、町の装幀としては未完成の時代のものだが、町の可能性のすべてを入れ込んだ装幀本だといえよう。この昭和三一年の川端選集を始まりとして、町の装幀は飛躍的に成長していく。

有吉佐和子本は、そうした町のブック・デザインの、ある到達を示したものだといえるだろう。がんじがらめになった書物の世界で、この二人の女性はとにかく自分たちの道をたどり続けたのだ。町春草が世を去った平成七年（1995年）に、結局は遺稿集となってしまった一冊の本が出る。『墨の舞』（日本放送出版協会）と題された本だが、そこに再録された町の有吉佐和子についての随筆には、有吉佐和子の代表作『紀ノ川』が図版として選ばれている。だが、ここでは有吉佐和子本のなかでもひときわぜいたくに設《しつら》えられた『香華《こうげ》』（中央公論社、昭和37

年12月）を取り上げて終わりにすることにしよう。この本、箱は、薄紅を囲い込むようにして、墨刷りで異種の小紋を交錯させ、著者名は活字タイプで、題字の「香華」は書き文字で書きいれた。おそらく、その構成には町もこだわりを見せているにちがいない。遠目には、吉川英治ではないが、襟の下の襦袢といった風情でもあるが、それが下品ではないのだ。箱から本体を出すと、その表紙はやや薄めの紫の箔押しで書き文字の題字。なかなかさっぱりとしている。さらに表紙をあけると、その見返しには驚くような激しい、過激な「紫」が用いられているのだ。しかもこの見返しには、紫の色がお互いを傷めないようにと白の間紙《あいし》まで入れられている。もっともこれは、町の指示というよりも、製本現場での手当といったものなのかもしれない。ただ、この見返しには、激しい紫を町はどうしても用いたかったのだろう。優し気な表紙の紫を開けると、強い激しい紫の見返しが待つという、驚きを演出しているのだ。そしてその見返しの後は、すべてを落ち着かせるように単純に墨刷りの扉である。この、過剰ともいえる、装幀へのこだわりは、町が他の装幀家の本から学んだものではなく、多くの人々との付き合いのなかから生まれたものだった。

有吉佐和子と町春草の出会い、それは女性たちの感覚によって《書》が本の表情としてよみがえったということなのだ。《書》による装幀は、町春草以前になかったわけではない。芥川龍之介と菅虎雄、志賀直哉と三浦直介など、《書》による装幀も文学者には好まれていた。高村光太郎の装幀が好まれたのもそうした流れだろう。だが、《書》が感性の証《あか》しとして用いられるようになったのは、町春草以後のことといってよい。そのなかで、有吉佐和子本は町の充実した時期の装幀を体現したものだったのだ。

有吉佐和子
香華

箱

香華

表紙

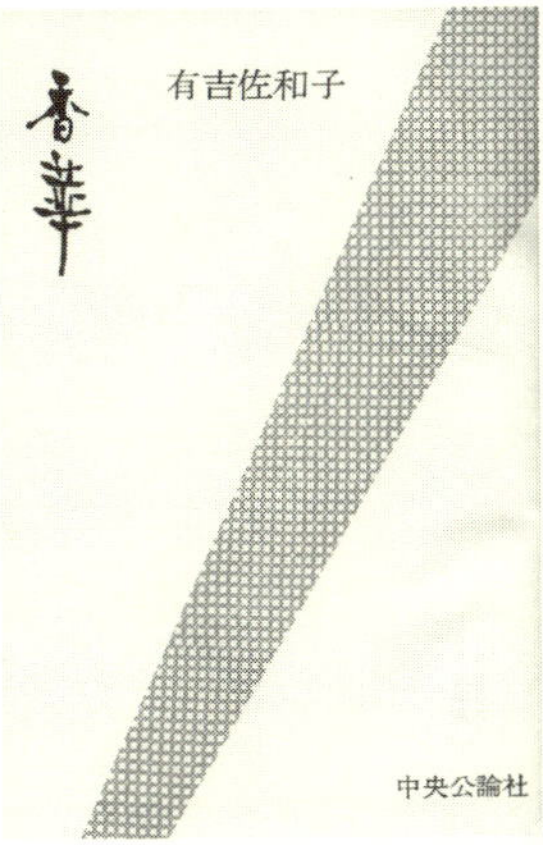
有吉佐和子
香華
中央公論社

扉

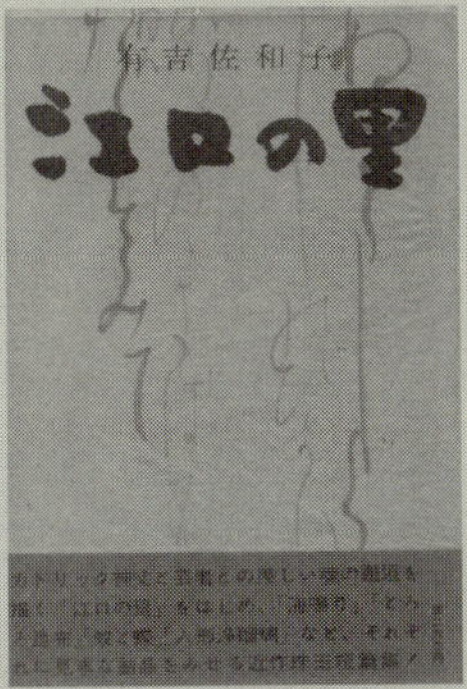
有吉佐和子
江口の里

女弟子
有吉佐和子
中央公論社

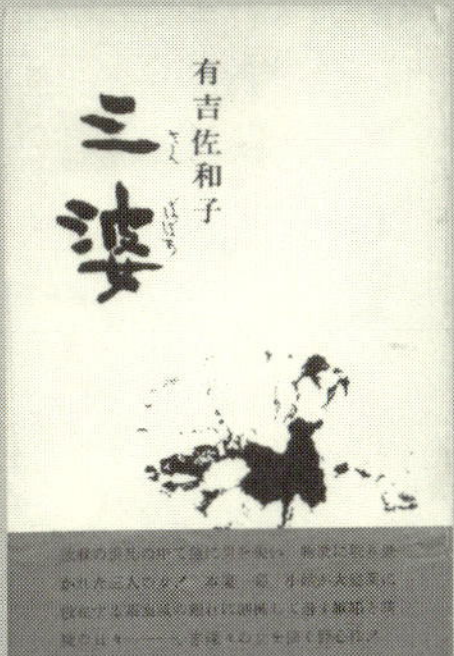
有吉佐和子
三婆

❶essay

『香華』の中の母と私

有吉玉青

昭和五十九年の晩秋、京都の南座で、私は初めて『香華《こうげ》』を観た。生前母の作品は殆ど読まずにいたもので、それが私の『香華』との初めての出会いでもあった。

その年の春にも『香華』は再演されていて、母が演出に出掛けていたのを覚えていたし、その何度目かの再演も、もうだいぶ前に決まっていたことだった。それなのに公演は追悼公演と銘打たれている。哀しく、それ以上に不思議であった。

それでも幕が開くや、これから始まらんとする芝居は純粋に私を興奮させた。一観客として大いに笑い、拍手を送る。ところが、いつか私は我に返り、まわりの観客の笑うそばで孤独に涙を流すことになった。舞台で立ちまわる郁代と朋子の境涯が、あまりにも母と私のそれと似ているように思われたからである。

郁代の生は自由奔放だ。心の赴くままに淫婦のごとく男性遍歴を重ね、あるときには遊郭の花魁《おいらん》として御職をはる。そんな母親に翻弄されながら、時に憎み、それでもいつか許しながら、朋子は堅実に戦中戦後を生き抜いてゆく。『香華』は、そんな母娘愛憎の物語だ。

強烈な個性の持ち主であった母の喜怒哀楽に巻き込まれ、また気圧されながら私は育った。郁代と違って母は母性豊かな人であり、子供命。子供は善。娘の私のことは何でも知らずにはおられず、私が熱を出せば「かわってあげたい！」と叫び、また至るところで親バカぶりを発揮する。たまたま出たテレビ（私がものごころついてから母は滅多にテレビに出演しなかった）で人生相談コーナーの相談員の席に座らされれば、相談者の女性に「子供がいるならいいじゃない」と答えるような人であったが、母親である前に、母はやはり作家だった。

家にいない。いても専ら書斎で仕事をしている。それでいて愛情を、都合のよいとき、仕事の合間に怒濤のように注がれては迷惑なこともある。呆れ、時には憎む。けれど許し、愛してしまうのは、断ちようのない絆のせいだ。そうしてまた翻され弄ばれて、それがずっと続いてゆくかのようだったある日、まるで芝居と同じように、別れはあまりにも突然やって来た。

その夏、私は英国に短期留学をしていて、そこで青天の霹靂《へきれき》のようにして母の訃報に接したのである。享年五十三。急性心不全だった。芝居を観たのはまだ母の死を実感するには日の浅い頃だったが、それは母がもういないことを妙に私に信じさせた。

母がそんな、われわれ母子の運命そのもののような小説を、それも私の生まれる前に書いていたことに驚かされる。あるいは、生まれていたら書けなかっただろうか。年譜によると、『香華』の雑誌連載は昭和三十六―三十七年。そうして三十八年の十一月、ちょうど母がこの作品で小説新潮賞を受けたその月に、私は生まれた。

母が亡くなってから、こんなものを見つけたと、知人が古い新聞記事を持ってきてくれたことがあった。それは受賞当時のインタヴュー記事で、母は「おめでとうと言われても、子供の生まれた喜びの方が大きくてピンと来ない」というようなことを答えている。母は私を決してマスコミに出さない方針であったはずだが、そこでは生まれた子供の名前を、つい公表してしまっているのが微笑ましい。母の得意な様子が目に浮かんだが、そのあと「子供にママの小説面白くないわねって言われないように、しっかり書いてゆきたい」と語っていたのには、なんともせつない気持ちになった。

私たちは決して仲の悪い親子ではなかったが、母の職業に、幼い頃の私は必ずしもいい印象を持っていなかった。母の娘だというだけで、どうしても好奇の目で見られるし、国語の成績が悪ければ作家の娘がどうしてと、学校でいや味を言われる。逆に作文がよく書けたのを、「お母さんに手伝ってもらったんだ」と友人に言われた日には、花魁の過去を持つ母を、お母さんのせいで結婚ができないとなじった朋子のように、子供は作家である母を恨んだ。そうして母の手厳しい批評家になるはずであった娘は、自分の本箱から母の作品を頑なに遠ざけたのである。誰にでも反抗期があるとはいえ、翻弄されていたのは母の方であったか。記憶の中で、郁代と朋子が交錯する。

けれど母の本だから読まないなど、実に莫迦莫迦しいということに、愚娘も気づくときが来る。いつか私も母のものした作品に、娘としてでなく一読者として親しめるようになった。母が突然逝ったのは、それが更に娘として、その作者である母を誇りに思えるようになった矢先、私が娘としてその人のすべてを受け容れて、母に歩み寄ろうとした時のことだった。

郁代が初めて母の顔を見せたとき、その死をもって芝居の幕は下りる。母と娘が寄り添わんとしたところに下りた幕——。私がいっそう、『香華』に母と私の運命を重ねてしまう所以《ゆえん》である。

母が亡くなって四年半経ったころ、私は母のことを一冊の本にまとめ、それからものを書くようになった。あれほど母が作家であることを嫌がっていたのに、同じ道を歩もうとしている。母を知りたいという感傷で選んだ道では決してないが、それでもわかってくることはある。母の衝動、母の業《ごう》……。

ただし、それらはあくまで想像にすぎない。そして不思議なことに、折にふれ思い出すのは作家としての母の顔ではなく、母親としての顔ばかりだ。

長女・玉青の初節句に母・秋津と（1964年）
秋津は和歌山の生まれ。「紀ノ川」の文緒のモデルでもある。
佐和子の母であると当時に、秘書でもあった。電話の応対から、佐和子の資料・掲載誌紙の整理、批評記事などのスクラップ、家計の管理、玉青の幼稚園の送り迎えに至るまですべてを秋津がこなした。
有吉玉青著『身がわり』によると、佐和子の急逝にあい、「お母さんを守りきれなかった」と言ったという。

2 *approach*

岡本太郎
フランキー堺
司　葉子
大久保房男
橋本　治
吾妻徳穂

❷ *approach*

対談

若いが勝ち

岡本太郎・有吉佐和子

「べらぼう」な岡本かの子

有吉　きょうは餌食になる覚悟で参りました。どうぞよろしく……。

岡本　そいつはどうも。世間では僕は非常に辛辣で、口が悪いと思われているようですが、ほんとうは全然おとなしいんです。あなたの方からも大いに攻撃的に出てください。

有吉　私は小説を書く前から大変岡本かの子に興味をもっていました。心酔して全部拝見してます。私がかの子にひかれるのは、その耽美主義ではなくて、力——女の場合はそれが豊かさという形で出てきますけれども、それに一番ひかれるんです。岡本太郎先生の色は私はとても好きだし、あのバイタリティはお母さんに似ているような気がしますが。

岡本　そういうふうに言われても、返事のしようがないけれど。たしかに僕は性格的に母親似ですね。だから、一緒にとても暮せなかったんですよ。子供のときからずっと離れていた。いつでもぶつかり合って、お互いに譲らないからなんです。母親の方が参ってしまう。僕といると母が病気になる。

有吉　たとえばどういうことでしょう。

岡本　全くつまらないことなんだ。僕は小学校の一年のときから寄宿舎に入れられて、母親と共同生活をほとんどしなかった。中学に入ってから家にちょっと帰っていたけれども、そのときは母親対子供の関係じゃない。僕の方が兄みたいになってしまった。だから母親を持ってたって感じがしない。小説にはさかんに母性愛が出ているけれども、あれは全くフィクションです。しかし、その方が僕にはよかったんだ。ライバルをもっている方が母親をもっているよりよかった。それが僕を決定した。

有吉　ああいう母性愛と一緒では、とてもたまらないだろうとは思いましたけれどね。

岡本　愛されることによって、こっちが割引きされたくないという気がする。だから、ぴしゃぴしゃぶつかる。僕の方が多少母親より論理的なところがあったので、彼女は全く参ってしまった。僕には非常にませた面と子供っぽい面があってね。今でもそうですが。僕の子供っぽい面は母親にさらわれていた。こっちが兄だものね。ほとんど全部対等な人間づき合いです。それは母親ばかりでなく、父親ともそうだったね。

有吉　とてもよかったわ、そのお話をうかがえて。

岡本　そうですか。困ったな。ただ僕が岡本かの子を認めるのは、「美と苦悩に殉ずる」という、今なら鼻もちならんようなことだけど、ともかくあの当時実際それに賭けていましたよ。これはいいと思う。もう一つはやっぱり、いい意味におけるディレッタンティズムに賭けている点だと思う。現代はそんなものに賭ける時代ではないが……。

有吉　私が岡本かの子に一番打たれるのは力ですね。島国という感じがどこにもない。私は精神形成期に植民地で、野放図に育ってしまったから、日本の細かい文学はとてもかなわなかったんです。

岡本　僕だってかなわない。だから読んでいない、読んでいるだけ君の方が感心だよ。「美と苦悩に殉ずる」なんて、当時だって歯の浮いたようなことだったと思う。しかし、浮いても平気で、とにかくそれに賭けて、それを貫いたべらぼうさがある。僕が一番岡本かの子に感心する点は、彼女のそのべらぼうさです。日本の芸術にはべらぼうさがないんだ。これが致命傷だと思う。しかし、べらぼうのものだけが芸術とはいえないし、そこに問題があるわけですよ。

有吉　先生の場合は、べらぼうさではないのですか？

岡本　僕は、日本の運命に賭けてる。それに体をぶっつけることが問題だ。まさに傍若無人に振る舞ってるようだが、謙虚みたいに見せながら、実はその反対の非常に不純な空気に対して、実はそれが最も誠実である、そういう人間でなければ、時代が打ち開けないと思う。今までの伝統的なひよわさをひっくり返す態度を作ることが芸術の第一歩であると思う。その上に表現されたものが熟していようが、未熟であろうが、成功していようが、不成功であろうが、それはかまわないというのが僕のポイントなんです。

いたたまれない焦慮感

有吉　さっき、伝統をひっくり返すといわれましたが、力を持っている伝統を掘り下げることの方が大事なので、伝統に対して覆さなければいけないという考え方を私はもちません。覆すことより、そこから何かを育むことが、もっとたいへんなような気がします。

岡本　あなたのいう伝統ということが僕にはよくわからないんだけれども……。

有吉　それ、ずるい論法ですよ。

岡本　ただ、ほんとうにやりきれないものがあるでしょう、日本の過去の中にね。日本の近世でだんだん堕落していって、ほんの特殊的なものになって残っているもの、そういうものはやはり取り除いていかなければ、芯にあるものが生きてこない。芯にあるものが生きてくるときには、形式自体ががらっと変ってしまう。

有吉　私にはそのやりきれないものに対する感度が鈍い、というより、ないんです。でも、破壊しなければいけないという考え方があんまり私にはないんです。私たちから見ると、破壊しなければならないものは、気息えんえんになっていて、手を下さなくても先が見えている。

岡本　よくそんな風に言うけれど、そのくせ案外古いものに乗っかって動かされている。そういうことに気づかないんだな。少し極端な言い方をすれば、自分自身を破壊するという意味も含めて、現状を否定するという情熱があるわけですよ。その非常にいらだたしい気持、それがいいか悪いかは別として、このままではいたたまれないという焦慮感がある。

有吉　私、おもしろいと思うけど、苛立たないんだわ。

岡本　たとえば日本の文化人のコンプレックスには西洋か、日本の古典かというところがある。そんなところに芸術も文化もない。問題は自分なんだ。自分がどうであるか、自分が現在に責任をもつかどうかが問題なんですね。それをすぐごまかして、自分は安全地帯にいて、責任を過去のものにもっていったり、或いは、その裏づけをパリとか、ニューヨークに求める。自分自身に対して自信をもたない。日本の現状、地方の現状なんかそのために特にみじめなものですよ。まともに考えれば、芸術、文化の可能性がある。そう思って、実際にここ一年ばかり日本をぐるぐる回ってみた。もうじき「芸術風土記」として一冊にまとめますが。つまり僕が破壊とかいうのは、気息えんえんなものの破壊じゃなくて、現実のエネルギーが爆発する力にまでいけないでいるものを、爆発するエネルギーに盛り込んでいくことなんです。

有吉　先生は否定したり、破壊したり、反逆したりしているといわれるけど、そのことで世間から先生がずいぶん迫害を受けているという事実があるのかしら。

岡本　しょっちゅう受けてますよ。受けないような顔をしてるだけだ。

有吉　私は先生が全然トクして渡ってらっしゃるように思うんだけどな。

岡本　現実はそうじゃないですよ。こんなことはいいたくねェんだ。

有吉　聞きたいねェ、そこが。

岡本　子供のときからそうですよ。寄宿舎にいたでしょう。子供はみな常識家ですから、そこに一つの勢力ができて、寄宿舎にはガキ大将がいる。僕は一人で闘いを続けた。それは今みたいに自分の立場とか、闘うということがどういう意味か知らなかったわけだけども。だからもっと絶望的ですよ。

有吉　お友だちはいなかったんですか。

岡本　全然いなかった。同情して近寄ってくるのはいたけれども、それは上っ滑りでいやだった。

有吉　でも先生のそういうところ、愛した人はずいぶんたくさんいたわけでしょう。

岡本　愛する人はいるんだな。しかし積極的に働きかけてこない。いつでも勢力の方に巻き込まれて頼りにならない。既成勢力に対して反抗するものがあれば、ほんとうは同志が出てくるはずなんだけど、日本じゃそれが出ない。これが日本全体の空気ですよ。あなたはまだ日本のそういう空気を全然知らないんだよ。

有吉　少なくとも文壇に関する限り、私たちが小説を書かせてもらえるようになってからは勢力というのはないんです。だから、私はだれの弟子でもないし、何々部屋の出身でもない。見回した限りでは、あまり圧迫されない状態にありますよ。

岡本　それは文学が一応ピープルとつながっているからでしょう。絵画芸術は残念ながら全然つながっていない。つながっているのは挿画ぐらいのもので。画壇になると、一定のコレクショナー、画商と画壇だけの狭い世界で動いている。だから僕には具合が悪い。

有吉　孤立したら先生なんかの場合は目立つわけでしょう。その面でずいぶん得をしているんじゃないかしらね。

岡本　それは僕が文章を書いたり、芸術論をひっさげて負けないでやってるからだけど、もし唖のように黙っていたら、とっくの昔に消えちゃっていますよ。だから芸術で闘うとか文学や絵でっていうんじゃなく、全人間として闘っていかなければだめなんです。

有吉　先生が今までのしてきたのは、先生流の芸術論とか反逆主義がある意味で喝采されたからでしょう。

岡本　ほかの人がだれもやらないから僕がやったわけだ。またそれがほんとうに日本に必要なことだと僕は思ったからね。

　少し筋がずれてきたが、あなたの仕事を知らないんで悪いんだけれども、たとえば日本の芸術について、いろいろ分析してみると、歌舞伎でも浄瑠璃でも、心棒になっているものは、たいへんなアバンギャルド芸術なんだ。そういうもののよさを新しい実験によってつかみ出して、全然別の次元で生かしていく、向っていかなければならんわけでしょう。あたりまえの話だが……。

有吉　新しい次元に生かしていくというのはよくわかるけれども、そのために過去を否定していくという行き方は、私にはどうしても納得できない。否定する必要がないと思うんです。

岡本　僕たちが否定しなくても、歴史が否定していくんだからしようがない。そして、われわれが否定しているのは古いものじゃない。僕みたいに一番否定論者と見られているものが、過去をものすごく讃美している。ほかのだれよりももっと大きい、純粋な言葉でもって讃美しているんだ。過去をかついでいる側の中途半端な存在に対しての否定ですよ、むしろ。

有吉　少し抽象論だな。

ぶっこわせない伝統

有吉　私はお能はきらいなんですけども。

岡本　どうして……。

有吉　だって、伝統は動いていくものでしょう。お能は徳川末期でとまって、そのままの形できてるんですもの。あるのは完成度の高さだけ。

岡本　だが、浄瑠璃にしても、歌舞伎にしても、能を否定した形できたわけでしょう。

有吉　庶民の娯楽という形でですね。

岡本　もちろんそうだけれども、つまり能という、決った形を否定しても歌舞伎という新しい分野でそのスピリットを発展させていったわけだから、あなたのいうことは矛盾している。

有吉　歌舞伎は動いています。しかし、新しいものといっても、たとえば新劇の歴史を見ると、たいへん懐疑的になる。

岡本　それは懐疑的になるよ、最も悪い例だもの。新劇の古さはやりきれない。実際、歌舞伎より古い。

有吉　ああいうふうに今までのものを否定した形で生まれてきたものが、必ずしも新しいものじゃないと思うんです。

岡本　しかしね、新劇が生まれなければならなかった欲求があったわけで、それはいいんだ。そういうものが固定され繰り返されてアカデミズムになったから古くなったわけでしょう。能楽にはたしかにその傾向がある。それに対して歌舞伎はいつでも庶民的でクリエーションがあった。いつでも変ってくる。その変ってくる面の弱さと、変わらない面の強さがあるでしょう。絶対に変らないということはあり得ない。

有吉　ただ、今の時代になって歌舞伎が古典になってしまったでしょう。庶民の生活から離れてきている。それはどうしてかというと、資本主義の社会では映画のようにプリントの効くものでないとだめなんですね。商品価値をもたない。歌舞伎はプリントが効かない。そういう意味で古典的になってきているということで、一つのアカデミズムが歌舞伎の中に生まれてきたということはよくないと思う。歌舞伎なんかは私たちの世代でも当然受け入れられるはずなのに、マス・プロが効かないということで古典的な存在になり、それが誤解されて、歌舞伎は古くさいものだとされていると思うんです。

岡本　古くさいというより退屈だな。

有吉　退屈でないものだってありますよ。

岡本　おおむね退屈だ。しかし、あなたのいうことは正しいよ。間違っていないことはたしかなんだけどさ、歌舞伎自体を解放していかなけりゃだめでしょう。

有吉　私なんかがやらしてもらっているのは、自分でいうのはおかしいけど、いい傾向だと思ってます。わりに古い考え方をしている大人がずいぶんいるんです。

岡本　そんな大人はどうだっていい。君のことを古いという大人と、僕のことを新し過ぎるという大人とは同じものだよ。

有吉　ああよかった、わかってきたわ。私はそれをいいたかったの。だから、それならたとえば岡本かの子を太郎が否定する必要はないと思うのですよ。

岡本　おれは原稿をうるさく頼まれないようにするために、岡本かの子否定論を書いただけなんだから……。（笑声）

有吉　このごろ発見したけれども、岡本かの子が好きな人は黒沢明の映画が好きね。

岡本　チェッ、どっちだっていいや。

有吉　そういわずに黙って聞いて。子としては痛ましいでしょう、それはわかるけど。

岡本　子としてだってやがら……。（笑声）

有吉　それから『喜びも悲しみも幾歳月』のようなのはきらい。堀辰雄の小説がきらい。

岡本　どうでもいいね、それは。大体ね、岡本かの子の文学が好きだというやつにはいつもがっかりしちゃうんだよ。

有吉　私もがっかりされた口なのかしら。

岡本　君にはまだそれほどがっかりしていない。ただ、君は伝統を破壊するのは云々といったけれど、伝統の問題については、僕とあなたとそう食いちがってはいない。あなたは僕と同じ意見をもっているはずなんだ。歌舞伎は伝統の否定の最たるものなんで、いつもピープルと一緒にやってるわけだ。ピープルは伝統を否定している。実際、ピープルが出てこないものはバイタリティがないし、新しい発見はない。というのはその必要がないんだ。一定の人間をつかんでいればいいというわけで、絵でいえば狩野派みたいなものだ。ピープルと接触しているものだけが、いつでも新しいものを創造する。

有吉　歌舞伎の場合は伝統を否定していった形の流れと、その流れの中から一つ一つフォームを洗い上げていくという二つのものがあって、それが現在にまできている。歌舞伎が魅力的な理由です。先生は、私が伝統という言葉を理解していないとおっしゃったけれど、否定していく形の伝統と、創造していく形の伝統がある。伝統という一つの言葉しかないから誤解が生まれているわけですが……。

岡本　創造して行くってことは、いや応なしに否定して行くことですよ。

有吉　そうです。

岡本　だけどね、新しいものを作っていくということはたいへんなんだ。実際繰返しの方がやさしいし、また楽しいし、楽なんだ。それを覆して新しいものを作っていくというのはたいへんなことで、エネルギーがいるんだ。だから、僕は僕の芸術論でわざとすべて新しくなければならないといってきたけど、ほんとうは新しかろうが、新しくなかろうが、どうだっていいんだ。しかし、そうしないと、運動が始まらないんだよ。

有吉　はい、わかりました。でも、今までできたものを壊すエネルギーもたいへんなものだと思うけど、担う方のエネルギーも……。

岡本　しかしね君、ぶっこわすと口ではいうけど、いつぶっこわせた？　向うはちっともぶっこわれていないじゃないか。むしろおれの方が惨憺たるぶっこわれ方だよ。おれの姿を見ろよ。

有吉　いいな、そこはゴシックの活字にしたいわ。先生ね、私もそれをいいたいんです。先生は繰り返しは楽だとおっしゃったけれども、ある一つのフォームを作ることにはたいへんな努力がいる。それを次の人が継承する場合に、形の中に盛り込まれたエネルギーを担うこともたいへんなことだと思うんです。それに悲鳴をあげたものを伝統の重さ、重圧からのがれたというような言い方をしている。だから、要するに後継者がうんと強い力をもっていれば、それを否定しなくても担うことはできると思うのですよ。

岡本　おれはそういうことをやってきたんだ。ただ一ついえることは、安易な型に頼ってコビを売ることのやりきれなさだ。今の絵画、文学でもそうだけど、みんな「さあ味わってほしい」というポーズをとっているだろう。味わってもらうように、たれやソースまで全部用意してある。それがやりきれないんだ。そういうのは蹴とばしてやりたいんだな。センスだけで生きている人間の微弱さ、みじめさ、いくじなさにはやりきれない。それが日本を変な暗い世界にさせている。それに対して反撥するんだ。

十代の度胸で

有吉　先生が使ってきた色は当時は新しかったかもしれないけど、今じゃもう、女の子たちが着ておかしくない時代ですものね。たとえば先生の赤はすごいでしょう。あんな赤を着る人はいなかった。だから、こんなところ（タモト）からちょっと出すことしかできなかった。今ではあの色でスーツが着られる。植民地的だというオジサマもいるけど、真っ赤な色は全女性の欲望の的だし、男だって赤い着物を着たいと思うんでしょう。だけど、勇気がなくて着られない。

岡本　少し皮膚に色のついている人が原色を着るとぱっと効く。ヨーロッパ人の場合よりも東洋人の方がすごみが出る。

有吉　赤い着物の悪口をいう人は、そういう色をみると、どきっとする人なのですね。それは弱いからなんですね。

岡本　どきっとした方が負けなんだ。ところが、日本では不思議なことに、どきっとした方が優越しているという錯覚があるんだ。どきっとした以上は、どきっとした方が負けだという原則を立てなければならないよ。

有吉　身体の調子が悪いときや、気持が滅入ってるときに赤を着るのは、並たいていでない努力がいりますよ。極限的に参ってるときに赤を着ると死んじゃうわ。

岡本　自分のどきりに対して、自分は負けてはならないと考えればいいわけですよ。

有吉　若い人たちは色彩感覚からしても、非常に強くなっているのでしょうね。

岡本　初めて白状するけれども、おれだってそうだよ、自分の画に、やっぱりどきっとするんだな。ひでえものだと思うよ。しかしどきっとしたら、おれはだめなんだなと思って、自分の方を否定して、そっちを生かす。ほんとうをいえば、おれはどなたより最も古典的であり、最も趣味がよくて、最もおっとりした人物であるかもしれないが、自分がどきっとしたものを自分にぶっつけて、自分と対決する方に加担して、自分に対して闘うわけですよ。それには一つのエネルギーが必要なんで、そのエネルギーが僕の絵に出てくる。

有吉　恋愛でも失恋者の立場で書いた小説が受ける。得恋者の立場で書く小説は売れない。岡本かの子の小説は恋愛にしたら得恋者の立場で、いい気なものだという非難がありますね。弱者のものは強者のものよりいいという、変てこな観念があるのですね。「金持より貧乏人」という……。

岡本　そういうふうにいってしまえば危いけれども、馴れ合いなんだ。自分も敗者であるというんで、敗者のモラル——着物を着るときも敗者の着物を着た方が気が楽だというわけだ。そういう意味では、太宰治は敗者の文学だ。ただ、その限界にまた反撥している男だから、おもしろさがそこにはあるんだ。

有吉　とにかく大体頭の悪い人間ほど喜劇より悲劇を好むでしょう。悲劇の中に自分を設定するという悪趣味がある。文学や絵画がそういうものでもってきたことはいけないとおっしゃったけど、その点では私たちはもうそうなっていますもの。私たちの感覚では、岡本太郎はもう目新しくありません。

岡本　対社会的な発言だ、僕の作品は。

有吉　今のは色彩感の話よ。

岡本　それはタイミングだ。ほんとうにぴしゃっとぶつかるのは、遅ければ遅いほどいい。

有吉　それはわかるけど、先生の今までの行き方を私たちから見ると、そんなに憎らしいところはないのになと思うわ。

岡本　おれは憎らしくないんだ。でも、かわいがられてもいないよ。

有吉　そんなことはないでしょう。それは子供のころからの反逆精神がいってることであって、先生自身、身に覚えのあることじゃないんじゃありませんか。

岡本　汚いはねっ返しみたいなものは日夜浴びているよ。だけど、こっちはちっとも恥ずかしくない。僕くらい、フェアーにやった人間はないと思うもの。しかし、相手がフェアーでないんだから、仕方がないからおれがフェアーにやってるけど、向うがフェアーになったら、逆におれが陰謀的なアンフェアーな人間になってやろうと思いたくなるだろうな。

有吉　私たちのジェネレーションに入ってきたらどうなるかしら。

岡本　君たちのジェネレーションは若いからいいけれども、しわがれてくればフェアーでなくなる。これは鉄則みたいなものだよ。

有吉　岡本太郎がかつて、あるいは今もかもしれないけれども、反撥を感じ、非常に不愉快であったと思うものが、私たちにはあまりないんですよ。

岡本　それはどうだろうな。それはあなたが大人を知らないんじゃないか。おれ以前のジェネレーションはもっといやな思い出をもってるわけだ。刀折れ、矢尽きたような人ばかりがえらくなり、名人になってるわけだろうと思うが……。

有吉　その点では私たちは、大人が戦争で自信を喪失している時期に浮び上ってきたから……。

岡本　しかしね、これからどんな目に会うかもしれないよ。

有吉　そういう意味で私たちはこれからとってもたいへんだと思います。私も決して楽観しているわけじゃないんです。先生はもう押しも押されもしない岡本太郎で通るけれども、私はこれから押したり押されたり、たいへんだわ。
岡本　僕にはジェネレーションがないんだよ。おもしろいと思うのはね、僕が四十代でスキーを始めたんだ。スキーには十代のスキー、二十代、三十代のスキー、四十代のスキーと、年代によって違いがあるというんだけど、岡本太郎のは十代のスキーだという。スキーに行って、十三、四のお嬢さんや男の子と一緒になると、お互いに気分がぴったりと合うんです。それで、僕には年齢がないということになった。
有吉　先生、そんなにうぬぼれるもんじゃないわ、運動してるときは、だれだってそうですよ。
岡本　君と話してるのはおもしろいよ、十代の気分になって。
有吉　選挙権をやっともらったばかり、全然楽しくてしようがないというところ。先生ね、人と人と話が合うのは、その十代の精神においてよ。
岡本　大体十代から二十代の後半に入る前にみな敗北者になる。自分の限界を悟ってしまう。相手、社会の力を意識し過ぎる。十代ではまだ自分は天才になるかもしれないしさ、どうなるかわからないけど、少なくともだれだってプラスの方に賭けている。
有吉　そういう点で、若い人が今簡単に世に出られるためのこつがありますよ。若さをむき出しにすると、大人は恐がる。だから、若さをバンバンと出しちゃうと、ほんとうにトクですよ。大人のコンプレックスってすごいですね。昔の大人も若い人にこんなコンプレックスがあったのかしら。
岡本　それは非常に問題なんだ。話せば長いことながらになるけど、つまり明治から大正の初期にかけては、若い人が出た時代だ。新しい文化が入ってきた。ところが大正の末期から昭和にかけては全部が停滞してくる。そうすると、今度は若い人が出られない時代になってくる。するると、若い人が次第に年寄コンプレックスをもってくる。しかし戦争の直後では年寄がぐっと出てきたね。政治、経済、一般に若い人にとってかわったけれども、文化はいつでも遅れる。これは文化の宿命みたいなもんだね。文化だけが古くさくて、すごく痛めつけられている間に、やっと最近に若い方の発言の機会が出てきたわけだと思う。
有吉　でもね、大体若いっていうことにどきっとするらしい。

岡本　君が度胸がいいからだよ。若いということを振り回していればいい。

有吉　今はほんとうのことをいって、私たちが進むのに破壊したり、反逆したりする必要はないんです。破壊だ、反逆だといって振り回す人もいるけど、私は振り回すかいがないのにと思う。それで老人趣味という言葉を借りれば、そういう方向になるんですよ。

岡本　それはわかる。戦後の空白時代みたいな何もないところへ古いものをもってきた時代ね、若い人はほんとうに空白で、何をやっていいかわからなかった。それでおれが闘ったわけだ。それはおれの過去であるわけだ。これからはそうじゃないんだ。溢れるばかりののうのうとした精神をこれから出せばいいんだ。青春というのはほんとうに年齢の問題ではない。というと、年齢を認めるようになっていささか困るけれども、そういうことを問題にしないことが青春なんですよ。

「女はみんなおれの女房」

有吉　ところで先生は独身主義？　独身の私がきくのも妙なものだけど。

岡本　女性が独身であると、性関係が非常にむずかしくなってくるわけでしょう。僕なんかは独身といっても性関係はないわけじゃないし、これだけ見渡す限り花の吉野山なのに、それを一本だけにしちゃおもしろくねェもの。だいいち世帯じみて、手鍋下げてこられれちゃかなわないよ。

有吉　じゃ若い人と結婚なすったらいいわ。世帯臭くない若い女が育ってきていますよ。

岡本　おれは非常にまじめなんですよ。相手のことを真剣に考えるの。その点は非常に道徳的なんだ。自分が一ぺん打ち込んだら、一生打ち込むべきだと思う。そういう自信がもてなけりゃ具合が悪いんだ。これなら死んでもいいという相手じゃなけりゃね、そういうのはいいねェんだな。そこまで考えちゃうから踏み込めない。だから、浮気でいいじゃないか。分量だけつき合えば、その分量が絶対的な分量になる場合もあるかもしれないし、そうでない場合もあるかもしれない。その方がいいよ。結婚する以上殺すか、殺されるかですよ。瞬間そういう深刻な気持になる。あとは長いからね、だから無責任な気持になりたくないんだよ。浮気ならいいことですよ、お互いにいいものだもの。それはやってもいいけれども……こんな話よそうよ。

有吉　夫婦が二人で育てていけばいいじゃありませんか。

岡本　育てるくらいなら結婚しなくたっていいじゃないか。みんな女はおれの女房だという気持の方がいいよ。（笑声）ただ、関係できる女房と関係できない女房がたまたまあるということでね。ところが、みんなおれのいうことを不思議がるんだ。これが一番道徳的だと思うんだけどな。瞬間のほれたかなんかから、惰性みたいなもので結婚して、みんな見えすいたようにがっかりしてるだろう。

有吉　男の独身論てそういうのね。

岡本　もし二人の人間がぴしゃっとぶつかったら、ただ一回だけで、あとは死んだっていいじゃないか。

有吉　私たち若い人は、そんなに愛欲にこだわらないの。

岡本　おれだってこだわっていない。

有吉　こだわってるわ。こだわって、誠実であるがゆえに独身だなんて……。

岡本　それはまだおれの文学がわかっていないんだ。あとがあるんだよ。つまり、そういうものはないという前提のもとに最も楽しく、自由に遊ぼう。

有吉　それは逃口上ですよ。

岡本　逃口上じゃない、一つも悔いていない。

有吉　そんなことじゃないわ。結婚しないという理由は逃口上。だから、自分は誠実であり過ぎるから結婚しないんだなんて、おかしなこといわない方がいいのに。自分は楽しいから結婚しない、それでいいじゃありませんか。

岡本　つまりおれは惰性的な考えと反対のことをいってる。

有吉　いってるだけなら勘弁してさしあげるけど、それをいった上で、こっちを肯定するのは許せませんよ。楽しいから独身だということでいいと思うわ。

岡本　楽しいから独身だというんじゃないよ。独身は楽しいといってるだけだ。そこはちょっと違うよ。

有吉　その違いは、先生がおっしゃっている意味はわかるけど、そんなにこだわらなくてもいいでしょ。結婚すると女より男の方がかわいそうなんじゃないかしらね。本質論なんだけど、女の方が頭が悪いでしょう。頭のいいのと悪いのが、どうしても一緒に暮さなければならないとしたら、頭のいい方が辛い思いをするわけね。私と一緒に暮さなければならないのかと思うと、男の方がかわいそうになっちゃうんです。（笑声）

岡本　女は男の頭の悪い部分を担っているんだからいい

じゃないか。(笑声)

有吉 私なんかは貪欲なずるさのときしか結婚を考えない。大体、結婚した方がトクだから……。

岡本 どういう意味?

有吉 あのね、私は世帯やつれをするような台所はしたくないし、できないでしょ。だから、私は結婚しても台所はしませんからね。だから私の場合は、結婚した方がトクなんですよ。

岡本 世帯をもつというのは、男の問題じゃなく、女の問題だよ。昔の女性は恋愛の場合、結婚を前提にして考えていたけど、今の女性は前提に結婚をおかないことは、非常にいいことだと思う。進歩だよ。恋愛しようと思っているときに結婚なんていわれたら、恋愛が引込んでしまう。結婚の条件のもとに恋愛をやろうなんて取引、やりきれたものじゃない。

(『中央公論』一九五八年四月)

❷ *approach*

対談　ぶっけ本番人生舞台

フランキー堺・有吉佐和子

文壇へ登場後二年余の有吉さんと映画界入りして三年のフランキー堺氏は、天衣無縫な仕事ぶりで注目される若き世代の旗手。身ぶり手ぶりの熱弁に活気溢れる初夏の一夜でした。

♣ 素人としての勝負

フランキー　やあ、遅れてすみません。

有吉　初めまして。

フランキー　いつもテレビを拝見しています。ものすごく、もう格段に勘がいいですね。

有吉　いやだわ。……私ね、映画ってめったに見ないんですよ。あまり好きじゃないんです。フランキーさんの『しあわせは俺らの願い』と『幕末太陽伝』は拝見しました。

フランキー　そうですか。どうも有難うございました。

有吉　『しあわせは俺らの願い』の中で、サンマを焼くところがあったでしょう。あそこをもう一度みたいと思っているんです。共稼ぎで奥さんがまだ帰って来ない。バタバタお魚を焼きながら歌をうたっているうちに、だんだんお腹が空いて、声が出なくなっちゃうのね。そして焼きながら「チョットごめんなさいよ」といって魚をひっくり返す……。あれは台本にありましたの？

フランキー　「ごめんなさいよ」っていうのはありません。

有吉　そうじゃないかと思った。すごいなあと思って見ていたの。それで、なんだかお会いしてお話ししてみたかった。

フランキー　ハハハハ、案外会ったらつまらなくてガックリ来たりして……（笑）。

有吉　いいえ、これからですよ。あのね、フランキーさんの芸界に出るまでの経緯というものには、普通にいう修業みたいなものは一つもないわけでしょう。

フランキー　ハイ。

有吉　そういう点で、私なんかととても似てるのですよね。私なども、文学修業というものなしに世に出ちゃった。そうすると、これが地だ、これが演技だということはなくなってしまうのね。だから私はフランキーさんをテレビばかりですが拝見していて、一番そこのところに共感する。

フランキー　（てれて）はあ、そうですか。

有吉　私、芝居などで、生意気だからいろいろなことをやらせていただいたでしょう。そういう仕事の根底には、リアリズム演劇への懐疑があるんです。いままでの大人の人たちはリアリズム演劇を目ざして努力して進まなければ、自分たちの形づくっているバリケードみたいなものが多過ぎた。私たちはそこへゆくと、なにか……。

フランキー　別に意識して目ざさなくても……。

有吉　そう、目ざさなくても、そう無理しないでリアリズムに生きちゃっている。それから逆に、なにか作り物をしたいという、様式主義というようなことを演劇でやりたいと思っているのです。

フランキー　よく分かります。

有吉　フランキーさんと石原裕次郎さんは、すごく似ていると思うの、そういう意味で。

フランキー　ほーう。

有吉　片っ方はたいへんお上手なんですよ、フランキーさんは。石原さんはすごく下手だと思うの。一番共通しているのは、なんというのかな、やはり素人というものの……。

フランキー　青臭い……。

有吉　そうじゃないんです。青臭いなんてものじゃなくって、素人というもので勝負していらっしゃると思うの。こういうこと申し上げて失礼かしら。

フランキー　いえいえ。

有吉　私なんかが、小説の中で、自分で虚構と思っているものが虚構のようにとられなくって、かえって普通に自然に書いたものが、たいへん大げさなことを書いたように批評家に指摘されるのですよね。ちょうどウラハラなんだけれども……。

フランキー　そういうところが、こっちにありますか。

有吉　おやりになっていて、どうかしら。

フランキー　自分で一生懸命考えてやったところというのは、自分でみてつまらないですね、ええ。そうして、ふわっと生《なま》の感じで出ているところが、ラッシュなんかみても、たいへん好きなんです。

♣ 二十九歳の自叙伝

フランキー　この前ね、自叙伝を書けといわれたのです。そしてね、カンヅメにされちゃったんですよ。三日目ぐらいになったら、どうして俺はここにカンヅメにならなければならないかと考えだしましてね。経済的理由はないし、文学への情熱のほとばしりもないんですよ。ただ書けといわれて、ハイ。カンヅメになりなさいといわれて、ハイ（笑）。

有吉　素直ね。

フランキー　喜劇だと思ったな。僕らは、自分の感じているることを、しゃべったりアクションを使ったりして大まかに表現しているでしょう。その癖がついているから、文字で表現するというのがぜんぜん駄目なんです。もう浮かんだまんまを、無計算に書いて行くほかない。小説を書ける人は、たいへんな才能だと思いました。

有吉　でも習慣もありますね。私、この頃しゃべることが下手になって来て、思うことが言葉にならないのに、書いていると、すっと同じことがうまく表現できたりするようになって来たんです。書くようになって、二年くらいですのに。

フランキー　僕の自叙伝の方は、それ以来なんにも手がついていないんです。

有吉　テープをおとりになればいいのに。

フランキー　しゃべるのもやりましたよ。あなたはとてもだめだからして、まあ文才がないからとは言いませんでしたけれども（笑）、どうしてもだめだから、テープでおやりなさい。大きな広間に編集者と向きあって、じゃお始めになって下さい（テープをかける真似をする）……カシャ（マイクをそばに持ってくるかっこうをする）どうぞ……（笑）。こんなおかしい図はないですよ。なにをしゃべるかと思ったら、自分のことでしょう。あのときはこうして、あんときゃドシャブリとか、そんな、くだらないことばかりしか言っていない。もう馬鹿馬鹿しくなって、またやめちゃったのです（笑）。

有吉　ちょっと無理ね。まだ二十代でいらっしゃるでしょう。それで自叙伝はね。

フランキー　そうですよ。二十九歳ですよ。自叙伝というものは無理ですよ、動きまわっているときは。自叙伝なんか退屈でしょうがない人がやるのでしょうね（笑）。

有吉　功なり名とげた人の仕事でしょう。フランキーさんは志をたてた？

フランキー　たてない。

有吉　私もたてたことがないのですよ。ひと昔まえのおじさま、おばさまがたは、自分はなにになろうとか、役者になろうとか、どうしてもこれをやりとげようとか、小説を書こうとかいうことね、悲壮な決意のもとにはじめているでしょう。私なんかは小説を書こうというよりも、ふっと書いたのがなんかこうなってきて、人が作家と見るから、これは立派なものを書くようにならなければならないと思って、なにか追いつめられてきた。いまじゃ、やめろと圧力を加えられてもやりつづけるだろうというところまで、ようやくたどりついたのですけれどもね。そういう人が多いですね、私たちのまわりには。

フランキー　そうですね。別に志をたてていないんじゃないでしょうか、ハイ。

有吉　志をたてて、そのために初心捨てるべからずみたいな形になった人というのはないですね。

フランキー　とにかく、一つの本をまとめるというのは大変な仕事ですよね。作家の仕事というものは、これは大変なことだと思いますね。尊敬します。

有吉　そんなこと……（てれる）。

フランキー　あなた、自分をいじめますか、読みかえしたりして直しますか。

有吉　ぐあいが悪いわね、編集の人がいるところで（笑）。そういうものもありますよ。そうでないものもありますね。

フランキー　書かれるまえに、ここで逢わせて、ここをこうしてという緻密な計算があるでしょうね。

有吉　それが、自分の計算どおりに行ったものは人からみてだめらしいんです。あれは計算が見えちゃうんでしょうね。私なんかね、だから味を出すには齢《とし》がほしい。

フランキー　うんうん（うなずく）。

有吉　だから、自分のことを小説に書かない。虚構で作りものだと言われるんだけれども、自分のことを書いたら、いまのところはどんなにうまく書いても綴り方でしょう。だから自分の戦争中の経験とか、そういうものはもったいなくて出せないの。

♣伝統と若い世代

フランキー　有吉さん、おいくつですか。

有吉　昭和六年です。フランキーさんは？

フランキー　そうですね。（うんと小さい声で）四年です。

有吉　いくら小さい声で言っても、速記は同じですよ（笑）。

フランキー　有吉さん、初めての作品は……。

有吉　「地唄」。あれがいつまでもついてまわるというのは悲しい……。

フランキー　ああいうテーマというのは、生活のなかにあるのですか。

有吉　伝統の継承ということが、いちばんいまでも課題で、自分の命題みたいなつもりでいるのですけれどもね。ものすごく隔絶しておりますでしょう、私たちは。おそらくフランキーさんなんかもそうじゃないですか。だれかの系統を踏んで学んでいって、その道を追って行って大成しようという気はないでしょう。

フランキー　ありませんね。

有吉　そういう型の努力家というものが、すぐ傍にいないのですよね。フランキーさんの場合は、伝統的な演劇というものを現代に生かそうという考えはありませんか。

フランキー　狂言にたいへん興味をもっているのですが、いいですね。やはり伝統のその固さ、どうにもならないようなものがあります。

有吉　積み重ねられていて、なにか一人の力じゃないという感じね。

フランキー　狂言の〝女〟をみても、女の真似や声色やしなみたいなものは、言葉の端々に出ていないのに、やっぱり女というものが出ている。僕ら、女をやれといわれたら、すぐ女の表面的なものを真似するでしょう。それが違いますね。その深さというか、怖いと思います。僕らのしゃべっているギャグでも「こうではない」というところが狂言風にいうと「こうではないーっ」というふうに尻をぐっとあげるでしょう。あの方が面白いのですよ。

有吉　日本の古語は英語のストレスに似ていて、大事な言葉、語尾を強くいうんですね。

フランキー　その方が面白いのに、どうしてこういうギクシャクした言葉にかわったのでしょうね。

有吉　はっきりしませんね。日本語はひ弱くなってきてますね。人間もちょっと弱くなってきているのじゃないかしら。言葉が単純になってきていて、それを組み合わせるから、とてもおかしいことになる。あんなの日本語じゃねえぞ、なんてやられちゃうでしょう。仕方がないですね。

♣ 目下修業中

有吉　私の場合は修業しはじめに出ちゃったのだから、仕事と修業がいっしょになるものでないとやるのはいやなんですよ。そうでないと身が細っちゃうような気がして、芝居なら一日一日、作者と裏方さんや出演者とのからみあいが深くなってゆくけれど、そういう意味でテレビはつらいですよ。仕事が仕事でないような気がする。一つなにかやったら、なにかもらわなければ損でしょう。

フランキー　なるほどね。

有吉　そういうものがなんにももらえないで終っちゃって、そうして大勢の人が見たりすると、なんかひどく現代的な虚名みたいなものを感じちゃう。

フランキー　僕は日映の松本カメラマンをモデルにした『ぶっつけ本番』の仕事が終ったところなんです。この人は三年前に、品川駅で殉職した人ですが、仕事に夢中で、仕事が一つのよりどころになっていた人なんです。そのほかの楽しみはどこにあったのか僕にもわかりませんけれども、その性格にほれこんで楽しく感謝しながら仕事をしました。僕自身もそうなんですよ。仕事で楽しむよりしょうがないんです。仕事がポツンと切れると、自分をもてあましちゃう。

有吉　体がなまっちゃうのね。

フランキー　仕事をしてるときはいろんなものがピンピン頭の中に入って来て、なにか吸収して自分が太ってゆく気持がする。バーなんかで女の子とふざけたりしているときは、吸収したものをどんどん吐き出してるような気がする。有吉さんが修業しながら仕事しないとつまんないとおっしゃったでしょう。それはほんとうに共鳴しますよ。僕もそうですもの。修業できるような仕事でなければしないもの。それからもう一つ、逆に言うと、どんな、修業というようなものがないものでも、修業しているという気持になるように無理にしちゃうもの（笑）。

有吉　ええ、ええ、それはほんとうですね。私、だからルポルタージュなんかみんな行くのです。体験主義というものが昔あった。私たちの場合それではいけないのだけれども、やはりいろんなものを見たり聞いたり、いますぐこれは役に立たなくても年輪となって役に立つこともあるだろう、ということで、いまのところ、いろんなものを見に行ったり、聞きに行ったりしているのです。

フランキー　ほんとうにそうしなければいけない年齢なんですよ。まだ観念的でしかないのだから、身を転がして消化するよりほかしょうがないのです。考えが観念的で身からにじみ出るものが足りないのです。それを青くささと言っておりますけれども。そういう意味で修業と言われたのは、たいへん共感しますよ。

編集部　有吉さんのいわれるのは、有吉さんにしても、フランキーさんにしても、いわゆる修業時代というものがなくて、いきなりぶっつけ本番で世の中に出ちゃって、人の見ている前で修業しているということではないですか。
有吉　ええ、そうですね。でも、私、そういう考えかたをしながら、実はひそかな遠慮があったのです。だけれども、このごろ少しあぐらかいている。性根をすえてかかるところと、かかってから性根をすえてやる仕事とあるでしょう。私たちの場合、選ぶと選ばざるとにかかわらず後者ですから、ここから始めるよりしょうがないのです。だからどちら様も御免あそばせ、という気になっちゃっているの。そう思うようになるまで、ちょっと悩んだ時代があるのです。本当にわずかな時間ですけれども。
フランキー　その悩んだわずかな時間というものは、イケると思うな。
有吉　でもやはり、目立っちゃ損だ、目立ったら損だということがずいぶんあります。私、みなりがすごく派手だったのです。それをずいぶん書かれたでしょう。それで、このごろ洋服買うとき地味なもの買うの。悲しいわ、買っちゃってから。
フランキー　そんなところあるのですか。
有吉　私は昔から派手で、別に才女時代がきたから派手になったんじゃない、ということを言いたいけれども、昔を知っている人たちがいないわけでしょう。いい気になって派手なものを着ていると書かれたりすると悲しいわ。だから、いまシュンとしている。私がシュンとするのはすごい抵抗かも知れない（笑）。

♣　戦前と戦後の体験

有吉　私は、中心に素麺くらいの自分に対する信頼がある、そのまわりに祈りみたいなものがあり、また自信みたいなものがあり、いくつも巻いているような気がするの。なにかがグサッと深く、刺さっても、それが自信のところであればこたえない。だからひどいショックがなんでもなかったり、なんでもないことが深く作用したりするのです。それから、苦労はずいぶんしているけれども、それが身につかないたちらしい。
フランキー　苦労が身につかないというのはいいですね。僕もそう思います。苦労なんかしてないかもしれないが、どっちにしても身についていない。それで自分がどの程度やれる男かぶつかってみようという気持で、六月中旬から、一人ぼっちでアメリカへ行って来ます。
有吉　そう。私は来年、東南アジアへ行くつもりなの。私とフランキーさんはあまり違わないような気がするんですが、私たちの世代は、都会で戦争体験を受けた人と、B29の来ないところにいた人とうんと違うのですね。私なんかの場合、人格形成というのはおかしいけれど、戦争の影響より戦後の影響が強いですね。私のものの考えかたとか、それから仕事をしていくうえの基本的なものは、ほとんど戦後のものなんですよ。フランキーさんはどうかしら。

フランキー　僕はきつかったんですね。動員されて土方をしたり職工をしたことは、いまから考えても大きなことです。相当なショックになっていますね。

有吉　私の場合は、そこがとても不幸といえば不幸といえるのかも知れない。この戦争は敗けるといっていた家庭でしょう。外国生活も長かったから、負けたということはショックではなかった。終戦の詔勅を聞いてみんなオイオイ泣いた中で私が泣いたのは、日本の敗戦より、みんなのように泣けない自分への情なさみたいなものだったのです。

フランキー　僕ら、泣くとかそういうことでなくて、ともかく、戦争中にやったことをたいへん貴重に思いますね。

有吉　男の方ですね、軍隊みたいな組織でやらされていたんでしょう。

フランキー　ええ、ともかく、もうなにに頼るというものはなくて、自分一人だけがおっぽり出された感じですからね、あの頃は。だから貴重な体験です。

編集部　有吉さん、いよいよ自分で世の中に出た、という感じをもたれたのはいつですか。

有吉　あまりはっきりしないのですが、母が私の二回目の芝居を初めて見て、「ああ気の毒だ、役者さんが佐和子の書いた芝居の台詞をしゃべっている」ということをいった。これはショックでした。

フランキー　僕はやはり結婚ですね。二十五の年に結婚と同時に二十人近くのバンドを作ったのですよ。経営は全部、家も建てねばならないし、おれはこれで世に出たんだ、もう誰にも頼れないと思ったですね。

有吉　そこへいくと、女はなかなかその気になれないですよ。私の場合、結婚は一つの逃げ道みたいなものでしょう。小説書けなくなってしぼんじゃうといわれる前にさっと結婚に逃げるというような……（笑）。

フランキー　男性はかわいそうだな（笑）。

有吉　だから私はいまのところ結婚する気はないの。

編集部　では、このへんで。どうも有難うございました。

（『婦人公論』一九五八年七月）

❷ *approach*

女の中の女

司 葉子

『有田川』が初めての作品でした。当時の有吉先生は、古い日本の家族制度、家というようなものをテーマにした作品を多く書かれていて、そういう点で、私の育った山陰の環境に似ていたため、とても先生の作品が身近に感じられました。そんなこともあって、『有田川』の悠紀さんに、私のおばの立居振舞いや日常の生活をだぶらせて演じたものでした。

楽屋にふらっと有吉先生が顔を出されて、

「なかなかいいわよっ」

といわれた時には、ほっとしたものです。

出来の悪い人の楽屋には絶対に顔を出されないという噂をきいていて、先生のいらっしゃるのを心待ちにしていたからです。

その後、『紀ノ川』『華岡青洲の妻』にも先生から推薦していただきましたが、『紀ノ川』は松竹で何度か企画されたもので、話が出るたびに、最初が三代目の孫娘華子の役、その次が二代目文緒の役、三回目に花という大役をいただき、やっと制作が実現して演じることになったのです。

『紀ノ川』にしても『有田川』同様、私の育った環境そのままといった人間ばかりでしたので、役に入りやすく有吉先生の作品の登場人物を演じながら、有吉先生個人に対しても、同じところで育ってきた人のような、同じ空気を吸って生きてきた人のような錯覚を持ってしまうのです。

先生のはじめての演出が『華岡青洲の妻』。小説家の先生方は大体にお芝居が好きで、ずいぶん演出もしておられますが、有吉先生も演出するのがお好きなようで、演出していらっしゃる時は本当に楽しそうで、その上身体の調子がよくなるといっていらっしゃる様子で、その反面、しぼられて役者は体の調子が悪くなるとこぼしたものです。

そしてまた不思議に先生の作品は当たるのです。芝居の方でもすばらしい大ヒットメーカーで、また出演者も先生の作品に出ると必ず誰か賞をもらうのです。付け加えさせていただきますが、私も『紀ノ川』で七つの賞をいただき、独占《ひとりじめ》した喜びは語りつくせません。

実際の先生は賢明で正直ではきはきしていてとてもこわい人のように思われているようです。

演出の場合も、

「あなたって下手ね。何やってるの。どうして出来ないの」

と叱咤されますが、必ず最後には救っていただけるのです。それこそこんな言葉がでなければ、役者はだめなのかもしれません。先生にとってそういう言葉をだせない人を自分の作品にお使いにならないところが、先生らしいはっきりしたよさで、キャストにはいった以上安心していられるのです。またそういうことも先生を知っていれば愛情に溢れた演出だとわかるはずです。

先生の作品の特徴は一人の人物をたっぷりと書いてあることで、役者としては大変やりがいがあります。しかも、一人の芝居じゃなく四、五人の重要な役があり、どうしてもお互いが張り合うというふうに……つまり全員が自分の引出しの中のものをすべて引っぱり出して何か工夫してみようというムードになってきます。ちょっとした役で一言ぐらいしかセリフのない役でも演じ方によってはすごく印象づけられます。脇役でも頑張れば主役よりも印象に残る場合もあるわけです。

だから、演じる方としては先生が作品の中に書かれている人物以上に、先生の書き足らなかったところをつけ加えるようなつもりでやらないと先生には満足してもらえないのかもしれません。

先生自身の取材にしてもそうかもしれません。『出雲の阿国』の取材で山陰地方へ先生がいかれたときのことです。私の生家のある地でもあり、歴史に詳しい市の関係者の方などを紹介したのですが、先生の取材について歩いた人のほとんどがのびてしまったといいます。それほどまでに先生の取材は大変な情熱を持って興味深くとことんまで追求されるということでした。

作品を書き終えた後の先生に出会うと何かの脱け殻み

たいになって、顔色も悪く、すべてを吐き出したというか、すべてを吸われたというか、大丈夫かなと心配すると同時に小気味のよさを感じるものです。

十年前、吉屋信子先生に『徳川の夫人たち』の出演がきっかけでお目にかかったことがあります。後で再びお会いした折、私が結婚したことでお叱りを受けたものです。

「次の作品にあなたをおいて考えているのに勿体ない」と……。その折、本当に意外な吉屋先生の女らしい一面を見たような気がしました。そういった女らしさとは全く別ですが、有吉先生の中にも意外な女らしさを見ることがあります。（叱られるかな）

一つ、マージャンをしている時の先生の姿は、もうキャッキャッと女学生のようにはしゃいで楽しそうです。

二つ、星占いもまた玄人の域に達しておられるようですが、なかなかこれが当たるので気持ちが悪いのです。この辺に女の鋭いカンをみた思いです。

三つ、先生がハワイで半年ほど生活されていた頃、お伺いして母親としての一面、先生の母性愛の豊かさをみせていただきました。最後に西洋料理として最高だというアーティチョークという百合の御馳走を手ずから料理していただいたときは全く驚きでした。料理などは全然できそうもない人相をしていらっしゃるからです。

意外と思える女らしさを、時折チラッチラッとみせつけて、しかもズバリと太刀を振るわれる先生を知った上で作品を拝見するのも一段と興味深く、そして面白く読ませていただいています。

聞くところによると、お母様が大変な文学少女だったとか。そして、それを有吉先生に継がれて、今度は、先生のお嬢さんの玉青ちゃんにと、親子三代のリレーは、まるで先生の作品を読んでいるように華麗であり、しかも期待させていただいております。

（『面白半分』一九七六年七月臨時増刊号）

娘　玉青と

❷ approach

物珍しさ

大久保房男

二十年ほど前、人を介して有吉佐和子氏と初めて会ったとき、氏が赤いコートを着ていたせいか、あるいは才女の誉高かったせいか、輝くように見えた。しかしそれっきりで、私たちの雑誌「群像」とは縁がつながらなかった。私個人とも、会合やペンクラブの会議で席を同じくして、会釈を交すくらいの縁しかなかった。

三年ほど前の二月の初め、ある酒席で隣合せになったとき、有吉氏は、一ヶ月ほど前にハワイで会った作家A氏の話を私にした。A氏は数年間連載した小説を、私が毎回文章の端々にまでケチをつけた話をしたので、有吉氏は、そんなに丹念に読んで下さって、こまごましたところまで意見を言ってくれるなんて、羨ましいわ、と言ったのよ、と言った。A氏の小説の題材は、私の経験したことも多少あるので、A氏と掲載誌の編集者から、変なところがあったら指摘してくれ、と頼まれたのだ。私は毎月読み、読んだ以上は題材以外についても、悪い癖で、ついつべこべと言ってしまったのである。有吉氏は、正直に申しますと、『恍惚の人』が売れてから、出版社の人はわたしをしくじるまいと気を使って、何も言ってくれないから、Aさんが羨ましかったわ、と言った。

次第に酒もまわり、あれこれ話しているうちに、私にはあなたの文章のよしあしはようわからんけど、文壇の文章美学から外れていることは確かで、文壇文士があなたのものをよく言わないのはそのせいじゃないだろうか、と言ってしまったのである。全く、口は禍の門だ。

その言葉がきっかけで、いろいろやりとりがあったあと、有吉氏が、それでは、今S誌に連載している小説を読んでもらって、具体的にあなたの意見を聞かしてもらおうではないか、ということになってしまったのである。

翌朝、定時に出社した私は、朝の茶を飲み、さて仕事にかかろうかとしていたところへ、電話が鳴った。受話器を取ると、有吉氏で、

「読んで下さったァ」

と言う。宿酔気味の鈍い頭で、昨晩の有吉氏とのやりとりを思い出そうとつとめながら、ともかく読んでないのだから、

「今日は宿酔で、私は、人様の文章は頭のすっきりしたときでないと読まんことにしていますので……」

などと言って逃げたが、明日という約束をしてしまった。その翌日、有吉氏が社に訪ねて来たので、私は内心ひどく驚いた。

種々の事情もあって縁がなかったのだが、私は有吉氏のものを一行も「群像」に掲載したことがなかったのである。一昨晩も、有吉氏から、わたしをどうしても認めようとしない大久保という編集者に、何が何でも認めさせてやろうと思っていたのに、その人が「群像」をやめてしまったので、本当にがっかりして、そのくやしさを母と話し合った、という話を聞かされたのである。わが「群像」の有吉氏に対する態度は、第三者にも異様に見えたらしい。というのは、昭和三十八年五月の二百号記念に、巻末附録として「日本現代文藝家事典」というのをつけたとき、編集部では、戦後作家には、「群像」に書いたことのあるなしによってある一線を設けていたのだが、平野謙氏から、雑誌が出るとすぐ電話がかかって来て、有吉佐和子が出ていないのはおかしいじゃないか、曽野綾子が出ているのなら、当然有吉佐和子を出すべきじゃないか、と難詰され、私は、これはこれはと思ったのである。今や有吉氏は大流行ベストセラー作家であって、出版社はどこでも御機嫌を取り結ぶのに汲々としているにちがいなく、そういう生活に馴れてしまうと、編集者など、おてつだいさんほどにも思わないのではなかろうか、などと漠然とながら想像していたので、現場を離れて十年にもなる編集者の古手の感想を聞くために、遠路わざわざ訪ねて来られるとは、ゆめ考えはしなかったのだ。

応接間で、連載の一回と二回が既に出ている雑誌に鉛筆でメモしたものを見ながら感想を述べたのだが、その殆どに有吉氏は反駁した。自分の文章についてつべこべと言われ、それも、丸太棒のようにしか言えぬ私の言い方は感じがよくないにちがいなく、さぞかし不愉快にな

っただろうことは一々の反駁にも察しられて、もう二度と私の意見など聞こうとは思わないにちがいない、と考えた。終った時、私はやれやれと思ったのだが、有吉氏は、

「これは、次のゲラです」

と差出した。これも読んで何か言わにゃいかんのですか、と聞くと、ぜひそうしてもらいたい、という。

私は、学校の教師を頼まれて、四月から始めるための準備が大変であること、それに、気楽に読むのとちがって、何か言わねばならぬ読み方は甚だしく疲労するものであることなどを大げさに言ってから、それじゃ三回まで読みます、三回もやれば、私の言うことなどすっかり見当がついてしまうにちがいないでしょう、と言い、遠路わざわざの御来訪は多忙な流行作家に悪いから、今度はこちらから出かけて行きます、と言ったのである。私は訪ねて来られると気持の上で負担になるから、敵地に乗り込み、わざわざ来てやったんだぞ、と逆に負担を与え、それでおしまいにしよう、と考えたのだ。しかしこれは失敗だった。

有吉氏の甚だわかりにくい家を電話でこまごまと聞き、それでも道に迷ったりしてやっと到着したのだが、通された応接間で、早速つべこべと始め、終るや否や、それじゃこれからも頑張って下さい、さよなら、と言いかけると、有吉氏は、次の原稿はもう出来ていて、雑誌は七日に出ますから、次は何日ごろがいいでしょうか、と言う。いやこれでおしまいですよ、もうすぐ学校だから、準備のために読まなきゃならぬものもどっさりあるし、他にこれこれしかじかの仕事もあり、とくどくど言うと、あなたは編集者として作家の原稿を丹念に読んで意見を言って来たんでしょ、ところが一人の作家有吉佐和子については何もせずに二十年間ほったらかして来たんだから、月に数十枚のものくらい、読んでくれるのは当然のことではないか、という。なんて強引なことを言う人だろう、と思っていると、これとこれは是非読んで感想を聞かせてほしい、と言って、長編小説、短編小説集とりまぜ、七、八冊をどかっと私の前に置いた。私はただただ呆れていたら、このほかに、昨年C誌に連載した小説をもうじき本にしなければならないんですが、それも是非読んで意見を聞かせてほしい、という。私は防衛に相つとめ、今連載しているのをあと三回だけ読みます、ということにして、やっと帰途につくことが出来た。

それから暫くすると、有吉氏から小包が届き、あける

と、C誌に連載した小説の切抜を、一頁ずつ原稿用紙に貼りつけたのが出て来た。なんて強引な人だろう、と声をあげると、かねてから有吉氏と私のやりとりの電話を聞いている同室の人が、あんな流行作家がそんなにして頼むんだから、あんた、そりゃ読まにゃいかんですよ、と言った。それで私も数日かけて読み、訪ねて来た有吉氏に、こまごまとしたことから全体についての感想にいたるまで、随分時間をかけて喋ったのだが、有吉氏はひどく不満な顔をして反駁した。

その後、その本の発売が新聞広告に出ていたが、私のところへ送ってはくれなかった。有吉氏と会ったとき、ひとにあんなに無理やりに読ませておいて、たとえ些細なところでも私の指摘で訂正したところがあったのなら、本が出たら、こんな本になったと送ってくれるのが礼儀ではないですか、と言ったら、あら、あなたはあれをさんざん貶したじゃありませんか、そんな本、いらないだろうと思ったから、と言った。そのとき、この人は実に率直な人なんだな、と思うと同時に、こんなことがこの人をいろいろ誤解させるのだな、とも思った。有吉氏の言い方がいかにも紀州の人らしく、純粋の紀州人であると私には、なつかしいような気さえしたのである。

その後、有吉氏が相談があると言って、「群像」から連載小説を頼まれたが、引受けるべきかどうか、もし引受けたら私にはこれとこれとこれの三つの題材があるんだけど、どれがいいか、というから、私は、「群像」は是非引受けてやって下さい、題材はしかじかのがいいんじゃないでしょうか、と答えた。

そのうち、有吉氏が私のことを話したのがあるところでひん曲げられ、私が極めて不愉快になったことがあったので、あなたに強引に作品を読まされて私は労力と時間を費し、その揚句、不愉快になるんじゃ間尺に合わない、大ベストセラー作家の言動が出版社のものにどんな反響を呼び起すか私にはわからないし、そういう作家とのつきあい方も知らないから、そんなことで神経を使うのはいやだ、もうこれで御免蒙りたい、第一、私は講談社から給料を貰っている、あなたが講談社の仕事をしているのならともかく、他社の仕事だから、講談社の人間がそんなことをしちゃいかんのですよ、と言った。すると有吉氏は、「群像」に連載せよと言ったのはあなたではないか、現在の他社の連載についてあなたの意見を聞くことは私にはプラスになる、それはつまり「群像」にいいものを書くための準備であるのだから、わたしが「群像」にいいものを書くためにあなたが協力してくれるのは講談社の人として当然のことをしていることではないか、と言った。うまい理屈を考えたもんだ、と感心し、私は笑ってしまった。笑ってしまうと力が抜けた。

有吉氏の強引さと執拗さに、私はほとほと感服したのだが、今の編集者は作家の原稿に対して何も言わない、という有吉氏の言葉を聞いて、私の仕事ぶりと随分ちがっているのだな、と思う一方、出来上った作品の最初の読者である編集者がうんともすんとも言わないのでは、有吉氏も張合いがないんだろう、と少し同情もした。

そのうち参議院選挙が始まると、有吉氏が大活躍しているのを何かで知ったが、それが済んだころから、電話がかかると、公害だの汚染だの、それに私のよくわからぬ薬品について縷々話されるので、少し閉口もしたが、汚染を調べるために全国を飛びまわり、果てはアメリカへ、フランスへと飛んで行った行動力に感服し、あることに熱中している人の清々しさが私の心にも伝わって来た。ところが新聞に『複合汚染』が始まると、公害の話に加えて、例の如く、読んだか、読んだか、と言われるので、新聞小説を読む習慣がないので、と逃げたけれど、朝刊を手にすると、読まねば悪いことをしているような強迫観念にとりつかれるようになった。これが、私が一行も載せなかった有吉氏の復讐なのだな、と思った。

私たち雑誌の方では、縁がなかったと言って、ある作家との関係のないことを空白と考えていても、作家の方では、無視という形での雑誌の絶えざる攻撃と感じているのかも知れぬ。そう考えると気が弱くなって来たせいか、有吉氏の方は相変らず攻勢に出ているから、なんのかのと言いながらも、有吉氏のおしつけるものを私は読むことになってしまった。

舟橋聖一氏のお通夜の日も、有吉氏が訪ねて来たから、数日前に届けられていた原稿の写しを読んだ感想を何やかやと言っていたらお通夜の時刻になってしまった。どうせあなたも行くのでしょうから、このあとは舟橋先生のお通夜の席でやって下さい、と言う。私は驚いた。作家は一般に見栄張りが多く、そんなところを見られるのを嫌うものだと思っていたし、私も照れくさくて出来るわけがない。断ると、先生の御霊前でやれば供養にもなるわよ、と言ったが、やるともやらぬとも結着の着かぬまま舟橋邸に着いてしまった。私はお参りを済ますと、人のあまりいない二階の隅っこに隠れるように坐っていた。すると有吉氏は手伝いの人と一緒に私を探しに来て、丹羽文雄氏や今日出海氏ら大家が大勢いる部屋に連れて行った。そこの端の空いた席に坐るなり、有吉氏は原稿を出して、じゃ始めて下さい、と言った。私は逡巡したが、ええままよ、と始めたら、隣の席の巌谷大四氏がちょっと覗いて、君は未だにこんなことやってるのか、と言って笑った。全くだ。私は十年も前に止めたことを、有吉氏にやらされているのだ。

しかし、舟橋氏のお通夜の晩から、私は有吉氏に対する認識を少し改めた。強引に作品を読ませるのは私に対する復讐でもないようだ。私の意見なぞ大して役にも立たないのだろうだが、一つでも足しになることがあればそれでいいとする、有吉氏の仕事に対する熱心さのせいかと考え、人前でつべこべ言わせたのも、私の眼力に対する信頼をあのような形で表現したお世辞のようなもので、ごちゃごちゃ言っては逃げ出そうとする私をそうはさせじとしているのだ、とも考えたが、確かなことは、どうやら私が物珍しいからだ、ということに思い当った。大流行ベストセラー作家になって、あまり誠意のない讃辞に囲まれていることに飽き飽きしている有吉氏は、私のような貶し上手な人間が物珍しいのだ。自分の仕事となると、女性でありながら、ひとの立場など顧慮せずに、猪突猛進する有吉氏の爽快な姿は、私にとっても甚だ物珍しい。

(『文藝編集者はかく考える』一九八八年・紅書房)

❷approach

理性の時代に

橋本 治

有吉佐和子という名前は、ある年代の女性達にとって、特殊な感慨を呼び起す名前であるように思われる。ある年代——即ち、かつて存在した、〝女学校〟という場所で青春を過した年代の女性達に、である。

小学校のすぐ上にある女学校、中学と高校を一緒にした女学校。中学校でもなく、高等学校でもなく、それを折衷したものでもない、特殊にして独特の性質を持つ、女性の為の教育機関。私には、その女学校というものの持つ教養の質、そしてそこに象徴される、日本の極めて一般的な〝婦人〟と称されるような女性達の理性のあり方に、極めて興味を唆られる。差し出たような言い方だが、この観点から、日本的な、そして女性的な近代的な理性のありようを問題にした人は、今まで唯の一人もなかったような気がする。

彼女等——かつて存在した女学校の卒業生達は、極めてノーマルで、極めて理性的で、極めて一般的で、その一般性故に凡庸なる没個性の持ち主達と見られがちなような気がする。そして一方、女学生の論理といえば、現実を遊離した、理想的な優等生的な、偏狭な過激なものである、ということも。女の論理といえば、この女学校に端を発する二つのものしか、この近代(及び現代)日本には存在しない。そして、有吉佐和子なる名前が、ある年代以上の女性達の眼を輝かせるのは、こうした日本女性の不幸な知的状況という前提によっているのである。

かつて(そしてこれは今もだろう)有吉佐和子は才女と呼ばれた。遠くは清少納言紫式部以来、この日本には才女と呼ばれた女性達が数多くいた。勿論、今や忘れられた存在となってはいても、有吉佐和子以外にも戦後の日本は、数多くの才女を生んだ筈である。しかし、彼女等はもういない。唯一人有吉佐和子のみを残して多くは時代の彼方に消え、そして有吉佐和子さえももういない。しかし、有吉佐和子こそが、戦後日本の生んだ、たった一人の才女だったである。

女達は生まれ、育ち、そして学ぶ。学んだ彼女達はどこへ行くのだろうか？　学んだ彼女達は当然のように結婚し出産し、生活の中心に腰を据え（あるいは据えざるをえなくなって）、主婦という没個性の中に沈んで行く。一体彼女等が身につけてしまった知性というものはどこに行くのであろうか？　知性という窓を通してかつての日に見た可能性はどこに行くのだろうか？　知性によって支えられた理性を、そうした理性を持った健全な人々を正当に評価してくれるような幸福な日常があるとは、私には思えない。そしてそうした幸福がたとえあったとしても、それならば、その〝幸福〟によって遮られる、かつての日に垣間見た漠然たる可能性の行く末は？

一般的なる女は、その一般的なる性の為に、出口がない。それは、『母子変容』の一方の主人公、森《もり》江《え》耀《よう》子《こ》のにっちもさっちも行かなくなってしまった状況と等しい。過激にもなりきれず、平穏にも徹しきれない――。出口もないまま、本を読む習慣だけは青春の日に身につけてしまった彼女達。有吉佐和子が、彼女達にとって希望の星であったことは想像に難くない。彼女は、才女だったのだ。一体〝才女〟とは、どんな実質を持った女なのか？

そのことの前には、女性に関する、一種混沌としか呼びようのない現実が登場する。これを押さえない限り、すべての女性に関する認識は偽りであり、それを押さえたからこそ有吉佐和子は才女であり、それであるからこそ、有吉佐和子は評価のされにくい〝女流〟なのだ。

有吉佐和子の小説『母子変容』が週刊読売誌上に連載されていた昭和四十八年は、有吉佐和子にとって実に重要な年だった。しかしこれは一般的には少し違ってとられるかもしれない、ある人は〝中だるみの年〟とでも言うかもしれないが、前年に『恍惚の人』、翌年に『複合汚染』を書いた〝社会派〟有吉佐和子が、実に、おもしろい小説を三本も並行させて書いていた年なのだ。問題意識の狭間に〝おもしろい〟ものがあるということは、実に重要なことで、この辺りが才女・有吉佐和子の大きさと言えよう。『母子変容』と共に並行されていた二本の小説、『真砂屋お峰』と『木瓜の花』の二長篇で、このとてつもない二作に本書まで加わるのだから昭和四十八年の有吉佐和子は正に脂が乗り切っていた、としかいいようがないだろう。『恍惚の人』『複合汚染』という〝社会性〟に挟まれて昭和四十八年のエンターテイメントが存在するのが有吉佐和子で、文化文政の江戸時代を現在の日常と重ね合わせた『真砂屋お峰』という、一種寓話の域にまで高められた完成度の高い小説と、そして元〝芸者の一人の老女による文明批評〟というとてつもない視点を持った『木瓜の花』に挟まれて『母子変容』の〝女〟が存在するというのが、その有吉佐和子の女性性なのだ。

『母子変容』は、母と子という、二人の女の葛藤の物語である——しかしこの作品が、正確にはどうであるのかということは、今はまだ問わない。新劇の女王としての母、映画の新進女優としての娘、その母娘の物語である。この母娘は、淫蕩な母と清純な娘でもなく、包容力のある母と奔放な娘とでもない——一見『香華』の淫奔な母・郁代《いくよ》と二重映しされがちな『母子変容』の母・森江耀子は、一種規定され難い、中途半端な女だ。そこら辺を有吉佐和子は〝新劇〟という中途半端な演劇を使って表現しようとしている。『母子変容』とは、女であることに中途半端な女達の物語でもある、ということだ。

母は、恋人である若い男を引き止めようとする。娘は、同じ男を、母の恋人であることも知らず一途に追って行く。その男は小説の最後に死んでしまうのだが、母は茫然として男の死んだ事故現場に立ちすくみ、娘はその母を見ながら、「お母さん……」と小さな声で呼びかけながらも、しかし実際には、お互いに呼び合うことも出会うこともない。だから、これが二人の女の葛藤の物語であるかどうかは分らないというのは、正確にはこの物語が、母であらねばならないのかと思った女と、母を求めることを当然とした〝娘〟という名のもう一人の女との、それぞれに女であろうとした二人の人間の物語であるからだ。だから、この作品での葛藤とは、二人の人間による一つの葛藤ではなく、二人の人間による、二人の人間の中のそれぞれの葛藤と言った方が正確だろう。二つの葛藤はそれぞれに起り、二つの葛藤は、最後一つに落ち合わない。母は佇み、娘は去る。ある意味でこの作品が中途半端な印象を読者に与えるのはその為だろうし、同時に、この作品が、実に多くの問題を含んだ、含みの多い作品と思えるのも、その落ち合わなさによる。

二人の女の葛藤は、三上潔《みかみきよし》という一人の男によってそれぞれにもたらされる。三上潔という若い男が、この二人の女の共通の愛人である。この点だけを押せば、『母子変容』という作品は、新劇・映画という二つの芸能界を股にかけた、一種スキャンダラスな三角関係物語ということにもなる。いかにも、女性の喜びそうな〝通俗小説〟ということにもなるのだ。だから最後の落ち着きのなさは、「なんだ底の浅い」ということにもなるだろう。だがしかし、この作品のテーマが、決して行き合うことのない女達の、それぞれに葛藤を持つしかない女達の、そうした世の中＝現実に置かれている女達の物語ということになったらどうなるのだろうか？

　新劇の女王森江耀子の一人娘・葵輝代子《あおいきよこ》は、母と同じ男を恋い慕うことになる。その原因は、母を慕って出て来た娘の叶えられない思慕にあった――そういう側面もこの作品では描かれている。『母子変容』の前半で作者有吉佐和子が力を入れて描いているところは、十六年振りに出合った母と娘を、実は出会わせまいとするものの動きである。この動きによって、母と娘はそれぞれの思惑を育て、それが後に、それぞれの女性性を志向する動きへと変わる。この作品が、二つの葛藤を描くものであるなら、その葛藤をもたらしたものはやはり二つあって、一つは、育ってしまった思いを遮る男としての愛人・三上潔であり、もう一つは、育とうとする女同士の思いを遮ろうと画策する男、新興映画のプロデューサー今西治《いまにしじ》郎《ろう》の存在である。

　かつて、森江耀子が映画スターであった時代、ひ弱な青年であった今西治郎は、十六年後、新人女優葵輝代子の発見者として再び耀子の前に姿を現わす。

〝記憶にある今西治郎は、手足の細長い青年だったが、今、目の前にいる今西はでっぷりと肥った中年の恰幅で、頭が随分はげ上がっている〟

　そう書かれている今西治郎は、決して〝中年の恰幅のいい〟と書かれる今西治郎ではない。本書をよく読めば分ることだが、気弱で純だった青年が、いつのまにか病的な中年に変わり、それが当人にとっても実は不安定な状態として知覚され、そしてそのことによって、ただ会社内での小さな辻褄合わせに奔走する倒錯した野心家として、今西治郎は描かれているのだ。その十六年振りの変貌には、なにか不気味な影がある――森江耀子は、そう感じとってさえいる。『母子変容』の陰の主役は、母娘二人を近づけまいとする、男の隠された不安感だ。有吉佐和子は、いつもこうした部分を押さえている。男がいて女がいる。その男を何かが歪ませ、その何かが女を不幸にする、有吉佐和子の基本的な認識はこうであろうと思われる。だから彼女は、うかつには動かない。有吉佐和子の揺ぎのなさは、この正確なる認識をする彼女の理性によると思われる。

女同志の葛藤を描いたもう一つの作品『華岡青洲の妻』で、嫁の加恵《かえ》は何故姑の於継《おつぎ》に惹かれたのか？　それは、理性を持った娘が、理性を核として光らせる美しい同性の存在を目の辺りにしたからだ。だがしかし、その理性は、何か不気味なものによって動かされていた。華岡青洲なる男の存在はなんだったのか？　そのことは『華岡青洲の妻』の結びに、控え目にしかも鋭く記されている。

淫奔な母郁代に翻弄される『香華』の理性的な娘朋子《ともこ》は、何故砂を噛むような思いを味あわねばならないのか？　娘にそうあらねばならないと教えた世の理性を、母の郁代は軽く超越している。そのことによって、母娘は対立を持たねばならない――二人の人間にあるのだかないのだか分からない〝世のモラル〟というものに関して。女達は、実は〝自分〟というもののありようを規定する〝モラル〟という名の男達の価値基準を目の前にして、それぞれがその解釈をそそり立たせて、対立というものを深める。身にしみない対立とはそんなことだ。

だからこそ、上下の関係を持った二人の女は、改めて『芝桜』という作品で、朋輩としての並列を持たねばならない。淫奔な母郁代は娘をいらだたせ、美しい姑於継は嫁に憎悪を突きつけるけれども、それが朋輩となった時、奔放な娘蔦代は、理性的な娘正子に友情の手を伸ばすのだ。たとえ正子にそれは理解しがたいものではあっても。

有吉佐和子の中では〝契約〟という一つの考え方が非常に大きな位置を占めているように思われる。有吉佐和子の〝母子物〟の源流をなす自伝的な作品『紀ノ川』では、冒頭、次のような表現が、母性の源流とも思える曾祖母・豊乃《とよの》の口から発されるのである。

「お大師さんがほいだけお母さんを敬われたと知れば、女ちゅうたかて阿呆やってええ筈ないと思わんならんわの」

　弘法大師という偉い人が、その自分よりも母を敬えと言ったというエピソードを、これは踏んでいるのだが、男が女を評価してくれるのならば、女だとて自覚を持たなければならない——言いかえれば、男が女を評価しないのなら、私は自覚なんか持たないという、啖呵でもある。そしてそれは、その断定の激しさは、それを〝知る〟か知らないかの、女自身の知性の如何によっているのだと。それを知り、そうである筈だということを前提にするのが女の理性だというのが、有吉佐和子における、女性性の位置づけである。

　だから、有吉佐和子の中で、女は聡《さと》いし、揺ぎがない。と同時に、女は激しく揺れ動く。有吉佐和子が才女であるということは、そうした世の中全体の関係性を踏まえて女を描き、そして描かれた女が決して邪悪にはならないところにある。〝女流〟と呼ばれる作家は、えてしてこれをやるのだ、邪悪という開き直りを。

　有吉佐和子は、女の中の〝女〟を描いて、決して邪悪には陥らない。それを読む女達に「もっともだ」と思わせる何かを書くのである。それが、有吉佐和子と〝同窓の女達〟をうなずかせる理由であろう。理性的でありながら、それが理性的であると気づかれないことによって〝理性〟として評価されない女達に。この理性の時代に、実は膨大な理性がないがしろにされて放置されているのだ。〝新劇〟という看板を持ちながら、実は自分自身の意見を一つも持てない新劇の女王と、自分自身を糜爛《びらん》させて行くことに気づけない、意志を持ったその娘をすれ違わせる理性の時代に。

　出合えない母と娘を描いて、『母子変容』の有吉佐和子は、初めて読者に肩すかしを喰わせる。これはどうやら、そういう小説なのだ——。

（『文学たちよ！』橋本治雑文集成　パンセIII・河出書房新社・一九九〇年三月）

❷ *approach*

有吉佐和子さんに死化粧をして　追悼

私のほうこそ佐和子さんに最期を見送ってもらおうと思っていましたし、そう話し合っていたのに

吾妻徳穂

有吉さんとは、三〇年の長いお付き合いでした。ほんとに私のことを思ってくれた方で、私のほうこそ最期を見送ってもらおうと思っていましたのに。

「先生、あたしがお葬式を出してあげますから」

「そう、やってよ」

なんて二人が話していたのでしたが――。

お母さまの涙

知らせを聞いてお宅へかけつけたときは、ちょうど有吉さんは病院へ行かれたあとでした。遺体解剖です。そのあいだ二時間ほどお宅でじっと待っておりました。

お母様がおっしゃるのです。

「……起こしたとき、うつぶせになっていまして、顔に一寸、鬱血《うっけつ》がありましたから、先生、すみませんが、佐和子が帰ってきたら、先生の手で化粧をやっていただきたい、きっとあのこも喜ぶことでしょう」

それから、また続けて、

「あのこの着物も、いっさいおまかせいたします。いまお手伝いを二階へやりますから、先生、そのなかから見立ててやって下さい」

やがて有吉さんの棺が戻ってきて、それは安らかなお顔でした。

「お着きになりましたよ」

と、お母様に声をかけると、

「私はここにいますから、どうぞ、奇麗にしてから呼んで下さい」

とじっと悲しみを耐えていらっしゃる。

有吉さんは、あんまりお化粧品をお持ちになっていな

いようでした。

お手伝いさんに訊くと「玉青《たまお》さんのをときどき借りて使っていました」ということで、ファンデーションがあるくらい。それでせめて私自身のパフを出して、有吉さんのお顔をたたいてあげようと思ったのです。

死んだ人のお顔をパフでたたくなど、私も初めてのことで、おそらくこれからも、もうありますまい。

銀鼠の喪服を着せてあげました。これは去年、ご親戚の方が亡くなられて、その時のお葬式に有吉さんがこしらえたものです。ちゃんと腰巻までそろえてありました。因縁というものでしょうか、その銀鼠色の喪服に藤の花が一輪染めてあり、それは、私が有吉先生に書いていただいた踊り「藤戸の裏」で、私が着た着物とそっくり同じ色でした。

あまりに美しいお顔で、私はそのときたまたまハンドバッグに持っていたカメラで、有吉さんのお顔を撮ったのです。

お母様をお呼びしました。

「……佐和子、よかったね、先生にこんなにしていただいて、よかったね」

とおっしゃって、ぽろっと涙を落とされ、それきりもう涙はお見せにならない。取り乱すご様子もなく、じっとこらえておられる。八〇歳におなりになってそれまでずっとご一緒に暮らしてこられた娘が亡くなり、母親にしたらそれはもうどんなに可愛いことか……。

あまり世間をさわがせたくない、静かに佐和子のお葬式を出してあげたいというお気持ちがおありでした。この母親にして、この子あり、と私はあらためて知る思いでした。

三十年前の思い出

最初に有吉さんにお会いしたのは、私が二度目の吾妻歌舞伎で、アメリカへ行く前で、昭和三〇年でしたか。二九年に一度出かけまして、以来、英文の手紙は届くわ、翻訳して返事は書かねばならないわ、といった具合で、急に忙しくなり、英語の出来る方ということで、有吉さんを紹介されたのでした。秘書兼事務の仕事を手伝ってもらいました。

有吉さんは、まだうら若いお嬢さんで、二十三、四歳、赤い洋服を着てらして、なんて可愛い人、それでいて顔には英知があって、一目お会いして、仕事をお願いすることに決めました。私が四十二歳のときです。

私の踊り「西行」を以前にごらんになってらして、あこがれていました、と言ってました。

ところが、私はそのときアメリカ帰りで、爪は真赤、チューインガムは嚙むわで、それを見たとたん、ずいぶん失望した、と、これはあとになって話していました。

「先生、私の理想とはまるで違っていて、ア、こんな人に仕えるのはイヤだって、断わろうと思ったんですのよ」

いずれ作家になるとは言ってましたが、あんなに有名になられるとは——。

こんなことがありました。

お昼休みになると、仕事場にひっきりなしに電話がかかってきました。みな有吉さんあてです。お昼の食事を一緒に、というお誘いの電話なのです。

ある日、

「男なの？　女なの？」

と、私もヤボなことを訊くと、

「みんな男」

「へーッ」

私はびっくり。たいそうおモテになられたんです。

しかし、よく仕事をやってくれました。ぜんぜん知らない世界へとびこんできて、踊りのことから、お芝居のこと、その裏の裏までわずか一年半ほどで全部会得しておしまいになって、ほんとに頭のよい方でした。

有吉さん、それまで着物を召したことがなかったんです。外国で育って、その後終戦で、着物を着る機会もなかったようです。

「着物を着たいわ」

とおっしゃって、左前に着るんです。

私、あわてて手とり足とりで着付けてあげたのですが、これも何かの因縁というものでしょうか、三〇年後に最期のお着物も私が着せてあげることになったのですから。

秘書の有吉さんに励まされて

私が二度目のアメリカ公演から帰国したときです。公演は各地で大成功をおさめ、アヅマカブキの名は大いに高まったのでしたが、その後、多大の借金を背負うことになりました。

（こんなに成功したのに、これからどうやって借金を返したらよいのか、こんなバカバカしいことは、もうやめる。踊りもやめよう）

と、途方に暮れていました。悔しい気持でいっぱいです。

そんなとき、有吉さんが温泉へ誘ってくれました。

「お金ないわよ」

「いいわよ」

そんなことで、有吉さんに連れられて、オオヒト温泉に行き、三日間、二人だけで滞在しました。

「私、もう踊りやめる」

「そう、やめるの」

有吉さんは、黙って私の話を聞いていましたが、

「先生、ね、『夕鶴』を踊りたいって言ってたわね」

「ええ、でも『夕鶴』は山本安英さんのもので、木下(順二)先生がお許しにならないでしょ」

「私、木下先生、知ってるのよ。私が頼めば、先生、きっと踊れるから。——それでも踊りやめるの?」

「そんなら、やるわ」

と返事をすると、有吉さん、即座に、

「じゃ、東京へ帰りましょ」

そんなことでオオヒト温泉の三日間は、私にとって忘れ難い旅です。

日本は戦争に負けましたが、私、アメリカへ行って踊りで勝ちたい、とその一心でした。


踊りとは、こういうもんだ、と外国人に見せてやりたかった。公演は大成功でしたが、それにひきかえ莫大な借金を残し、私はくたびれはてていたのです。

吾妻歌舞伎——私が外国でカブキという言葉を使ったことにも、歌舞伎の役者衆からは、ずいぶん厭味を言われました。

だが、先方のマネージャーのS・ヒューロックさんは、とてもよく日本の歌舞伎を勉強してらして、「もともと阿国歌舞伎があるのだから、吾妻歌舞伎があって当然だ」と言って、AZUMA-KABUKIという名をかかげたのです。

「夕鶴」を踊ろう! そんなふうに有吉さんは励まして、私を助けてくれたのでした。

ところが、有吉さんのほうは、これでおいとまをいただきたい、とおっしゃるのです。その頃、すでに処女作「地唄」を書いていらしたのです。

「——私も作家としてデビューしなければならないし、いまでも遅いくらいなんだから」

それから、いわゆる〝才女時代〟が始まるのです。はなやかなデビューでした。

踊りの脚本をもらって

有吉さんが、まだ私の秘書の時分に「赤猪子《あかいこ》」という踊りの脚本を書いてくださったことがあります。

＊赤猪子　引田部赤猪子《ひけたべのあかいこ》。古事記の所伝によると、雄略天皇の目にとまり、空しく召しを待つこと八〇年、天皇がこれをあわれみ、歌と禄とを賜わったという女性。（編集部註）

――雄略天皇がまだ若い頃に猪狩りに出て、栗林の中で洗濯をしている娘をみそめる。

天皇は、「召すぞ！」

と一言残してその場を去った。

娘は、いつ召されるものかと、機《はた》を織りながら、一途に待ち続ける。

そして八〇年が過ぎる。娘は九〇歳を越え雄略天皇はとっくに一〇〇歳を重ねている。

こういう物語を踊りました。私が「赤猪子」です。四季折々、いろんな男が現われるが、そのつど、「召すぞ！」という天皇のお声が女の耳に届く。

その声を信じて、女は年をとってゆく。

八〇年後に二人は再会します。

「お前がもう少し若ければ、一夜寝てやれるものを」

と天皇が言うと、女は、とたんに愕然として、ひどく腹を立てる。

「そんなことだったのか……あなたはそんな莫迦《ばか》な男だったのか」

寝てやれば、すむと思っているのか、と、ここで女の大笑い。なんと八〇年、こんな男のために、ひたすら待っていたのか、と自嘲しながら踊り続けて、終る。

この踊りを、有吉さんは私に初めて書いてくれまして、

「先生、素踊りでね、素踊りでやってよ。赤い着物を着たり、婆《ばばあ》の着物を着たりしちゃ面白くない、踊りは素踊りよ」

と、おっしゃっていました。

「藤戸の裏」、それから「赤猪子」と、有吉さんの作品が二作続いて、ついこのあいだ書いていただいたのが「婆子焼庵《ばししょうあん》」、これは来年の五月に発表する予定で、もう作曲もすんでいるのです。

いつだったか、もう私も七〇歳を越え、新作は無理だ、と言いますと、有吉さんにさっそく叱られました。

「野上彌生子先生をごらんなさい。九〇になられても、日に五枚お書きになってる。私も発奮して日に一〇枚は書いているのに。

〃婆子焼庵〃を書きますから、〃赤猪子〃と〃藤戸の裏〃で三部作にしましょう。先生の軀が動くかぎり、書いてあげるわ」

――結局、この「婆子焼庵」が最後の踊りの脚本になりました。

ここに有吉さん直筆の原稿がございますので、書き写しておきましょう。

「五燈会元《ごとうえげん》」という禅宗の有名な挿話をもとに作られたものです。

あはははは、うふふふふ

ここに信心あつき老婆あり。ある日、若き僧侶の托鉢するに、見れば躰に仏光ありと思え、銭金尽して守らんと思いたり。

僧侶の名は一光、欣然として老婆の意を受けて庵を組み、念珠三昧こそ送るなれば、日に三度の食事は老婆の小女《こおんな》が、庵の前に供えて、一目見たそのときから身をこがさんばかりに恋に狂い、朝は涙で膳を送り、昼は涙拭いて膳を下げ、夜また泣いて膳を上げ、一年は三百六十五日、膳運ぶに一千回、少女は痩せに痩せ、不審に思いし老婆、

「なにゆえあって飯くわぬのか」と問えば、

「お慕い申しておりますれば、膳運ぶさえ辛うおすええ」

泣き泣き答える。　(合ノ手)

老婆はったと膝を叩き、

「もはや何年供養せしぞ」

「あい、三年になり申すよし」

それなら解脱ばなし終らん。　(合ノ手)

老婆はかがみし背を伸ばし、すっくと立ちて、小女に、

「行くがよし、衣《ころも》脱いで、抱《だ》かれてみよ」

と言えば、小女うち驚き、

「衣脱ぐなど、そのようなこと、坊《ぼん》さんに」

「さあ、解脱なせば情を知る筈。行ってみよ、脱いでみよ。今宵は膳はいらぬ、そなたが据え膳じゃ」

(合ノ手)

言わせて、小女、着ていた衣をしっかり藍染めのものと着更え、膳は捧げず自《みずか》らを、(合ノ手)坊さんの前にひきすえて、

「今日はお膳がございませぬ。その代りには私を」

と、言えば一光、念仏を止《や》めず、衣を脱ぐ小女のしぐさを一瞥し、

「われ、木《ぼく》たり」

しなだれかかれどびくともせず、

「われ、石たり」

と答えたり。


（悲しい合ノ手）


小女、涙に濡れたる藍染めを、着直し泣く泣く母屋《おもや》に戻れば、老婆はびっくり、

「もはや、すみしか」

「いいえ、木イじゃ、石じゃと言いなしたよし」

泣き伏す小女をうち眺め、しばらく老婆は言葉もなく、何をすべきかとうろたえしが、やがて（合ノ手）しっかと心を決め、火打ち石を懐に、庵を向いて行きにける。

（合ノ手）

「やい、坊主、今日まで汝を供養せしは、木イや石にする気ではなかったぞよ。情知らず、血も涙もないとはお前のことじゃ。見損のうて口惜しいわい」

カチカチカチと火打ち石、庵に火をつけ、一光を足蹴になし、

「どこへでも行け、一本傘めが」

と悪口海山、百歳が媼《おうな》の怒り、泣く小女より猛けだけしく、庵がもえてほむらとなるを、眺めてようやく笑い出す。

「あはははは、うふふふふ、えへへへへ、おっほほほう」


（合ノ手）

私はただ悲しく寂しい

——私は来年の五月に、この老婆を踊ります。

せんだって、有吉さんがヨーロッパから戻られてから、一度お会いして段取りをお聞きしようと思っているうちに、亡くなってしまわれ、はやくお訪ねしていればと、悔やまれてなりません。

　有吉さんには大傑作が多すぎました。それに出される作品が次々にベストセラーです。五〇代になられて、これからの一〇年くらいは、ゆっくり遊ばれたほうがよかったのに、といまになって思うのです。ものを書く人は、やはり内にこもってしまうのでしょうか。その点、私など軀を躍動させて三昧境に入ってゆくわけですから、苦しみや悩みごとがあってもいつのまにやら晴れてしまうのです。私は、有吉さん、と言っていましたが、他人のいっぱいいるところでは、「有吉先生」とお呼びしていました。

　あるとき、お宅に電話をかけまして、

「有吉先生、もうおめざめですか？」

とおうかがいしたところ、お母様がお出になられて、

「あなたまで、先生と言われては、佐和子がずのぼせします。先生は苦いことをおっしゃって下さって、もっと叱って下さい」

「いえ、いえ、私の子供みたいなおトシですけれど、アタマのよさから言ったら、私のほうがずっと子供ですから」

「それはいけません。ただいま佐和子を起します」

もうその有吉さんも、いくらお呼びしてもおめざめにはならない。

私は、ただ悲しくて、寂しいばかりです。

（『婦人公論』一九八四年一一月）

吾妻徳穂の秘書だった時代に徳穂と（1955年ごろ）

3 *album*

恩田雅和
半田美永
渡邊ルリ
十重田裕一
奥出　健
大河晴美
明石　康
島村　輝
有吉家のアルバムから

❸ *album*

和歌山――「死んだ家」

恩田雅和

有吉佐和子は、一九五八年（昭三三）五月の『文学界』に、短編小説「死んだ家」を発表している。この作品は、その後刊行された有吉のどの単行本にも収録されていない。

年譜を見ると、この頃の有吉は、一九五六年一月『文学界』に「地唄」を掲載して文壇デビューを果たして以来、いわゆる商業雑誌に旺盛に小説を発表していた。これらの作品は、連載なら『花のいのち』のように一九五八年四月長編小説として出版され、短編なら作品集として、『まっしろけのけ』（一九五七年六月）、『断弦』（一九五七年一一月）、『美っつい庵主さん』（一九五八年四月）などのように相次いで刊行された。各出版社は、すぐにでも有吉作品を単行本化する構えをみせており、そうした要請にも応えて有吉佐和子は、長編に短編にと精力的に作品を書き継いでいたのだろう。

そんな売れっ子の時期に、「死んだ家」は書かれていたのである。当然、それ以降に書かれた短編とともにどれかの作品集に入ってもよかったのだが、それがなかったのは、作者有吉佐和子の意思が働いたのか。あるいは、読者にはうかがい知れない作者の何らかの意図があったのだろうか。

今、手元にある一九五八年五月の『文学界』の目次を見ると、原稿枚数を知らせる五〇枚の数字と一緒に、有吉佐和子の「死んだ家」の説明書きが次のようにある、「死を待つ旧家に増鏡を読む紀美子の声はさえざえと響いた」。

小説の内容は、関西の旧家でかつては代議士も務めた久瀬大輔の妻花代が中風で倒れたところから始まる。この花代に、長男の禎輔、次女安代らが看病で付き添っているのだが、東京に出ている長女の政代は現れず、代わりに政代の娘紀美子が見舞いに訪れた。政代は、旧家そのものに反発していて、両親とも衝突し、東京の女専在学中に知りあった学生と結婚していた。母と祖母との仲を知っている紀美子は、母の実家で気丈に振舞い、病人を慰めようと祖母が好きな古典の増鏡を枕辺で朗読するのである。

短いこれだけのストーリーだが、旧家でしかも有力な政治家の家、そこに反逆する長女というだけで、我々はすぐに、有吉の代表的な長編小説『紀ノ川』の登場人物とその構図に思い至る。

『紀ノ川』では、有力な政治家は真谷敬策、その妻は花。長女は文緒で、その娘は華子であった。そんな花が、第三部の終盤近くで、脳溢血で倒れるくだりがあった。その花を東京から見舞うのは、やはり長女文緒ではなくて、孫の華子だった。華子は読書好きな花のために、枕辺で、同じように増鏡を読んで聞かせた。読んで聞かせながら華子は、「この人の血が、私にも流れていると思うと不思議だった。が、ふとそう気がつくと、華子は自分の体の中に真谷家の執念が、どくどくと音をたてて注ぎこまれるのを感じた」。家は衰滅しかけているのだが、女から女へ新しい生命が受け継がれているという華子の自覚である。

「死んだ家」にも、増鏡を読む紀美子に同じ意識の流れの箇所がある。「花代を通して、死んだ家に何百年生きていた人々の黝んだ生命を受取るために、やるべきことはこれだけだと紀美子は憑かれて読み続けた」。

『紀ノ川』が書き出されたのは、一九五九年一月の『婦人画報』である。つまり、「死んだ家」が発表された八か月の後である。人物名や細部に若干の違いはあるが、「死んだ家」は、『紀ノ川』の終末部分と全く同じで、その原型といってもよい。

有吉佐和子は「私が本当に作家というものであるのかどうか、乾坤一擲という気持で、私の人生で初めて自分を賭けた」（「ああ十年！」）作品が、『紀ノ川』であったと一九六六年冬に記している。自分を賭けようとしたとき有吉は、「死んだ家」を書き直し、それをふくらませて、滅びつつある家にあらたに息を吹き込ませようとしたのではないのか。だから「死んだ家」はもはや新しい作品集に編む必要はなくなり、また別の形での家系小説として一九六二年一月には『助左衛門四代記』も、書き始められたのである。

「有田川」の取材（一九六二年）

❸ *album*

熊野・伊勢──「油屋おこん」

半田美永

新聞連載小説「油屋おこん」は、一九七九年（昭54）四月十一日から同年八月十九日にかけて『毎日新聞』に百二十八回にわたり連載された。不作に見舞われた熊野の寒村を舞台に、物語は始まる。「紀州熊野の寺谷村は、険しい山岳地帯にあり、耕やすべき田畑が少く、大昔から貧しいところだった」。不作はもう六年も続くという。もともと豊作の年でも、それだけでは村の者は充分に食べることはできない。若者は百姓をやめて伊勢に働きにでるのである。若い娘は年頃になると、伊勢の古市《ふるいち》に売られて行くことも珍しくはなかった。今年十五になるウメは、村の上納金の肩代わりに古市の遊郭に売られることになる。ウメは色白で村一番の美人。ところが幼なじみのトシも、母が働いていたという伊勢の古市にウメと一緒に行きたいという。ウメとは対照的に、トシは利発ながら色が黒く遊郭には不似合いだった。寛政七（一七九五）年の夏のこと、二人は人買いの善八に連れられて、熊野街道を伊勢へと向かう。

前年の寛政六年七月の大火で古市の妓楼の大半は灰になったが、一年と立たぬうちに以前よりも立派な建物が立ち並び、古市は吉原や島原に匹敵する廓に発展していたのである。物覚えがよく機転のきくトシは、廓言葉や作法の習得が早かった。期待された美人のウメよりも、むしろ周囲の意に反してウメの方が芸妓おこんとして有名になる。通人の守田屋を旦那に迎え、生き生きと伊勢音頭を踊る彼女の名は「油屋おこん」として知れ渡った。

一方、器量よしのウメは、油屋でかつての人気芸者おしかの名を踏襲するが、踊りも作法もなかなか上達しなかった……。

御師《おし》福岡九太夫の養子貢は、養父に連れられて油屋でおこんと出会う。御師とは伊勢神宮神職で年末に暦や御祓《おはらえ》を売り、時に祈禱により病痾をも癒すことがあったという。伊勢ではオンシと呼んで敬された。貢は鳥羽の百姓の出、幼名を与吉といい才覚を見込まれて福岡家の養子となり、医者となるべく京都に遊学したが挫折して養家に戻っていた。貢は養父の娘を妻にしていた。京都遊学中、自らの才能に挫折したものの国情を憂い、さらに御師の制度にも批判的な人物に変わっていたのである。その貢が、おこんの話す熊野の生活ぶりに関心をもち、その人柄に引かれて古市通いが繁くなる。やがてはそれが愛情に変わり、熊野に戻り夫婦になって暮らそうと言い出すのである。

御師の養子からは金を取ることのできない油屋は、売れっ子のおこんから貢を遠ざけようとする。逆上した貢は、刃傷事件を起こすが、これは寛政八（一七九六）年五月四日、伊勢古市の油屋で孫福斎が数名を殺傷した事件を基に、当時評判となった歌舞伎作品『伊勢音頭恋寝刃』に描かれている。安田文吉氏によれば、事件直後近松徳三は僅か四日で狂言に仕上げ、大坂角之芝居で初演されたが、この油屋事件に名刀紛失のお家騒動を絡ませ近松門左衛門の『長町女切腹』にヒントを得たものだったという。[*1] この事件は地元ではもちろんのこと、江戸の役者によって演じられ全国的に知れ渡ったのである。

有吉佐和子「油屋おこん」は、江戸時代にすでに評判となった作品を現代に蘇生させようとしたものではなかった。彼女は、執筆前年の冬、熊野から伊勢を訪ね、毎日新聞の編集者を同伴して古市に詳しい野村可通氏に取材している。[*2] おこんの事跡に関しては、事件のこと以外過去帳しか存在せず、むしろその資料の乏しさが、作家の意欲を掻き立たせたらしい。熊野では古老の話を聞いた

油屋おこん
有吉佐和子
中一弥画
初見世 7

「油屋おこん」（『毎日新聞』）

という。小幡欣治氏は、「油屋おこん」は「未完の小説」であることを作者から聞いており、「終りかたがなんとなく不自然であり、いつもの彼女の作品らしくない」と指摘している。[*3]油屋の惨劇の原因も真相も不明だが、有吉佐和子の筆はその事件を解明することに重きはない。作品の末尾に、熊野でのかつての許嫁《いいなずけ》だった中楠がおこんを買いにくるが、すでに妻帯している彼を扱う彼女の態度は冷たい。「中楠このまま去《い》ね。私は忙し体や」。また、福岡貢に接するおこんの態度も覚めている。

おこんは聡明で気丈な女性として描かれる。人情にもろいが、知性がそれを克服している。「華岡青洲の妻」（昭和41）が、青洲ではなく「妻」を描いた作品であるように、「油屋おこん」はおこんの生涯を追究しようとした。「未完」と作者がいうこの作品の目的は、事件後三十余年のおこんの人生を描くことにあったのであり、その目的は果たされなかった。もちろん作品集にも収録されていない。今、伊勢市古市大林寺のおこんの墓は、その影の部分を包み込むように黙しながら建っている。墓は、三代目坂東彦三郎によって建立されたという。一八二九年（文政12）伊勢中之地蔵での興業の大成功を記念したものだと伝えられる。中央に「増屋妙縁信女」、右に「文政十二己丑年二月九日」、左に「俗名おこん　年四十九」と刻まれる。

注

＊1　安田文吉「伊勢歌舞伎考―坂東彦三郎と『伊勢音頭恋寝刃』―」（『伊勢千束屋歌舞伎資料図録』昭和63年3月31日、皇學館大学）。
＊2　橋爪博著『〃続〃伊勢・志摩の文学』（平成7年3月1日、伊勢山文印刷製本）。
＊3　小幡欣治「『油屋おこん』に就いて」（『油屋おこん』平成10年11月1日、京都南座パンフレット）。

「油屋」遠景　南座「油屋おこん」パンフレット（平10.11.1）表紙より

現在の伊勢市古市に建てられた「油屋跡」の碑
（昭和58年３月伊勢市教育委員会建立）

現在の伊勢市大林寺《だいりんじ》のおこんの墓
（三代目坂東彦三郎建立と伝えられる）

出雲・京都——「出雲の阿国」

渡邊ルリ

『出雲の阿国』（一九六七年一月〜六九年一二月『婦人公論』掲載）において、有吉佐和子は歌舞伎の創始者出雲のお国を取り上げ、数少ない史料を利用して自由に創造している。

史料では、「雲州のヤヤコ跳、一人はクニと云」（『時慶卿記』）、「出雲国神子女名は国、但非好女」（『当代記』）とされる阿国について、有吉は、実は巫女ではなく、その父を奥出雲の鑪《たたら》の鉄穴師《かなじ》、母を村下《むらげ》の娘であったとする。ここから有吉は自らの創作をはじめるのである。斐伊川の洪水で落命した両親が鑪の火のように愛し合ったという物語がお国を陶酔させ、自己内部に同じ「火」を認めさせる。「傾《かぶ》く」とは、「逸脱した行為をする、すなわち、ある事柄について、自分に許された以上に勝手気ままにふるまう」（『邦訳日葡辞書』）ことであるが、作品中お国にとっては、恋情を抱き、身内の「火」に身を任せて酔い踊ることによって、その高揚感を全身で表現することを意味している。そしてその技は、杵築の斐伊川で水汲みをした軽やかな足捌きに培われたとされるのである。有吉は執筆前の一〇月、「「鑪《たたら》」と「斐伊川《ひいがわ》」と「出雲の阿国」の三つを強引に結びつけること」（「神話の生きている国」昭和四二年四月『世界』）を目的に出雲を訪れ、現在宍道湖に達する斐伊川が杵築（現大社町）を流れないと知って当惑したが、古くは杵築を二分して日本海に流出していたという資料を見て「凱歌をあげた」という。（『斐伊川史』（昭和二五年一一月　出雲郷土誌刊行会）に拠れば、一六三五年と一六三九年の大洪水によって出雲大川は宍道湖に向け東流している。）
京都四条河原の南座西側には、昭和二八年に建てられた「阿国歌舞伎発祥地」の碑がある。この碑がこの場所に建てられたのは、史料に阿国の歌舞伎踊りの興行が記される北野天満宮の境内に太平洋戦争以後そういった石碑の類が建てられないという事情があったためで、歌舞伎発祥の地は、やはり北野天満宮境内こそがふさわしく、その場所は北野天満宮境内の「中の森」である（宗政五十緒氏「お国かぶき興行の地」による『歌舞伎評判記集成』第二期第四巻月報　昭和六三年一一月　岩波書店）。有吉は、『東海道名所記』の記述に従って、京におけるお国の興行のはじめを五条橋のたもととした。物語はそこから四条河原、北野天満宮へと場を移していく。お国は四条河原で生きた名護屋山三と出逢い、北野天満宮で死んだ山三の亡霊を演じるのである。

有吉は、お国の踊りにおける転換の第一を、『当代記』に慶長八年「異風なる男のまねをして（略）茶屋の女と戯る体有難くしたり。京中の上下賞翫すること不ㇾ斜」と記され、『阿国歌舞伎図』にも描かれた「男ぶり」が、なぜ行なわれたかという理由において物語る。阿国はその夫に「三十郎といへる狂げん師」（『東海道名所記』）「三九郎と申鼓打」（『慶長年録』）を持ったとされるが、有吉はそれを観世流の鼓打ち三九郎とし、前出の『時慶卿記』に「菊ト云」と記された踊り手お菊をお国の妹分として登場させる。有吉は、夫三九郎と関係をもつお菊への嫉妬から苦しんだお国が、その感情を、「女なればこそ苦しむか」と客観視し、四条河原の舞台で、半ば自らの意志で、半ば情況に導かれるように、男に化身して「喜劇」として演じたとしたのである。有吉は、一座が「天下一」の「阿国歌舞伎」の名をこの時から掲げたと設定する。

転換の第二は、『阿国歌舞伎草紙』『国女歌舞妓絵詞』に描かれた名護屋山三の亡霊が舞台外から現れる図に基づいて、恋人山三の帰城と死によって苦しむお国が、北野天神社の桜の季節に山三の遺品を身につけて山三の亡霊を演じ、「生命懸けた凄惨な」踊りに酔いしれるさまを描いたことである。生の手応えを「城」に関わる何らかの形に成そうとしてお国を離れる「男」三九郎や山三を、理解しえぬまま恋慕し、自身は形を残さずとも観客と共に酔い踊る踊り手の矜持をもって、恋慕の情と訣別する体験を、お国は対者である男に成り代って物語化・舞踊化するのである。

出雲杵築には「お国寺（連歌寺）」焼失の文政六年（一八二三）までの成立と見られる「出雲国大社御国寺縁起」（大社町教育委員会蔵）の版木が残される。それには老いて故郷で草庵をむすんだお国が法華経読誦と連歌に日を暮らし、元和六年七月一三日七五歳で歿したと記されるが、有吉は「死ぬるその日まで」踊るお国の最期の舞台を、「鑪の村」に用意するのである。お国は奥出雲吉田村の鑪で見事に踊った褒美として、自分の死後は鑪者として葬ること、高殿《たたら》の火を見ること、そして斐伊川洪水の要因である鑪の鉄穴《かんな》流しに対する砂止め工事、という三つを願い出る。有吉は執筆前後に二度、現在重要民俗資料に指定される吉田村菅谷鑪の経営者である田部家を訪れ、お国の願いを聞く田部家当主に第五代荘兵衛通国（元和二年二月一日歿）（『吉田村村誌』昭和六一年三月吉田村村誌編纂委員会）の名を借りている（作中では第六代）が、お国の願い出により砂止め工事が行なわれたというのは創作である。「生みの親は鑪、育ての親は出雲、されば名乗りも出雲の阿国」と称するお国は、自身の血の中にも燃える鑪の火を間近に見た後、鉄穴流しの赤い水を辿って斐伊川上流を遡る途中、赤い御影石の落下を脚に受け、その石を抱きながら絶命する。阿国の墓は京都大徳寺塔頭高桐院にもあるが、有吉は出雲の「出雲阿国の墓」を訪れた際、その墓石の赤さから、作品中お国が最後に「愛しげに」抱いた斐伊川上流の赤御影石を墓に安置したという物語を発想したのだという。（「出雲ふたたび」昭和四五年七月『図書』）

「出雲の阿国」上演のため出雲大社を取材（一九七〇年）
左より、初代水谷八重子、市川翠扇、有吉佐和子

❸album

東京——失われてゆく水をもとめて

十重田裕一

有吉佐和子が川をめぐる小説を書いたこと、そしてその多くが生まれ故郷の和歌山の川を舞台としていることは比較的よく知られている。また舞台となる川の流れに、女性の人生と時間の流れを重ねあわせようとしていることも、小説から明確に読み取ることができるだろう。

しかし、有吉が故郷の名前を冠した題名をもつ小説を書いた時期と場所に思いをめぐらすとき、小説のなかの光景とは別の、彼女が身を置いていた現実の光景が浮かび上がってくる。それは、高度経済成長の渦中の真っ只中にあった日本の首都・東京の光景に他ならない。

東京の光景は、高度経済成長の時期に大きく変容した。東京の川や堀の多くは埋め立てられ、その上に高速道路がつくられていく。そして、残された川も工場廃水などで汚染されていった。とくに、小さな運河や掘割のめぐらされていた旧東京市東部の惨状は甚だしく、「水の都」東京のイメージを大きく変えた。

東京の日本橋の上に高速道路が通り、数寄屋橋や京橋の下に水が流れなくなり、隅田川の汚染が深刻化したのはまさしくこの時期のことである。『香華』（一九六二年、中央公論社）の主人公・朋子は、紀州から上京後、赤坂で芸者をしながら資金をためて、聖路加国際病院近くの築地川沿いに宿屋を開くが、この川も高度経済成長期に埋め立てられることになる。

第二次世界大戦中の疎開時を除いて、一九四一年一〇歳のとき、東京市下谷区根岸小学校に転入して以来、有吉は東京を生活と仕事の拠点としていた。『三婆』（一九六一年、新潮社）、『不信のとき』（一九六八年、新潮社）など、第二次世界大戦後の東京を舞台とする小説も少なからず書いている。また、歌舞伎座や新橋演舞場などの劇場に足繁く通った時期もある。彼女は、「水の都」であった東京から水を湛えた川や掘割の光景が失われ、残された川も工業化によって汚染されていく現実を目の当たりにしていたに違いない。

そのように思われてならないのは、川を題名にもつ小説の書かれた時期が、日本の高度経済成長と重なりあうからである。『紀ノ川』（一九五九年、中央公論社）、『有田川』（一九六三年、講談社）、『日高川』（一九六六年、文芸春秋新社）といった有吉の故郷紀州の川を舞台とする小説が、一九六四年の東京オリンピック前後約十年のあいだに執筆されたのは、おそらく偶然ではない。

有吉は「舞台再訪　紀ノ川」（『朝日新聞』一九六六年一〇月二七日）で、八歳のとき最初に見た紀ノ川の「青く静かでゆうゆうたる流れ」が「鮮烈な印象」となり、このときの感激が、「紀ノ川」執筆のモチーフになったことを述べたうえで、この川について次のように記していた。

紀ノ川は、川の名と同じように優雅で品がいい。（中略）青い色と、満々とたたえる水、小波も立てない流れ。しかし水辺に立つと川の音は地の底からわき立つように深く、水量はそのまま水勢で、川辺に住む者を慴れさせていた。

彼女は、紀ノ川の美しさについてだけではなく、工場排水とバラス採取などにより汚染されていく故郷の川についても言及していた。そして、すでに汚染の甚だしかった東京の隅田川のようになることを強く憂え、「紀ノ川」続編を書かなければならないという決意をのぞかせていたのである。

人間の生命と歴史を川の流れに重ねあわせて描いた有吉にとってみれば、川が汚染されるということは、人間の生命と歴史が損なわれることに等しい。高度経済成長が自然に、人間の生命と歴史にいかに甚大な弊害をもたらしたか、彼女は川について書くことでその現実に向き合うことになった。

有吉は、美しい水の光景が失われていく現実から目をそらすことなく、工業化によって変容する東京の現実を凝視しながら、故郷に流れる川を題材に小説を書きつづけた。書きつづけることで高度経済成長によって失われていくものの意味を社会に提示していたように見えるのである。

こうした彼女の在り方は、農薬使用を疑問視し、食の安全性を鋭く、厳しく追及した『複合汚染』（一九七五年、新潮社）などの作品でより明確になっていく。

浅草の仲見世を歩く有吉佐和子（1957年頃）

❸ album

横浜——『ふるあめりかに袖はぬらさじ』

奥出　健

有吉佐和子の人生の道程を一見して特徴的だと言えるのは、若い日の海外体験の豊富さである。いわば有吉は異文化を濃厚に体験していた人といえよう。しかしそのわりに彼女の作品には異国情緒の作品が少ない。むしろ作品には日本文化の底を這うような登場人物たちが頻出する。有吉が異国文化との接点として開けた横浜を意識して描いた作品といえば、横浜港崎《みよざき》町遊廓の、実在の遊女・喜遊の物語であろう。しかしこの作品も異文化そのものより世俗の最下層にうごめく人間たちの物語だ。

ところで、この幕末の遊女・喜遊の死という同素材を作者は小説と戯曲に描き分けている。しかも制作年月はかなりズレているから、この素材そのものは作者の比較的興味のあるものであったのだろう。

同素材の二つの作品、それは「亀遊の死」（『別冊文芸春秋』昭36・7）と、戯曲『ふるあめりかに袖はぬらさじ』（中央公論社　昭45・7）である。異国への玄関口を描きながら、しかしこの作品では登場人物たちの異国への思いがさきほど描かれることはない。実在した流れ者遊女や芸者の身のふりかたと、その死をめぐる時代の反応のほうが作者の興味を引いたといえるだろう。

小説のモデルとなった喜遊は港崎遊廓（今の横浜球場あたり）「岩亀楼」の遊女といわれている。岩亀楼は「横浜開港見聞誌」（玉蘭斎貞秀　文久2）にも、「扇座敷」ほか竹、鶴、松などと呼称される各座敷をもっており、多くの者が打ち集って見物に行く、と記されてあるほどの場所であったらしい。しかも高額の見物料金を払ってまで。また松村春輔「開明小説・春雨文庫」（「明治文学全集」所収）にも江戸吉原では「ねのひ」と呼ばれ、横浜では喜遊と名乗った女が、横浜居留のアメリカ人で名をイールスという男に見初められ大金をもって身請けされようとしたことが記されている。また明治十一年には「芳年」の筆になる錦絵「吾嬬絵姿烈女競」の一つとして「遊妓喜遊」が描かれ、そこにも「イールス」に身請けされそうになった喜遊が辞世の歌を残して自刃したとある。そのほか数点の喜遊にかかわる文献が明治、大正、昭和になって出ているらしい。最近では鈴木俊裕「横浜文学散歩」（門土社総合出版）でも「実話では仏国の鉄砲商アポネに一度肌を許した夜、書置きと辞世を残して果て」たと記されている。有吉がさまざまな文献をじゅうぶんに読み込んだときには、おおむね喜遊は時代の烈女として存在させられていた。しかし有吉は「亀遊の死」において実在の喜遊（小説では亀遊）を普通のあわれな遊女へとおしもどしたのである。

この小説では先記のように「喜遊」を普通の遊女に戻すための細工として、横浜への流れ者芸者で、亀遊の吉原以来の友人だった「園」という語り女（芸者）を設定している。

時代背景は文久年間。園が語る亀遊の性格は「横浜へ来たのが十六の年ですから、世間の不安でものを異人さんへの怖ろしさ一途に煮つめてしまった」ような内向的な女として語られる。その亀遊が異人からの身請け要求を拒否するためにした自殺が、時代ゆえに攘夷派によって攘夷女郎の心意気という美談に仕立てられてゆくというはなしである。無筆の亀遊がなぜ「露をだに　いとふやまとの女郎花　ふるあめりかに袖はぬらさじ」という辞世を詠めたのか、いや遺書そのものをしたためることができたのか、その謎を「園」のかたりはそれとなく明確にしてゆく。この小説では「藤吉」という通訳が異国情緒あふれる場所に憧れをもつ唯一の人物として登場するが、あまり骨太には描かれていない。しかし戯曲「ふるあめりかに袖はぬらさじ」になると、がぜん横浜が異国との接点ある場所らしく描かれ、藤吉と亀遊の恋が色濃く描かれるようにもなっている。また藤吉も医学勉学のために渡米を強く望む人物として設定されていて、ものがたりに一本のインパクトの強い柱ができたように感じられる。亀遊の死はこの成就しようのない恋が背景にあるため、藤吉の存在感が増してもいる。また亀遊の死を見事に商売の糧となしてゆく狡猾な抱屋主人のうごきも面白おかしく描かれ、作品は一気にユーモアあふれる、うごきある舞台へとつながるようになっている。

かくして有吉の横浜は「亀遊の死」からほぼ十年を経て、「ふるあめりかに袖はぬらさじ」においてより明るさを増して描かれることになった。その時間の経緯の間に有吉自身の異文化の接点・横浜に対するイメージの変化があったのか否か。

横浜港崎廓岩亀楼異人遊興之図（東京大学史料編纂所蔵）

現在、横浜には「岩亀楼」の名を伝えるものとして中区の横浜公演内にある岩亀楼の石灯籠と、西区掃部山下の岩亀横町がある。

横浜公園はJR根岸線「関内」駅南口から横浜市役所沿いに徒歩で15分余、東急みなとみらい線なら「日本大通り」駅で下車。道幅36mの大通りに出て徒歩で10分ほど。公園入口にR・H・ブランドの胸像がある。彼は横浜のまちづくりに貢献し、大通りを設計したイギリス人技師である。その左手奥の一角に岩亀楼跡がある。その後ろは横浜スタジアムだが、開港後に波止場と運上所（現、横浜税関）の東側（現、山下公園）は外国人居留地、西側は日本人居住区と定められた。南側の公園一帯は沼地を埋めた新開地で、港崎町と呼ばれた横浜随一の歓楽街となり、最も豪勢を誇っていた遊廓が「岩亀楼」であった。当主は佐吉といって岩槻の出で「がんき」と呼ばれていたという。楼閣は浮世絵に描かれた三層櫓式の絢爛豪華な大楼だったが、公園には楼にあった石灯籠が一基、ひっそりと茂みの中に建っている。まさに「つわものどもが夢の跡」を思わせる風景である。

「岩亀横町」は岩亀楼の遊女たちが病に倒れたとき、静養する寮があ

横浜・遊廓。岩亀楼などがあった
（写真集『甦る幕末』朝日新聞社1986年より）

ったところで、JR桜木町駅西口を出て15分ほど。紅葉坂から掃部山下を通り抜けた一角にある。その寮内に遊女たちが信仰するお稲荷さまがあったことから、当初この辺りは岩亀稲荷前の旧小路と呼んでいたが、その信仰が「岩亀稲荷」として地元の人々によって受け継がれ、親しまれているうちに「岩亀横町」となった。お稲荷さまは店と店の細い路地裏にあるが、明るく小奇麗である。時代に翻弄された喜遊への共感、遊女たちの哀しい運命への人々の同情が語り継がれたものであろう。置かれたパンフには「お稲荷様を粗末にすると必ず、近所のご婦人に災いがおこると言い伝えられ、毎年五月二十五日には盛大に例祭がいとなまれている。」と書かれてある。

裏手の掃部山公園には横浜開港の立役者となって暗殺された井伊直弼像が建ち、眼前には現代横浜のシンボルであるランド・マークタワーが聳立している。石灯籠と共に時代に生き死にした壮絶なドラマの証といえるであろう。

▲岩亀楼の灯籠（横浜公園内）

◀桜木町・掃部山公園下の岩亀稲荷

❸ *album*

離島を見る。離島から見る。

大河晴美

「日本の島々、昔と今。」(『すばる』一九八〇・一〜一九八一・一)で、有吉は「私は二十数年前から離島に関心を持ち続けていて、鹿児島県の黒島や、伊豆七島の御蔵島などを舞台にした小説を書いている。外国ではプエルトリコ島を、やはり小説で扱っている」と述べている。有吉にとって離島とは何であったのか、その足跡を追ってみたい。

一九五八年八月、有吉はルポルタージュ「『姥捨島』を訪ねて」(『婦人公論』一九五八・九)の取材で黒島を訪れた。四日に一度の定期船で鹿児島港から十二時間。海が荒れるとその船も欠航し、電信電話も宿屋もない島は、竹と木材の他に収入源を持たず、新たに始めた肉牛の飼育も発展させられないという苦悩を抱えていた。しかし、二つの集落が共同して前年に発電所を完成させた島には、補助不足の校舎建設のために石垣を積んだ人々の覇気があり、老いた親の面倒を見る習慣がなかった島で敬老運動を起こし、教育はもとより、島全体のために努力する小・中学校教員の熱意があった。「日本はそんなに貧乏なのか、政府はそんなに無力なのか」と憤りつつ、高度経済成長期の日本の「決して忘れられてはならない」一部として、有吉は離島を見出している。

その決意どおり、有吉は初の新聞連載小説「私は忘れない」(『朝日新聞夕刊』一九五九・八〜一二)を執筆した。映画女優になるチャンスを逃した主人公が、偶然本で知った黒島に出かけ、厳しい生活に立ち向かう人々や教員たちと出会い、成長する物語は、そのまま有吉の離島へのエールであり、離島を知らない人々への問題提起であった。黒島には、その題字を刻んだ碑が有吉を偲んで建てられている。

西インド諸島のプエルトリコを訪れたのは、一九五九年一一月から翌年八月まで米国留学した際の学生旅行であった。コロンブスの第二回航海で発見され、四世紀以上にわたってスペイン領であったプエルトリコは、一八九八年の米西戦争でアメリカ領となり、一九一七年に自治州となった島である。旅行から四年後に発表された「ぷえるとりこ日記」（『文芸春秋』一九六四・七〜一二）では、ニューヨークの女子大から農漁村の実態調査に来た日本人留学生とアメリカ人委員長の日記を交互に配し、スペイン語で「豊かな港」を意味する島の人々が、米国の市民権獲得から四十年を経てなお植民地同様に搾取される様子が描かれている。

執筆時の有吉の念頭にあったのは、かつて見たプエルトリコの貧困だけではない。ソ連がキューバに建設したミサイル基地の撤去をめぐり、米ソ間が大きく緊張したキューバ危機の発生は、帰国後の一九六二年であった。それを踏まえてであろう。有吉は、プエルトリコ独立を目指すホセに「アメリカと戦う姿勢による独立」では「反対にロシアの餌食になりかねない」、「アメリカと友好関係を保ちつつ独立」するには「手本とする国は世界中で一つしかない。それは日本だ」と語らせている。海外の離島から冷戦の時代を捉え、日米関係と戦後日本の問い直しを示唆した有吉は、御蔵島で起こった問題についても、報道等ですでに目にしていたのかもしれない。

御蔵島は、一九六四年一月に在日米軍水戸射爆場の代替地に挙げられ、四ヵ月後には米軍側の要求する条件に不適当だとして候補から外された島である。一九六六年九月、東京の南二二〇㎞の太平洋上にある島を訪ね、当時二軒しかない民宿の一つに滞在して取材した有吉は、「海暗」（『文芸春秋』一九六七・四〜一九六八・四）を描いた。カツオドリが群棲し、珍しい植物が生い茂る島は、海暗とも呼ばれる黒潮が三宅島との間を流れ、荒れると二週間に一度の定期船も近づけない。水道や電気は七年前から使われ始めたが、唯一の産業であるツゲ材はプラスチックに押され、若者は中学卒業と同時に島を出て行く。物語は、本土から多くの面で取り残されつつも、平穏に暮していた島の人々に起こった射爆場移転問題を軸に、島と補償金の間で揺れる離島の生活の厳しさ、移転問題の根幹にある日米安保条約の重みを問い直すものであった。

近年イルカ・ウォッチングの名所となった島には、植物学者高橋基生の顕彰碑とバイキング号記念碑が建っている。島の自然の貴重さを知る高橋は、一八六三年にアメリカの帆船バイキング号が座礁した際に人々が行なった献身的救助を調査して米国側に訴え、移転反対運動に貢献した人物である。有吉が高橋の行動に触れなかったのは、島で八十年生きてきたオオヨン婆に「戦争はしねえと云っている国で、なしてよその国が戦争の稽古をする」「どうも日本は、まだ戦争に負けたまんまだという気がしてなんねえぞ」と語らせた問題をより見据えるためではなかったか。

そして、「日本の島々、昔と今。」。第二次石油ショックから半年後の一九七九年八月から丸一年をかけて、有吉は、焼尻島・天売島（北海道）、種子島・屋久島（鹿児島県）、福江島・対馬（長崎県）、波照間島・与那国島（沖縄県）、隠岐（島根県）、父島（東京都）を精力的に駆けめぐった。番外編として、今日まで続く竹島、択捉・国後・色丹・歯舞、尖閣列島の領土帰属問題にも向き合っている。

どの島に到着しても、有吉はまずジョギングをして町や村の様子を見てまわり、漁協に飛び込んで組合員たちと話をした。人口減少と少子高齢化、後継者不足、石油価格の影響、各国が二百カイリの排他的経済水域を宣言し始めてからの漁場や魚種、漁獲の変化、合成洗剤や農薬の沿岸漁業への影響、観光客数の推移などの話題は、近代以前に遡る島の歴史の記述と交錯し、かつて文化伝来の橋渡しや歴史の舞台ともなった島々が、世界の中の日本の状況をより鋭敏に体現しているさまを鮮やかに示している。

一九五〇年代末から八〇年代初めにかけて、有吉の離島への関心は、つねに時代とそこに生きる人間に結び付いていた。有吉が見た離島、離島から見た状況は、情報通信ネットワークの普及が進み、離島から情報が発信されるようになった現在も、私たちに多くの忘れてはならない問題を投げかけながら、その魅力を放っている。

鹿児島・薩南の黒島のルポルタージュより
(『婦人公論』1958年９月号)

❸ *album*

有吉佐和子のニューヨーク

明石　康

一九五九年一一月だった。東京女子大の友人で国連ガイドをしていた森山慶子氏と一緒に、国連職員の定例昼食会に、彼女は颯爽として現れた。話題が豊富だった。人気作家の先頭を走る人らしく、才気走って生意気なところもあった。

外務省出身の国連職員山中氏や山本氏の夕食会に早速招かれた。私がメトロポリタン美術館を案内することになり、映画を観てからグリニッチ・ビレッジで夕食。日米安保改定のこと、仏教とカソリックの違い、彼女が逸した芥川賞のこと、インテリと庶民の対照など、彼女は良くしゃべった。同世代なのに、随分老成していると思った。

その後、九ヶ月のニューヨーク生活は、彼女を人気作家の気負いや緊張から、次第に解放していった。市の北に位置するヨンカースの老婦人宅に下宿して、有数な私立大学サラローレンスに通った。ブロードウェイの演劇やミュージカル、映画を観て歩いた。邦人社会は、彼女をパンダのように歓迎し、才気に溢れる発言を喜んだ。彼女は、持ち前の旺盛な知的好奇心で人に会い、質問を連発し、アメリカを吸収しつづけた。

「海外の生活の方が、自分に合っている」と口癖にいっていた。横浜正金銀行に父が勤めていた関係で、母が自分を受胎したニューヨークや幼時住んでいたジャカルタの記憶がよみがえってくる様子だった。学生時代から歌舞伎や日本舞踊の世界に入りこんでいたのに、体の中の血はむしろ外国に親近感を覚えているようだった。

六〇年三月には、修学旅行でプエルトリコに飛び、米国女子学生の生態をまぢかに見る。四月には新緑鮮やかなコネティカットの州都ハートフォードから近くの名門女子高校を訪問。翌月はハドソン河を遡って、ハイドパークのルーズベルト邸を見学。六月にはカナダとボストンへの旅をした。

忙しい日々を過ごしながら、彼女らしい素直さと、のびやかさがもどってくる感じだった。〝天衣無縫〟という言葉が、この人のために作られたかのように、すこぶる自由な発想で、しかも生活の現実から遊離することはなかった。

コロンビア大学には当時、永井道雄氏が招聘されていた。林健太郎、高坂正堯、本間長世諸氏も現れた。国連には鎌倉昇氏などがいた。私が幹事役になり、国連、外務省、学界、経済界、報道機関、文化芸術関係の有志を集め、月一回食事を交えて話し合うことになった。社会科学研究会と名づける。

彼女も加入を希望した。人気女流作家を入れるのは躊躇されたが、熱心さにほだされた。政治への関心は、本物だった。時あたかも、岸内閣は安保改定で大いに揺れ、東京の街頭デモは、アメリカでも連日報道された。彼女は、新生中国の行方やアメリカの人種問題、広島の原爆などにも関心を示していたが、その後の社会的テーマに基づいた彼女の作品の萌芽が、その頃か

ニューヨークにて
左より有吉佐和子、斉藤もと、宮城まり子

ら存在していたことをしのばせる。

歌舞伎の最初の海外公演が六月に実現。切腹の場面が野蛮と思われるのではと危惧されたが、大成功だった。安保のニュースを聞いて寝不足だった川端康成氏を、ホテルから国連本部に引っ張り出した彼女は、日米文化交流について興奮ぎみに語った。

天皇誕生日のレセプションに誘ったら、加賀友禅の豪華な和服で現れ、松平大使はじめ外交団の眼を見張らせた。にぎにぎしい場所で人目を引くのは、いかにも人気作家らしかった。

郊外の下宿から出てくると、決まって旧知の「斉藤」レストランの斉藤もと氏のアパートに泊まりこんだ。「英語を覚えると日本料理が不味くなる」と信じこんでいる豪気のマダムだった。戦争花嫁の苛酷な運命を描いた「非色」は、当時そこに働いていた日本女性の話を、彼女らしい瑞々しい感性でふくらませた小説である。アメリカ社会の抱える人種差別を知るため、共同通信の松尾記者の案内で、彼女は人種運動家マルコムXが暗殺されたハーレムの劇場にも足を運んだ。

行動半径も大きかったが、彼女の関心の範囲は広かった。精力的に劇やミュージカルを観ては、的確な批評をした。映画もよく観たが、舞台と違って俳優の演技が不連続なのがわかるのを嫌がった。

活発な社交性に恵まれ、邦人社会でもてはやされる存在だった。家庭にも招かれ、奇声をあげてゲームに興じた。頓知に通じ、種明かしをしては、人を唖然とさせて得意になった。

その反面、不眠に悩まされ、夜中の電話を友人によく掛けた。世話のやける人だったが、世話をやかされる人の心に、貴重なものを残していく稀有の人でもあった。ものの見方に、独自の光るものを感じさせた。

八月はじめ、ヨーロッパに発つ彼女を、女友達のルースと一緒に見送った。無邪気で屈託がなかった。しかし旅立ちの淋しさに、心もとない様子であった。再会を約束して、彼女は上空の雲の中に消えた。

ニューヨークで川端康成と
（1960年）

❸ album

中国——「プリンス」と「人民公社」

島村　輝

筆者の勤務する女子美術大学の前身・女子美術学校は、日中国交正常化以前から両国間の友好関係に力を尽くした廖承志の母親・何香凝の出身校である。初期中国国民党の指導者のひとりであった夫・廖仲愷とともに日本に留学した何香凝は、孫文の率いた中国革命運動に力を尽くし、解放後の中華人民共和国でも女性運動の分野でもっとも著名な人物となった。その傍ら、彼女は画業も怠らず、香港に隣接する新興都市・深圳には彼女の名を冠した国立の美術館が建てられている。先年（二〇〇三年）、大学の用務でこの何香凝美術館に出向いた筆者は館のスタッフたちから手厚いもてなしを受けた。大判の豪華な芳名録に毛筆で署名を勧められ、自らの悪筆を呪いながら名を記すこととなったのだが、筆者が記名をしようとしてその帳面を見ると、たまたま右側のページに、中国の前外交部長（外務大臣）・唐家璇氏が記帳していた。

唐家璇といえば、二〇〇一年の小泉首相の靖国神社参拝に対し、「参拝をやめなさいとゲンメイ（厳命？言明？）した」ということで話題となったことは記憶に新しい。本人は「私は日本語はしゃべれるが研究者ではないから（誤解を招く表現があったかもしれない）」と言ったというが、中国の外務大臣が、日本語に通じていることは、筆者を含めて多くの日本人に深い印象を与えた。その唐家璇の名が『有吉佐和子の中国レポート』（一九七九年）では冒頭第二ページ目から登場し、全篇にわたってカギとなる人物として描き出されている。

有吉は一九六一年に日本文学代表団の一員としてはじめて中国を訪問し、七八年の訪中は五回目となる。この間有吉の側では結婚と出産、離婚、娘の玉青を連れての中国留学などがあり、中国側では国全体を巻き込んだ「文化大革命」の動乱があった。この五回目の訪中まで、有吉は中国の紀行文を書いたことはなかった。巨大な国土と人口を抱え、日々変貌のさなかにあるこの大国を、僅かな日数の旅行や滞在で理解し表現することができるはずがないというのが、それまでの有吉の気持であった。しかし今回の訪中にあたって、有吉には明確な目的があった。それは中国農村の生産と生活の基盤となっていた「人民公社」のありさまをつぶさに見、そして自ら体験するということである。『複合汚染』(一九七五年)を書いた作家として、環境汚染に対してどういう態度が示されているかもまた、当然関心のうちにあった。

すでに「文化大革命」は「四人組」の仕業として断罪され、動乱からの立ち直りを見せていた時期ではあるというものの、現在でもままそうしたことに出会うように、外国の文学者に、農村地帯の生活を取材されるなどということは、当時の中国では極めて例外的な事件ともいうべきことで、取材する側にもされる側にも障害や戸惑いがあったはずである。そのような有吉の「わがまま」に対して、作家自身の文中のことばを使うなら、その日程を見事に「安排」したのが、一九六五年に有吉が留学した際に通訳の任を務めたことのある唐家璇だった。当時中日友好協会の理事となっていた唐家璇は、すでに四十の声を聞こうという年齢だったが、六五年当時の記憶のある有吉からみれば、まだ青年のような印象を与えたようだ。しかし若くみえても、彼はかならずしも容易ではない有吉の希望ができる限り実現されるよう、まことにてきぱきとことを裁いていく。有吉もこの能吏の要領を得た仕事ぶりに、全面的な信頼を与えているように見える。

有吉が関心を示した「人民公社」は、一九五八年の大躍進政策により全国に普及した、集団的農業組織である。農業生産の他、行政、経済、軍事、学校、医療などを併せもち生産は生産隊ごとに共同で行われた。毛沢東のお墨付きを得て「人民公社」は農村の社会主義所有制を代表する形態として喧伝されたが、その共同農作業は農民のやる気を削ぎ、非効率的だったため、改革開放政策が始まると、次第に解体されていった。一九九七年には最後の人民公社だった黒龍江省双城市黎明村第四生産隊も解散した。

有吉が「人民公社」を訪れたのは一九七八年であり、外国の著名人に見せるため、という中国当局の作為があるいはあったにせよ、有吉の実感としては化学肥料などの使用による危険はあっても、全体として「人民公社」制度による中国の農業と農村の生活は発展していっているように描かれている。しかし、現実にはその後「人民公社」はその制度自体が消滅し、現在中国が抱えているもっとも深刻な問題が大都市と農村とのさまざまな面での格差、「農業・農村・農民」の「三農問題」であることは周知のとおりである。有吉の懸念どおり、環境汚染対策も重大な課題となっている。

各地で「人民公社」のありさまに部分的にでも触れることができた有吉は、さらに唐家璇の「安排」によって病床の廖承志を広州の地に見舞う。十五分の約束を二時間近くまで延長して語り合えたのは、有吉と廖承志の長く親しい交流のなせるわざだったと同時に、その会談を実現した唐家璇のセッティングのたまものでもあったというべきだろう。日本を巡っての廖承志と唐家璇の深いつながりを考えれば、筆者が何香凝美術館の芳名録に唐家璇の名を見出したのも、当然だったと納得される。

帰国した有吉は、日本大使館のスタッフとして派遣されてきた「中日友好協会のプリンス」唐家璇と対面し、改めて彼の官僚としての優秀さと中国の幹部人事の大胆さに驚くことになる。その後四半世紀、唐家璇は外交部長を務め、さらに現在は副首相格の国務委員（外交担当）に上りつめた。有吉が生きていたら、この間の中国の変貌ぶり（あるいは旧態依然ぶり）を、功成り名を遂げた「プリンス」にどう切り込んだであろうか。

日本文学代表団として訪中（1961年６月）周恩来（左より二人目）に迎えられる

北京にて（1962年10月）
左より神彰、廖承志、有吉佐和子（撮影　中島健蔵）

国慶節に天安門広場にて長女玉青とともに（1965年10月）千歳飴の袋の字は廖承志の書である。

「中国レポート」の取材（1978年７月）

有吉家のアルバムから

楽屋にて六世中村歌右衛門と（一九五八年頃）

文学座「華岡青洲の妻」の舞台稽古（1970年）
左より北村和夫、小川真由美、有吉佐和子、杉村春子

同じ時、杉村春子と

「若い獣」撮影中の石原慎太郎を訪ねる（1958年）

結婚して間もない頃の神彰、有吉佐和子夫妻（『文藝春秋』1962年）

4 *study*

木村一信
真銅正宏
鈴木啓子
宮内淳子
佐藤　泉
日高昭二
大越愛子
小林國雄
井上　謙

❹ *study*

〈ジャワ〉の有吉佐和子

木村一信

1 バタビアの佐和子

一九三七年（昭12）一月七日、有吉佐和子は、父眞次、母秋津と共に、神戸から日本郵船の欧州航路筥《はこ》崎丸（一万四一三トン）に乗りこんだ。この船は、前年の六月に竣工された新進船で、最大速度一六ノットで走行することが可能であった。[*1] 神戸を出航した後、門司、上海、基隆、香港と寄港し、二週間余りでシンガポールに到着。ここで「瓜哇《ジャワ》（現在のインドネシア）」行の「K・P・M（オランダ王立郵船会社）」に乗りかえ、バタビア（現在のジャカルタ）へと向い、一月二五日到着（『瓜哇日報』、「人事消息」欄、昭和一二年一月二五日号所載）。途次、香港にて佐和子は、満六歳の誕生日を迎えた（一月二〇日）。母が、「明日はあなたのお誕日《ママ》だけれどもお船の中では、なんにもしてあげられないわ。我慢をしなさいね」と言ったが、翌日の夕食時、船長がデコレーションケーキを用意してくれていて、佐和子を喜ばせた。[*2] 横浜正金銀行（現在の東京三菱銀行）のバタビア支店長として赴任する父のステイタスから言って、有吉一家は一等船客であったことが推察される。

横浜正金銀行が、三井・三菱・住友などと並んで外国為替銀行六行のうちの一つとして横浜にて開業したのが一八八〇年（明13）[*3]。ニューヨークや上海に、比較的早くから支店を開いていたが、ジャワのスラバヤ、バタビアにもほどなく開設（一九一九年）。バタビア支店は、Kali Besar West、一八番地にあった。いまのジャカルタのコタ地区、コタ駅の西側の運河沿いに位置していた。当時、北隣りは台湾銀行、南隣りは三菱商事というように、日系の企業や商店などが多く立ちならぶ地域である。一九三六年の時点で、この支店には日本人の行員が六名、現地のスタッフが八名勤務していた。その他に、「雇員」という立場での日本人スタッフもいたと思われる。

支店長の社宅は、当時の住居表示では、Salemba Street、一六番

②元、横浜正金銀行バタビア支店長宅跡の前の道路（現在）。
左手、手前のところからが敷地になっていた。

①元、横浜正金銀行バタビア支店長宅跡。
現在は、インドネシアの会社がある。

③バタビア日本人会　1938年（昭13）頃
前列真ん中　（⬆印）有吉佐和子、その斜め後　石居日出雄氏

地、現在では、JL. Matmaran Raya、四二番地にあたる。ジャカルタ在住の石居日出雄氏の教示により、共に、この社宅跡を訪ねたが[*4]、いまは、あるインドネシアの会社の事務所になっている（写真①参照）。石居氏によれば、土地区画は、ほとんど当時のままだとのことで、目測ながらも計ってみると、間口が五〇メートル、奥行きが八〇メートルほどあった。約四千平方メートルほどの広さである。前面の道路幅は五〇メートル位で、隣地には、元インドネシア農林省の建物や銀行があり、ジャカルタの中心に位置する場所である（写真②参照）。

佐和子の未完で、そのため単行本化もなされていない作品「終らぬ夏」（一九六九年～七〇年）には、次のように記されている。すなわち、「正金銀行のバタビアの社宅は中央正面に大理石建築の支店長夫妻の邸があり、それから少し下って両翼に当って副支配人の家と、若手銀行員たちの独身寮が広い中庭を挟んで配置されてある」と。佐和子の亡くなった直後に書かれた石居氏の「バタビア日本人小学校の想い出」[*5]には、「私と（有吉佐和子とは、の意――木村・注）は、幼稚園と一年生が同級でした。有吉さんのお父さんと私の父（石居太楼氏[*6]のこと――木村・注）がテニス仲間で、日曜日には、よく正金銀行の裏のコートへ連れて行ってもらい、一緒に遊んだものです。当時の正金銀行（社宅をさす――木村・注）は、サレンバ通りにあって、正面が大理石で作られた立派な事務所で、裏に住宅とテニスコートや大きなマンゴの木が、三、四本もある広い庭がありました」と述べられていて、佐和子の叙述と照応している。バタビア日本人会にて、佐和子と石居氏とが共に写っている写真（写真③参照）を掲げておきたい。[*7]

④元バタビア日本人小学校跡地。現在は、空地になっている。

一九三七年（昭12）の四月一日に、佐和子はバタビア日本人小学校に入学した。花岡泰次・泰隆氏の「ジャワの在外指定・日本人学校」によれば、[*8]「旧蘭印における日本人小学校の開校はスラバヤが一番早く大正十四年四月二十日、翌年二月、外務省の在外指定校となった。次いで昭和三年五月二十五日、バタビア」校が開設、とあり、バタビア校については、「当初、日本人会館のあったハルモニー街で、（中略）一時、総領事館邸内に移転、その後、ガンソーランの日本人会館に落ちついた。その後の訓導は同六年遠藤武治（校長）、同キイ、十一年三谷重英（校長）、中島芙蓉、同浄子、津田貞子、十五年安孫子覚三（校長）、遠藤勉、同てるい先生方であった」とある。さらに、「林間学校や遠足はスカブミ半田別邸、タンジョン・プリオク海水浴、パサル・イカン沖の無人島遊び、練習艦隊の出迎え、運動会、もちつき大会、ユリアナ王女成婚祝賀行進などがある。――開戦直前の十六年十月、婦女子の引揚げで閉校した。同窓会名簿によると、生徒数は判明分で二百二十五名、うち死亡二十一名となっている」とある。オランダのユリアナ王女が結婚した折（一九

⑤バタビア日本人小学校学芸会　1938年（昭13）
向かって一番左が有吉佐和子　プログラムに「戦地の父様より」の文字が読める

三七年一月）、植民地ジャワにおいても盛大な祝典が催されたが、この模様は、「終らぬ夏」の中でも、主人公の幼い「歩見子」が、「女中」の「ナティ」と共にパレードを見に行く場面として記されている。バタビア小学校の跡地は、現在（二〇〇三年八月）、空地になっている。住所表記は、JL. K.H. Hasyim Asyhari である（番地は、不明）。広大な敷地で、小学校の後、日系企業の事務所、工場などがあったらしい（写真④参照）。佐和子が通学していた時は、ここに日本人会の建物があり、その裏に、幼稚園と小学校があった（一九三五年に校舎が建設された）。全校の児童数は、幼稚園児を含んで、「四〇名に充たない（「終らぬ夏」）」もので、石居氏の証言ともこの数は一致する。のちに、佐和子が転校するスラバヤ日本人小学校は、規模が大きく、「二百人余り」[*9]の児童が在学していた。ちなみに、佐和子が在住した頃のバタビアの人口は、約四〇万人、その中でジャワ全土にいる日本人は四五〇〇人ほど（蘭領東印度の総人口は、約六千万人）であった。バタビアよりも、東部ジャワのスラバヤの方に、日本人は多く住んでいた（約千人余り）。小学校入学時、佐和子の同級生は八人（「終らぬ夏」）。佐和子が二年生の時の学芸会の写真がある（写真⑤参照）。プログラムを見ると、「七朗誦」となっている。一年生の女子が二人、二年生の女子が三人、同時に舞台に立っている。これから推して、男子を加えて同級生が八人であったというのは妥当であろう。この二年生の年（昭13）、バタビア日本人小学校は開校一〇周年の祝いを行ない、その折りの写真に佐和子

⑥バタビア日本人小学校開校10周年の祝いの会　1938年（昭13）
前より２列目右より９番目が有吉佐和子

も入っている（写真⑥参照）[10]。バタビア小学校時代の佐和子のもっとも親しい友人は、コタ地区にあった「昭和食堂」の娘、「本多千代子（長崎県出身）」であったとの証言がある（石居日出雄氏）。この人は、「華僑（中国系インドネシア人）」と結婚し、二〇〇〇年にジャカルタで亡くなったとのことである。また、佐和子は、三年生の折に、現地で発行されていた邦字紙『東印度日報』の「皇軍慰問」と題した児童作文特集の中に、「へいたいさんへ」とのタイトルの文章を発表している。早稲田大学の後藤乾一氏によって紹介されたものである。省略があるので、ここでは『東印度日報』紙の初出に拠り、その全文を「注」[11]に掲げておきたい。

さて、このように佐和子がジャワに足を踏み入れた当初二、三年の状況を辿ってみたが、彼女自身は、ジャワ生活をどのように感じていたのであろうか。「終らぬ夏」において、主人公の父「洋一郎」の感想として次のように書かれている。

> おそるおそる出かけてきたバタビアは、しかし想像とはまるで違った美しい文化都市であった。上海よりも清潔で、ニューヨークよりも緑と花にあふれた素晴らしい都会だった。ニューヨークの帰りに単身でヨーロッパ一周をしてきた洋一郎には、バタビアは欧洲人がその植民地に理想的な都会を現出したものと理解できた。ここではオランダ人が、まるで王者のようにひ

ろやかな贅沢をして暮している。そして日本人は、ここでは支那人よりも政治的社会的に高い位置に立つことが許されていた。

これが、「洋一郎」一人の感想でないことは、次の文献からもわかる。すなわち、アジア太平洋戦争時、「徴用」を受けてジャワ上陸作戦に従軍し、その後、しばらくの間、バタビアに滞在した作家の阿部知二は、帰国後に刊行した『火の島――ジャワ・バリ島の記』[*12]の中で、この街の住宅街を知人の鈴木文史朗（ジャワ新聞社初代社長兼編輯局長）と共に歩き、その街並み、家家の「立派」さ、美しさに二人が驚く場面を書き記している。[*13]

また、佐和子は、急逝する年の六月、橋本治と対談した折には、次のような発言をしている。

……インドネシアのジャカルタといっても、私が住んでいたのは立派な大理石の家ですよ。床も壁も大理石で、なにもかも大きい。そこで私は真っ白な蚊帳《かや》をかけたベッドで寝てたのよ。で、当時は大日本帝国だから、われら人民は素晴らしい国民であると、……

しかしながら、佐和子はこうした特権階級にいたかのような自らを、二つの視点からつねに相対化している。一つは、「表通りの白人」や自分たちの生活は、素晴らしいものであったが、「裏通りのジャワ人たちの生活は、それは気の毒なものでした。インドネシア独立運動は当然でした」との言に表わされているように、被支配民族としてのインドネシアの人々への眼差である。ジャワ時代の自分と両親とを題材にし、自伝的な事項をふんだんに盛りこんで執筆した作品「終らぬ夏」が、そのことをよく示しているが、これは後に述べたいと思う。いま一つは、あこがれの日本に戻った折の幻滅感である。このことについて、佐和子は、繰り返し述べている。たとえば、

……やはり日本へあこがれを持っていて、で、昭和十五《ママ》年に、日本へ帰って来まして、本当にがっかりしました。小学校へ行ったら、東京の真ん中で、下町の学習院だといわれているというのに、建物は木造で粗末だし、お手洗いは水洗ではないし、これが日本かと思ってがっかりしました。

と、その失望の思いを語っている。[*14]また、別のところで、「田植えしているのが、私はジャワ人だと思ったのね。

それが日本人だと知ったときの驚愕ね、これは大きかった」とも述べている。[15]

2 スラバヤの佐和子

さて、ジャワの佐和子の年譜的事項を、さらに追うことにしよう。一九三九年（昭14）夏、佐和子は、母が出産間近となったため共に郷里の和歌山へと一時帰国をした。和歌山市立木ノ本尋常小学校の三年に転入。一〇月、弟の眞咲が出生。翌年、四年生に進級したが、ほどなく母、弟と共にジャワに戻った。父は、その間にスラバヤ支店に転任していたため、佐和子はスラバヤ日本人学校に転入した。兄の善は、「学校教育のため」[16]に、最初のジャワ行の時から同行せず、母の両親の元に預けられている。

横浜正金銀行のスラバヤ支店は、Kembang Jepun 一六八—一七〇番地にあり、三井物産や東洋綿花の各支店が入っているのと同じ建物内にあった。スラバヤ日本人小学校は、一九二七年（昭2）に、「カタバンの広大な地所」に、他の地域にあまり類をみないほど「立派な」日本人会館と四面のテニスコート、それに学校と東部ジャワ各地から来る日本人子弟のための寄宿舎等が新たに建設された。「好景気に恵まれた」日本の銀行、商社、商店などからの「大きな寄付」に拠るものであったという。[17]現在のスラバヤ市庁舎に隣接する地に、それらは建てられた。佐和子一家の社宅がどこにあったかについては、現在までのところ明らかにし得ていない。

このスラバヤ日本人小学校において、佐和子は一九四〇年（昭15）の「紀元節の日」を迎えたとそのエッセイに記している。[18]が、これは佐和子の記憶違いであろう。彼女が一時帰国していた日本からジャワに戻ったのは、前述したように、昭和一五年度の新学期が始まり、少し経ってからのことである。二月一一日の紀元節の日には、まだ日本国内（和歌山）にいたのである。しかし、「紀元二千六百年」を祝う式典に参列し、宮武校長から、「あなた方は日本人です。世界で最も光輝ある歴史を持つ日本の国の国民です」と述べられた「演説」を聞いたことは、いくつかのところで書きとめている。これは、一体、どういうことだろうか。『日本書紀』記載による神武天皇の橿原宮での即位から、二六〇〇年にあたるとされた[*19]」この年は、数年間の準備期間を経て、二月一一日から幾回かにわたる諸行事が開かれた。そのラストのメイン・イベントとして、一一月一〇日から五日間に及んでの紀元二千六白年の記念・祝賀の式典、行事が繰り広げられたのである。天皇が臨席しての公式の奉祝の式典のあと、「旗行列、提灯行列、みこし、山車《だし》が認められ、東京市内を花電車が走」るほどの華やかさが演出された。ここには、政府の「戦時下の国民の鬱屈感を、さまざまな祭りや行事に参加させることで晴らそうとした」意図もあったのだろう。「戦時下」というのは、泥沼のような状況を迎えていた日中戦争をさすことは言うまでもない。「外地」のジャワにおいても、一一月に同様に式典や奉祝の会が行なわれ、佐和子がスラバヤの小学校で校長の話を耳にしたのはこの時であると推測される。

いつ頃なのか明確ではないが、佐和子は、このスラバヤ日本人学校から、以前のバタビア日本人学校にもう一度戻り、一九四一年（昭16）、小学校五年生になる直前の二月に帰国。二か月ばかり大阪の浜寺小学校に在籍、その後、五月東京の下谷区（現在の台東区）にある根岸小学校に転入した[*20]。以上が、ジャワ時代の佐和子に関してのおおよその年譜的事項である。

3　ジャワ時代のもつ意味

こうしたジャワでの四年余り（その間に、一年近くに及ぶ一時帰国があるので、実質は三年半ほどの期間）の生活は、作家有吉佐和子にとってどのような意味をもったのであろうか。少しく私見を述べておきたい。

第一は、「外地」という、外を自由に出歩いたり、遊びまわったりすることに制約のある地で、読書に没頭せざるをえなかったという点である。これは、佐和子自身もエッセイにおいてしばしば述べている[*21]。病弱で学校をしばしば休まざるをえなかったこともいっそうの拍車をかけたことであろう。また、父眞次が、「文学青年で、どこの赴任地へも漱石全集と有島武郎全集を持って行[22]」ったとのことで、家庭環境も佐和子の読書熱に一役買っている。そのため、「小学一年の女の子が、漱石全集を読破」するといった「天才」ぶり、もしくは「早熟」さを示すのである。菊池寛の作品、社宅に並んでいる数数の本や大衆文学全集など、彼女は、手あたり次第に読んでいった。こうした読書体験は、当然のことながら作家を生み出すための土壌の一つとなったものであるだろう。

第二としては、文化摩擦《カルチャーショック》をあげられよう。「紀ノ川」の中で、よく知られた叙述であるが、「花」が「ジャバ」で育った孫の「華子」について、ある感想を抱く。すなわち、「この子供が日本を見る眼は、まるで外国人のようだ。緑の色にも、川の色にも、桜にも、桃にも、常に発見が伴うのだった。」と。また、この子供の母「文緒」（「花」の娘）は、「あの子は春の次が夏でそれから秋が来て冬になるという順序もあまりはっきりしてないんです。四つの季節が順序よく来るのは温帯地方だけですからね」とつけ加える。佐和子は、「青くて綺麗な川」、すなわち紀ノ川の流れや、自然の運行としての四季の推移など、日本に生まれ育っていれば、ごくあたりまえに目にし、知りうることがらにショックを受け、戸惑いを覚えたという。これは異文化体験の一種とみていいであろう。ジャワの果物ナンカ（ジャックフルーツ）の果実（西瓜と同じかそれ以上の大きさ）が、大木に「ちょこんと」ぶらさがっている絵を日本の学校で書いて、先生から叱られたというエピソードなど、佐和子は、幼くして文化的異和を味わった人間として、その発想に影響を与えられているであろう。のちにそれが、「国際的視野」に立ち、「内側から人種差別の問題を照らし出した」作品「非色」（一九六三年〜六四年）を執筆することなどへとつながっていった、とも言えよう。

第三番目に重要なことは、ジャワにおいて、オランダによる植民地統治下ではあったが特権階級としての「洋風の生活」をしていて、それだけ「日本的な情緒に憧れ」をもった点である。それは、「歌舞伎」への強烈な陶酔となって佐和子を虜にしていくことになる。歌舞伎（古典芸能）への関心から演劇評論家を志し、『演劇界』に文章を発表し、文筆業へと足を踏み入れていったことを思いあわせると、日本的なるものへの渇仰に端を発して歌舞伎と出会ったことの重要さが理解されるであろう。そして、その背後にあったのが文化的差異への戸惑いとそれゆえの憧憬とが複合された心情であるということである。もの心がついてから小学五年生までという時期を「外地」で過ごしたことは、作家有吉佐和子を生み出すのに作用した一大ファクターとみなしていいと思われる。

第四として、佐和子の十分に果しえなかった夢としてのジャワの形象のもつ意味をあげておきたい。佐和子は、一九六八年（昭43）一月、文化人類学者畑中幸子の誘いを受けて、彼女のフィールドであるニューギニアに行くが、その際、まず香港、カンボジアのプノンペンに立ち寄り、インドネシアへとまわってからニューギニアに赴いている。この頃、ジャカルタの三井物産支店には佐和子の弟の眞咲が勤務しており、その弟を訪ねてきたとの証言（石居日出雄氏）がある。ニューギニアでの見聞は、卓抜な紀行文『女二人のニューギニア』（一九六八年）にまとめられているが、ジャカルタでは、かつての自分たちの住んでいた地域などを訪れていたようである。それが、翌六九年（昭44）一月から七〇年（昭45）七月にかけて連載された未完の作品「終らぬ夏」に生かされている。

「終らぬ夏」は、第一部「蟻」が十章まで、第二部「旗」が九章まで、といった構成になっていて、その後は休載ということになり、書きつがれることはなかった。作中にいくつかの虚構は見られるが、第一部は、ジャワ時代の佐和子の事蹟がかなり忠実に使われていて、人物関係や生活の様子など、エッセイ等に記されていることと重なるところも多い。「歩見子」という佐和子と等身大の女の子が主人公となっている。話の骨子は、佐和子の家で働いている「女中」の「ナティ」とその息子で歩見子の遊び相手「アヌワリ」がインドネシアの独立運動のグループと関わりがあり（ナティの夫は、その闘士）、オランダ統治下でひそかに運動が進められている様と、日本人たちの特権階級を享受している様とが交錯して描き出されているところにある。幼いながらも歩見子は、やがてくる恐ろしい力への予感や異国暮しの不安などを感じつつ、自らの居場所を定めかねている顔つきで作中に登場している。第二部は、アジア太平洋戦争後の日本が舞台となっていて、すでに大学に進学している歩見子が、かつてバタビア日本人学校で同級生であった男性と再会し、婚約するが、アヌワリとつながりを持っていると思われるインドネシア人留学生と出会ってから急速にインドネシア男性にひかれていくといった話の展開になっている。未完であることから、この先どのように書きつがれる予定であったのかは定かではないが、戦後の日本とインドネシアとの交渉史にも関連し、また、佐和子自身のプライバシーの問題に関わるところとも直面して、やむなく中断せざるをえなかったのではないかと推察できる。幼少期を過ごしたジャワへの愛慕と、インドネシアの独立を獲得するまでの苦難とを、自らが体感した視線から交錯させて描出することを企図していたのであろう。

亡くなる直前の佐和子は、橋本治との対談において、「ジャガタラお春」という作品を、すでに「一九三枚」まで書き進めていることを明かしている。[*23] ジャガタラお春は、「悲劇の主人公」的に見られているが、実はそうではなく、「あんなに贅沢して死んだ人いない」ということを記したいと発言し、「何でもかんでも日本を離れたら悲しいと思っている人たちに、そんなに日本はいい国かって聞いてやりたい気がする」と続けている。この作品も、彼女の急逝によって、私たちは目にすることができなくなってしまったが、「終らぬ夏」と同じように、佐和子のジャワ体験がふんだんに生かされた小説であっただろうと考えられる。

幼少期に、異国に暮らし、その国の人人や文化、生活に触れ、やがて自分の国に帰って暮らした場合、その子供の生涯において、そうした異国体験が意味をもったものとして残り続ける例を、佐和子の場合にも確認できる。現代の日本においては、佐和子のような境遇を経験する子供たちは、もはや珍らしくもなく、かつまた、移動・通信手段の発達により、世界の国国の間の距離はかつてとは比べものにならないほどに近くなった。だが、文化摩擦《カルチャーショック》は、やはり底流として国と国や地域間には存在し、そのことの意味を自らかかえこんで生きていく多くの若い世代が、有吉文学のうちに自分の思いと同じか、もしくは近い心情を見出すのではないか。佐和子のジャワ体験とそれを反映した言説は、現代において、改めてその重要さが再認識されなければならないであろう。

注

＊1 『日本郵船株式会社百年史』に拠った。日本郵船株式会社発行、一九八八・一〇。

＊2 有吉佐和子「船長さんのデコレーションケーキ」、掲載紙、発表年月日、未詳。内容から推して一九七〇年代初頭の文章かと思われる。

＊3 『横浜正金銀行全史』第一巻、株式会社東京銀行、一九八〇・九。

＊4 二〇〇三年八月に、現地での調査をおこなった。写真①、②、④はいずれも論者（木村）撮影。

＊5 『ひろば』第四四号、ジャカルタ日本人学校P．T．A．文化部、一九八四・一〇。

＊6 石居太楼は、一八九六年、滋賀県生まれの貿易業者。一九八八年没。一九一七年にジャワに渡航。「トコ・ジュパン（日本人の店）」経営の草分け的人物。石居自身の発言は、『日本史探訪 18海を渡った日本人』（角川文庫、一九六五・四）など、多くある。また、石居その人については、大塚智彦の「インドネシアとの民間交流に献身」（『日本人の足跡』二所収、産経新聞ニュースサービス、二〇〇二・二）に詳しい。

＊7 佐和子の写っている写真③、⑤は、石居日出雄氏の弟の石居三吾氏からの提供。

＊8 『ジャガタラ閑話――蘭印時代邦人の足跡』所収、ジャガタラ友の会編、一九七八・一。

＊9 有吉佐和子「子供の愛国心」初出は、『週刊朝日』（朝日新聞社、一九五九・九・六）であるが、ここでは『作家の自伝一〇九 有吉佐和子』（日本図書センター、二〇〇〇・一一）所収文に拠った。

＊10 『写真で綴る蘭印生活半世紀――戦前期インドネシアの日本人社会』（ジャガタラ友の会編、一九八七・八）所収。なお、本写真の掲載については、ジャガタラ友の会の会誌『友愛だより』編集人の亀井尚氏の許可を得た。

＊11 「日本の兵たいさんたちが力をあわせてとうよう平和のためにつくしてゐて下さるので私たちはあんしんして勉強ができます。本たうにありがたうございます。私の学校はバタビヤ日本人小学校です。こゝの土人は支人《ママ》にだまされて『日本はまけた〱』といつてゐます。でもこのごろは『日本はかつた〱』といつてゐます。だんだん日本の正しいことがわかつてきたのでせう。私は早く日本と支ながなかよしになることをいのつてゐます。ジャバにはたくさんのくだものがあります。おくれるものなら兵た《ママ》さんにもおくりたいと思ひますが、それもできません。ここの土人ははだしであるいてゐます。兵たいさん、がいせんしたらお手がみ下さいね。それまでまつてます。おからだ、おだいじに、さ

よなら　サレンバ　十六バン、バタビヤ　有吉佐和子より　へいたいさんへ」（『東印度日報』、第五四六号、一九三九年四月二九日）、後藤乾一による紹介は、『近代日本とインドネシア―「交流」百年史―』所収、北樹出版、一九八九・四。

＊12　創元社、一九四四・七。現在は、中公文庫（中央公論社、一九九二・六）版として発刊されている。

＊13　「人生見せ場づくり」『潮』所収、潮出版社、一九八四・一一。

＊14　「国外追放された混血の少女――じゃがたらお春」、有吉佐和子と岩生成一との対談の中の佐和子の発言。出典は、『日本史探訪　18海を渡った日本人』（前掲書）。

＊15　注＊13に同じ。

＊16　「お母さんから伺った話」、丸川賀世子『有吉佐和子とわたし』所収、文芸春秋、一九九三・七。

＊17　原田早苗「スラバヤ雑貨輸入商組合及水曜会」、『ジャガタラ閑話』所収（前掲書）。

＊18　注＊9に同じ。

＊19　「紀元は二千六百年」、『昭和　二万日の全記録』第五巻所収、講談社、一九八九・一一。

＊20　有吉佐和子「先生たち」、初出は『ずいひつ』（新制社、一九五八・九）であるが、ここでは『作家の自伝一〇九　有吉佐和子』（前掲書）に拠った。

＊21　たとえば、「伝統美への目覚め――わが読書時代を通して」、初出は『新女苑』一九五六・一一、ここでは『作家の自伝』に拠った。

＊22　注＊16に同じ。

＊23　注＊13に同じ。

〔追記〕本稿を成すにあたり、次の方方に多くの助力を得た。記して感謝の意を表したい。石居日出雄（在、ジャカルタ）、石居三吾、亀井尚、中野道也（大分県インドネシア友好協会会長）、赤松真一の諸氏。とりわけ、石居日出雄氏には、再三にわたるジャカルタでの調査に、同道、案内をいただいた。厚く感謝するものである。また、インドネシア国立図書館の「新聞・雑誌」室にも閲覧、その他で恩恵を受けた。謝意を表したい。

❹ *study*

音の芸を書くということ

――「地唄」から「一の糸」へ

真銅正宏

1　「地唄」からの出発

有吉佐和子は、一九五六年一月、『文学界』に「地唄」を発表し、文壇において本格的な出発を果たした。有吉はその出発期、音曲をめぐる芸の世界に極めて近い位置にいた。東京女子大学の学生時代に演劇評論を書き、『演劇界』懸賞論文に入賞したことはよく知られている。「地唄」発表と同じ一九五六年には、文楽のための浄瑠璃「雪狐々姿湖」[*1]を書いている（八月、道頓堀文楽座初演）。さらに、同じ一九五六年一〇月の『文芸』に、舞台用の化粧をする「顔師」を描いた「まっしろけのけ」を発表、また一九五八年一二月の『中央公論』には「人形浄瑠璃」と、芸に関わる小説を続けて発表した。「一の糸」（一九六四年六月～一九六五年六月、『文芸朝日』）は、こうした芸への親しみを総合した長編小説といえよう。

ところで、芸というものは、その極みの部分、すなわち芸の達成については、その道に通じた限られた人間にのみわかるもので、一般には理解が困難なものである。しかも、名人と呼ばれる芸の達成者たちは、多くの場合、演じることはできても、その芸を言葉で一般向けに表現することなどには、興味も関心も持たないのが普通であ

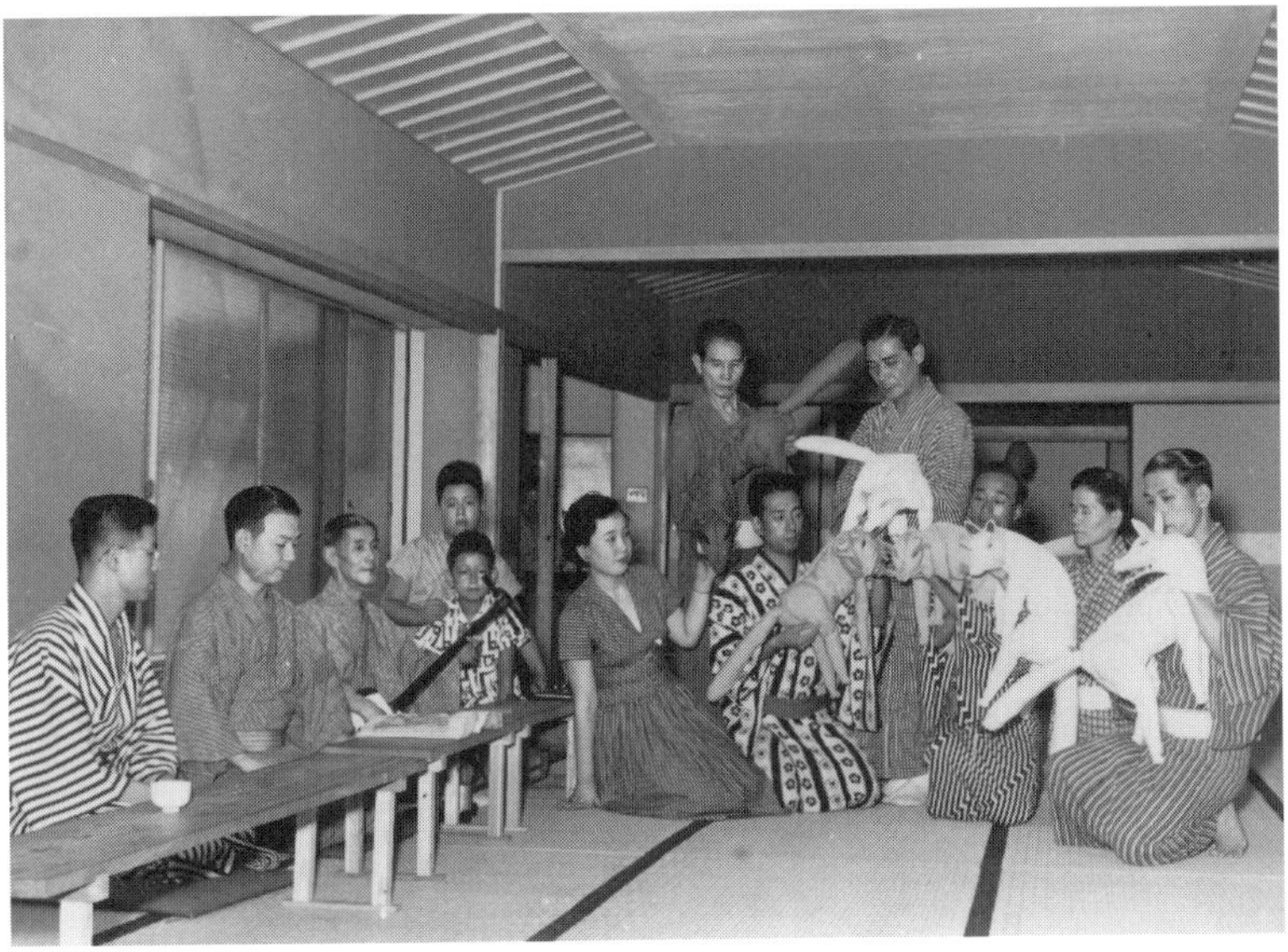

「雪狐々姿湖」の稽古場にて（1956年）

る。ここに、芸の魅力とその表現の、極めて皮肉な関係ができあがる。それは、人々をうならせる境地に至れば至るほど、その芸自体の理解から人々が遠ざかってしまうという皮肉である。到達不可能であること自体が、その芸の深さの存在証明をするわけである。したがって、その芸の表現の困難は、芸の完成度を逆説的に表現することになる。

さらにいうならば、有吉は、小説という表現手段を選んだその出発期に、敢えて表現困難な芸をその題材として選んだ。この事実もまた、極めて皮肉なことといえよう。出発期の有吉はなぜ、このような世界を描こうとしたのであろうか。

とりわけ音曲などの聴覚要素は、ただでさえ文字で描くことが困難である。本稿においては、無形の芸の表現について、その音の面を中心に探りたい。

2――盲目であることと音

「地唄」は、初め一九五五年八月に発行された第一五次『新思潮』に、「盲目」の題で掲載された小説を書き直したものである。後には、長編小説「断弦」（一九五七年一一月、講談社）の第二章にも、ほぼそのままの形で組み入れられている。

初題からも窺えるように、この作品においては、「地唄」という音曲とともに、「盲目」であることが、一つの鍵語となっている。もちろん、そもそも地唄や箏曲が、江戸期以来、盲人官職である検校や勾当などを管轄する当道職屋敷によって保護されてきたものであり、盲人師匠と繋がりが強かったことはいうまでもない。明治に入り、当道職屋敷が廃止された後も、いわば同業組合である当道会を組織し、検校や勾当などの免許を出すことにして、その権威の拠り所を存続させた。しかしながらこの事実が、演奏者一般が盲人であることを意味するわけではないことも確かである。むしろ明治維新以降、これら音曲の芸の衰微を避けるためにも、盲人であることはその芸の必要条件から外されねばならないという状況下にあった。「地唄」の作中時間である昭和期に至ってはなおさらのことである。近代以降とは、未だ盲目の名人も数多くいるが、既に、名人が必ずしも盲人でなくてよい時代でもあったのである。

さて、「地唄」は、地唄の無形文化財保持者で芸術院会員の菊沢寿久と、その娘菊沢邦枝の、結婚をめぐる確執と、それをも超える父娘ならではの愛情を描いた作品である。寿久翁は盲目の大検校であり、邦枝もまた、父の才能を受け継いだ演じ手である。邦枝が「二世」である垣内譲治と結婚することになって、父は怒り、「久離切って勘当」を申し渡す。しかしながら、邦枝の音楽家としての才能は、父が一番認めるところである。結婚により、三味線の芸の進展が後れることを惜しんでいるふしもある。要するに、ただ親子の愛情だけでなく、芸によっても、この父娘は強く結びついている。この二人の複雑な感情が絡む関係に、盲人である父と、「目あき」である娘との対照が加味される。

邦枝は、父寿久が盲目であることと芸の関係について、次のように見ている。

折に昔、

「眼など、無くてもいいものではないのか」
と、異常な考えについ走らされたものである。音曲の世界で父と娘と対している時、盲いていればこそ寿久は、こうも音に住めるのであろうかと、邦枝は疑ったものであった。

ところで、寿久の名人としての芸の神髄は、一般人には当然追体験しにくいものである。視覚をもたないために集注される、その研ぎ澄まされた音への感覚が、芸を支えているであろうことのみ、予想される。音曲の名人については、盲目であることが、その聴覚の優位や特別性を支えていると説明される場合が多いであろう。つまり、盲目であるということが、メタファーとして、わかりにくい芸の達成表現を、かろうじて代弁するのである。例えば仲睦まじかった頃の父娘は、色に関して、次のような理解の共有をしている。

盲目の父を持ちながら、邦枝はかえってその為にだろうか色彩には普通以上に神経質である。（略）乳児期すでに失明していた寿久に、色彩を娘は音で伝えた。三味線や琴で、彼は娘から色を聴いた。音感に並はずれた才能を持つ父と子が考え出した「言葉」であった。

「音」とは、盲人との間にこのような会話を成立させることができる、いわば別種の「言葉」としても、確かに機能する。

そこには、あるいは作者の、視覚表現の割合をできるだけ低くしたいという意識が、暗に関与しているのかもしれない。というのも、視覚要素の方が、映像その他による視覚文化が発展した現代においては、表現が容易であると考えられるからである。風景を言葉に写し、言葉からその形象を再現することは、読書行為の中で比較的に抵抗無く行われよう。対して、聴覚要素については、我々の読書行為の中において、その再現が十分に行われているとは言い難いのではなかろうか。

やや結論めかせていうならば、出発期の有吉が音曲の芸の世界を舞台に採った理由として、表現困難なものを敢えて表現するという、挑戦の気持ちが想定されるのである。

もちろんそれは、苦行として選ばれたものではあるまい。読書行為において、聴覚要素が再現されれば、読書がもっと実感的な、濃密な行為になることは容易に想像される。

おそらくその幸福を体験するには、視覚要素のあふれた現代にあっては、例えば盲目であることなどの極端な設定が必要だったのではあるまいか。

このことをより明確に示すものと考えられるのが、「一の糸」の冒頭部の設定である。冒頭部は、大店の造り酒屋渡部大造の一人娘茜が、後に後妻として嫁ぐことになる文楽の三味線露沢清太郎の演奏を初めて聴く場面であるが、茜は当時、以下のような状況にあった。

その娘が齢頃になって隣家の少女から眼病を感染って俄か盲になってしまったのだ。医者は必ず癒ると云ったが、茜が紅絹を手にするようになってもう一年の余にもなる。そのために女学校も途中で辞めてしまった。（第一部「一の糸」）

このような娘を、大造は人形浄瑠璃に連れて行く。その理由は、「芝居は眼が見えなくては娯しめないが、文楽なら人形は見えずとも浄瑠璃を聞くだけで充分面白かろう」（第一部「一の糸」）というようなもので、要するに茜は、たまたま眼を患い、気晴らしのために、父に半ば強引に明治座へ連れて行かれたのである。しかし、「壇浦兜軍記」の「阿古屋琴責め」の段を聴いて、茜の態度は一変する。

阿古屋の恋情を切々と語る竹本楯大夫の美声を、牽き寄せ、離し、止め、緩め、緩急自在に操っている三味線の撥さばきに、茜は我を忘れていた。太棹の三味線は音色が重く、義太夫節は若い娘にとってはなかなか付合いにくい音曲だから、茜は父の許に文楽の大夫や三味線弾きが出入りしても一向に興味を持ったことがなかったのだけれども、いまこの三味線には全く惹きこまれていた。なんという音色だろう。楯大夫と呼吸をあわせて阿古屋の心になりきった三味線は、細く妙なる音を響かせていたが、時に思いきった撥先が指を放した一の糸に叩くように当ると、強く、だが深く、鈍く、だが明るい音色を生んで、それは三味線弾きの心から直に観客の誰をも憚らず茜の躰にしみ通るように響いてくる。（第一部「一の糸」）

ここでは、茜の熱心な態度をなぞるかのように、その音の魅力が、作者の言葉によって精一杯書き写されようとしている。しかしながら、「細く妙なる音」や、「強く、だが深く、鈍く、だが明るい音色」などと、その音の表現はあくまで譬喩にすぎず、直接の音が聞こえてこないことも事実である。これが、音の表現の困難さの正体である。これを補うかのように、茜が「盲目」であるという要素が強調されるのである。

帰宅後、婆やのヨシが清太郎のことを「文楽一の男前」と教えると、たちまち茜は不機嫌になる。もちろんその男の姿を見ることが出来ない悔しさからでもあろうが、そこには、「男前」ぶりにではなく、音に惹かれた自分の耳についての自負も確かに窺える。それを傍証するかのように、眼が見えるようになった後、家に挨拶に来た清太郎に、茜は次のような気持ちを抱く。

薄ら嗤いを浮べた清太郎の美しい顔は、茜の胸の中にギリギリと灼きついて紫色の煙を立てた。茜は、どうにかして清太郎に、茜が本心から彼の撥さばきに感動したことを告げる方法はないものかと思った。どうにかして、あの一の糸の響に魅惑されたことを告げたかった。しかし箱入娘に育った茜には焦れるばかりでなんの才覚も浮ばなかった。（第一部「一の糸」）

もちろん茜のこの感情に、清太郎の「美しい顔」を慕う気持ちがあることを否定はできまい。しかしながら、この小説の魅力が、作品の正しく通奏低音として常に鳴り響いている太棹の「一の糸」の音にあることもまた確かなのではなかろうか。というのも、作品のヒロイン茜が、生涯をかけて劇的なる恋をし、これを貫く理由に見合う要素としては、清太郎の「男前」だけでは不十分であると思われるからである。これは、その「男前」ぶりの不足についていうのではない。小説の設定として、読者を納得させる設定としては、「男前」ではなく、さらなる要素が付け加えられねばならなかった。それが、芸なのである。そしてその芸を、「男前」ぶりに惑わされずに純粋に見抜くためにも、茜の設定は盲目でなければならなかったのであろう。裕福な家に生まれた娘が、多少は音曲に明るい環境にあったとしても、芸を見抜く力を備えている必然性としては、説得力ある説明が必要なのである。やや極端な言い方ではあるが、茜が盲目であるからこそ、芸は伝わったのである。

3　派手好きと音

「一の糸」には、今井慶松という地唄の大検校の名が何度も出てくる。作中の文楽の大夫や三味線、人形などは、豊沢団平や吉田玉造など過去の名人を除き、同時代の人々についてはすべて虚構の名であるのと対照的である。先に見た冒頭部分にも、茜が琴を習いに通う師匠として、次のように書かれている。

　大検校の今井慶松は盲人ながら頗る贅沢を好んで、身辺の調度には絢爛たる金蒔絵を集めていた。茜がその師の許に行くときだけ楽しげだという婆やの報告を聞いて大造は単純に茜が音曲を好むのだと判断したのである。（第一部「一の糸」）

このとおり、この大検校については、派手な生活や贅沢という言葉が、結びつけられて書かれている。これはこの小説に限ったことでもなかったらしい。例えば一九一一年一一月の『新小説』の「演芸研究」欄に寄せられた鈴木鼓村の「現代箏曲界」には、次のようにかなり厳しい言葉が見える。

　正八位東京音楽学校教授といふ肩書を持つた氏を訪問した或る人が、氏に面会をして、又箏曲談を闘はした時に氏は咳一番、ヴエートーヴエンが何うの、ワグネルが何うの、シーベルが何うの、バハが何うの、シユウマンが何うの、モツアルトが何うのと、音楽学校にかぷ《ママ》れた所為もあらうが、西洋音楽通を振廻はした揚句、「日本の音楽は駄目ですな」と言つて居たのを見ても、その俗さ加減が分る。と言つて居た事がある。如彼ふ人が、箏曲界の重鎮を以て、自から任じて居るなど、いふは、実は飛んでもない間違なのであつて、単に金持なるが故に、奏任官なるが故に、玄関前に馬車、ゴム輪の輻湊するといふ事は、尤も現代を表はした訳であつて、（略）如何にも遺憾な事であると思ふ。

引用の前半部の批判はさておくとして、後半に見られるとおり、その生活が豪華で、同時代の人々にもよく知られていたことは確かなようである。今井慶松の側から書かれた、藤田俊一の『今井慶松芸談』（一九五九年五月、日本音楽社）にも次のように書かれている。

電話でも自動車でもまだお仲間の誰もが持っていないのに、イの一番にそれを手に入れる。一番町時代の大きな邸宅は石門の内は大玄関と内玄関、広い庭は自動車が大きく廻れるという構えでまず上流第一級、出入りは若い時から抱えの人力車で、威風堂々と風を切った筝の先生であった。

このような生活ぶりは、「一の糸」の茜の父、渡部大造の趣味にもかなうものであったものと考えられる。大造は次のように書かれている。

わけても渡部大造は万事に派手好みの主である。門の前の門松は新宿界隈では名物であった。筋向いの布袋屋の門松より幾廻りも大きいのと、それに相撲取りの大横綱のような注連を巻きつけるのが毎年のように評判になるのであった。店は新川にあって、新宿は家人の住居だけであるのに、呉服店の布袋屋の店の門松より大きいのだから、その大きさは他に譬えようがなかった。（第一部「一の糸」）

この渡部の娘である茜に、豪奢を好む血が流れていたことは容易に想像される。さらに、露沢徳兵衛にも、その清太郎時代から、派手好きの傾向は共通していた。

彼は羽織を置いて、代りに忘れた紺足袋をとりに来たところであった。分銅屋の袋から取出したところを見ると別誂えの新しいものに違いなかった。着物の好みといい足袋といい、それに東京の家へ招かれて来るときの桐柾の下駄といい、露沢清太郎は芸人の中でもかなりの贅沢好みに違いなかった。茜はそういう発見をしただけでもう胸が切なくなるほど嬉しかった。（第一部「一の糸」）

要するに、この小説には、もう一つ、「贅沢」を好む趣味が貫かれているのである。「一の糸」には、戦時中および戦後の食糧難の時期も扱われ、また徳兵衛の不遇時代をも描くために、特に第二部「撥さばき」および第三部「音締」においては、作中世界は「贅沢」とは縁遠い環境にあるはずである。しかしながら、そのような物質的なレベルとは別に、「贅沢」の雰囲気は温存される。またここには、例えば芸のためには、貧しさをも厭わないというような、いわゆる清貧とも対極的な思想が見られる。

あるいはここに、有吉の小説観の一端が表されているかもしれない。芸を描いて、厳しい芸道の物語にすることなく、この「贅沢」の要素を貫いた点が、この作品を、内容とは別に明るく前向きな物語にしている。そこには、小説がドキュメンタリーではなく、あくまで虚構である以上、読者を楽しませる要素という「贅沢」な部分を盛り込むべきとの意識が働いていたのではなかろうか。

有吉は、社会派小説の代表的作品である「複合汚染」(一九七四年一〇月一四日～七五年六月三〇日、『朝日新聞』)の「あとがき」においてさえも、次のように述べている。

この小説作法のモットーとしたのは、分りやすく面白く書くことでした。内容が内容ですので読み終った方々の多くが面白さを評価して下さらないのが作家としては残念ですが、まあ仕方がないでしょう。[*2]

あれほど重いテーマを扱いながらも、常に小説としての面白さを追求する。このような小説観こそが、有吉の出発期に音の芸の世界を素材として選ばせ、そしてそれを「贅沢」に書かせたものだったのではなかろうか。

派手とは、もともと、三味線組歌のうち、「本手組」に対する「破手組」、すなわち新しい組歌の分類名から生まれた言葉とされる。有吉の音曲を扱う作品群の代表作といえる「一の糸」において求めたのも、この意味において、正しく「派手」な小説像だったのではなかろうか。

注

＊1　「雪狐々姿湖」は、一九八五年一一月の国立文楽劇場第一一回公演においても上演された。その際の上演パンフレットの「鑑賞ガイド」には、次のように書かれている。

高見順原作の「湖の火」が、昭和三十年九月西川鯉三郎の〝名古屋おどり〟に舞踊劇として上演され、これをもとに文楽のために大谷竹次郎が有吉佐和子に依頼して書き、清六の作曲を得て、若い人にも共感のもてる新しい文楽として好評を博し、再々上演されるようになりました。

ここに書かれた作曲者の清六は四世鶴澤清六で、戸板康二が新潮文庫『一の糸』（一九七四年一一月、新潮社）の「解説」で、露沢徳兵衛のモデルと類推するその人である。

＊2　この「あとがき」の言葉については、橋本治も、「彼女はこのように言ってのける、そうした種類の〝作家〟なのだ。」と述べている（『昭和文学全集』第25巻「有吉佐和子・人と作品」、一九八八年四月、小学館）。

❹ *study*

物語の力

―『美っつい庵主さん』『紀ノ川』の世界

鈴木啓子

1

「美《う》っつい庵主さん」（『文学界』一九五七年一〇月）は、有吉のストーリーテラーぶりが、いかんなく発揮された短篇である。「地唄」（『文芸春秋』一九五六年一月）が芥川賞候補となり、その翌年、「白い扇」（『キング』一九五七年六月）が直木賞候補となった有吉二十六歳の時の作で、翌年四月、「白扇抄」（「白い扇」の改題）「油煙の踊り」（『別冊文芸春秋』一九五七年一二月）「役者廃業」（『オール読物』一九五八年三月）の三作とともに、新潮社より刊行された。短篇集『美っつい庵主さん』（新潮社、一九五八年四月）の表紙カバーには、墨絵の山脈のような橙《だいだい》色の濃淡を地模様に、所々、濃い水色の河や湖水が配され、表のほぼ中央には、しなやかな若木が一本すっくとより添って、一本の美しい欅の大木ように形をととのえ、地色の朱を透かして乳白色の光を放っている。

装丁は、近代日本画の巨匠、橋本明治。人物画でしられる彼の代表作に、風景画、しかも抽象的な風景画は見あたらないが、黄口と群青の絵具をもちいた朱と青の彩色は、和洋の折中をめざした明治ならではの優雅でモダンな色遣いをみせている。新橋の名妓老松の肖像画「赤い椅子」（一九五一年）で芸術選奨文部大臣賞を受け、四十七歳で、戦後画壇への復帰を果たした橋本明治は、同じく新橋の名妓をモデルにした「まり千代像」（一九五四年）で日本芸術院賞を受賞してその地位を固め、その翌年には、「まり千代像」と対をなす「六世歌右衛門」の肖像画を日展に出していた。絵の依頼は、デビュー前の有吉が一九五四年から五五年にかけて秘書役や留守役を勤めた舞踊家・吾妻徳穂の繋りによるものだろうか。憶測の域をでない。しかし、なんらかの縁故で、有吉の要望をくみ、大家が特別に筆を執ったと推測できるこの画は、有吉の「メルヘン」の世界、敗戦後の喧噪に病み疲れた都会人の心を憩わせてくれる癒しの里のイメージであり、白い二本の樹木は、彼女の想いえがいた理想の男女、理想の夫婦の姿だったように思われる。

臼井吉見は、朝日新聞の「文芸時評」（一九五七年九月二五日朝刊）欄で「美っつい庵主さん」をとりあげ、「老若五人の尼僧と二人の男女の学生と、それぞれの人物が、巧みに描き分けられ、これら特殊な人間関係が、人間社会の普遍的な面をうかび出させている。（中略）あんなバカバカしいものをかいたひとが、こういう作を書こうとはおもいがけなかった」と讃辞を送った。「あんなばかばかしいもの」とは「女雛」（『新潮』一九五七年七月）のことで、先妻に嫉妬を募らせる後妻がやっと授かった男児を死なせ、狂気にいたる話である。出産直後、「これで私、前の方に完全に勝ちましたわね」と嘯く主人公の台詞に、のちの『香華』（一九六二年）や『華岡青洲の妻』（一九六七年）へのテーマの連続性が見いだせるが、発狂の描写の稚拙さを揶揄されるに終わった。

一方、「特殊な人間関係」とはいっても、『美っつい庵主さん』は、この「女雛」や、敗戦後の生活を独身の娘の労働に依存する名家の崩壊を描いた「油煙の踊り」のごとく、性役割《ジェンダー》への拘泥や、それが解体する社会で歪み病んでいく女性の性《セクシュアリティ》が描かれるわけではない。「地唄」や「白扇抄」のごとく、古典芸能の家の、苛烈で濃密な親子や男女の世界が素材になっているわけでもない。世代を違えた五人の尼が暮らす北陸の鄙びた尼寺（明秀庵）に、庵主の姪の娘で、東京のW大学の文科に通う二十三歳の悦子が、同年の男友達（昭夫）を連れて訪れ、尼寺の二階のひと間に寝泊まりして、卒論の整理などを行い、十日間を過ごして帰るという、ただそれだけの、じつに穏和なストーリーである。昭夫が「尼寺の実体は非常に生活的なんだな」と述べるように、尼寺の日常がユーモラスに描かれていくにすぎない。

この牧歌的な物語を、結末まで引っ張っていく語りのトリックは、すでに題名に仕掛けられている。「美っつい庵主」というのは、とりあえずは、七十には見えないほど美しく雅やかな庵主の昌光尼のことだ。これに仕える、大柄でさっぱりとした気性の六十前後の栄勝尼と、飯炊きの名人で小柄な三十代の智円尼がまず紹介され、彼女らの暮らしぶりが、カメラアイ的手法で活写される。ここに外部からの闖入者である悦子と昭夫の視点を加え、この若い二人の男女を観察する尼たちの視点と巧みに交替させながら、二枚の合わせ鏡のごとく、登場人物の気性や経歴や価値観をテンポ良く書き込んでいく。

八月始め、夏の盛りにやってきた昭夫たちに、栄勝尼は「さぁさ、脱ぎなされ脱ぎなされ、水浴びなさらんか」と迫るが、中高年の尼たちと昭夫の間に、泉鏡花の『高野聖』のごときエロティックな関係が展開するわけではない。庵主は、嫁入り前の身内が男同伴でやってきたことに動揺するものの、「時代は変わった」と栄勝尼に諌められれば、尼寺の戒律に従って部屋を別にするように忠言できない。その黙認をいいことに、悦子は、足るだけ朝寝し、炊事・掃除も手伝わない破天荒ぶりで、年輩の尼たちを呆れさせる。本作は、東京の標準的大学生の悦子と、尼寺の戒律のなかで美しく老いを重ねた庵主の対比を軸に、戦後日本におけるジェンダーの解体や、そこに生じるジェネレーションギャップを、中心コードとして読むことが十分可能なテクストとなっている。

そんななか、もう一人の「美っつい庵主」として読者の注目をそそるのは、未来の庵主として、県立大学に通う二十歳の昌妙尼である。剃髪の昌妙尼の薄墨の法衣姿をみた昭夫は、「昌妙さんって、すき通るように綺麗な人だねえ」と感嘆の言葉を発す。悦子が銭湯の湯煙ごしにみた昌妙尼の真っ白な肢体は、胸や腰が未成熟に細く、痛々しいまでに美しい。明秀庵の庵主は、代々美人だという言い伝えがあって、近所の貧農の娘で口減らしに寺に預けられたという昌妙尼は、伝統ある尼寺の生贄のようでもある。夜の酒場のアルバイトで荒稼ぎし、そこで知り合ったマダムとの情事に疲れ、東京を離れる旅に出た昭夫は、「女を身一杯に誇ってくる」異性の挑発には不感になっていて、夜中、隣に蒲団を並べて眠る悦子に、厠につき添えと起こされれば、任務を終えて、すぐさま眠りにつく不甲斐ない紳士ぶりだ。しかし、そんな昭夫も、彼を男として強烈に意識した尼たちの、慎ましく禁欲的な起居動作には、不思議な「異性意識」を感じはじめている。一方、悦子は、十年前、寺に疎開していた頃、「応量器《おうりようき》」と称される庵主の後継者に望まれたことがあった。悦子の母の強い反対で流れたが、悦子はその過去を満更でもなく栄誉に思っている。昌妙尼が昭夫に恋心を抱きはじめると、三角関係に破れた悦子が次期庵主候補のダークホースとして頭角をあらわすのではというドラマへの予想も生まれてこようというものだ。

こういう期待を全てはぐらかして、何事もなく悦子と昭夫は仲良く明秀庵をあとにする。しかし、平板な物語の背後で一つのドラマは着々と進行していた。読者に男性の視点を提供するための狂言まわしと思われた昭夫が、実は物語の構造上の中心人物であって、男子禁制の尼寺という異界を立ち去る時、彼は男としての自信や、年齢相応の性欲を快復していた。「現代人だと自分を思ってみたい青春の欲望の一つ」から酒場のマダムの餌食となって「童貞」を喪失した昭夫の中で、「年上の女に対する性欲的な未練は何時の間にか消えて無くなっていたのだ。彼女を思い出すのは正確に汚れた過去としてである。いや、しかもうとましい過去ではなかった。」と語り手は語る。悦子の処女の危機を尼たちが熱く見守るストーリーの背後から、童貞を喪失した青年の癒しの物語が、あたかもルビンの壺の横顔のごとく、にゅっとシルエットをあらわす仕掛けになっているのである。

2

いったい昭夫や悦子を快復させたこの尼寺の力とは何であったのだろうか。「性の禁欲によって畸型な生活が営まれているかのように思える尼寺の内実は意外に健康であり、また世俗の男女にも健康性を取り戻させる何かがあるという発見は、彼に始めて安堵というものを与えたようである。」と語り手は高所からあっさりと説明してしまう。高橋義孝（『図書新聞』一九五七年九月二八日）は、本篇について、大学生二人の行動に「小説的な」「註釈」がつきすぎて煩わしいと述べ、「少々世間を見てきた人間には、何もそう大騒ぎをするには及ばぬと思われることで、作者は大騒ぎをしている」と評した。たしかに本作は二十六歳の有吉の、観念や問題意識が表に立ちすぎる傾向がないわけではない。だからといって、それが十八歳年上の男性文学者の理解の範疇に、すっぽりと収まるものであったかどうかはわからない。ここでキーワードなっている「健康性」とは何なのか。

卒業と就職を前にした悦子は、独身で働く同性を見るにつけ、「その凄まじさに時折総毛立」つことがあり、「女が一人で働くとき、大がい何処かで羽目が外れている」と感じている。それは有吉が、敗戦後の没落名家を経済的に支える外国育ちの独身キャリア女性（加寿子）を主人公に「油煙の踊り」（『別冊文芸春秋』一九五七年一二月）で書いたテーマでもあった。尼寺は、失業のない職業集団である。都会に働く女たちの心身の不均衡や不健康を思うとき、「女が男に寄りかからずに平穏で暮らせるのは尼寺だけなのではないか」と悦子は「仮定《サブジャンクション》」してみる。「詰まらない男で苦労したり、ひどい眼にあわされたりするより、よっぽどましな生活かも知れないわ」と。しかし、昌夫から「昌妙さん見てもそう思う?」と問われると、答えに窮してしまう。「平穏」な「自立」の代償に、異性との恋愛や結婚という「青春」を捨て去ることへの疑念があるからだ。

高橋はこの「仮定《サブジャンクション》」のルビは不要だと顔をしかめ、前に引用した「少々世間をみてきた人間には…」とコメントを述べた。高橋が具体的に何を指してそういっているのかは不明確だが（故意にぼかしてあるのだろう）、男女の性関係を欠いた人生の是非や、あるいは非婚の男女の性モラルの問題なら、たしかに大仰で不毛な議論といえなくもない。今日のごとく少子化が問題ともなれば、結婚や生殖は社会問題ともなるが、個人の幸福のレベルでいえば、その是非はケースバイケースということになる。エロスの発散や充足の仕方は十人十色であって、人生の幸福も性の充実も外側からは測れない。ただ、ここで留意すべきは、有吉が先程の「仮定」の検討を保留したままに、男子禁制の尼寺に生きる女たちの「生活に秘かに滲み出た性」を描き、それを感じとった昭夫が「健康性」を快復するという結末を用意したことだろう。

作品中、尼たちのエロスは、「赤」に象徴されている。阿弥陀堂に掛けられた加賀友禅の緋縮緬の天幕はどきりとするほど赤く、昭夫に娼婦の蹴出しを連想させる。寺の門口で、炎暑に咲く赤い鶏頭の花は、喘ぐ「犬の舌」に喩えられ、尼たちの性の渇きを現しているようにも見える。そして、この赤こそが、慎ましやかな庵主の最も好きな色なのである。寺の裏庭に咲きほこる「吾亦紅《われもこう》」を見ていると、昭夫の脳裏では、修業先の寺から戻ってきた四十代の智道尼の大作りな顔や、清楚な昌妙尼の顔が、「女を身一杯に誇って」いた酒場のマダムの誘惑の笑顔とオーバーラップしてしまう。事実、昌妙尼は昭夫に勉強を教えて欲しいと言いだし、熱っぽく潤んだまなざしを送りはじめていた。尼寺の女たちの「生活に秘かに滲みでた性」を感じたとき、昭夫と悦子の二人はどちらからともなく東京に帰ることを提案する。出発前夜、昭夫は隣で眠る悦子にいい寄り、これを拒絶した悦子は階下の尼たちの部屋に寝床を変えた。彼らが寺を出るのは、尼寺のエロスを嫌悪したからではない。むしろその自然な発露に救われたからだ。マダムとの関係を「汚れた過去」と悔やみ、自らの性欲を醜いものして裁断する一種の囚われから解放されたとき、昭夫は悦子への友愛と性愛を両立させることができた。

そんな昭夫と十日間を過ごした悦子は、自由な恋愛の場を与えられた現代の青年たちにとって、性への「執念《オブセッション》」はむしろ希薄になっていて、「蒲団の匂いを嗅ぐような情景」はないのだと思う。田山花袋の『蒲団』（一九〇七年）を踏まえた一節であろうが、ここでは、悦子の性への過度な期待や怯えや拘泥は解体されている。美貌の女弟子に懸想した中年作家が、その帰郷を哀しんで、蒲団に鼻を押し当てて泣くという振る舞いをしたとしても、それは、世間に告白しなければならないほど大それた罪ではない。こうしたことをクライマックスに小説が書けてしまう観念性にこそ、有吉は不健康なオブセッションを見いだしていたのではないか。『高野聖』（一九〇〇年）の旅僧は、陀羅尼を呪して、孤家の女の誘惑を退け、魔界を脱するという展開になっているが、この物語のテーマはもちろん禁欲ではない。旅僧宗朝は、男たちの欲望をすべて受け入れてしまう魔女のエロスの豊饒な受容性によって救われているのだ。日清戦争終結から五年後、二十八歳の鏡花がかいた、飛騨の大自然を舞台とする癒しのドラマが『高野聖』なのだとしたら、「美っつい庵主さん」(一九五七年)は、二十六歳の有吉が戦後の日本社会を背景に女性の視点で描いた『高野聖』なのだということもできる。旅僧宗朝に死と再生をもたらした孤家の魔女は、明秀庵の五人の尼たちであり、またここに昭夫を連れてきた悦子でもある。

秋風の吹く頃、東京の悦子からマカロニ一箱に添えて礼状が届く。「私たちは存分に憩えました」「都会人である私たちが、メルヘンの中で吐息をついた為だろうと思います」とあった。追伸に「いろいろ考えてマカロニ一箱を送りました」とあるが、なぜマカロニなのかは作品中で全く説明されない。一説では、マカロニの語源は古代ギリシャ語の「マカリア」で、それは葬儀で供される麦のお粥のようなものだというから、場違いな供物ではない。悦子たちを料理した如く、西洋の食材を明秀庵の流儀で食べてくださいとの意だろうか。

中高年の尼たちには「メルヘン」の意味も不明である。庵主が昌妙尼に尋ねると、「知りまっせん」と不機嫌な返答が帰ってきた。彼女の大学ノートには短歌の習作が書きつけてあって、最後の頁には「鏡をば友の賜いし見詰むれば見詰め返せし我が獣の眼は」とあった。昌妙尼は昭夫への煩悩をたち切れてないという結末である。「メルヘン」の内実は、無色透明に澄みきってなくてもよい。完全に調和している必要はないのである。昌妙尼は二十歳に相応しい青春の葛藤を生きていくはずであって、世俗の過ちも犯すかも知れない。しかしそれでも、「仏縁」があるならば、いつか美しい庵主となるであろう。それは本堂の阿弥陀様のみが知ることなのである。

3

ところで、悦子と明秀庵の関係は、有吉の家系小説である『紀ノ川』(一九五九年)の華子と、華子の疎開先であった和歌山六十谷の関係と、ほぼ相似形であろう。有吉の祖母をモデルとする主人公花の半生は、花の義弟浩策によって紀ノ川に喩えられる。「お前はんのお母さんは、それなや。云うてみれば紀ノ川や。悠々と流れよって、見かけは静かで優しゅうて、色も青うて美しい。やけど、水流に添う弱い川は全部自分に包含する気や。そのかわり見込みのある強い川には、全体で流れ込む気魄がある。…」と続く有名な一節である。浩策や花の娘の文緒は、花という川に呑み込まれることを拒否して生きるわけだが、一方、花の祖母豊乃、花、そして文緒の娘華子へと隔世でたどられる三代の女は、時には「流れそのものが方向を変えてし」まう激しさを秘めた紀ノ川を、「美っついのし」「まあ綺麗」と思う美意識を共有していた。六十谷の大地主真谷家の女主人として君臨した花は、明秀庵の庵主昌光尼に等しく、まさに「美っつい御っさん」として造型されているのである。しかし、その花も、孫の華子（すなわち有吉）の目を通して、完全な女性、人生の勝者として描かれているわけではない。

真谷の本家は、花の夫の敬策亡きあと、農地解放の影響も被り、経済的衰退を余儀なくされた。戦後の物資不足の中では、山林を相続した義弟浩策の援助を受ける立場になっている。作品中もっとも陰影ある造型がなされているのはこの浩策であるが、美しい兄嫁の花に心を寄せ、それゆえに反目もしてきた彼は、『改造』『中央公論』他の雑誌と一緒に生卵を差し入れる。その昔、浩策は花に『女学雑誌』を貸したことがあった。花も浩策も七十を超えている。その姿を女中の市（明秀庵の栄勝尼を思わせる）は、「いやらし。男やもめが卵運んできて、一人暮しの女に滋養つけろやなんどというたりして」と評するのだ。もちろん花を敬愛する市が「いやらし」というのは浩策のことだが、花はその言葉に深く傷つき、浩策の持ってきた雑誌に載った「肉体小説」の官能描写に吐気を覚えつつ、「花の好む優雅さと気品は、戦後の日本にはなくなったか」と思えて、全ての気力が失せていく。そこに届くのが華子からの手紙である。

その夏、父親を喪い、この頃しきりに、「隔世遺伝」ということを考えるという華子は、いま、母文緒の母校である東京女子大の英文科に通っていること報告し、こう続ける。

私が大学のことをいいだしたのは、たまたま英文学の研究中に、T・S・エリオットというひとがこんなことをいっているのを発見したからなんです。「我々は伝統という言葉を否定的な意味でしかつかうことができない」伝統というのは、どんなものなのか私には怖ろしくてよくわかりませんけれども、前のものを否定し、つぎのものがまたそれを否定するという形でのみ伝えられるものだというエリオットの考えから、私は何か会得するものがありました。それは、おばあさまと私との繋がり方を連想したからです。

『紀ノ川』の文献で、有吉の「T・S・エリオットの伝統論」の引用として、よく引用言及される箇所であるが、[*1] カギ括弧で括られた部分の出典は明記されていない。一般にエリオットの「伝統論」といえば「伝統と個人の才能」(一九一九年)をさすが、有吉がカギ括弧で示した箇所はみあたらない。ただし、『紀ノ川』のこの一節には、エリオットの影響が濃厚に見てとれる。「前のものを否定し、つぎのものがまたそれを否定するという形でのみ伝えられるものだというエリオットの考え」とは、彼の出世作「伝統と個人の才能」に始まり、これへの批判や誤解を修正するために書かれた「批評の効用」(一九二三年)や『異神を追いて』(一九三四年)『文化の定義のための覚書』(一九四八年)等の評論集において繰り返し論じられた彼の基本概念であった。『エリオット文学論』(新樹社、一九四六年)の訳者北村常夫は、その序文において、エリオットの考える伝統とは「変化を意味している。それは反復ではなく、進歩である。則ち、新しい要素が絶えず古い機構に乃至有機的統一体に同化される『堆積過程』である。かかる伝統意識を持つ人にとって、個性乃至独創性が消極的意味しか持ち得ないことも当然である」と要約する。エリオットの思想は、北村の要約の後半部の「個性や独創性の消極的意義」、すなわちエリオットがいうところの「個性滅却の過程」(「伝統と個人の才能」)に重点をおいて受容理解されることが多く、古典を重視する創作批評態度とも合わさって、伝統主義の権化のように扱われることすらある。しかし、伝統への盲従や権威主義は彼が厳しく否定したことだった。「もし、伝統ということの、つまり伝えのこすということの、唯一の形式が、われわれのすぐまえの世代の収めた成果を墨守して、盲目的にもしくはおずおずとその行きかたに追従するというところにあるのなら、「伝統」とは、はっきりと否定すべきものであろう」[*2]（「伝統と個人の才能」）、「伝統に固執すべきではない。我々に出来ること、それは知性なき伝統は持つに値しないという事を想起しつつ、特定の場所に住む特定の人間としての我々にとって、最もよい生活とは何か、過去の何が保存に値するか、そして何が除去されるべきが、（中略）我々の欲する社会実現の為に役立つかを認識することである」[*3]（「異神を追いて」）と述べられているように、エリオットの伝統継承の思想には、個々人における批評や懐疑の精神が前提となっていた。そこには、否定の否定を積み重ねて、秩序の解体ではなく、個を超えた全体としての、秩序の形成に向かおうとする弁証法的な発想がある。有吉がエリオットに「会得」したのは、この点ではなかっただろうか。

華子は、「隔世」で伝えられる「家の心」を感じる時、将来、自分の産んだ子が親である自分に反発し、祖母の文緒に信愛の情を抱くことを楽しく想像してみるという。「そうすると昔も人間が生きていたように、これから人間が生きることも、いいことなのだと思えてきて、今は苦しい生活ですが明日を見て生きようという気になれ」るという。「家」「隔世遺伝」という言葉には、ナルシシズムをおびた血の物語を立ち上げる危うさがある。そうした要素が有吉文学に皆無だといわないが、私がここで注目したいのは、血統の問題ではなく、「否定の否定」という弁証法的な発展の論理に活路をみいだし、連続する世代間の矛盾・対立や、命の限界を容認しようとする有吉の思考のかたちである。

花が、空襲におびえて登校を拒否する病弱な華子に、「そんな弱い躰では何の役にも立ちませんよって、死んでおしまい」「私が見てたげますよってに、ここで死になさい」という場面がある。それは花が幼い孫に、いつか必ず訪れる「死」を突きつける言葉だ。命の終わりへの覚悟があるからこそ、花は紀ノ川のごとく、人や場所や時代に「全体で流れ込む気魄」で生きてきた。死に怯え、わが身の存続に腐心する生は美しくない。花にとって、失敗を恐れ、何も為しえない生は、生きるに値しない生なのである。

『紀ノ川』ではもう一ケ所、「うっつい」の語が効果的に使われる場面がある。東京の晴海家の床の間に飾られた「ソアンコロ」の壺を孫の華子が爪ではじく音を聞いて、花が「ほんまに美っつい音」と嘆息する場面だ。華子の説明によると、同じ東南アジアの磁器でも、バリ島のものは色ばかり派手で快い音は響かないのだという。十三世紀から十四世紀に繁栄したタイのスーコタイ王朝の磁器スワンカローク焼きは、東南アジア各地に輸出された。江戸初期、朱印船で日本にも持ち込まれ、宋胡録《ソンコロク》と呼ばれて、素朴な趣が愛されてきた。床の間の宋胡録は、「ジャバの古いお墓から掘り出された」ものだと華子はいう。本物はひとたび埋められても、時を経て掘り返され、時と場所を変えて誰かの心を打つことができる。だとすれば人も、葬り去られることをおそれることはない。生まれ育った時代や場所に縛られながら、自らの信じる価値に向かって生き、死に絶えるしかない。たとえ、それが過った方向だったとしても、それは次の世代によって否定的に受け継がれてゆけばよい。ここには、伝統、すなわち人間に必要とされる価値秩序の継承は、否定の否定を繰り返し、個人を超えて行われるとしたエリオットの伝統論に通じる歴史認識が明瞭に表れている。「おばあさまとの繋がり方」に隔世的な価値秩序の継承を見いだし、そういう人類全体の歴史の営みに現在の自分を再配置してみたとき、父を亡くした『紀ノ川』の華子は、明日を生きる力を獲得することができた。それは、いつか必ず死を迎える人間の個体の限界、特定の時代や場所に生き、特定の価値にとらわれて生きる個人の限界を、個人を超えた歴史の中で肯定的に容認することと表裏であったと思われる。

　個人の限界の容認、個が完全である必要はないという考え方は、「美っつい庵主さん」にもすでに示されていた。癒しの里の尼たちは、それぞれの「不徳」を抱え持っている。昌妙尼のことは先に触れたが、美しい庵主の昌光尼すら、栄勝尼から「不徳なお人ですぞ」といわれている。昌光尼は「家柄もよく、容貌・頭脳何一つ欠けたところがない」が、「自分が並よりすぐれているものだから、並の人間がすることが何一つ気にいらず、感謝することができない」。その不徳から「田舎の庵主に終わってしまった」と栄勝尼に愛情込めてこきおろされる。悦子たちが到着した翌日、修業先の寺から戻ってきた四十代の智道尼は、頭の回転が良いばかりに、それが修行の妨げとなっている「枝ぶり悪い坊主」なのだそうだ。「あの齢じゃ。還俗させて嫁にやるわけにもいかず、困ったものじゃ」と栄勝尼は嘆く。この毒舌と世話焼きが、彼女自身の「不徳」であろう。無くて七癖、「十人十色」の不徳の輩が寄り集まって、血を超えた共同体を作っているのが明秀庵の世界である。

冒頭で述べたように、『美っつい庵主さん』の表紙カバーには二本の若木がより添って描かれていた。その枝葉は一本のケヤキの大木のようにハート型に形を整え、白い幹や枝は心臓の血管のようにも見え、温かい鼓動を伝えてくる。ここには、有吉の一対の男女の愛が夢想されているに違いない。しかし、その世界はあくまでも植物的だ。木に雌雄は見いだせない。おそらく木は二本でなく、女木ばかり五本でもよいのではないか。尼たちの一人一人は不徳や煩悩に苦しんでいようとも、この尼が五人寄り集まって暮らすときに、そこは癒しの里となる「健康性」を宿していた。ひとりひとりが完全に「枝ぶり」の良い木として生きる必要はないのである。

有吉の人生のほぼ真ん中で書かれた『美っつい庵主さん』は、十九歳で父を、二十四歳で祖母を亡くした二十六歳の有吉が、彼らの個の終わりを許容し、その生涯を肯定して生きていくために、自ら必要とした癒しの物語ではなかっただろうか。短篇四編を収めたこの単行本では、性役割や美意識に関わる価値の解体がテーマとなり、最後に、その解体の引き起こす葛藤をも肯定的に呑み込んで「健康性」を回復する、「美っつい庵主さん」が据えられている。有吉がこの書で示した物語の力（脱構築と再構築のダイナミズム）は、紀州の自然を背景にした『紀ノ川』において、より細密で豊饒な物語世界を紡ぎ出していくことになるのである。

注

（1）磯田光一「紀ノ川のゆくえ―有吉佐和子論」（『新潮』一九八四年一一月）など。
（2）深澤基寛訳「伝統と個人の才能」『エリオット全集・第五巻』（中央公論社、一九六〇年）。
（3）臼井善隆訳「異神を追いて」『エリオット評論選集』（早稲田大学出版部、二〇〇一年）。

❹study

父親のいない幸福

――『香華』『芝桜』

宮内淳子

1

有吉佐和子の「地唄」が芥川賞の候補となった一九五六年は、前年の経済白書に「もはや『戦後』ではない」と記した年である。いわゆる「五五年体制」が成立し、高度経済成長が始まり、敗戦後の日本が新しい局面に入ろうという時期であった。文学の世界にも変化が現れており、有吉の登場はそれをよく反映したものととらえられた。

野口冨士男『感触的昭和文壇史』（文藝春秋、一九八六年）には、一九五五年から一九六〇年あたりの状況について、「この五年間は有力新人が台頭するいっぽうで戦後派の文学がその軌跡を回顧される時期に入って、中堅作家で商業誌とは別個に自分等の発表機関をもち、新潮社に対抗して文藝春秋や講談社も週刊誌を競合させるという時代に移行すると同時に、日本の文学者も国際交流をもつにいたるとともに、出版社も大衆文学の送り手とはまた違った意味でのより広範な大衆社会状況に即応していかざるを得なくなった」とまとめている。小説もまた大量消費の時代に入り、読みやすく売れるものが商品として求められていた。一方、文壇にはまだ、文学に専念してそれ以外は捨て、超俗、反権力に生きる文士気質、というものが残っていた。吉行淳之介『私の文学放浪』(講談社、一九六五年)には、「三十年下半期の芥川賞は石原慎太郎氏であり、氏の登場や曽野綾子、有吉佐和子両才媛の活躍などが、『小説における物語性の回復』として批評家の賛成を得るむきがあった。そこで、『第三の新人は、第一次戦後派と石原たち新勢力に挟撃され、その谷間に消え去るであろう』という意味の発言が、座談会でなされたりした」という回想がある。このあたりから、躍進するマスメディアには歓迎されても、文壇というものからは距離を置かれた有吉の位置が生まれている。

第三の新人たちはその後、文壇の中心を成すようになった。「追悼座談会　有吉佐和子・人と文学」(『文学界』一九八四年一一月)は、阿川弘之、三浦朱門、奥野健男が行なっているが、その中で、奥野が「ぼくが『吉行さんも、安岡さんも、島尾さんもみんな、一作書くともう、これで終わりだ、これ以上次の作品は書けないって思っちゃうらしい』といったら、彼女は『男ってそんなものなの。あたしは書くことがいっぱいあり過ぎて、八十、九十までいくつも書きますよ』といったんで、オレたち、『ヘエ』と、ちょっと軽蔑したんだよね。(笑)」と言い、続けて阿川が「彼女に『これ書いちゃったら、ぼくはもうなにも書くことがない』といったら、『まあ、あなた、よっぽど才能ないのね』っていうんだ。(笑)『あたしなんか、濡れ手拭からポタポタしずくがたれるみたいに、いくらでも、書くことあるわよ』って。別に腹もたたなかったが、多少の言い分はあるわけで、まあ、いいにくいけれど、ディテールに無頓着なら、それでもやっていけるよね。有吉さんの物語つくりの才能を充分認めたうえでの話ですが」と言っている。こんな調子で、追悼座談会であるにもかかわらず「(笑)」が多い。しかもそこに含まれた刺は、彼ら文士の共同体から放たれたものであり、たとえば同じ追悼座談でも「わが友吉行淳之介」(『群像』一九九四年一〇月、阿川弘之・遠藤周作・小島信夫・庄野潤三・三浦朱門)の親密な語り口とはよほど性格が違う。

彼らと有吉の間にある文学観の違いは、文学を超俗なものとして特権化するかどうかにあり、それが、小説に物語性を認めるか否かにも関わってきた。かつて有吉が文士たちに私ならいくらでも書けると言ったのは、書けない書けないと連呼することが文学への忠誠であるかのように言いつのる彼ら、――文士の共同体の中に安住している者たちへ向けた、彼女一流の皮肉だったのではないか。有吉にしてみれば作家が小説を書くということは、『鬼怒川』における布織り、『出雲の阿国』における踊り、『針女』における裁縫、『悪女について』における事業、のようなもので、彼女の描く主人公たちが日々営々と続けていた仕事と遠く隔たったものではない。書けない苦しみは有吉も当然味わっており、随筆「炭を塗る」（『波』一九七九年六月）にその一端を漏らしていたが、そういう時があっても、それは人に自慢するものではなく、自分一人で片づけねばならないものであった。

有吉の作品を最初に正面から評価したのは、橋本治「理性の時代に」（講談社文庫『母子変容』「解説」一九八四年）であった。彼は引き続き、「女は自由で、しかしその女の自由を、男達の社会は縛ろうとする――彼女の作品群のテーマは、このことでもあろう」（「彼女の生きていた時代」『新潮日本文学アルバム』新潮社、一九九五年）と述べている。有吉の描く女性はむしろ伝統に生きる古風な者というとらえ方があったため、橋本治の指摘は斬新だった。有吉は決してあからさまに「自由」を連呼するような書き方はしていなかったが、まさに指摘のとおりなのであり、反俗を気取った文士たちこそが実は旧来の男性中心の世界観を疑ったこともない多数派に属していたのである。彼らの有吉への反発は、売れる小説を書くという以外に、自分たちの価値観に納まらないものへの苛立ちからかからも生まれていたに違いない。

大正デモクラシーの思想の中に育った有吉の父親は、海外勤務が長かったこともあって、戦時中でも日本側に偏った情報に左右されておらず、子どもにもそれをそのまま話してしまう人だった。出世より酒を取る、と言っていた父は一九五〇年、有吉が一九歳のときに脳溢血のため急逝している。このような父を持ち、一〇歳までを外地で過ごした有吉は、同世代が受けたであろう天皇制や父権の抑圧を多分に免れていた。その後、結婚後の一時期を除いて、有吉は終生母親と暮らした。彼女が男性社会の壁を知ったのは作家になってからであろう。何も知らずに天真爛漫に振舞って、思わぬところに頭をぶつけたのではないか。

ここでは、『香華』（中央公論社、一九六二年）、『芝桜』（新潮社、一九七〇年）、『木瓜の花』（新潮社、一九七三年）という花柳界を舞台にした小説を取り上げて、「自由」を求めるさまがどのように描き出されているかを見てゆきたい。

2

花柳界を描いた近代文学の名作は数多いが、たいていは客となった男性の目を通して描かれたものであった。有吉の場合、花柳界が舞台でも、男性客と芸者の間柄を描くことより、女性同士のつながりを見る方に重きが置かれている。『香華』や『芝桜』は大正から昭和にかけての時代を背景にしているが、当時多くの女性は家庭内における母、妻、娘といった役割から自由ではなく、家を離れての女同士の結びつきは薄かった。それが花柳界では事情が違った。

『芝桜』には、次のようにある。

金で思うままに振舞えるような花柳界でも、一本立ちした芸者を金力で手ごめにすることはできないのである。この世界はあくまでも古来からの女の知恵が凝集して、ギルド社会を構成しているのであった。婦人解放運動のなかった時代に、女たちは団結して、男と金を相手にまわし、自在に富を吸収する組織を作った。花柳界に生れ育ちのいい女は一人もいない。みんな貧しい家から出て、この世界で器量と知恵を磨きあげ、天下を動かしている男たちの鼻面をとってひきまわすところまで成長するのだ。

実際「天下を動かしている男たちの鼻面をとってひきまわす」ような芸者がいたかどうかは疑問だし、それが出来たとしてもかなりの代償を払ってのことと思われるが、そのことはここでは置く。有吉は花柳界の実情を描き出すのを目的とはしていない。ただ家柄も資産も教育もない女たちが、「団結して、男と金を相手にまわし」て戦う世界として想定していることを確認しておきたい。

もちろん、この世界が男性社会の中から生み出されていることに無自覚なわけではない。『芝桜』の主人公正子は、花柳界の仕事を嫌い、家庭に入ることを女の正道として望んだ。朋輩の蔦代はそんな正子を「正ちゃんは大通り向きの生れつきだから」と軽くいなして、彼女とは対照的な生き方を見せる。蔦代はこの世界を自分流に泳いで金力を得た。価値観の違う蔦代につきまとわれることで、正子にはさまざまなトラブルが生まれ、そこが読ませどころであるのだが、『芝桜』と同じ系列である『香華』でも、主人公の朋子につきまとい、「大通り」を行こうとする彼女の邪魔をする人物がいる。しかもそれが実の母親なのである。

二〇歳で最初の夫と死別した郁代は、六歳の朋子を残して他の村に嫁いだ。夫の両親と折り合いが悪く、やがて郁代は夫とともに出奔し、祖母に死なれて一人になった朋子を和歌山から東京へ呼び寄せたが、生活が不如意になると朋子を静岡へ芸者の下地っ子に売ってしまう。ところが間もなく朋子のいる二丁町の妓楼に、郁代もまた夫に売られて遊女としてやって来て、その美貌から花魁にまでなる。同じ妓楼に一〇歳の娘とその母親がいる異様さに、郁代は無頓着で、むしろ花魁でいることが楽しげでさえあった。

もちろん妓楼内で母と呼ぶことは表向き禁じられていた。朋子が人目を忍んで、義理の父と妹の消息を聞くと、夫の話をされた郁代は不機嫌となり「ぞっとするほど嫌いな亭主より、赤の他人がどのくらいましか分らないんだ」と言う。母から聞かされるには、かなり衝撃的な内容といえよう。後に独立した朋子に引き取られた郁代は、「朋子は私が二丁町にいたことを、なんや恥さらしなと思うているようやけど、私はほんま云うて、肩身が狭いとは思うてへんのえ。女やもの、男さんを選り好みできる自由があったあの頃は、何が辛うても幸せやった。二丁町から東京へ出て来てこっち、私はほんまに面白うない」とつぶやく。このとき郁代は四五歳であった。

有吉は郁代の造形について、「私はこういう型の女を実際に見たこともありませんし、身近かに噂話を聞いたことさえないのです。それなのに郁代は作品の中でのびのびと呼吸して、いつもわがままで勝手に振舞い続けました」(「『香華』について」芸術座『香華』演劇パンフレット、一九六三年)と書いている。有吉の母は『紀ノ川』の文緒のモデルで、良妻賢母の自分の母親に反発し続けた大正デモクラシー思想を生きた女性である。自由を求める人ではあるが、それは郁代の求めるものとはおよそかけ離れている。「私はこういう型の女を実際に見たこともありません」という人物が、なぜ有吉の小説に現れてきたのだろうか。朋子は母性の豊かな生まれつきというふうに設定されているので有吉の文学を母性的と評する向きもあるが、そうした性格の主人公の傍らに、郁代や蔦代といった人物が配されていることを忘れてはならないだろう。

3

朋子は自分の恋愛がかなわず子どもに恵まれなかった責任は母親にあると思っていたのに、その彼女が考える不幸の基であるはずの母親に対し、最終的には恨みを忘れている。いや、ほんとうに憎んでいるなら、それまでも母親を突き放す機会はいくらもあったのだ。血縁ゆえにそうできなかった、ということにはならないだろう。この小説では郁代を通して、血縁というだけで愛情は保障されないということが、徹底的に示されていた。郁代の母親は郁代を憎みながら死んだ。また郁代は次女の安子のところには寄りつかず、静岡で産んだ子どもは顔さえ見ないで養子に出し、何の未練も感じていなかった。血縁への幻想を持つ朋子は、母親との一体感を何度も夢見ては裏切られる。ここには、産むことと母性を持つことは別だと言う考えがはっきりと出ている。

戦時下、朋子は空襲におびえながら防空壕に入っているとき、このまま母と死ねば普通の母娘のように一緒の墓に葬られることになるので、「血の繋がった者同士の死に方として最も相応したものかもしれない」と思う。しかし郁代はそんなときに、大阪ならこんな空襲はないだろうから、三番目の夫である八郎のもとに帰りたいと言って朋子を失望させる。また、戦後の生活の苦しいときに異父妹の安子に援助を求めると、いまどき親も子もない、ましてろくに面倒を見てもらったこともない郁代のことなど放っておけばよいと言われる。その親不孝に怒る朋子だったが、大阪から八郎が迎えに来ると、郁代はそれに従っていそいそと戻って行った。「ごく自然に手を取り合って、遠のいて行く二人の姿を、朋子は取り残される絶望感と、故知れぬ憎悪とで立ちすくみながら、茫然と眺めていた」とある。社会が女性に求めていた役割に添って考えるなら、郁代のような勝手は許されるものではない。朋子の憎悪も、そこに発していた。しかし、その求められている役割は、果たして疑問の余地のないものか、と考えると話は別である。

篠田一士は『香華』について、「親子の柵を取り払い、女性ふたりが、ひとしく、女という立場だけで向い合うという事態は、『香華』の作者が、もっとも力をこめて書こうとした核心的な主題であることは、いうまでもない」（「有吉佐和子・人と文学」『群像』一九八四年一一月）と述べ、奥野健男は、「『香華』も紀州の大地主の女三代にわたる女の一生を書いたものであり、対照的な母娘の五十年にわたる葛藤を描き、女くささがむんむんとたちこめている」（「有吉佐和子の文学と生涯」『中央公論』一九八四年一〇月）と評する。しかし、『香華』は、そのように簡単に女を描いた、と言いきれるものだろうか。批評家たちは自分の中にあらかじめ出来ている女性的なるものを疑わずに論じてしまっているが、そもそも女というのが、ここでは自明のものとなっていないのだ。それがズレているから、朋子は母親への愛憎を引きずらなくてはならない。

郁代は母性を引き受けない。朋子は、妻になれない、子どもができないという欠落感においてのみ女性を意識する。足りないものとしてしか浮かび上がってこない女性性とは、本来が非在で架空のものだと言えないか。

つねに自立しようとし、上昇志向を持つ勤勉な朋子や正子は、あたかも高度経済成長期の日本の状況に呼応するかのようなバイタリティーを持ち、しかも女性である以上は結婚し、出産し、母性をもってそれを育てるべきだという考えを持っている。ところがこのような主人公たちが、負の役割を担うかに見える郁代や蔦代には最後まで翻弄されている。郁代も蔦代も、経済的、肉体的に必要なときは男性を求めるが、およそ観念的な縛りは受け付けないので、正子や朋子のように恋愛や結婚のために自分を不利な立場に追い込むようなことはしない。男性が作った価値観を内在化していないからこそ、彼らを上手に利用できるのであり、これは後の『悪女について』（新潮社、一九七八年）の富小路公子にもあてはまる。むしろ正子や朋子のほうが、家族神話を絶対化している点で、男性社会の秩序の信奉者とも言えるのだ。郁代や蔦代は、その秩序を疑う知力もないし批判する気ももとよりないのだが、その行動を通して朋子や正子の硬直した女性というものへの思い込みを撹乱する存在なのである。自由を得るためには精神的な強さと経済力が必要だということを正子や朋子はよく示しているが、一方で彼女たちの誰から見られても恥ずかしくない存在でいたいという優等生志向は、既成の体制の価値観に疑問なく寄り添う結果を招きやすい。社会通念が「大通り」と決めたものを、そのまま正しいととらえてしまうのだ。それをたえず突き崩すのが、郁代や蔦代であった。読ませるストーリーはこの両者の関係の上に展開してゆくので、それはたんにおもしろさを狙っただけの仕掛けなのではなかった。

郁代を亡くしたあと、朋子は、異父妹の安子の息子を引き取って育て、心の安定を得るかのように見えたが、『香華』の最後には、朋子と同じように養子を取った知人の旅館の女将が、その息子に財産を狙われる顛末となり、やはり血を分けた者でないと信頼できないものだと彼女に涙ながらに語る場面がある。ここにも血縁への幻想に縛られ、その思い込みの上に欠落感を募らせて不幸を感じている女性がいた。『香華』はここで終わっている。朋子に、安住の地は約束されていない。そしてそれこそが、自由の代価というものであった。

4

朋子が郁代を突き放せなかった理由は、実は血縁という思い込みによるものだけではなかった。朋子は生涯に忘れがたい数人の男性と出会っているが、神波の地位と金力、江崎の若さ、野沢の男気などはわかるものの、それらは郁代の美しさを語るほどには描写が尽くされていないのだ。

『香華』の始まりには、六歳の朋子が彼女を置いてよその村に嫁ごうとしている郁代を見る場面がある。郁代は、持ってゆく衣装に香を薫きしめているところだった。

白い煙が霞み立つ遥か向うに、美しい母親の顔があった。細面に鼻筋が通り、眼はすずやかに長く切れ、まつ毛の色が濃い。薄い唇は、へらで型をつけたように形よく、顎のかすかに短い欠点を押えている。何より際立っているのは、濃くて多い黒髪であった。

自分を装うことに熱心な母親は、置き去りにされる六歳の娘を見ても無関心で、当の朋子までも、「自分の母親がこんなに美しい人だったのかと、幼な心に愕然とする」気持ちで母親をみつめている。母親らしいことは何一つせず、ただ朋子にやっかいばかりをかけて郁代が七〇歳で亡くなったとき、朋子はそれまで幾度も母親に対する憎悪で狂わんばかりになったことがあるのに、「伏籠に数々の美しい衣装をかけ、香を炊きこめていた母――。あれほどの美しい絵を、朋子は以来一度も見たことがなかった」と思う。

美への執着は、郁代の側にもあった。郁代が次女でなく朋子にだけつきまとうのは、朋子に経済力があるということに加え、朋子の父親への愛着のゆえであった。

郁代は、五六歳になったとき朋子に「私が死んだらな、お父さんのお墓に入れてや」と頼む。何度結婚しても、死後は早くに死に別れた朋子の父親の墓に入りたいと言う。『香華』において語り手の位置はいつも朋子の側にあって、郁代の内面は描かれない。見られるものとしてのみ郁代はあるようだが、ここで郁代もまた美を見る人であったことがわかる。郁代が、浅草でやっている松竹少女歌劇にいるレビューガールの一人に朋子の父親の面影があるというので興味をひかれて同行した朋子は、「傍らの郁代を見ると、眼の輝きはいよいよ鋭く、オリエ津坂が舞台に居る間は息を詰めて、まるで余裕のない様子である」という母に驚いて「どこがいいんですか」と聞くと、母は「どこがて、あんな奇麗な男さんはめっさといてえへんで」と答える。実際は八郎という風采の上がらない男を夫とし、身分違いだったのをいいことに好き放題に振舞っているくせに、郁代はその矛盾にはまったく頓着せず、死んだら朋子の父親が眠る墓に入りたいと言う。

朋子の抱く母への思い出が、ただ若く美しかったときの絵のような一瞬に集約されたことに見られるとおり、母親らしいことを何一つしなくとも、最終的に郁代は、母親というより、一人の美しい人間として許容されていた。その母も、美しかった夫への思いを抱いていたのである。

勤勉さと誠実さによって無一物からひとかどの旅館の女将となった朋子は、戦後の高度経済成長の象徴のように順調な歩みを見せていたが、こうした目的意識に沿った歩みに比べると、ただ美に憧れるということは、生産的でもなく社会に貢献し得るわけでもなく、朋子の倫理観からいえばそう高い価値はないはずなのに、結局、自己否定にもつながりかねないこの美意識から彼女は逃れることができない。そういえば『芝桜』『木瓜の花』の蔦代も、悪辣な儲け方をする一方、損得抜きで花を愛し丹精こめて育てていた。正子が何度絶交を決意してもずるずるにつきあってしまうのは、こうした蔦代の一面を抜かしては語れない。万事怠けたがる郁代も、美しい布で衣装を仕立てることにはこまめであった。ここにもまた「大通り」の価値観に回収される前に、主人公たちを引き留め、心の自由を保たせる、大切な交流があったのである。

そして、こうした女性同士の交流が紆余曲折はあっても長期にわたって続き得たのは、それなりの条件が必要であった。小論では、それゆえ、サブタイトルを「父親のいない幸福」とした。これはもちろん象徴的な意味である。その不在によって人に自由を与える父親とは、優しいだけの八郎や、美の記憶だけを残して逝った朋子の父のような存在を指すのではない。

❹ study

『非色』——複数のアメリカ／複数の《戦争花嫁》

佐藤　泉

日本の被占領期を研究してきたマイケル・モラスキーによれば、外国兵に占領される状態を性的な比喩をもって表現する文学作品はめずらしいものでない。あるいは「アメリカと寝る」といった比喩は占領期にとどまらず戦後日米関係を語る言葉のはしばしにあらわれる。一九六二年、ロックフェラー財団研究員としてアメリカに向かった江藤淳は、ロサンゼルスに到着したとたんに同行した夫人が急病にみまわれ、入院手続きや保険会社や財団との交渉に「立ちむかう」ことになった。滞米記『アメリカと私』の始めの章で、この過酷な体験は「私たちはすでに一度は米国の社会と寝ていた」と表現されている。同じく江藤が帰国まもなく書いた文学史論によれば、明治の作家は「「国のために」書いたのだが、その使命感の裏側には「黒船に乗ってあらわれたあの「他人」——西洋という「他人」が、もはや拒み得ないほど深く自分のなかにはいってしまったという心理的現実」があった、という。それは「ほとんど処女性喪失の恐怖に似た喪失の予感」だった、と表現される（「日本文学と「私」」）。

こうした性＝国家レトリックは、第一に、個人のアイデンティティを国家アイデンティティに重ね合わせ、第二には、ジェンダー秩序の再認へと促す装置である。征服する強い性と征服される弱い性という対が、国家と国家の関係に重ねられるとき、このレトリックは、政治的構成体としての——単にそのようなものでしかないはずの国家が、自信にみちた勝利感、怯え、屈辱、断念といった一人の人間が感じるかもしれない心情を抱く人格であるかのように描き出す。一方の国はいつでも居丈高に勝ち誇り、別の国は常にみじめに怯えているかのようであるし、また性の関係はいつも勝敗ある戦争であるかのようなのだ。アメリカ占領軍による日本占領の「成功」をアメリカの歴史家が描いて評判になった本の邦訳題は「敗北を抱きしめて」だったが、ある日本の評論家の反応は、こんなことをアメリカ人に書かれたくない、というものだった。性＝国家レトリックは日米の双方で機能しているらしいし、またそれは心情増幅装置として強力に機能しているらしい。

しかしながら、モラスキーは戦後の被占領体験を性的形象によって表現する文学作品はほとんど男性作家の小説であることを指摘したうえで、「日本で占領時代を振り返るとき、「アメリカ人と寝て」もアメリカそのものとは寝ない、女性作家たちの観点」にも配慮が必要だと述べている（「アメリカと寝る、とは――被占領体験の表現をめぐって」『図書』一九九七・一二）。アメリカや日本といった国家を、強くはあっても単純な心情を持った個人（不可分の一人格）であるかのように描く比喩を脱構築するために、そしてそれが征服される女性という表象を基礎にしている以上、これは性＝国家レトリックに象徴される言説の場に不可欠の視点である。

占領軍の兵士と結婚してアメリカに渡った戦争花嫁を題材にした有吉佐和子の小説について考えてみよう。彼女もまた江藤淳より少し前にロックフェラー財団の研究員としてアメリカに留学しているのだが、この共通体験について江藤淳は次のように奇妙にわだかまりある言葉を残している。「小島氏や私のような、あるいは安岡章太郎氏や庄野潤三氏や有吉佐和子氏のような、ロックフェラー財団研究員とは、いったい何だったのだろう？これらは後生の批評家や文学史家が、解き明さなければならない一つの興味深い宿題である。」（『自由と禁忌』河出書房新社、一九八四）

江藤淳の関心とは異なるかもしれないが、たしかにこれは興味深い課題である。第二次大戦後、かつての大日本帝国やヨーロッパの帝国の植民地だった国がつぎつぎと独立を果たすなか、ソ連との間でのイデオロギー対立を深めていたアメリカ政府は、アメリカの支援によってそれらの国を発展させることに強い関心を持ち始めていた。これは植民地主義の歴史としての近代史の上で、重要な転換というべき動きである。土地を奪って人々を支配するのではなく、いまや「低開発国」の合意をとりつけながらその繁栄を援助する時代である。軍事的支配にかえて経済的支配の有効性を認識し、資本の投資先を必要としていたアメリカは「開発」という言葉を開発し、新植民地主義の時代の幕を開いた。フォード財団や国防省などは巨額の資金を「近代化」と「開発」の研究につぎ込み、第三世界からは数千人もの有望な若者が奨学金を与えられてアメリカに集まった。彼らはのちにそれぞれの母国で「近代化」のエリートとなることを期待されていた（ダグラス・ラミス『ラディカル・デモクラシー』岩波書店、一九九八）。こうした戦略の上で、それでは、日本はどのような役割を期待されていたか。

アメリカにおいて組み上げられた「日本近代化論」の論調によると、日本には対米戦争という一時的な過失があったにせよ、非西洋世界において当時唯一「近代化」に成功した国である。つまり日本は、非西洋地域においても「近代化」が可能であることを証明する事例であり、かつこれから「近代化」を果たすべき他の国々のお手本であり、結局非西洋近代化の優等生である。

江藤淳が滞米中に在籍していたプリンストン大学は、マリウス・ジャンセン、ジョン・ホール、ロバート・ベラー他、著名な日本研究者を擁した「日本近代化論」研究の一大拠点だった。聡明な江藤淳は、そこに招かれた自分が何を期待されているのかを理解しただろうし、その役割を的確に果たしただろう。だが、その場合——彼自身が文芸評論の言説にもたらした用語を使うなら——深甚な「アイデンティティ」の危機をまねくのではないだろうか。そこでの役割期待に添えないなら、「近代化のエリート」としての存在理由は失せるだろうが、しかし逆に、役割期待通りの自己実現に成功してしまった場合、彼は他人の意図を実現する操り人形である。

江藤淳は自らの批評機軸をこのダブルバインドのなかで形成したものと思われる。後年の「無条件降伏」論争において、彼の発言には次のような一節がある。「だが、いったい人は、他人が書いた物語のなかで、いつまで便々と生き続けられるものだろうか？むしろ人は、自分の物語を発見するために生きるのではないだろうか。自分の物語を発見しつづける手応えを喪失し、他人の物語をおうむ返しに繰り返しはじめたとき、人は実は生ける屍になり下り、なにものをも創ることができなくなるのではないだろうか。」（「他人の物語と自分の物語」「文学界」一九七九・三）

この考えに対する批評・批判は一通りではないやり方でなされる必要がある。しかし、ここでは続く文章で江藤が「自分の物語を発見」する文学的営為として「叙事詩」と「小説」を重ねて語る点のみ指摘しよう。「叙事詩が民族の自己発見と自己確認の営みであるとするなら、小説の歴史はいうまでもなく個人の自己発見と自己確認の試みとして展開されてきた」、そして小説作家は「そうして発見した自己と全体とを結びつけるきずなを、叙事詩の記憶のなかに深く探ろうとした」。江藤にとっての「文学」とは、「一つの言語のなかで、個と全体とを貫く自己の姿を求めようとする営み」であり、自己をナショナルな全体に結びつけ、その全体のなかに自己の場所を見いだす営為、を意味することになる。「自己発見」という個人心理のテーマはこの場合、自己と国家を結びつける言説装置として機能させられており、その点で性＝国家レトリックと共通の分母をもっている。

「他人が書いた物語」のなかで文化は生きられない、という発言はそれ自体として尊重すべきものと思われる。しかしながら、他人を他国アメリカと同一視し、その他人が押しつけた歴史観、生活様式、法制度によって自国日本のアイデンティティがうけた被害を強調し、またいわば〈女のように従順に〉その押しつけを受け入れた進歩的知識人を難詰するかわりに、日米間にあった相互の駆け引きやさまざまに異なる動機をもったアクターの間の繊細な交渉に触れないとき、加えて日本の文化的同一性が被った損害を語りつつ、戦前日本がアジアに対し文化の相においても暴力的な加害国であったことに触れようとしないとき、これは排外主義的かつ無反省なナショナリズムの言説へと落ち込んでしまう観点だと言わざるをえない。

ところで江藤の出した「興味深い宿題」である。有吉佐和子をのぞくと、ここに名前のあがっている小島信夫、安岡章太郎、庄野潤三は、いうまでもなく江藤が彼の代表作『成熟と喪失』にとりあげた作家たちである。彼らの小説を通して、『成熟と喪失』は、戦後の家族関係、ジェンダー秩序が取り返しようもなく崩壊していく様をあざやかに提示した。どれも夫婦や親子の関係をとりあげた戦後家庭小説の名品であり、その意味でいわば「私的」な領域に起こった変動を題材としているのだが、それを「公的」領域における秩序崩壊、あるいは「国家的」規模での崩壊というテーマに結びつけるのに成功した『成熟と喪失』は、それゆえ戦後の文芸評論の古典となった。『成熟と喪失』が最も多くの頁を割いて論じた小島信夫の『抱擁家族』では、主人公の妻がアメリカ兵と寝るのだが、『成熟と喪失』においてこれはアメリカ人ならぬアメリカそのものと寝る、あるいは「近代」と寝る物語となっている。小島信夫をはじめ、戦後の私空間と文化に入った亀裂と崩壊の様相を敏感に感知していた『成熟と喪失』の作家たち、それがロックフェラー財団研究員である。

彼らはいったい何だったのだろう？　江藤はこう問うのだが、「後生の批評家や文学史家」は『成熟と喪失』を参照せずしてこの「宿題」を解くことはできない。アメリカ留学組は、いわば冷戦下アメリカの新植民地主義的な世界戦略のもとに招待され、その誘惑を受け入れ、身をもって「アメリカと寝」なければならなかった。「他人の物語」を生きるわけである。だが、彼らは、そのダブルバインドを通して逆に日本の国家アイデンティティの深刻な危機を感じ取ることができた。「革命」や「近代化」といった「大きな物語」に関心を持つことなく私小説しか書かなかった彼らは、そうであるがゆえに家族やジェンダーという生の最も根底的な部分にもたらされた変容についてなまなましい危機感を持つことができ、その点で「閉ざされた言語空間」で戦後民主主義という「他人の物語」をそれと気付かず謳歌した戦後文学者の虚妄性に対し優越している――指定の参考文献によれば、このような答案が考えられると思う。

指定の参考書は一応参照しておく方がいいし、それを怠って宿題のレポートを書く生徒は劣等生であるにちがいない。しかしながら、文化の政治学という課題が単純で一方通行の解答をむしろ避けるものである以上、まとまらないレポートにも意義があるのではないだろうか。江藤のあげた作家の名のうち、指定参考書にひとりだけ載っていない作家がおり、それが有吉佐和子である。ここから考えることによって整合的な解答になるのを回避できるのではないか。

有吉佐和子は一九五九年一月にロックフェラー財団の招きでニューヨーク州のサラ・ローレンス・カレッジに演劇研究を課題として留学した。この経験から『非色』や『ぷえるとりこ日記』が生まれている。『非色』の主人公は戦争花嫁としてアメリカに渡った女性であり、その点であまりにも文字通り「アメリカと寝る」話である。だが、『成熟と喪失』は『非色』を取り上げない。なぜか。江藤にとって論ずるに値しない作品だったのか、あるいは何か他に理由あってのことだろうか。

江藤淳は時評で有吉作品を三度取り上げている（一九六一年の「墨」、六六年の「婦選外伝」、同年の「華岡青洲の妻」）。そして、どの作品も一様に「小説」というよりは「話」とでもいうべきものだと見なしている。小説というものについて何の疑問も抱かないゆえにこそ彼女は達者な力作を書くことができる、という論旨であるが、この見方は江藤にかぎったものではない。有吉佐和子には文壇に登場して以来、「才女」という呼び名がついてまわったが、これは、巨大化するマスコミに小器用に順応する作家を女性ジェンダー化＝二流化する用語として盛んに使われた（羽矢みずき「〈才女〉時代　戦後十年目の旗手たち」『リブという革命』インパクト出版会　二〇〇三）。『非色』もまたこの言説に従って、本質的には非文学である達者な「話」として切り捨てられる運命にあったのかもしれない、とひとまず考えられるのだが、しかし問題は、文学／非文学を区分する際の江藤淳の基準である。少なくとも日米関係を背景においた作品に関してナショナルな心情の有無が文学／非文学の分割線に関与しているのだとしたら、『非色』はまさしくこの分割を掘り崩す話形をもつように思われる。江藤淳にとってこれは取り上げるに足らない非文学だったかもしれない。が、それは同時にこの作品が彼の文学／非文学の分割線と無縁でありえたことを意味するのかもしれない。

結論から言えば、『非色』は「アメリカと寝る」という比喩を可能にするような想像の枠組みを掘り崩す。この場合のアメリカ、とはなにか。江藤淳は自作にしばしば二つの語を「と」でつないだタイトルを付けている。「犬と私」「妻と私」の「と」はさほど突飛ではないが、「アメリカと私」の場合は、国名と私との間のカテゴリー的落差を一挙に飛び越える。そして、この飛躍によって「アメリカ」は「私」が不可分の人格であるごとく単一の全体として表象される。そして、『非色』が描くのはなによりも不可分の全体であるようなアメリカではなく複数のアメリカ、アメリカ内外にわたる複数の差異の線なのである。

もちろん、その複数性は簡単に姿を現しはしない。むしろ一つのアメリカという幻想に挫折し、挫折を通して複数のアメリカの姿が立ち現れてくるというそのプロセスこそがこの作品のプロットとなっている。ヒロイン笑子は、進駐軍の経営するキャバレーのクロークになったのをきっかけに、黒人のアメリカ兵トーマス・ジャクソン伍長と交際を始める。彼女はトム伍長との交際と結婚生活を通して習得した英語を武器に、戦後の日本で有利な仕事を獲得できると考え、進駐軍の通訳の仕事にありつこうと会話テストを受けに行く。面接での彼女の受け答えは「すごくパキパキしてた」のだからきっと採用になるだろうと友人までもが保証するのだが、結局いくら待っても採用通知はこなかった。彼女の英語には黒人なまりがあり、しかも「相当ひどいものらしい」。それは日本人には分からない違いだが「アメリカ人なら一言でわかる」ものだという。日本人からは単一不可分の言語のごとくに見えていた英語には、実は不可視の差違=差別が刻印されていた。笑子が知らぬまに身につけていたのは「英語万能の時代」の有利な武器ではなく、人種主義的差異の刻印だったのだ。

英語が単一の言語ではなかったと同様に、アメリカもまたそこに内なる差違を刻み込んだ社会だが、日本を出たばかりの戦争花嫁にそれはやはり不可視である。戦争花嫁たちの夫がイタリア系の、そしてプエルトリコ出身の「白人」だったこと、アメリカ人は一つではないことを、花嫁は後から知る。

日本において想像された一つのアメリカというイメージと、人種主義的差別を刻印した複数のアメリカとの落差に悲劇的な形で足を取られたのが麗子だった。美しい彼女は、やはり美貌の夫に嫁ぎ、二人は人もうらやむカップルであるかに見えた。だが、「帝国」アメリカの海外領土であるプエルトリコからやってきて、ニューヨークのコミュニティに流れついたこの夫は狭い部屋に大家族を抱え職を得ることもできない。彼女は黒人街に住む笑子らより以上の貧困に苦しんでいた。にもかかわらず麗子は、乏しい賃金を貯金して、彼女の美貌にみあった高価な宝石や毛皮のストールを買い込んでいた——彼女が〈豊かな国〉に渡ったことを疑わない日本の家族に宛てて、それらを身につけた自分の写真を送るためだけに。彼女は、日本に帰国するよりも、美しく豊かなアメリカ、単一のアメリカという表象の中で自分の生を支えていた。着飾った麗子の写真とは、日本のアメリカ表象＝単一のアメリカとスパニッシュハーレムから見たアメリカ表象との間にある落差それ自体の表象である。そして最終的に彼女は自殺する。

麗子の住んだスパニッシュハーレムは、徹底的に貧しい。しかし、彼女を見舞った笑子はそこに住む人々がとびきり人なつこく、ストリートでギターを奏で、キューバンミュージックを楽しむのを目撃している。有吉佐和子は『ぷえるとりこ日記』で、プエルトリコ内部の差違と矛盾、スペイン系のエリートの生活意識と農漁村のコミュニティの落差、独立運動をめぐる複数の立場、そしてアメリカの帝国的無自覚を描くとともに、彼らの祭り、音楽とダンスの魅力を描いていた。作家はニューヨークのコミュニティにその小さな反映があることを書いて置きたかったのだろう。しかし日本のアメリカ表象のなかに自分を封じた麗子は、そのためにこそこの街のリアリティを生きていなかったのかもしれない。麗子はそれによってかろうじて自分を支えていた幻想に殺される。

しかし、一つのアメリカを幻想するのは戦争花嫁だけではない。笑子の夫は、日本にいる間、そしてその間だけ完全無欠のアメリカ人だった。彼女を贅沢なレストランに誘い、アーニーパイルのショーにエスコートするトム伍長は、彼女に対し騎士が女王に対するように最上の敬意を払い、なおかつ自信に満ちていた。彼は「我々は平和と平等をもたらした」という連合軍の「大きな言葉《ビッグワード》」の信奉者である。湾岸戦争以降、ワシントンの語る「自由と民主主義」が大義なき戦争を正当化する口実であることは明らかだが、しかしトム伍長の「平和と平等」

は米軍の空疎な言葉であるとともに他ならぬ「平等」を祈念しつつ断念していたトムの幻想の内の言葉でもある。麗子とは違った意味でトムもまた、アメリカの外からみたときだけ一つにみえるアメリカ、アメリカネスを幻視したのだ。

その他、『非色』のすくい上げるのは人種主義の分割線だけではない。この作品は差別問題の諸相をきわめて的確に摘出する。(1)差別の委譲。トムが損なわれた誇りの補償のようにして徹底的にプエルトリカンを侮蔑し、同様に黒人の夫をもった女がイタリア系の夫をもった女をあざける。(2)偽善。相手に同情することによって自分の優位を確認することは、ことによったらあからさまな侮蔑より以上に悪質な差別でありうる。(3)階級差と人種差。輻輳する差別構造。高いステイタスを得た日系の女性がアメリカ人の貧しい女をメイドに雇い、雇われたアメリカ人のメイドは日系とユダヤ系の夫婦を蔑視してやまない。はたして差別の構造にとって根本的なのは階級か、それとも人種か。(4)本質主義への疑問。黒人は怠け者であり、だから貧しいのか。そうでないなら貧しさは、カテゴリー的問題ではなく個人的問題なのか。個人の努力によって差別は克服できるのか。(5)説明様式。存在するのは人種差別ではなく階級差別だということによって、アメリカ社会に固有の人種問題が曖昧化する。(6)普遍主義の暴力。父ゆづりの黒い肌と縮れた髪をもつ聡明なメアリイは学校で「人間」という「大きな言葉《ビッグワード》」を習い、彼女なりに感動するが、しかし彼女はこの語を以て働かない叔父を人間ではないと罵倒する。ビッグワード=普遍主義は、ある場合には暴力へと転じる。敗戦と占領の歴史によりナショナリズムとジェンダー秩序の交差路に置かれた戦争花嫁の目は、男女間の対立それのみを重要視する「ジェンダー認識論」(米山リサ『暴力・戦争・リドレス』岩波書店、二〇〇三)をおのずと超えて、他の分断線、他の、しばしば逆説的な抑圧構造を読みとっていく。作品は輻輳する問題をつぎつぎに発見し、掘り下げていくのだが、その機敏な分析言語の主体は主人公の笑子である。彼女はアメリカ社会の中でたくましく生きるとともにこの社会の観察者であり、語り手としてこの小説それ自体の言語を担っている。複雑な問題を限りなく明晰に分節するこの小説そのものの知性が、語り手笑子の言葉を通し、笑子という主人公を比類なく明晰な女性にしている。そして、明晰なものはそれ自体たくましい。

主人公・笑子は、黒人兵と結婚して混血児を生み、そして日本を追い出される。血が問題であるために、彼女を追い出すのはほかならぬ母と妹である。これは過酷な体験であるはずだ。そしてハーレムの半地下での生活は貧しさとの闘いである。しかし、彼女の心に荒涼たる風景が映ることはない。笑子は有吉佐和子の他のヒロイン同様、逆境にあっても決して精神的に挫折しない。

たとえば同じく戦争花嫁としてオーストラリアに渡り、「柚子」から「ベティさん」となった女性を書いた「ベティさんの庭」は、彼女の寂寥感を熱帯の自然のなかに浸み渡らせるように描いている。「この望郷の悲しみは哀切をきわめている」と江藤淳もこの作品を高く評価した（一九七二年一〇月の時評）。その荒涼とした心象風景の暗示力は比類なく、熱帯の異質な環境に根づけなかった植物のように、ベティさんは突然ぽっきりと折れてしまいそうなのだ。髪をクリクリとカールさせたあのかわいくてセクシーなキャラクターの名はこの作品では悲痛なアイロニーとなる。

対照的に、笑子はたくましい戦争花嫁である。そしてそれは登場人物の造形であるとともに、アメリカの複数性を分節し、そして複数のアメリカが複雑にからみあう論理を可能なかぎり明晰に分節しようとするこの作品そのものの意志が彼女に転移した結果であるように感じられる。それを前提として、もうひとつ、この作品のたくましさは、ほかならぬ《戦争花嫁》たちがそう振る舞ったであろうようなたくましさ、あるいは彼女らが自らの生をそのように表象したであろうようなたくましさ、のように思われる。

これまで注記なくこの語を使ってきた。だが、《戦争花嫁》と呼ばれた女性たちは、この語で括られることを快く思ってこなかった。戦後混乱期には、進駐軍兵士と交際する女性がしばしば売春の有無と無関係に《パンパン》と呼ばれ、またパンパンの成り上がりとして《オンリー》と呼ばれたように、進駐軍の兵士と結婚して海を渡った女性たちは《花嫁》という祝福の語で呼ばれるときにも、その語に悪意ある侮蔑の響きを聞き取らなければならなかった。作中の笑子はたくましい。だが、彼女もまた敗戦後の日本社会で「黒ンボ相手のパンパン」というまなざしをむけられなかったわけではない。

《パンパン》という存在は周囲に嫌悪と憐れみを呼び起こしただけではない。それらの感情と矛盾するような憧れ、嫉妬、欲望をかき立てもした。彼女というより彼女のイメージをめぐって噴出するアンビバレントな欲望は、性差と性意識の秩序を攪乱し、脅威をもたらす。女性の身体が性とナショナリズムの二つのイデオロギーが交差する地点としてシンボライズされることを前提として、《パンパン》という想像された身体はその二つの境界を象徴的に侵犯するためだ。ナショナリズムのイデオロギーは女性の性的身体を彼女の属する国の所有物とみなす。女性は国家の価値観を次の世代に伝達する媒体であり、その身体は次の世代を産むナショナルな子宮である。弱き者である女性は外部支配者による冒瀆を誘発しやすく、その同化と包摂の対象となりがち、なのだ（伊藤るり「ジェンダー・階級・民族の相互関係」『岩波講座現代社会学11　ジェンダーの社会学』）。この前提ゆえに、逆に性秩序と国境との境界を侵犯する魔力を得た《パンパン》の、その魅惑的な身体は過剰なスキャンダル性を身にまとう。むろん、そのため同時に、ほぼ同じだけの強い力で彼女の存在は徹底的におとしめられている。

彼女は自分の貞操を売り渡すばかりか、国家の貴重な所有物を売り渡す。彼女は国を裏切り、それによって彼女の国の男性の男性性を裏切った。ましてアメリカが昨日までの敵国であれば、彼女は敵に身を売ったのだ。しかもその敵は圧倒的に強くそして豊かである。豊かさに目がくらんだ彼女たちは贅沢がしたくて身を売った。彼女らの存在は、敗戦国男性の傷ついたプライドを逆なでせずにいない。そうだとすると、当時の国際結婚は「対等な男女」が「両性の合意のもとに」する結婚であってはならず、堕落した女が身を売る行為、でなければならなかった。それがまっとうな結婚だったなら、敗戦国男性は立つ瀬がないというものだ。《戦争花嫁》という言葉から強烈なイロニーが消えることはない。そして《戦争花嫁》たちは彼女らを《パンパン》すなわち売春婦・売国奴と同一視する世間の眼に傷ついたし、そのため、私は売春婦ではない、私は何も悪いことをしたわけではなくアメリカで堂々と胸をはってがんばってきたのだ、と主張しなければならない。彼女らはそこから自らを遠ざけるために《パンパン》の国家的悪を言いつのる愛国者の側に身をおかざるをえない。そして自らを苦しめてきたその言説に加担し強化せざるをえない。むろん彼女らが望んでそうしているのでなく言説布置の暴力がそこにおいて語りはじめる主体をとらえてはなさないのだ。

グローバリゼーションを背景に人々の《移動》が思想的課題として浮上してきた九〇年代後半、《戦争花嫁》のライフストーリーの試みがあらわれ、あるいは《戦争花嫁》を《国際結婚》の歴史に位置付ける研究も進められた(『国際結婚の社会学』竹下修子、学文社、二〇〇〇、『戦争花嫁　国境を越えた女たちの半世紀』林かおり、田村恵子、高津文美子著、芙蓉書房出版、二〇〇二、『「戦争花嫁」五十年を語る～草の根親善大使～』植木武編、勉誠出版、二〇〇三、他)。そこにあらわれた彼女らの姿、ことに聞き書きや手記にあらわれた彼女らの個別の生の様相は、事実として前向きで、明るく、たくましい。その姿は《戦争花嫁》をめぐるネガティブイメージをきっぱりと裏切る力に満ちている。自分の生に誇りをもった彼女らは《パンパン》と同一視されることに侮辱と感じた。「戦争花嫁がみんな、売春婦だったわけじゃないのに、元売春婦と思われて悔しい」と語り、そして外国で暮らしてもなお「日本人であることを誇りとし」、「どこまでも日本女性であることに誇りを持ち」続け、そして彼女らはしばしば「大和魂」という言葉を使う(前掲『国境を越えた女たちの半世紀』、林かおり)。

《パンパン》との間にはっきりとした一線を引き、さまざまな軋轢のなかでも前向きに生きてきたことを前面に打ち出し、外国にあっても日本の文化を保持し続けたことを自己確認する語りは、もちろん、平坦なものではなかったであろう彼女の生を自ら肯定するために必要な語りであるだろう。しかし、裏切り者や売春婦といった《戦争花嫁》のネガティブイメージとは、もとより彼女らの実際の振る舞いに関係するものではなく、敗戦国男性の傷ついたプライドの生み出した想像の所産であったのだとすると、その語りは彼女が自らの生を自らの言葉で表象するという点に関して、必ずしも十全に有効ではないとも思われる。女性の身体を国家の所有物と見なすナショナリズムのまなざしは、やはりその場合にも保存されているためだ。

その点で、一九八八年十月ワシントン州の首都オリンピア市で「戦争花嫁渡米四十周年記念大会」が開催されたとき、戦争花嫁たちがその呼称を改めて自らに引き受けなおしたという挿話は興味深い。「『戦争花嫁』の名称を使うのに随分もめた。大会準備の席上、意見はバラバラ。結局、『戦争花嫁と呼ばねば大会を催す必要はない』との意見が採択された」（前掲書、林かおり、による再引用）。これまで無視されてきた自分たちの存在を自分たちの手で残さなかったならいったい誰がそれをやるのか、という切実な動機があった。もちろんこの場合もまた「日本の大使役を努めてきた日本婦人」なのだという語りが用いられる。だが、そうした公式的な名目を、だからこそ「汚名を背負ったままでは死ねない」という思いの強さが凌駕するように思われる。汚辱に塗れた人々の生は、その名の下で軋みをあげた数知れない不幸や冒険の圧縮された歴史ごと歴史の現在に回帰する。

日系国際結婚親睦会に集まった「底抜けに明るい」戦争花嫁たちの中には、「ここには、幸せな人しか来ていないのだから」という人がいた（同前）。たくましく生き、幸福な現在を手にした戦争花嫁たちがいた。そして、そうではなかった戦争花嫁の生も存在した。彼女たちが《国際結婚》ではなく《戦争花嫁》を自称に選ぶとき、日本の誇りとともに、むしろその名のもとに抹消された生、汚辱に塗れた人々の生があったことを知っている。その生をも、ともに歴史の碑に刻むためには、汚名ごと、抹消記号ごと刻み込むほかはないと、この自称は語るのではないだろうか。

『非色』の明晰な分析力、ヒロインのたくましさ。私たち読者はその力強い知性に元気付けられる。笑子もまた、国連本部に職をもち精力的に働くレイドン夫人や、レストラン・ナイトウの奥さんといった日本人女性が「白人をばりばり叱りつけている」のを、めざましく輝かしい場面として見ている。二人には知的にも経済的にも「力《パ》がある《ワーフル》」。

しかしながら『非色』そのものが丁寧な筆で分節したように恐ろしく複雑な社会環境がそこにあるとき、個人のパワー、というのはすでにひとつのイデオロギーとして機能しうるのだ。民主的な法の下で互いに平等な人々が自由な競争を行う——その勝ち負けはひとえに個人のパワーにかかっているのであり、肌の色や出身階級は無関係だというのは、アメリカの偉大な「リベラリズム」にほかならない。

もちろん『非色』という題名をそんなふうに読んではならないのだ。社会的かつ政治的な問いを個人の力に封じ込めることによって人々の集団的な苦しみを見えなくさせてはならない。そうでなく、この小説は、ヒロインがやはりたくましく「ニグロ」を自称として選ぶ物語、《自称すること》をめぐる物語なのである。私たちはここからくみ取るべきは、元気と明晰のパワーのみではないようだ。《自称すること》をめぐるさらに幾重にも重なった思いと歴史へ、『非色』の最終シーンは、この作品が書かれた後、《戦争花嫁》たちが再びそう自称しながら歴史の現在に回帰するに至るまで、そして今もなお、オープンエンドで読まれるべきではないだろうか。

❹ *study*

情報の修辞学、あるいは生成されるフィクション

――『ふるあめりかに袖はぬらさじ』論

日高昭二

1

時は文久二年、所は異人向けに横浜に設けられた遊廓岩亀楼。そこで亀遊と呼ばれた一人の花魁が異人のイルウス（伊留宇須）に身請けされるという話が進行中に自害する。有吉佐和子の四幕からなる戯曲『ふるあめりかに袖はぬらさじ』（一九七〇・七、中央公論社）は、その花魁の自害が「瓦版」になったことを契機にして複雑に展開していくのであるが、ここでの「瓦版」は事件の複雑さを語るにとどまらず、そもそも「瓦版」とは一体何であるかという興味を誘導していく。

事件の発端は、新しい時代に即応してつくられた遊廓のしくみにある。ここでは、遊女の相手となる客すじを唐人口と日本人口とに厳格に区別してあり、そうしたしくみで言えば、亀遊は決して唐人口の花魁ではなかった。ところがイルウスは、唐人口の遊女が「マリア」などと尤もらしい源氏名をつけられているものの、その「見かけが安っぽい」ことに不満を募らせていた折りも折り、偶然亀遊に出会ってその美しさに一目惚れする。だが、亀遊はあくまでも日本人口の遊女である。そこでイルウスは、自分たち異人を区別する遊廓のしくみが甚だ「差

別的」であると抗議しながら、楼主が算盤ではじいた大金を積んで彼女の身請け話に熱中していたのであるが、その最中に起きた亀遊の自害であった。それを最初に発見したのは、岩亀楼のお抱え芸者お園であるが、胸騒ぎを起しつつ駆けつけてみると、彼女は喉笛を剃刀で突いてすでに亡くなっていた。

お園の直感的な判断によれば、自害の原因は岩亀楼専属の通辞である藤吉との恋である。品川の遊廓から所替えになって以降、次第に病がちになって行燈部屋に押し込められた亀遊を、アメリカに密航してドクターになる「志」を抱いていた藤吉が「瓦版」を差し入れたり「漢方薬」を持参したりして、ひそかに見舞っていたことを察知していたからである。その藤吉の介抱もあってようやく快復に向かった亀遊は、楼主の深慮遠謀によってイルウスのお座敷に出ることになったのだが、そこでは当然通辞の藤吉と顔を合わせることになり、苦痛にゆがむ表情を見せる彼女をお園が気遣っていた矢先の事件であった。

遊廓における花魁と芸者の関係は、もともと主従の関係にあって、花魁からの声が掛からなければ、お座敷での芸者の出番はない。したがって亀遊に対するお園は、普段から話し手と聞き手という役割にあったのだが、亀遊の自害という、いわば永久の沈黙によって、必然的にその役割を交替する。と言っても、それはたんに役割を交替するだけではなく、事件の目撃者から物語の語り手へと変貌しつづける彼女自身も、最終的には事件について沈黙を余儀なくされるという二重の交替を経験するのである。ここに有吉の戯曲は、実存と不条理を新しい世界観ともした〈戦後〉演劇の性格をそなえていると言っていいのであるが、それが見えてくるのはもう少し先のことである。

語り手となって事件を再現するお園にとって、亀遊の死は、一人の花魁が〈恋〉ゆえに初めて知った身体的な拘束に対する切羽つまった解決以外のものではありえない。この自明の理を標榜する彼女には、むろん心証的な根拠がある。深川の町医者の一人娘に生まれた亀遊が、蘭学の医者をめざす藤吉と恋仲になったという「因縁」がそれである。とはいえ、沈黙のうちに深く秘めた「志」をもつ藤吉にしてみれば、二人の「因縁」はそれ以上に発展不可能な関係であり、それゆえに過去と未来を〈死〉で結んだ二人の沈黙はそのままお園の沈黙でなければならない。しかし、こうした三者三様の沈黙を「瓦版」が打ち破るのである。亀遊が死んで七十五日、「人の噂も」ということわざどおりに、意外な情報がもたらされるからである。藤吉が手にした瓦版には、「異人嫌いの亀遊、懐剣で見事な最期。水茎のあと麗しき辞世一首」とあり、また「本邦婦女列伝にも記さるべき烈婦」が「紅毛碧眼に身を汚されんよりはと親より伝わる懐剣にて喉を突き」とも書かれている。むろん、亀遊の自害を「一番最初にめっけた」というお園が目撃した彼女は、「懐剣」ではなく「剃刀」で喉を突いていたのであり、また「無筆」であった彼女に遺書や辞世など書けるはずもない。しかし、「瓦版」が示す亀遊の遺書には「金は遊女の身を切る刃」と書かれているなど、その記述はお園も「感心」するほどに巧みで、加えてその辞世は「露をだに厭う大和の女郎花、ふるあめりかに袖はぬらさじ」という見事なレトリックによって歌われてもいるのである。

事件を確かに目撃したというお園が、「瓦版」の記述はまったくの「嘘」であり「つくり話」であるという反応を見せるのは自然である。したがって、それが最終的に攘夷党による「つくり話」であったとする展開も真実らしさに満ちている。しかし有吉のテクストは、それにもかかわらず、そうした「つくり話」をついに否定しえないばかりか、当のお園自身が彼らの「つくり話」にさらに新たな「つくり話」を重ねていくという不条理性を喚起していくのである。むろんそこには、その不条理性を担う彼女の陳述を通じて、じつは語るに価する（読者にとっては、読むに価する）ことは何かという命題が浮上していることは言うまでもない。それを言いかえれば日常と歴史の境界を往復しつつ、花魁の自害という事件以上の出来事を生成していくテクストのたくらみにほかならない。

2

テクストがたくらむ事件以上の出来事とは、死者の〈沈黙〉が含意する〈恋〉という主題の変更あるいは再審である。その主題は、町医者の娘とドクター志望の通辞とのあいだに生まれた「因縁」という構図を配置すると き、一層動かしがたいものに見えているが、その主題が「瓦版」といういわば外部によって変更を余儀なくされるのである。しかしそれはたんなる変更にとどまらず、亀遊といういわば〈作者＝主体〉によって記述された「辞世」の歌が、語り手と化したお園の記憶と新しい「縁」を結ぶことで、事件のすべてが再審に付されていくということでもある。

亀遊の自害から三カ月後、お園は「瓦版」への不信を藤吉に語り始める。その再審の第一は言うまでもなく「辞世」についてであるが、お園の記憶によれば「ふるあめりかに袖はぬらさじ」というこの歌は、前にも一度「流行」したことがあるという。それは確か安政四年の頃で、尊皇攘夷の志士たちが跋扈した折に吉原の遊女桜木がそれと同じ歌を詠んでいて、歌それ自体は「それほど流行はしなかった」けれど、同じ名前の花魁が「あっちにもこっちにもいるように」なったという。いや、それ以前の嘉永五年にも、松葉屋の花園太夫が同じ歌を詠んでいたともいうお園は、そこから勘定すればこの辞世の歌は「かれこれ十年も攘夷党が持ってまわっていた」ことにもなるというのである。むろんそのとき、遊女桜木は死ぬということはなく、アメリカ人に万金を積まれたが首を縦に振らなかっただけの話である、とお園がさらに記憶を掘り返して語るとき、亀遊の死がその〈沈黙〉ゆえに秘匿したとも言える〈含意〉のすべてが、あらためて浮上してくるのである。ここに「ふるあめりかに袖はぬらさじ」というそれ自体隠喩に富んだ一首は、一人の遊女の個別的な〈恋〉の悲劇の表象などではなく、この時代の遊女にとってはいわば取り替え可能な表象、すなわち〈勤皇攘夷〉の代喩そのものであったことが明らかにされていくのである。

芸者お園が語る〈事実〉を超える〈出来事〉としての物語——読者（観客）は、あらためて彼女の役割を知らされる。彼女が事件の顛末について語れば語るほど、それは事件そのものについてではなく、じつは彼女の語りそのものが〈語るに価する〉何事かを語っているというテクストの出来事を生成していくのである。いわば彼女は、瓦版の「嘘」を鋭く察知する証言者の立場に立ちながら、その現在の「嘘」に過去の「記憶」が協同することで、彼女が語る言葉のすべてが物語的な叙述へと変貌していく現場を現出しているのである。それを言い換えれば、〈いま・ここ〉での彼女は、事実がいわば虚構を生み出していくしくみそのものと化していると言ってもいいのである。

亀遊との関係において言うなら、「瓦版」の「嘘」は動かしがたい事実であるが、しかし「瓦版」に描かれた辞世の歌が十年前にすでに存在していたという事実は、決して「嘘」ではない。とは言え、そういうお園は、みずからの記憶を事実だと認知する過程にすでに虚構が潜んでいるということには気がつかない。なぜなら、お園にとっての記憶は、記憶という名の真実だからである。だが、そういうお園を取り巻く現実は、その真実としての記憶を証言することを封じていくのである。そうして証言を封じることでテクストは、フィクションにフィクションを重ねるというプロットに一層磨きをかけていくことになるのである。

お園の記憶にある「辞世」と「遊女」の関係が、安政の頃に複数の「桜木」を出現させたという記憶で固定されかかったとき、しかし慶応の「亀遊」は同じ「辞世」の歌によって新しいヒロインとなっている。そればかりか彼女の人気は、「瓦版」につづいて「本邦婦女列伝」という刷り物も加わって一層高まり、それを読んだ浪士たちが岩亀楼に押しかけている。お園の記憶を阻むのは、第一にそうした彼らの期待の地平であり、第二に「この商売はお客さまを喜ばせるのが第一義」だという楼主の商法である。お抱え芸者であるお園には、それに抗する術とてなく、そうして押しかけた浪士向けに期待どおりの「攘夷女郎」の物語を語っていくことになるのである。

すでに事件の現場は陰気な行燈部屋から上等な扇の間に変更され、花魁の名前も「亀遊」から「亀勇」と改められて部屋の正面に釘で打ちつけられている。そのうえ彼女は、売れない遊女ではなく絶世の美女、しかも町医者の娘ではなく尊皇攘夷の血筋を窺わせる「水戸」生まれの武士の娘で、それゆえ「懐剣」で喉を突き、「お家流」の手跡で見事な遺書と辞世を書いて果てたのだと語られるのである。すなわち、「嘘」の実存。

そのことは、すべての情報は売買されるという「瓦版」的な市場の論理が、もともと遊女の身体を売買する場であった「遊廓」という空間と交通する瞬間でもある。そしてその交通は、すでにこの戯曲の第二幕において、言語の交換をめぐる一種の笑劇として開示されてもいた。たとえば、異人が発する「イエス」は「はい」で、その意味は「よければ鳥でも家に巣をかけましょう？　それでイエス」すなわち「イエ、ス」であると薬種問屋の主人が納得したとき、あるいはイルウスが遊女の売買交渉に頻用する「All right」を「往来」という言葉に翻訳／誤訳したことに人々が感嘆したとき、身体の交渉と言語の交換が奇妙なズレを内包しつつ翻訳され、かつ伝達されていたことに思い至るのである。ちなみに、文学座による「上演台本」（一九九四・九・二七〜一〇・三、東京芸術劇場）と照合してみるとき、そこには通辞の藤吉がイルウスの言う「discrimination」という言葉を聞き返しつつ、「デス・デス（辞書を引く）。差別！　なんでアメリカ人を差別するんだと言い出したんですよ」と語る場面が記されていた。この台本は、有吉の戯曲の一部分を省略するかたちでそのまま使用したものであるが、なかでこの場面は、言語交換の衝撃／笑劇をことさら強調する演技的な所作として書き加えられていたことが判明するのである。そうして、通辞の藤吉が聞き返し、反復し、辞書を引き、伝達するという、いわばわざとらしい行為によって喚起される「差別」という言語記号は、しかしそれによってその内実が探究されるわけではなく、遊女の美を金銭的な対価に一元化する翻訳作業の中で、唐人口と日本人口の「差別」を超えるという変換だけが導かれていくのである。

この第二幕における言語的な笑劇をふまえて第四幕は、前景と同じ場ながら「亀勇」の字がひときわ大きく、また掛け軸に表装された「辞世」の歌も舞台の正面に堂々と掲げられていて、身体を売買する遊廓という空間が言語的な情報交換の場であることをくっきりと浮かび上がらせている。そうして舞台を変換した劇場／空間にふさわしく、芸者お園の演技はすこぶる自信に満ちており、その口調は事件の目撃者というより張り扇を持った女講談師とも思わせている。いや、これが自害に使われた備前長船の懐剣であり、またそれに見えるは有名な岩亀楼の血天井ですなどと指示するしぐさには、歴史的な現場を説明するベテランの観光ガイドのようにも見えている。すでに彼女は、演劇的な出来事と劇場空間の変化とをつなぐ中心人物になっていることが知られるのである。

テクストが生成する〈出来事〉のなかで、とりわけ演劇におけるそれは、その〈空間〉と深い関係を持つことは言うまでもない。それについては、たとえばダルコ・スーヴィンの論文「演劇空間の空間分析とパラディグマテックス序説」(『思想』一九九〇・二)などに深い洞察が示されている。彼によれば演劇的な出来事とは「必然的に空間の変化そのもの」であり、そしてその出来事とはまた「特定の行為者による特定の行為が、特定の性質を所有する空間の占拠と撤退、あるいは授与と剝奪」という「パラドックス」として示され、かつそのなかで行為者の誰かが「演劇空間の質を分ける境界を横切る」と指摘されていた。有吉の戯曲にあって、その「パラドックス」を担い、かつ「境界を横切る」のは、もちろんお園である。と同時に、ここでの「演劇空間の質」は、閉ざされた行燈部屋から開かれた扇の間へと変化しつつ、さらにその扇の間はそのままで社会に開かれた情報空間と化していることが、亀遊／亀勇の名が書かれた「掛け軸」の記号的な変換によって、今まさに示されたところなのである。とは言え、ここでの舞台空間は、そのいずれもが「部屋」として仕切られた一種写実的な空間であって、それは読者(観客)が知悉する文化的・社会的空間を模倣的に暗示はするものの、しかし物理的に容易に変形可能なそれではない。もとより演劇的な空間は、スーヴィンが言うように「世界を裏表に変換する場所」であって、行為者／演技者がそこで仕事をすれば仕事部屋になり、そこで酒を汲み交わせば酒場にもなる。すなわち演劇的な空間は、彼らの行為によって空間を「社会的」に決定してもいるのである。したがって、ここでの舞台が変形不可能な写実的な部屋であるとはいえ、第一幕で観客に見せた行燈部屋と扇の間の狭さと広さという視覚的な分節は、第二幕以降においてそれを私的／公的、閉鎖的／開放的、秘密的／情報的という記号論的な対立として示差的に与えることは可能なのである。まさしく有吉の戯曲は、そうして分節可能な舞台空間の対立を根拠としながら、スーヴィンが指摘した「占拠と撤退」および「授与と剝奪」という演劇的な出来事をみごとに生成していたのである。

そうしていま、観客の視覚に公的・開放的・情報的な空間であることを示差的に表した扇の間に、尊皇攘夷の浪士たちが事件後の観客として現れる。そこに、講談師でありガイドと化したお園が登場し、やがて浪士たちが師と仰ぐのが亡き大橋訥庵先生であることを忖度しつつ、かつて「安政四年」の頃に先生から例の辞世の歌を教わったことがあるという記憶に言及する。しかし、その言及について彼らは、「文久二年」に同じ辞世を残して自害した亀遊との時間的な整合性を突くことで、お園自身の語りの信憑性に次々と疑念を言い募っていくのである。すなわち、「嘘」の実存に足払いが掛けられた瞬間であるが、おそらくここでのお園に不足があったとすれば、それは何よりも情報が真実ではなく操作であるという認識であったろう。

お園にしてみれば、辞世の歌を大橋先生に習ったことも、また瓦版で知ったことも、「両方」とも「本当」のことであるということになるわけだが、しかしそうした彼女の抗弁は、それが「本当」であるゆえに「嘘」でなければならないという彼らの論理に気づくことはない。そういう彼女が、さらに亀勇の自害には通辞藤吉との隠された〈恋〉の悲劇があったという、つまりは最初に想定された〈主題〉にまでさかのぼろうとするとき、浪士たちは「女子供の話を理で詰め」ることの「無駄」を言いつつ、彼女が以後一切沈黙することを条件に彼女の「話」を「金で買う」という行為に出るのである。すなわち、事件の発端が異人によって花魁の〈身体〉が買われることにあったと言えば、その花魁が沈黙とともに残した「辞世」をめぐる〈言説〉のすべてが、いま新たに買われたことになるのである。ここには、歴史の中で事を為すのは男たち以外にはありえないという、まさしくジェンダー的支配の構造があからさまに示されていることは言うまでもない。そしてそれを、さきの演劇／空間の「パラドックス」として言い直せば、事件の目撃者として扇の間を「占拠」した彼女はそこからの「撤退」を余儀なくされ、また事件の語り手として「授与」された資格も「剝奪」されたことになるのである。ここにお園は、「瓦版」の出現を契機に膨張をとげた情報空間のなかで、逆に情報を豊富に持つ者が排除されるというパラドックスを生きたことになるのである。その構造をさらに言い換えれば、最初に花魁の聞き役であった彼女が再び沈黙の場へ押し込められるという、つまりは物語の統合性が示されたと言ってもいいだろう。

統合性を装うことで、逆に開示されるテクストのたくらみ。――有吉の戯曲は、亀遊／主体の死についての物語的解釈をいわば見せかけの〈主題〉としながら、それを遊女／時代の死という象徴体系の事件としてズラしていくのである。その〈記号操作〉のたくらみはじつに周到であって、意味を埋め込むことで情報の機能をそなえた「ふるあめりかに袖はぬらさじ」という修辞学をはじめ、その辞世の歌の作者を〈複数〉の遊女に変換もする。また、通辞の「藤吉」にしても出世を約束された「木下藤吉郎」と揶揄され、さらに遊女「桜木」という源氏名にはむろん不特定多数の大和撫子の寓意が織り込まれている。こうしたことでも知られるように、この戯曲における言語行為の多くが、比喩や誇張、また仮定や比定に彩られているのである。それは、いわば最初から〈関係〉の指示対象を欠いている点で、すでに事件自体がすこぶる虚構的＝情報的であったと言うことができよう。それにもかかわらず、事件の「最初」の目撃者を自認するお園は、亀遊の死が一つの〈主題〉に収斂するという信奉からついに逃れることが出来ないのである。

あらためて言うまでもなく、戯曲という形式は、話し手と聞き手が向き合う〈対話〉を基本的な構造としている。そこで交換される彼らの会話は、それが事実であるか嘘であるかにかかわりなく、じつは〈対話〉そのものが構想したり操作したりすることを含意しているという洞察にわれわれを導く。むろんそれが、われわれの日常における行為とまったく変わりがないことを、芸者お園の演劇的な語りを通して知らされると言ってもいいであろう。事件の目撃者であるお園は、事件の唯一の証言者であるという資格をあくまでも彼女の自我と一致させているがゆえに、ときに講談師のように、また観光ガイドのように、みずから語りの叙法を操作していることに自覚的ではない。しかし、それはお園に固有のことなのではなく、〈対話〉を言語行為の規範とするわれわれにとっても、かねて思い定めた誠実な〈約束〉といえども、簡単に破棄されるという経験を思い起こせば足りるであろう。

3

ところで、文久から慶応にかけての「瓦版」的な事件と言えば、その典拠に思いが及ぶ。かつて磯田光一は、その典拠について條野有人・染崎延房編『近世紀聞』であると指摘していた（中公文庫「解説」一九八二・五）。なるほど、『近世紀聞』の第二編巻二「列藩漸次に入洛せられて京師繁栄の話」の項（ただし、以下の引用は一九二六・一〇、春陽堂版による）には、事件のあらましが短く記述されている。それによれば彼女の前身は、江戸皆川町の町医者太田正庵の一人娘喜佐で、父正庵が病に伏してわずか八歳で吉原の甲子屋に奉公に出され、やがて長ずるに及んで「子の日」という源氏名で店に出はじめたが、事情があって横浜岩亀楼へ住み替えとなり「喜遊」と名を改める。それから程なく、「薬種」の貿易商人として日本に来た「亜人伊留宇須」に見初められ、彼女は大いに煩悶するが、これまで世話になった楼主の依頼に抗し切れず、遺書と辞世を残して自害したと記述されている。「喜遊」と「亀遊」の源氏名が異なり、町医者の所番地が「皆川町」ではなく「深川」で、本名も「喜佐」ではなく「ち恵」であるなどの細かい点をのぞけば、有吉の戯曲と大きな違いはないことが知られるのである。そしてそのことは、この戯曲に先立って書かれた有吉の短編『亀遊の死』（「別冊文芸春秋」一九六一・七）でも同じである。

しかし、そうだとすると、有吉の想像力のすごさが際立つ。どうやら、テクストの典拠にはもう一つあるようで、私見によれば『幕末血史岩亀楼烈女喜遊』（一九二四・一一、経済公報社出版部）がそれである。

著者の大東義人によれば、喜遊自害という幕末の事件は、巷間では久坂玄瑞の「仮作」であると伝えられていたという。ところが、横浜開港五十年祭（明治四十年六月）に際して、開国の材料を蒐集していた折り、偶然萬延元年六月の「岩亀楼遊女抱へ帳」を発見し、墨で抹殺されていた遊女の存在に興味を持つ。やがて喜遊自害について岩亀楼主佐吉を取り調べた神奈川奉行駒井相模守大学の記録や、ヒュースケン殺害事件を聴き取った早川能登守（神奈川奉行兼奥右筆）及び江戸町奉行根岸肥前守による三日月小僧の「訊問調書」などを手にする機会を得て、この事件の詳細が浮かび上がってきたという。そこで大東は、それらの「原写本」を「補輯」するという体裁でこの一書を著わすことにしたと述べていたのである。

『烈女喜遊』を一読して即座に知られることは、「仮作／つくり話」として流布していた物語を、正確な記録にもとづく歴史叙述に還元しているように見せつつ、しかし実際は「原写本」をもとにした実録的な物語に転換しているという二重の操作である。もとより大東自身はそのことに自覚的ではなく、喜遊の事件があくまでも歴史的な事件であるという認識を逸脱してはいない。それによれば喜遊の父は、神田柳原の医者箕作周庵であるが、勤皇攘夷をしばしば口外してはお上のお叱りを受けて品川への移住を命じられ、生活困窮の挙句二十歳の娘を品川岩槻楼に身売りする羽目になる。娘はそこから横浜岩亀楼に所替えとなり源氏名を「亀遊」としたが、中国人通辞によって亀の字が忌名であると注意され、本名の喜佐を取って「喜遊」と改名、異人アボットに見初められる。アボットは、たちまち彼女の美貌に恍惚となり、遊女に対する日本人の「人種差別」を難詰しつつ大金を以って楼主に迫る。もともと彼は鉄砲火薬の輸入に携っていたということで、その彼の喜遊への執心と長州征伐のための武器調達とを秤にかけた外国奉行支配役が斡旋に乗り出したところで、楼主佐吉との板ばさみに合って彼女は自害。短刀と辞世は証拠の品として奉行所が預かり、以後事件については秘密にせよという命令が下されたという。その後、異人殺しの下手人「三日月小僧清次」が捕縛され、彼の証言によって喜遊には父周庵の弟子「久原釆女之正」という許婚者がいたが、その彼が会津藩士によって切り殺されたことを知って、「父様と釆女さまの敵である異人」の身請け話に憤り、父の形見の「村正」によって自害したというのである。

異人の名がイルウスとアボットと大きく相違はするが、「人種差別」を唱える異人の造型といい、また恋人の存在という劇的な構図といい、『烈女喜遊』と『ふるあめりかに』の相似性は明瞭である。それに何よりも通辞の存在と芸者お鉄の仲介という人的な配置を見逃すことはできず、また奉行所預かりの証拠の品、短刀にまつわるエピソードなどの細かい点、さらには尊皇攘夷をめぐる歴史的な背景についても重なるところは多いのである。とはいえ、『烈女喜遊』は、父の悲運に端を発し、旅僧に扮した釆女と喜遊の逢引の場面といい、豪商中居屋重兵衛に対する三日月小僧の二千両強奪のいきさつ、そしてその返金による喜遊の身請けとアボットへの転売の画策というように、時代物的な構造に世話物的な要素が複雑に入り組んでいるなど、いわゆる歌舞伎的・草双紙的な性格が著しい。それのみか、喜遊がアボット殺害を決意したとき、楼外太平楼では生糸商人たちの大宴会として、大阪の竹本一座が演ずる忠臣蔵七段目の総掛合がはじまっているという設定など、じつに念の入った場割の工夫も見られる。まさしく「幕末血史」という角書に不足はないが、それに比べて有吉の戯曲は、それら歴史的な事象の一切をフィクションと見る演劇的なスペクタクルへと変貌させていたことは、くりかえすまでもなかろう。すなわち、大東の『烈女喜遊』が「喜遊」を中心化していたのとは異なって、有吉の『ふるあめりかに』は芸者お園を「語り」の中核に据えつつ操作され管理される情報という問題を前景化した、いわばロスト・イン・トランスレイションの空間を現出していたと言えるだろう。

かくて幕切れ。——「みんな嘘さ、嘘っぱちだよ」と言い放つお園は、「ふるあめりかに袖はぬらさじ」という遊女の辞世のみか、この芝居自体さえもが修辞的なフィクションに過ぎなかったようにつぶやく。——「それにしても、よくふる雨だねえ。」

❹ *study*

「最後の植民地」への連帯のメッセージ

大越愛子

1　有吉佐和子と女性たち

六十年から七十年代にベストセラーに必ず名前を連ねていた有吉佐和子の本が、一般書店で探すのが難しくなっている。女性たちの集まりでも、彼女の名前を出すと、「え、今頃なに?」という反応である。有吉というと、家制度に縛られた女たちの物語の作家と見なされるのが、現在では一般的と言えるだろう。有名女優によって映画や舞台で繰り返し上演される彼女の物語は、この国の伝統とされてきたジェンダー・イメージを強化するものであっても、ジェンダーを揺さぶるものではありえないかのように見える。しかしながら、固定化されてきたジェンダー規範の桎梏を振りほどこうと藻掻いている現代の女性たちが、彼女の小説に無関心となるほど、この国の女性たちにフェミニズムは浸透したと言えるのだろうか?

有吉の仕事が、女性の物語に限定されることなく、『恍惚の人』や『複合汚染』などに見られるように、時代を先取りした社会的問題を提起し、話題をさらってきたのは周知のことである。現代の高齢者問題や、公害問題を切り開いた彼女の時代感覚は、万人の認めるところであろうが、個別的私的レベルで彼女が取り上げた問題は、すでに公的レベルへと回収され、先駆的に提起した彼女の功績は忘れられている感がある。

日常生活の中に時代を先取りする問題を鋭く洞察していた彼女の感覚と、いわゆる家の中に生きる女性たちの物語との関わりは、無縁なものだろうか。私的生活の中に閉じこめられていた女性たちが否応なく時代の波の中に翻弄されつつ、彼女たちなりの形で時代と関わっていったプロセスの描写の中に、それがいかに旧態依然とした外見を呈していたとしても、有吉の女性たちへの、時代を切り裂く社会的メッセージが読みとれるのではないだろうか。そして、フェミニズムが言説レベルで消費されてなお、揺るがない現実で悪戦苦闘せざるをえない現代の女性たちにとって、彼女のメッセージはどのような意味を持ち得るのか、改めて問い直してみる必要があるだろう。

有吉は、四十代前半の時期に、戦後日本のジェンダー関係を大きく揺さぶったウーマン・リブと遭遇している。有吉は、男性中心社会の中でしたたかに生きぬいた女性たちを描いてきたし、彼女自身もまた、そうした状況を逆手にとって華やかな地位を築いてきた。しかし彼女は、遙かに若い世代の女性たちの直球とも言える真摯な問いかけを、決して世慣れたスタイルで冷笑するような姿勢を見せてはいない。むしろウーマン・リブの女性たちの生硬な発言が、マスコミなどの嘲弄によって押しつぶされていく危険を心配し、彼女たちの異議申し立ての社会的意義を広めることに努めていた。その証として、彼女が一九七九年に、フランスのフェミニストであるブノワット・グルーの、世界的な性差別を告発する書を翻訳したことを忘れてはならない。

有吉は、この書のタイトルを『最後の植民地』とした経緯について、次のように述べている。

「あれこれ迷いましたが、本文中に〈近代社会の『最後の植民地』〉という表現がありまして、これが内容からいっても一番ぴったりするのではないかと思ったのです。黒人は独立を勝ち取り、労働者は団結した。抑圧され、従属し、孤立した女性が解放されるべき『最後の植民地』だ、という意味がこめられているわけです」[*1]。

女流作家としての確固とした発言権を得ていた有吉ではあるが、社会の男性中心主義に対しては鋭い批判的感覚を持ち続けていた。それが、当時の男性中心的な「人道主義」に対しても向けられていることに驚かされる。彼女はアソリカでの性器切除の風習を取り上げて、次のように述べている。

世界中の侵略や飢餓には黙っていられない〝人道主義者〟はたくさんいても、悲惨な何百万人の女性たちについては見て見ぬふりをしている。人権に熱心な国連さえ、この習慣を禁止しようとはしないのです。こうしたことを知ると、私たち女性は、自らの胸に痛みを覚えます。著者は、私たち一人一人が中東やアフリカの切除手術をされる女たちと繋がっているのだと、自分に言い聞かせなければならない、と精神的な連帯を呼びかけています。[*2]

先進国の女性の立場からのアフリカの「性器切除」問題への取り組みに関して、文化相対主義者からの批判があるが、有吉はこうした文化相対主義者たちの「女性の人権」に対する視点の欠落を、早くも指摘していた。そして「女性に対する暴力」を、自らの痛みとして引き受けるところに、女性の連帯を主張しているのである。有吉の連帯意識は、当時マスコミからのバッシングを激しく受けていた、ウーマン・リブにも向けられている。そのことは、『最後の植民地』の翻訳を敢えて世に問うた理由についての、彼女の言葉からも明らかである。

ウーマン・リブという一つの社会現象がある。それはなぜ起こらなければならなかったのか、その本質はなんなのか。マスコミは、リブの奇異な面だけしか取り上げていません。どう理解していいかわからない、と言う人も多いことでしょう。そこを、わからせてくれるのがこの本なのです。私が優れた教養書だというゆえんも、まさにそこにあります。[*3]

彼女は、ウーマン・リブという形で噴出した、当時個別的・私的にしか捉えられなかった女性たちの叫びを、社会的なものへと変換する必要性を語っている。それは、女性たちの叫びを、「最後の植民地」からの叫びと捉えた、彼女の鋭い社会感覚、さらには社会を貫く歴史的なものに対する繊細な感覚を示唆している。

有吉が「植民地」という言葉に敏感に反応したのは、「植民地」が単なる「占領地」ではなく、植民によって宗主国の文化が否応なく浸透し、それゆえそこに新たな共犯関係が生じ、抑圧や従属が複雑な様相を帯びることを知っていたからではないだろうか。そして、そのような彼女の反応に、少女時代の「植民地」体験、及び敗戦後日本の「植民地」化された状況を生きぬいた体験を読みとることは、飛躍にすぎるだろうか。

一見古風な女たちの物語を愛しんで書きつづった有吉が、女たちの問題を「最後の植民地」と再定義するに至ったのは何故なのか。そこに託された彼女のメッセージを、今日的視野で考えてみたい。

2　ポストコロニアルな感性

有吉自身の生き方は、その評伝から見る限りにおいて、戦前から戦後にわたる複雑な地政学的状況のただ中にありながら、その状況がもたらす重層的な局面をしたたかに味わいつくしたものであったと言える。自伝的色彩が濃厚な『紀ノ川』に描かれているような、豊かな農村地主階層を生の基盤としつつ、父親の仕事の関係で過ごしたインドネシアでの生活は、「日本」として構築された文化形態を決して自然的なものではなく、外部と内部のせめぎ合いの中で絶えず更新されていくものとする視点を、彼女に与えた。コロニアリズムを体験したからこそ、それが宗主国内部に反転して「伝統」が再構築されていく近代国民文化の秘密を幼くして体感した少女は、当時無自覚的であったにせよ、ポストコロニアルな感性を孤独に養っていたと思われる。

ポストコロニアルな感性が、作家の中でどのように血肉化していくかについては、小森陽一の次の言葉を参考にしたい。

批評家や研究者自身が、現在生きているポストコロニアルな歴史過程と社会の中で、既成の正典化されたテクストを、それまでの表現形式やレトリックを徹底して組み替え編み直すことによって、ポストコロニアルな政治状況にかかわる形で、権威づけられた正典的テクストを読み直していく方向がある。[*4]

小森はさらに、普遍的価値を内在化させているように装ってきた「文学」や「美」という観念が、植民地主義的状況において捏造されたものであると暴露することにポストコロニアルな実践があると主張するが、この論点は、『紀ノ川』において日本の美の象徴とみなされていた桜に対する、「植民地」帰りの少女華子の視線の描写に通底している。

華子は落胆したようだった。日本を遠く離れて、父母の口から、また絵本や日本人小学校の先生たちから得た知識によれば、日本の国体を象徴する桜の花はもっと美しさが強烈なものでなければならなかった。熱帯の花を見慣れた華子の眼には、早咲きの白っぽい桜の花は何か弱々しく映って納得がいきかねるようだった。[*5]

外部の世界を知る少女は、「桜の花」という美の象徴が人工的に捏造されたものであることを鋭く見抜いてしまった。そのような彼女の態度は、桜の美を伝統的と信じ切っていた祖母に不安感を与えている。しかし外部からの視点というポストコロニアルな感性を抱くからこそ、少女は「捏造された伝統」に反抗するよりもむしろ、捏造された虚構としての「伝統」を愛しむようになる。歌舞伎や能楽に少女が惹かれていくのは、自然化された伝統回帰ではなく、「作られた伝統」への過剰適応ゆえに、とも言えるだろう。

他方敗戦後、アメリカの「植民地」的状況に陥った中で、女性たちがどのように振る舞ったかを、有吉は『非色』で描き出している。日本人とアメリカ人との関係を、日本人女性と「黒人」男性との関係から描いた、有吉の感性は瞠目すべきであろう。勝利者としての白人からともに排除された存在である二人を結びつけたのは、彼が絶えず口走る「平等」という言葉にであった。結婚後生まれた、いわゆる「混血児」である娘への日本人の偏見から逃れて、「平等」の国アメリカに渡った主人公の笑子は、そこで、「平等」の実態に直面し、ポストコロニアルな状況下でこそ、「平等」幻想が強化される皮肉に思い当たる。

思えばトムの東京時代は、彼の生涯における栄華の絶頂期だったのではないか。トムにあれほどの〈富〉

と、あれほどの〈自由〉が与えられた時期は、前後を通じて全く無いのではあるまいか。あの青山の明るく広やかな外人アパートは、ハアレムの地下室と比べれば、まるで天国だ。焼け爛れた日本を素晴らしい国と言い、永遠に此処に住みたい、日本から離れたくないと言った当時のトムの口癖を私は思い出した。連合軍は自由と平等を与えます。我々は平等です。ここには平等があります。〈平等〉という言葉も、あの頃のトムには口癖だった。それというのも、日本に来るまで、彼には〈平等〉が与えられていなかったからではないのか。[*6]

笑子は人種の坩堝といえるニューヨークにおいて、「平等」とはほど遠く、人種的・階級的・文化的差異によって人々がお互いを差別しあう状況を体験する。しかしその中で彼女は、差別から逃げるのではなく、差別化された状況をしたたかに生きぬく決意に到達した。彼女がその力を、アメリカの大地に根づいて、日本とは全く異質な色彩を得て咲き誇る、ポトマック河畔の桜を通して獲得した。まさに自らのポストコロニアルな感性を全開していくことで、彼女は人間としての連帯を築き上げていく方向を拓いたのである。

私も、ニグロだ！私の夫もニグロで、もっと大事なことには私の子供たちもニグロなのに、どうしてもっと早くその考えに辿りつけなかったのだろう。レイドン夫人は日本にもニグロのような人間がいて、それがお恥ずかしい戦争花嫁だと言ったが、そんなことでもなければ、それで私が心を射抜かれたり衝撃を受けたりすることはなかったのだ。私はすでに変質している筈なのだ。ワシントンの桜のように！私は、ニグロだ。ハアレムの中で、どうして私だけが日本人であり得るだろう。私もニグロの一人になって、トムを力づけ、メアリイを育て、そしてサムたちの成長を見守るのでなければ、優越意識と劣等意識が蠢いている人間の世界を切り拓いて生きることなど出来るわけがない。ああ、私は確かにニグロなのだ！そう気付いたとき、私も私の躰の中から不思議な力が湧きだして来るのを感じた。[*7]

ここで使われている「ニグロ」という言葉は、アメリカに所属する「黒人」に加えられる侮蔑語である。この侮蔑語を敢えて引き受けることで、自らも内包していた侮蔑意識を突破する力を獲得する、笑子の変容プロセスについては、ジュディス・バトラーの次の言葉に注目したい。

中傷的な名称で呼ばれると、軽蔑され、卑しめられるが、蔑称にはべつの可能性もある。逆説的なことだが、蔑称で呼ばれることによって、社会的存在のある種の可能性を獲得し、その名を使いはじめた当初の目的を超える言語の時空に誘われることもある。だから中傷的な呼称は、その呼称を呼びかけられた人を、そのような存在として固定したり、身も凍りつく思いをさせる一方で、同時に、予想もしなかった新しい可能性をもつ応答も生み出す。[*8]

人間の世界において「優越意識と劣等意識」が最も明確に蠢き、侮蔑語が飛び交うのが、「植民地」であろう。しかしそのような場においてこそ、「予想だにしなかった新しい可能性をもつ応答」が生まれることを、有吉もまた体感したに違いない。三十歳代以降の彼女の関心は、ニューギニアやインドネシアなどの「植民地」化を経験した地域の人々の生き方に向けられていく。そして同時に彼女のポストコロニアルな視線は、女性たちを「最後の植民地」に生きる存在として描く、円熟期を拓いたのである。

3　華岡家の女たち

有吉佐和子の女の一代記的小説や戯曲に顕著なのは、異なった個性や生き方を持つ女たちの間で繰り広げられる激しい葛藤、対立、憎悪である。そこには女の分断と、その分断を唯々諾々と受け入れ、その情念を爆発させる女たちが描かれている。女の分断状況を批判し、そうした状況に呪縛されている女性たちの意識変革を唱えるフェミニズムから見れば、耐え難い視点とも言える。

だが有吉が、こうした女たちの状況を「最後の植民地」として捉えており、その植民地において分断された生を必死に生きぬく女たちをポストコロニアルな視線の中で愛しんでいると見なしたならば、そこに登場した女性たちは、新たな姿で浮かび上がってくるのではないだろうか。女たちの対立のドラマとしては『香華』、『三婆』などもあるが、やはり正面切ったものとして圧巻なのが、『華岡青洲の妻』であろう。

うら若い女性の、成熟した美しい女性に対する憧憬を序曲として始まる物語世界の中で展開するのは、女たちの連帯が、一人の男性の出現によって打ち破られ、その男性の関心を得るために女たちが離反し、互いに憎しみをつのらせあう地獄のような世界である。だがその女たちの対立と憎悪は、彼女たちの内面に周到に隠蔽されており、行為として現出するのは、むしろ希有なまでに美しい女性たちの自己犠牲の姿である。

姑である於継への絶対的な帰依が、彼女の息子に対する欲望を目撃することで憎悪に変化していく、加恵に関する心理描写は非常に細やかであり、フランスの心理小説を読む味わいがある。しかしそれが決して近代的な心理小説に溺れることがないのは、嫁――姑に現れる女たちの関係を個別的な心理葛藤としてでなく、社会的問題として捉える、有吉の確固とした視線があるからである。

彼女たちが競い合うように自己犠牲のゲームを繰り返し、そのゲームの中に女性としての主体（subject= 従属主体）を確立していくのは、そこが「最後の植民地」だからと言える。植民地の宗主国である青洲は、前面に出ることなく、彼女たちの葛藤・対立を見守り、巧みに操っている。そのからくりを傍観者として見ていた義妹の小陸は、病床において初めて不信感を加恵にぶつけた。

「嫂さん、それでも男というものは凄いものやとは思なさらんかのし。お母はんと嫂さんとのことを兄さんほどのひとが気付かん筈はなかったと思うのに、横着に知らんふりを通して、お母はんにも嫂さんにも薬飲ませたのですやろ。どこの家の女同士の争いも、結局は男一人を養う役に立っているのと違うんかしらん。この争いを裁く男はないし、巻き込まれるような弱い男はいわば肥の強すぎた橘のように萎えて枯れているようなやわ。考えてみると嫂さん、男と女というものはこの上ない恐ろしい間柄やのし……私の一生では嫁に行かなんだのが何に代え難い仕合わせやったのやしてよし。嫁にも姑にもならいですんだのやも」[*9]。

この言葉を聞いた時、加恵はそれが自分自身の思いでもあることに気付いて慄然とする。この凄まじい嫁姑関係は、しかしながら、凡庸な識者が訳知り顔に言うように、「古今にわたって変わらない女の宿命」などと理解してはならない。有吉自身、これが家父長制下の家族によって形成され、あるいは求められた女の分断状況であることを、明確に意識しつつ、描写している。しかし彼女は、女たちを単なる犠牲者とは捉えない。分断状況の苛酷な現実において、あえて分断を引き受け、相互の対立関係の中で、お互いをライバル視し、緊張した生を生きぬく女たちの強さ、美しさに、彼女はむしろエールを送っているのである。

家父長制を自然視する立場から見れば、家父長男性の支配によって女たちが分断され敵対しあう関係は、地獄である。しかしその制度の中に生きるしかない女たちの目線に立てば、彼女たちは家父長男性に仕え、認められることを競っているようでありながら、その実、彼女たちの最大の関心は、むしろ敵対する女性に向けられていることが分かる。華岡家の場合、間に立つ青洲をむしろ手段にしつつ、女性たちは自らの振る舞いが、相手にどのような効果を与えるか、それがまた反転して自らの感情をどのように煽り立てるかに、生を燃焼させているように読める。

加恵の夫青洲への献身は、於継の息子への執着ゆえに増幅されるのであり、加恵よりも青洲を優先する於継への復讐と解される。於継を慕い、その思慕を踏みにじられたために行き先を失った加恵の眼差しは、於継の心のうごき、その近親姦的エロティシズムを貪るように窃視し続けている。於継の息子への欲望を体内化し、その欲望の成就のために自らの身体を差し出した加恵は、視力を失うことで、この窃視の地獄から離れ、初めて平安を得る。しかしそれは同時に、彼女が生きる意欲を希薄化していく時でもある。

家父長男性の絶対的支配の下にあり、その家業が何よりも優先される華岡家は、他家から嫁ぐ女性たちにとって、「最後の植民地」である。その「植民地」に生きる女性たちは、しかし単純に家父長制道徳に占領されているのではない。彼女たちは、家父長制モラルの共犯者を演じつつ、そのモラルを逆手に取り、男たちの支配の届かない複雑に錯綜した感情世界を紡ぎ出していく。その微妙な心の動き、何気ない言葉に託された愛憎、一瞬強まるが即座に外される視線の絡み合いなどのプロセスは、その外部にいるものにとっては、たとえ小陸のように女性であっても、おぞましいものと見えるかもしれない。

幼年時代から、祖母と母、自身に渡る女性たちの感情世界の目撃者であり続けてきた有吉は、このおぞましく見える感情世界が、その内部にいる者にとっては至上の快楽であることを熟知していた。女性たちは「最後の植民地」を受け入れつつ、そこに絢爛たる感情世界とそれを形象化した美の世界を作り出すのである。そのような美や感情世界が、男性中心の社会や歴史からは軽視され、排除されていることに、有吉の痛憤があったのだろう。於継と加恵との間にある濃密な関係を記述する、有吉の冷徹でかつ愛情あふれる筆致は、「女と女の関係」に関わる彼女の逆説的メッセージを、ある種の説得力をもって読者に伝えている。

4　ハストリアンとして

男性中心社会に生きる女性という「最後の植民地」の中で、その「植民地」化状況を逆手にとってしたたかに生きる女たちを、有吉はポストコロニアルな視線で愛しみ、彼女たちの物語を書き続けた。そのような自らの立場を、有吉は「ハストリアン」と称している。

「『出雲の阿国』でも『海暗』でも『真砂屋お峰』でも、すべて女性の側から書いてきました。それは、私が女だから、女を書く、というような単純なことではありません。現在『群像』連載中で、まもなく完結する『和宮様御留』は、幕末維新で活躍する男たちを陰で操っていた女たちを書くことで、従来男性の手によって書かれてきた維新史の定説をくつがえしてみせたつもりです。英語には歴史 History に対する造語として Herstory という言葉が定着しています。これを〈女性史〉と訳すのは間違いで、正確には〈女性の側から見た歴史〉という意味です[*10]」

有吉にとって、ハストリアンのあり方とは、個別的な女の歴史を物語ることではない。構造的な歴史のプロセスの中に生きた「女」を記述することで、個別的生を超えた「女」の客観的状況を浮かび上がらせ、その状況を通して男性中心の歴史Historyを逆照射していく方法をとるのである。たとえば、正史において「世界最初に全身麻酔による乳癌手術を成功させた外科医」として記される華岡青洲の業績は、彼に献身的に協力して麻酔薬の人体実験を行った二人の女性の物語を通して攪乱せねばならない。女性を踏み台にして作られた男の業績と、敢えて踏み台になることで、そうして作られた男の業績の虚しさを指し示す女の身体。ここにおいて、構造的なジェンダーの歴史が浮上してくるのである。

彼女のハストリアンとしての叙述は、歴史物にとどまらない。高齢者問題を扱った『恍惚の人』は、恍惚化した舅と嫁のすさまじい葛藤の日々を叙述する中で、高齢者問題が「女性問題」である実態をえぐり出す。環境問題の先鞭をつけた『複合汚染』にも、女性の視点が着実に感じられる。このような有吉のハストリアンとしての実践は、八〇年代フェミニズムに繋がるものと言えるだろう。その意味で、彼女が八四年に五三歳の若さで亡くなったことは、惜しんでもあまりある事象である。

有吉の女性たちに対する連帯のメッセージは、今なお生き続けている。彼女の死後二十年経った現在もなお、表面の華やかさとは裏腹に、女性たちの「最後の植民地」としての生は、それほどには変化していないからである。とはいえ二十年以上にわたる闘いのプロセスは、女性たちにある種の余裕をもたらしたのは事実である。厳然として継続する強固な男性中心システムとまともにぶつかるのではなく、そこに亀裂を見出し、ずれ、矛盾を引き起こし、その愚かしさを明るみへ引きずり出す実践が提起されている。現在は、「最後の植民地」を解体するための「ハストリアンであれ」という有吉のメッセージが、力強い響きを持って蘇る時期であることは間違いないだろう。

注

＊1　宮内淳子編解説『作家の自伝　有吉佐和子』、日本図書センター、二〇〇〇年、二一四頁。
＊2　同前、二一六頁。
＊3　同前、二一七頁。
＊4　小森陽一『ポストコロニアル』、岩波書店、二〇〇一年、v頁。
＊5　有吉佐和子『紀ノ川』、新潮社、一九六五年、二一九頁。
＊6　有吉佐和子『非色』、中央公論社、一九七三年、一二九頁。
＊7　同前、三三九頁。
＊8　J・バトラー『触発する言葉』竹村和子訳、二〇〇四年、五頁。
＊9　有吉佐和子『華岡青洲の妻』、新潮社、一九七〇年、一九四頁。
＊10　『作家の自伝　有吉佐和子』、二〇九頁。

❹ *study*

有吉佐和子の文体

小林國雄

文体とは文章の様式《スタイル》であり、大きく類型的様式と個別的様式とに分けるのが普通である。後者は特定の個人や文章に見られる表現上の特色である。ここでは有吉佐和子の代表的な作品に見られる表現上の特色について述べる。

1 全体的印象

よく、有吉作品の文体は、演劇的文体だと言われる。例えば、「白い扇」は、娘たちが便所の前で順番を待って並んでいる場面から始まる。芝居で言うならば幕の開け方は慎重である。

また「地唄」は、最初の一節に続いて「――出演者の一人である菊沢邦枝は……と挨拶して通り抜けて行く。」とあり、台本の台詞とト書きのみならず、装置や衣裳にまで細かい気配りをする演出家的な態度が表れている文体である。

こうした特色について進藤純孝は「古めかしい取材にふさわしく、居ずまいを正した風である。」と述べている（『われらの文学　15　阿川弘之・有吉佐和子』の「解説」一九六六年、講談社）。

さらに「紀ノ川」は長編の序章にふさわしい貫禄のある文章で、幕の開け方はいかにも仰々しい。

このような演劇的文体を形成する基盤として、有吉が学生時代から古典芸能に強い関心を持ち、歌舞伎研究会に属し、楽屋に出入りしたり、俳優に直接会って対談をしたりした豊富な経験が考えられる。

次に、漢文的文体と翻訳的文体とのないまぜということが挙げられる。もちろん有吉文学は和文体を基調としているが、その中に、

1 男の言葉に呼応することを戒められてきた女には、沈黙を以て恥辱も歓喜も表現することを許されていた。（「紀ノ川」）

2 江戸から東京に変貌したばかりの都会は太兵衛たちのような田舎者の目を奪うに充分だった。（同）

のような表現が散見される。こうした表現について進藤純孝は前掲の「解説」で「有吉氏の文章には、漢文的文体と、翻訳的文体とをないまぜにしたような色彩が濃く、それが奇妙に古風な取材にうまく合って、氏の潔癖なまでの几帳面さを際立たせている。」と述べている。

2 題名

丹羽文雄は「題のつけ方では、誰もが苦しんでゐる。抽象的な題名には、危険が伴ふ。」「題名をきめる場合に、気負ひこんでは失敗する。」と言う（『小説作法』一九五四年、文藝春秋）。有吉文学の場合はどうか。ここではまず有吉の主要な作品（六十六編）の題名を字数によって整理してみる（副題は省略、各50音順）。

一字……帯・墨（2編）
二字……海暗・祈禱・脚光・黒衣・香華・三婆・地唄・芝桜・断弦・連舞・針女・非色・乱舞・盲目（14編）
三字……青い壺・有田川・一の糸・海鳴り・うるし・女弟子・蚊と蝶・鬼怒川・紀ノ川・白い扇（白扇抄）・ほむ

ら（11編）
四字……江口の里・亀遊の死・キリクビ・恍惚の人・更紗夫人・処女連禱・線と空間・ともしび・なま酔い・雛の日記・複合汚染・ぶちいぬ・閉店時間・木瓜の花・母子変容・水と宝石・孟姜女考・役者廃業（18編）
五字……油屋おこん・出雲の阿国・和宮様御留・人形浄瑠璃・花のいのち・不信のとき・真砂屋お峰・もなかの皮・油煙の踊り（9編）
六字……悪女について・華岡青洲の妻・私は忘れない（3編）
七字……じゃがたらお春・助左衛門四代記・まっしろけのけ・夕陽ヵ丘三号館（4編）
八字……美っつい庵主さん・ぷえるとりこ日記（2編）
九字……開幕ベルは華やかに（1編）
十字……女二人のニューギニア（1編）
十三字……ふるあめりかに袖はぬらさじ（1編）

有吉文学の場合は、題名のつけ方はかなり具体的である。丹羽はまた前掲の書で「何々と何々といふ場合、きっとどちらか一つが、読者の印象の上で、うすれて忘れられてしまふ。」と述べているが、有吉の場合、「何々と何々」は四字の作品に二編見られるのみである。

有吉文学の題名のつけ方には様々な工夫が凝らされている。例えば「蚊と蝶」は「白い蝶が蚊を喰ってしまった」からきており、「失明と開眼の凝った象徴である。」といわれる（瀬沼茂樹『新日本文学全集4・有吉佐和子集』の「解説」一九六二年、集英社）。また「紀ノ川」は、「お前《ま》はんのお母さんは……云うてみれば紀ノ川や」からきており、題名は典型的な紀州女の象徴として付けられている。さらに「非色」は、肌の色の違いが人間同士の間に冷酷な壁を作っているアメリカ社会の人種問題を暗示して付けられているし、「私は忘れない」は戦後の若者たちの思い上った生活を反省する意味が込められていると考えられる。

3　書き出しと結び

丹羽文雄は前掲の書で「小説の最初の文句を考へだすために、小説家は苦労する。」「小説は、最初の一行が決定するといっても過言ではない。」と述べている。有吉文学の場合はどうか。

代表作と思われる十八編の作品について見ると、書き出しの第一段落の長さ（句読点などの符号も一字と数える）は最長が119字、最短が7字、平均は36字であり、会話文から始まるものはなく（第一段落の途中に会話文が入るのは「墨」一編のみ）、情景描写から始まるものが圧倒的に多い。書き出しの第一文を含む第一段落の構成を見ると、短いものは二つの文から、長いものは五つの文から成っており、平均すると第一段落は三・三の文から構成されている。

したがって、第一文で読者を引き込み「おや。」と思わせるようなものは少ない。じっくりと読者の脳裏に小説の世界（舞台）を描かせるタイプの書き出しである。例えば「香華」は、

明子は、小さな手の小さな指を力一杯にひろげて、丁寧に幾度も小裂をなで展げていた。

で始まる書き出しの一段は、あくまでも丹念に情景を一つずつ描いてゆく。

これに対して、結びの一段落の長さは最長が92字、最短が4字、平均は31字で、書き出しの段落の長さとあまり変らないが、最終段落の途中に会話文が含まれているものは、十八編中五編の多きに上る。また最終段落の構成を見ると、短い段落は二文から、長いものは十文から成っており、平均すると最終段落は五・二の文から構成されていることが分る。つまり、冒頭の一段落よりも最後の一段落の方がやや長いわけである。

例えば「紀ノ川」の最後の一文は「……見る間に色の様々を変えて見せる海を、いつまでも眺めていた。」であり、「海鳴り」の最後の一文は「水平線の向うは波が高いのか、遠く空を打つ海の音が聞こえてきた。」である。

無限の広がりを持たせる終り方をするには、やや長い段落が必要だったのであろう。

4　感覚的表現・描写

「断弦」における瑠璃子は生き生きと描写されており、「紀ノ川」においては、老豊乃、孫娘の花、文緒、華子など主要な人物が生き生きと表現されているといわれる。幾つか例を挙げてみよう。

1　激しい叱責と同時に、文緒の右手の甲に熱い火が走った。（「紀ノ川」）
2　幸吉の喉《のど》の奥で、微かだが鋭く笛が鳴った。（「墨」）
3　若い頃から磨きをかけた鉄火な口調が、奔流のように迸《ほとばし》り出た。（「連舞」）
4　梅野の黙りこくった肉体からは陰惨な悲哀が迸り出ていた。（「助左衛門四代記」）
5　蝉の声が天からのしかかるように聞こえていた。（「和宮様御留」）
6　静かな山は、静かすぎるほど、二人の心の行き交いを見守っている。（「更紗夫人」）
7　話しながら屋上に出ると太陽が急に身近く燃えた。（「線と空間」）

1～4は登場人物に対するものであり、5～7は自然に対するものであるが、有吉の感覚的表現は主要な女性の世界を生き生きと表現する上で役立っている。

5　古典的な表現

有吉佐和子は語彙が豊富で表現が多様な作家であり、それを作品のテーマ、時代、人物などに応じて使い分けている。古典的な作品には古語や古典的な表現が頻出する。例えば、「昔」という意を表す古語「そのかみ」が

「地唄」では使われ、「紀ノ川」では「去《い》ぬ」「独言《ひとりご》つ」「前栽《せんざい》」「恙《つつが》なし」「嘉《よみ》す」のような古語が使われており、「和宮様御留」には「にじる」という語が単独で、あるいは「にじり寄る」「にじり入る」「にじり通る」という複合語として頻出する。また「海鳴り」には「訪《おとな》い」「抗《あらが》っていた」「後《しり》えにして」「筧《かけい》の水」「いぎたなく照りつける太陽」といった古語が自然に出てくるし、「助左衛門四代記」や「更紗夫人」にも「前栽」は何回も出てくる。これらの語は作品の世界をイメージする上で役に立っている。

それと共に、有吉は語の伝統的な用法の持主だったのではないか。例えば、普通使われる「一生懸命」ではなく「一所懸命」（「連舞」）、「いらっしゃいませ」ではなく「いらっしゃいまし」（「更紗夫人」）などの例が挙げられる。

6 方言

有吉佐和子は和歌山県の生まれである。したがって有吉文学には関西方言・和歌山方言が随所に頻出する。最も典型的なことばは「美《う》っつい」であろう。「美っつい」とは「うつくしい」の転で近世語とされるが、関西方言として残存し、芝居の台詞《セリフ》などにも用いられる。「美っつい人とは、有吉文学では完璧な女人、という意味をもつ」といわれる（武田友寿『新潮現代文学51』の「解説」、一九七八年、新潮社）。「美っつい」は「なんと美《う》っついと思ったわよォ」（「紀ノ川」）、「心の美っつい娘ですよし」（「助左衛門四代記」）などという用例があるのみならず、「美っつい庵主さん」という題名にもなっている。

他方、「お父っつぁん、おっ母さんというのは江戸の百姓や町人の言葉だね。」（「和宮様御留」）を始め、下町ことばの例としては「あっしの頂いた役は」（「黒衣」）、「へえ、さいです」（「油煙の踊り」）、「あすこんとこどうだったのかな?」（「連舞」）などが挙げられる。

これらもまた独特な世界を表現しており、作品の世界をイメージするのに役立っている。

7 女房ことば（御所ことば）

女房ことばは中世以後、宮廷に使える女官たちの間で使われたことばで、多く衣食に関する上品で優雅なことばである。のちに幕府や大名の奥女中の間でも使われ、さらには町家の女性にまで普及した。田楽を「おでん」、寿司を「すもじ」、杓子を「しゃもじ」、餅を「おかちん」、豆腐を「おかべ」などと称する類である。

有吉文学の中で女房ことば（御所ことば）が頻出するのは「和宮様御留」である。例えば、会話文中に「そもじは誰」「いもじは…」という「もじことば」や「宮さん、おひなって頂かされ」「中将殿の御記憶違いであらしゃりましょう」のような敬語表現が随所に出てくる。それに加えて地の文にも、

・「先帝もそれには随分と宸襟を悩ませ給うてあらしゃった。」これが御所ことばの礼儀なのである。

・御所言葉も女房言葉も聞いたことがない相手は……

・第一、遊ばしませとはなんという無礼な言葉づかいだろう。天皇、皇后、直宮、准后に対しては「遊ばされませ」というのが正しい御所言葉なのだ。

といった記述があちこちに見られる。これらから、有吉は「御所ことば」を狭義に解し、「女房ことば」と区別して書いたものと考えられる。

8 ルビの効用

有吉文学には多くのルビ（振り仮名）が実に多様に使われている。以下、分類整理して代表例を示す。

1、難しい字と思われるものに振る

怪訝《けげん》顔・瀟洒《しょうしゃ》・黝《くろ》ずんだ（「海鳴り」）、裲襠《うちかけ》・丁髷《ちょんまげ》（「紀ノ川」）、雀斑《そばかす》・閂《かんぬき》・鉋《かんな》（「和宮様御留」）

2、敢て難しい漢字を用いて振る（〈〉内は一般の用字法）

穢《きたな》〈汚〉い（「海鳴り」）、倖《しあわ》〈幸〉せ・躰《からだ》〈体〉・懼《おそ》〈恐〉れていた・愉《たの》〈楽〉しい話題・愕《おどろ》〈驚〉いている（「紀ノ川」）、跫《あし》〈足〉音《おと》（「連舞」）

3、漢語を和語として読むために振る

月初《つきはな》（「地唄」）、心算《つもり》（「人形浄瑠璃」）、装《なり》・分別《わきまえ》・縁談《はなし》・嫉妬《やきもち》・沢山《たんと》・呼吸《いき》・方向《むき》・経緯《いきさつ》（「紀ノ川」）、材料《たね》・外国《えびす》（「和宮様御留」）、外国《とつくに》・嫁《ゆ》き遅れる（「助左衛門四代記」）、静寂《しじま》・銅板《かね》・全部絹物《おかいこぐるみ》（「連舞」）

4、漢語を外来語として読むために振る

（1）平仮名を用いる

露西亜《おろしあ》・英吉利《えげれす》・仏蘭西《ふらんす》・阿蘭陀《おらんだ》・亜米利加《あめりか》・普魯西《ぷろしあ》・白耳義《べるぎー》（「和宮様御留」）

（2）片仮名を用いる

背景《バック》（「地唄」）、反応《リアクション》（「人形浄瑠璃」）、暖房装置《ヒーター》（「ともしび」）、肘掛椅子《ソファ》（「もなかの皮」）、家具調度《ファネチャ》・個人主義《インディヴィアリズム》（「助左衛門四代記」）、日課《ルーティーン》（「更紗夫人」）、自己中心主義者《エゴセントリック》・仮定《サブジャンクション》・執念《オブセッション》（「美っつい庵主さん」）、事務《ビジネス》・苦力《クーリー》・芸術家《アルチスト》・技術家《アルチザン》（「更紗夫人」）、老嬢《オールドミス》（「油煙の踊り」）、交換手《オペレーター》・前衛絵画《アバンギャルド》・苛立ち《イリテーション》・爪紅殺人事件《ネイルポリッシュマーダー》・男声中音《バス》・「そうです《ザッツライト》」・通話室《ブース》・技師《エンジニア》・生活原理《フィロソフィア》（「線と空間」）

5、慣用読み・熟字訓に振る

舞台横《そで》・台本《ほん》・化粧《かお》（「黒衣」）、劇場《こや》・太棹《さお》・太糸《いち》（「人形浄瑠璃」）、玄関《でのくち》・三和土《たたき》・市《まち》・庭《かど》・刺身《おつくり》（「紀ノ川」）、山車《やま》・鉾車《ほこ》（「和宮様御留」）

6、女房ことば（御所ことば）に振る

御下《おとう》・お歩《ひろ》い・月水《おまけ》・御化粧《おしまい》・お洗《すま》し・下半身《おつぎ》・菜《おまわり》・御足《おすそ（おみや）》・お手紙《ふみ》・お寝《しずま》り遊ばせ（「和宮様御留」）

7、方言音を表すために振る
家の者《もん》・旦那《だな》さん・人間《にんげ》・どの位《かい》・一向《いっこ》・給仕して貰《も》うたら・可愛《かい》らし娘・洩《む》らんよに（「助左衛門四代記」）

8、その他特殊なもの
「行動《せいかつ》」（「地唄」）や「奇怪《おもしろ》い」（「紀ノ川」）「感情《ごきげん》」（「和宮様御留」）などは一語に二つの意味を持たせており、「手実《てまめ》に」「筆忠実《ふでまめ》」（「紀ノ川」）のルビも親切である。また「エクスタシー」と振った漢字を「更紗夫人」では「愉悦」と書いているが、「油煙の踊り」では「喜悦」と書いている。

以上を通してみると、1は当然のルビだが、2と3は伝統的な用字用語にこだわる有吉の姿勢が伺われ、3〜5は話しことばと書きことばの両方を効果的に利用し、漢文的文体と和文的あるいは欧文的文体との融合を支えている一つの要素となっている。

また4の（2）は英文科出身である有吉の語学力が発揮されており、5は演劇界に精通した有吉の面目が躍如としている。6、7は作品の特殊性に基づいて効果的に振られている。

9 傍点の効用

有吉文学の代表作の中で「紀ノ川」「助左衛門四代記」「線と空間」「更紗夫人」などは傍点の多い作品である。傍点を付けた意図としては次のように整理できるであろう。代表例を示す。

1、特に強調するため
日本の季節にうとい少女（「紀ノ川」）、話題は常にそれ以外のことであったが（「美っつい庵主さん」）、「みたいということは、そうとは限らないわ」（「線と空間」）

2、誤読を防ぐため
燃えでのない家・力仕事・根仕事（「油煙の踊り」）
3、難しい字を仮名書きしたため
ひいき先・ふしだら・たくあん（「紀ノ川」）、汗疹《あせも》がよれたり（「和宮様御留」）、らっきょう・しめ縄・目やに（「助左衛門四代記」）、くるみ豆腐（「美っつい庵主さん」）、こけら落し（「連舞」）
4、特殊な語であるため
かなこきと呼ばれる鉄製の一間幅の槍ぶすま・ふんごの中に掬われて行く・やくたいのない饒舌・こはぜをはめた・ゆばの煮つけ・もんぺ・びんつけ・なれ鮨（「紀ノ川」）、女嬬《けらい》たちにずりを何台も曳かせて（「和宮様御留」）、かつら・たっつけ袴・すいとん（「連舞」）
5、くだけた言葉であるため
えげつない・よっぽどましよ・にべもなく（「紀ノ川」）、最もこたえたのは・坊主のなりぞな（「美っつい庵主さん」）、こきおろしている・「ぼやいてるの?」・けろりとする（「線と空間」）、このどさくさに・鳩胸もでっちりもなくて（「連舞」）、うちの場合・彼もてれている・どえらいこと（「更紗夫人」）
6、方言であるため（〈　〉内は共通語）
えらいしんどそうですのし・まっとふうが悪いがな（「紀ノ川」）、しょうくい〈正福院〉・ちょろこい・見ばが悪い・ごっそ〈ご馳走〉しましょうかい・きょうくい〈恭福院〉・滅さ〈滅多〉とあるもんでない・ひつこい〈しつこい〉奴やのう（「助左衛門四代記」）
7、外来語であるため
りべらりすと（「紀ノ川」）
8、外国語・外国人名であるため

おろしやの使い・えげれすの船・めりけん・ぷちゃあちん・ぺるり・くれえまん（「助左衛門四代記」）

9、地名であるため

さんどの辻・むろの前・手前はだい島・うづわと呼ばれて（「助左衛門四代記」）

10、直前の同一語句または文を受けるため

我々のもっとうトスルトコロデス・面白いと思うの・一介の平凡な銀行員（「紀ノ川」）

10　独特な表現・分りにくい表現・気になる表現

1、独特な表現

(1)接続詞「しかし」の用法

「しかし」は文頭にくるのが一般であるが、有吉文学には「覚左衛門も、やはり黙って、この客を、しかし好もしげに眺めていた。」（「和宮様御留」）や「彼女の主張に、しかし信哉はかなり聞くべきものを感じていた。」（「更紗夫人」）のような普通と異なる用法が、一作品に一、二箇所見られる。

(2)サ変動詞

詩人（作家）は言葉を造ると言われるが、サ変動詞「する」は造語成分として、明治時代以来、多くの詩人（作家）に活用されてきた。

有吉佐和子もその例に漏れない。代表的なものを掲げると「この墨の心を懐中していなければならない」（「墨」）、「土蔵の中に文緒を禁錮する」「婦女を覚醒し」（「紀ノ川」）、「用を足すよう科《しぐさ》した」（「和宮様御留」）、「もはや人工した庭の面影はなくなってしまっている」（「油煙の踊り」）といったものがある。

2、分りにくい表現

――黒羽二重の紋付を着た無形文化財は青年のような表情に古刀のような澄んだ微笑を浮べて誰にも対している。(「地唄」)

について、進藤純孝は前掲の「解説」の中で「『古刀のような澄んだ微笑』とはどんな微笑か、容易にはわからない」と述べているが、確かに分りにくい。

次のような表現の傍線部も分りにくい。

・私の申すこと聞き入れぬばかりか、強ってと申さば何かと剣呑《けんのん》なことを口走りかねませぬ。(「和宮様御留」)

・ここもと六時で帰す所員たちも、多く残業を続けている。(「更紗夫人」)

3、気になる表現

次の表現は、意味は分るが、傍線部が文法的に気になる表現である。

・奥さんも東京からお帰ると早々で(「紀ノ川」)

・青い漬物がせいぜい珍しかった。(「和宮様御留」)

・……上に海辺《うみべ》りの古屋村から運んで来た砂利を重ね……(「助左衛門四代記」)

・二人は対局しながらしばらくその駒にかかずりあっていた。(同)

・紀代は、のり子を顔を見合わせて、つい笑っていた。(「更紗夫人」)

野上彌生子は「非色」には「表現の粗雑さ」が見られ「華岡青洲の妻」には「文章や描写の細やかさ柔軟さ」が欠けていることを指摘している(『野上彌生子全集』第二十三巻所収「有吉さんの進歩に注目」一九八二年、岩波書店)。作品は十分注意して読みたい。

付　教科書の中の有吉文学

有吉佐和子の文学作品が、国語の教科書にどのように掲載されてきただろうか――これは中学校や高等学校の教員のみならず、広く有吉文学の愛読者にとって、興味ある問題の一つであろう。

ところが、実際に調査してみると〔注〕、全く意外なことに、教科書に掲載された作品は「複合汚染」ただ一編のみである。以下、それについて述べる。

「複合汚染」は、一九七八年版の学校図書『中学校国語　三』に初めて採録された（一九八一年の改訂版以後は姿を消す）。しかも驚くべきことに、教材名は「有機農業の勝利（「複合汚染」から）」となっている。

教材の本文は、

　農家に往診に行くと、よくとりたての野菜をもらうことがある。

で始まり、

　有機農業に日本中をきり替えるには、有機質が足りないなどと半可通なことを言う人々に、この農園を見せてやりたい。

で終わっている。教科書に掲載された部分は、新聞連載の六日分（削除部分あり）九ページで、さし絵が一つ、六語に「語注」が付き、「学習のてびき」として次の六問が付いている。

一、本文を読み、わたしたちの身の周りのことと思いあわせながら、特に印象に残った部分や考えさせられたことについて、自由に話しあおう。

二、梁瀬先生とはどういう人間かを考え、箇条書きにしよう。また、梁瀬先生の人がらや業績に対する作者の考えをまとめよう。

（三は部分的な叙述五箇所につき感じとれる気持を問う問題、四は部分的な叙述二箇所につき具体的意味を問う問題だが省略）

五、「梁瀬先生の宗教」とはどんな宗教か、要点をまとめてみよう。

六、この作品で、作者はどんなことを描こうとしたのか、これまでの学習をもとにして、まとめよう。また、それについてどう思うか、各自の考えを発表し、話しあおう。

これらの「学習のてびき」のうち、一・二・六は、ぜひとも学ばせたい「てびき」である。

では、教師用のマニュアルはどうなっているか。同年同社発行の『学習指導資料』を見ると、「指導目標」として次の二項目が掲げられている（「指導の展開例」は六時間配当）。

一、今日の自然汚染状況に生きる、ひとりの人間の生き方を知り、人間生活をとり巻く自然との関係を見つめさせ、明日の自然と人間について考えさせる。

二、ルポルタージュ風な小説に慣れ、問題点をとらえ、それについてまとまった感想・意見を持つようにさせる。

続いて「教材観」として約七〇〇字の文章が掲げられているが、その最後は次の一文で結ばれている。

現代の状況の中で、明日を生きる生徒に、日本の現実と物質文明の危険性を見据えることのできる目をはぐくみ、自然と人間について深く考えさす《ママ》ことのできる教材である。

時代の趨勢と共に「複合汚染」が教科書から姿を消したのは仕方がないとしても、多くの有吉文学作品の中には、中学校や高等学校の国語の教科書に採録しうる作品（例えば、アメリカ社会の人種差別を直視した「非色」、離島の基地問題にふれている「海暗」など）があるのではないか。文学的文章の指導の衰退が論じられている今日、有吉文学の教材化について見直したいものである。

注　（財）教科書研究センター附属教科書図書館および（財）東書文庫に於て、実物に当たって調査した。

❹ *study*

有吉佐和子と中国

井上　謙

有吉佐和子の後年の作品に『日本の島々、昔と今。』（集英社　昭56・5）というルポルタージュがあるが、その中の「遣唐使から養殖漁業まで―福江島」の文中に、

往事の稚拙な造船技術や航海術を偲ぶと、北端にある浦々を見てまわりながら、私には感慨無量なものがあった。この島へ行く前に私は六回目の中国旅行で、西安に建立されたばかりの阿倍仲麻呂記念碑を見て、驚きを抑えることが出来なかった。

と記されている。このルポは「昭和五十五年一月二十五日脱」とあり、仲麻呂の記念碑は昭和五十四年七月一日に西安と日本の奈良市の友好都市締結五周年を記念して興慶公園に建立されているので、「六回目」の訪中は『有吉佐和子の中国レポート』（新潮社　昭54・3）以後となるが、既成の「有吉年譜」にこの記録は見られない。「六回目」と書かれた回数は取材記事や歴史小説を得意とする有吉からすれば記憶違いとは思えないが、現時点では確認することができなかった。それよりもむしろルポを刊行して二年後に亡くなった有吉佐和子という作家が、その時期まで中国に強く心を寄せていた事実の方が興味深い。

有吉自身が「中国レポート」でまとめた訪中歴は、

①日本文学代表団の一員として（昭36・6・28～7・15）

②有吉夫妻・中国の招待で（昭37・9・25～10・18）
③中国作家協会の招待・玉青同伴（昭40・5・20～11）
④中国民航のゲストとして招待（昭49・二週間の招待だったが四日間で帰国）
⑤中国友好協会の招きで人民公社に滞在（昭53・6・12～7）

の五回で、この訪中体験から二つの短編―「墨」、「孟姜女考」―と人民公社を探訪した「中国レポート」、それに「私が見た中国の文学革命」、「日本にもあった毛沢東思想学院」、「中国天主教―一九六五の調査より―」などのエッセイを発表している。

ここで興味を惹くのは有吉の小説第一作が二十三歳のときに発表した「落陽の賦」（『白痴群』昭29・4　のちに「落陽」と改題）で、中国の史伝「王昭君」を扱い、以後四十八歳までの二十五年間、断続的ではあるが彼女が中国と関わりを持っていたということである。もちろん、有吉は横浜正金銀行（現東京三菱銀行）の銀行マンだった父の勤務地の関係で幼少年期をジャワ（現インドネシア）に育ち、のちにアメリカ留学やヨーロッパをはじめ東南アジアなどを精力的に歩いた彼女にとって、中国体験は一つのプロセスであったろうが、中国への関心がほぼ全生涯にわたっているので、その関わりは決して小さな領域ではなく、むしろ有吉佐和子の人生にとって見過ごせない世界といえる。

有吉文学の魅力は繊細な感性による豊かな表現、それにスケールの大きい構成力とレパートリーの広さにあるが、その基調となっている精神は海外生活で培われたコスモポリタニズムにあったろう。国境や民族にとらわれることなく、世界各国を歩き回った彼女が中国と関わりを持ったのも、その背景から自然発生したものと思われる。

有吉の文壇的なデビュー作は「地唄」（昭31）で、以後「キリクビ」（同）や『祈禱』（昭32）を発表し、舞踊劇や人形浄瑠璃まで手がけているが、伝統文化への強い関心は①旧家の祖母と母の感化　②外国育ちによる影響で日本の古典を異文化的に受け止める感性　③大学時代に所属した歌舞伎研究会　④『演劇界』との関わり　⑤舞踊家吾妻徳穂との出会いなどによるが、このうち最も影響を受けたのは④と⑤であったろう。④は「懸賞俳優論」に応募して「尾上松緑論」「中村勘三郎論」「市川海老蔵論」（いずれも未掲載）が二等に入選し、編集長利倉幸一に認められて大学を卒業後、『演劇界』の嘱託となって訪問記事を連載、各界人と関わったことが取材記事やルポの基礎づくりにつながっていく。そのことについて後年、『演劇出版社三十年』（昭54・10）の中で彼女は、

「演劇界」が創立三十年になると聞いて、茫然としています。そもそも私に書いたものが活字になる喜びを教えて下さったのが利倉先生でした。学生時代から三年間も連続して書かして頂いたのです。その時の修行が、小説書きへのウォーミングアップになっていることが、よく分かります。私は歌舞伎が好きでした。好きだから夢中になって見ていました。（中略）役者さんたちが、私より若くなって、一時はそれがもの足りなかったのですが、どんどん育っているのを感じると、歌舞伎離れをしているのを反省しなければと思っています。私の原点は、やはり歌舞伎だったのですから。（「演劇界」は私にとって育ての親）

と記している。「落陽の賦」はこの時期の作品なので、古作の能「昭君」やそのころ垣間見た史伝にヒントを得たものであろうが、それ以前の昭和元年に郭沫若が戯曲「王昭君」を『改造』に発表し、両作の主人公が共に匈奴に嫁す王昭君そのものよりも、彼女の運命を変えた絵師毛延寿（「王昭君」）、画工楊（「落陽の賦」）になっているのは興味を惹く。有吉が一回目の訪中の折に北京の人民大会堂で郭沫若と会い、「中国レポート」の訪中では郭沫若の死に出会ってその特ダネを日本の新聞に提供するなど、二人は不思議な縁で繋がっているようだ。⑤は古典芸能や歌舞伎との関わりによるが、吾妻徳穂を知ったことは有吉にとって予期しなかった新しい世界に踏み込むきっかけとなり、その情熱を傾けるべき対象が広がったことは幸運な出会いだったといえよう。徳穂の「常になにかに憧れ、その目的に向かって、欲も得もなく突っ走る」（「父の想い出」『踊って躍って八十年』所収　読売新聞社　昭63・11）その気性も有吉に似る相性で、やがて徳穂の秘書係を勤め、アメリカ公演中の留守を預かるなどして生

涯親交する仲となった。有吉の死後、徳穂は「お腹の中では良きお友だち、また、わたくしのいろんな意味の、良き先生」（「良き師・良き友」同）、「私より年下だったけれど、あの人は私にとっての薬でした。私に非があるとき、ずけっと言ってくれる人」（「有吉佐和子さんについて」同）と語っているが、乳母日傘育ちの有吉は舞踊家の家風や複雑な人間関係に戸惑いながら、それまで知らなかった着物の畳み方の特訓を受けたり、徳穂の配慮で茶会や懐石などの伝統文化になじむことになる。そして、この体験から有吉は数々の舞踊劇や芸道小説を創生し、訪中にも和服を持っ出かけるほどの和服党となった。最初の訪中のとき先輩から、着物は「なるべく地味なものを」と言われたが、派手な訪問着で歓迎のレセプションに出た。そのときの模様を亀井勝一郎は、

今度の旅行中、有吉佐和子さんが最も人気があつた。宴会のときは華かな和服を着るので、会場が一際あかるくなるし、「絶世的美人」といふ名が高い。我々の世代とちがつて、ものに臆することなく、闊達に振舞ふので誰からも好意をもたれたやうである。（中略）郭沫若氏との会見後にも記念撮影したが、そのとき郭氏は、有吉さんに向つて「こつちへおいで」と言つて自分の傍へ連れて行つた。今度もいよいよ撮影する瞬間、私と並んで立つてゐた周総理は、あつといふ間に有吉さんの傍へ行つてしまつた。（『中国の旅』）

と記している。和服の効用というべきか。こんな有吉を徳穂は「負けん気の人」「目から鼻へ抜ける人」「寸暇を惜しんで作品にも取り組んでいる」が「えらく風邪を引きやすい体質で、すぐ寝込んでしまいます」と「有吉佐和子さんのこと」（『踊って躍って八十年』所収）で回想しているが、身近にいた者の核心を突く有吉観である。

有吉佐和子が中国と直接関わったのは昭和三十六年六月末、中国人民対外文化協会と中国作家協会の招待で亀井勝一郎を団長とした日本文学代表団の一員として井上靖、平野謙、白土吾夫（日中文化交流協会事務局長）らと訪中したのが最初である。文化交流の一回目は昭和三十二年、青野季吉、宇野浩二、久保田万太郎らの訪中で有吉が参加したのはその四回目であった。このときの動向は亀井の『中国の旅』（講談社　昭37）に詳しく、平野も「文芸時評Ⅰ」で北京で郭沫若の史劇「蔡文姫」を見たと記しているが有吉はそれにはふれず、「中国レポート」で当

時初対面だった評論家周揚と「則天武后」についてやりあったことを記している。周恩来、郭沫若、廖承志、夏衍、茅盾、老舎、孫平化らにも会っていたが、有吉はその記録に代わって小説「墨」を手がけている。

この作品は日本舞踊家の春子の衣裳をめぐる職人の話が、墨という素材を中心に展開される短編で、職人の心意気とそれに応える依頼人との心の交流を描き、悉皆屋の三松、染付下絵描きの前田幸吉、それに春子の三者三様の立場とそのやりとりがよく芸の世界の一端をのぞかせ、春子には徳穂が投影されている。また春子が訪中の折、前田老人に土産にした唐墨は、非売品だったのを春子のねばりで「二千年来の友情です」と格式のある老舗栄宝斉の主人が無料で提供してくれたものだった。日中友好のドラマとしての一面と、墨という一個の品が持つ力と背景が読み手に感動を与える佳作である。

二回目の訪中は翌三十六年で、これは中国の招きによるもので有吉が神彰と結婚後、夫妻で三週間滞在している。三回目は昭和四十年五月、神と離婚後、中国作家協会の招待で生まれて間もない長女玉青も連れての訪中だが、そのとき新中国の天主公教会―カトリック教会の実体調査が目的で半年にわたって各地を歩き北京、天津、西安、上海、広東の天主公教会を調査した。有吉自身も女学校時代にカトリックの洗礼と堅振礼を受けていたのでその立場から、調査を通して中国におけるカトリック教会が、中国天主教と呼ぶに到る前後の事情を語っている。それは戦後、日本の新時代と教会の保守性のギャップに悩んだ有吉の青春時代にも重なる、中国のカトリック教会と信者たちの苦難の歴史で、このレポートから社会派作家としての有吉の顔と中国人民への愛がうかがえる。そして、農村と人民公社への関心も高まり、公社内のカトリック教会の実体調査を予定したが、発病やその他の事情で一時帰国し、再度の調査に向けて体調を整えているうちに文化大革命（昭41）が始まった。計画は流れたがその調査は「中国天主教・九六五年の調査より―」（『世界』昭46）として報告された。

小説「孟姜女考」（昭44）はその折の観光体験をふまえたもので、作品は訪中団の一員として参加した崎子という女性の目を通して語られ、最初は長城へ行く車中で趙秀佳から「孟姜女」の伝説を聞いて興味を持つことから展開するが、その話は人により内容が少しずつ違った。帰国した崎子は中国通のCからまた異なる話を知って以後、折にふれて文献を探しイメージをふくらませる。「孟姜女考」の「考」を添えた所以はここにあり、有吉の強い探究熱がうかがえる。やがて訪中から三年、北載河を訪れた崎子は山海関で再び孟姜女に出会い、像のある寺と海中の墓、岩の足痕と称する場所を見てショックを受け混乱する。そして京劇や古典のイメージと現代の人々の抱く孟姜女との落差に想いを巡らすという内容だが、説話・伝説がどういう経路で人に伝わって生き続けるものなのか―国内外を問わぬ共通項を取り扱いながら主人公が辿るルートが興味深い。中国大陸の広大さと歴史の深さ、人口と層の厚さを見、そこに新生中国の現実を重ね合わせて、日中交流の一面も見せているのがこの作品の特色である。

有吉の旺盛な好奇心と探究力は「孟姜女考」や「中国天主教」のレポートからもある程度うかがえるが、有吉作品の中で彼女の行動力に満ちた激しい気性と潔癖な気質を存分に発揮したものは『有吉佐和子の中国レポート』（昭54）と、『日本の島々、昔と今。』（昭56）であろう。前者はこれまでの訪中体験の集大成で、新生中国への期待をこめたメッセージであり、後者は離島のルポを通した日本列島の縮図ともいえるもので、二つの国が抱えた課題への警告である。そして、その課題は今日にもつながる夢と現実である。

『有吉佐和子の中国レポート』は昭和五十三年六月から約一ヶ月、中国友好協会の招きで七つの人民公社に滞在したときの記録で、同年七月「中国レポート」として『週刊新潮』に翌年二月まで連載し、三月に単行本として刊行された。「中国レポート」は自由闊達な筆致で内容も伸び伸びとしているのが特色である。それはこれまでの「日中友好の旅」の大半はコースも接待も含めてすべて中国側のスケジュールによるものだが、今回の訪中は有吉個人のルポが目的で、その記録を刊行する約束で出発し、行動も有吉自身で決められる自由があったからである。もちろんバックには周恩来や孫平化、廖承志らの好意もあったが、とくに周揚からの「虎穴に入らずんば虎児を得ずというのが毛主席も大好きな言葉でした。その覚悟で出かけて下さい。そして、いい面も悪い面も両方ともよく見てほしい。」(「中国レポート」)という激励が有吉の大きな支えとなった。行き先は「人民公社」で、以前は公社の中にあるカトリック教会に関心があったが、今回は農民に目を向けている。その理由は大国である中国人民の大半が農民であることと、「複合汚染」(昭49)で培われた公害の緊迫感によるものである。公社で依頼された講演がすべて作家としての小説の話ではなく、「農薬問題」―複合汚染が中心になっているのがそれを証している。その結果、現地の落差にふれて有吉は驚嘆した。政治体制が確立しないうちに文革が起こって農政がバラバラとなった実態を見、文革の被害が文化人だけでなく、ここにもあることを確認したからである。政治的にも、経済的にも一応安定した日本でさえも、薬害、環境汚染が発生したが、それ以前の中国の現状を目の当たりにして有吉は慄然とし、日本の轍を踏ませたくないと痛感する。その思いは有吉の中国への愛であり、薬品を輸出した日本の恥部に対する痛みと共に、中国の農政に対する冷めた批判でもあった。その一方、不毛の地を一夜にして農地―豊穣の大地に変える農民の強烈なパワーとエネルギーに感動し、彼らが持つそのエネルギーがどこへ向かうのか、無知なるがゆえに招くであろう不幸な未来を予知し、日本で起きたような被害を繰り返すことのないようその恐ろしさを示しながら、自分が得た知識と調査結果をもとに、心をこめて有吉は講演を重ねた。その反面、健康保持のためにスケジュールの中にマラソンで汗を流す日課を必ず加えたり、万全を期して事に向かう強烈な自己主張と強引な行動は、時に周囲の人々を困らせたりしたようだが、そうしたことも包み隠さず率直に記しているので、人間有吉を知る格好な記録でもある。

また有吉は「どうして中国は今になっても日本人には分り難くて遠い国なのだろう」(「中国レポート」)と疑問を持ち、

一九六五年、私は半年北京にいて、中国人と日本人の距離は、アメリカ人と日本人との距りよりも大きいのを痛感した。短い期間の旅行だと、日本と似たところを見がちだけれども、一カ所に長く滞在すると、違いばかりが見えてくる。まず歴史が違う。人口が違う。決して似ていない。私は随分、ほかの外国へ行って

いるが、中国ほど来る度に此処は外国だと痛感する国は他にないのだ。（同）

とその中国観の一端を記しているが、老舎夫人と出会ったときの記事「老舎の死について」からは有吉の繊細で優しい人柄とその人生観がうかがえる。また日中を比較して、

中国大陸を地図の上で見れば、確かに日本の二十六倍の国土があるだろう。しかし、北部の極寒地帯や、西部の山間地帯の大きさを見るならば、沙石峪のように岩を削り土を運んだ村づくりをしなければならない事情も呑みこめるというものである。中国には砂漠まであるではないか！

国土が日本の二十六倍と、ただ思うのは間違いであるように、人口も日本の九倍と考えては大変な計算違いになってしまう。九億というのは地球上の全人口の四分の一だ。そんなにとんでもない多くの人間を、たった一つの国家で治め、全員を食べさせて行くのだから、中国の指導者の苦労は、これから先もはかりしれないことだと思う。

一方で、日本の政府は自国の食糧は自給出来ないと頭から思いこんでいるが、日本は自給自足できるのだと言いはった農村青年を知っている私は、帰ったらそういう青年男女に私の見てきた中国の農村を語ろうと思っていた。だから、このレポートには書かないが、施肥や堆肥づくりの更に詳細なメモは、私の持ち歩いた大学ノート一冊にギッシリ書きつけてある。（「蘇州で感じたこと」）

とある。また十三年前に会ったユーモア溢れた作家巴金がすっかり老いているのを見て、

何よりも、一人の著名な老作家が、著名なるが故に、捕えられて十年も書く自由を奪われていたという事実の方が私には息苦しかった。その間に歳月は、四人組よりもっと無慈悲に彼から作家にとって最も大切な壮年期を奪いとっていた。（「上海の作家たち」）

と、その変貌に衝撃を受けるなど、明暗入り交じった現実からこれまでとは違った重い課題を体験した訪中であった。その結果としてこのレポートには、数度の訪中を通して得た有吉の中国観と、中国を愛する外部の人間と

しての希望と忠告、歴史をふまえた上での人々との交流が赤裸々に語られ、政変—文革による現実の厳しさと未来図などを、自分の目で確かめたリアルなルポルタージュとなっている。

もちろん、たった七箇所の人民公社を核に据えたその範囲は狭いが、冷静な判断と抑制できぬ自身の感情などは、殆どそのままの形で表出しているといっていいようだ。娘の玉青は「我、生きん」(『身がわり—母・有吉佐和子との日々—』)の中で母佐和子について、

生きてゆくことは厳しいことだ。生きるということは、彼女にとって自分と戦うことであり、それは「書く」ことであった。どこまで戦えるか、そしてどこまで生きられるのか。生きることは、ためされることだ。されば、我、生きん。

と書いているが、有吉は「書く」ために果敢に生きた作家であり、その真摯で激しい命の燃焼を真正直に吐露しているのが「中国レポート」である。

また有吉は『複合汚染』で有害物質を、『恍惚の人』では老を扱って時代を先取りしたような作品を発表して話題となり、その他に人種や政治問題などの社会的テーマで衆目を集めてきたが、他方では『紀ノ川』『助左衛門四代記』『華岡青州の妻』『出雲の阿国』『ふるあめりかに袖はぬらさじ』『和宮様御留』などの多彩なドラマもありという全方位的な力のある作家として活躍したが、「中国レポート」には、かなりわがままな行動や突飛な態度の中に、自由な精神で中国と対峙している作家の姿がある。その心底にあるものは、有吉のコスモポリタニズムと人間的な「あたたかさ」だと思う。彼女が世に送った数々の作品は歳月を越えて生き続けて今日的な課題を突きつけながら心に沁みる深いものがある。それが有吉佐和子とその文学の大きな魅力でもある。

5 年譜　主要文献目録　翻訳書目

年譜

【凡例】

一　本年表は有吉佐和子の事項、著作を年月順に配列したものである。

一　事項、著作は区別して掲載した。

一　著作は有吉佐和子の作品、談話、対談、単行本（初版）を発表年月順に配列した。

一　没後出版された単行本等は割愛した。

一　作品名は「　」、書名及び雑誌名・新聞名は『　』で表し、その下に注記等を記した。注記の配列は次の通り。発表日、発表紙誌名（書名）、巻号数（発行所）。

一　作品名、書名は本文のものを採用した。副題は―以下に記した。

一　演劇については脚本、演出、上演場所を記した。

一　映画、ラジオ、テレビドラマについては主要なもののみ記した。

昭和6年（一九三一）

1月20日、和歌山市真砂丁の和歌山赤十字病院に有吉眞次、秋津の長女として生まれる。兄善、弟眞咲がいる。父は横浜正金銀行（現東京三菱銀行）ニューヨーク支店勤務、母は出産のため和歌山市木ノ本の実家木本家に戻っていた。母方の祖父木本主《しゅ》一郎は和歌山県議会議員、和歌山県議会議長、政友会代議士を務めた。

昭和10年（一九三五）　四歳

4月、父が転勤のため帰国。和歌山から東京市大森区山王一―二七五三（現大田区山王）に転居する。

昭和12年（一九三七）　六歳

1月、父の転勤でジャワ（現インドネシア）のバタビア（ジャカルタ）に転居。4月、現地のバタビア日本人小学校に入学。以後転校を繰り返すが、病弱で学校を休みがちであった。

昭和14年（一九三九）　八歳

夏、出産を控えた母秋津に伴われ一時帰国。母の実家に1年ほど滞在する。和歌山市立木本《きもと》尋常小学校に通う。9月、祖父主一郎死去。10月、弟眞咲誕生。

昭和15年（一九四〇）　九歳

母、弟と共にジャワに戻り、スラバヤ日本人小学校に転入。

昭和16年（一九四一）　十歳

ジャワから帰国。東京市下谷区（現台東区）の根岸小学校に転入。

昭和18年（一九四三）　十二歳
3月、根岸小学校を卒業。4月、第四東京市立高等女学校（現東京都立竹ノ台高等学校）に入学。

昭和20年（一九四五）　十四歳
4月、空襲で家を失い、静岡に疎開。夏、和歌山の母の実家に移る。二学期から和歌山県立和歌山高等女学校（現桐蔭高等学校）に通う。バレーボール部に所属し、健康に自信をもつようになる。

昭和21年（一九四六）　十五歳
暮れに上京。杉並区堀ノ内一―二三八に住む。

昭和22年（一九四七）　十六歳
1月、光塩高等女学校（光塩女子学院）に転入。在学中にカトリックの洗礼を受ける。

昭和23年（一九四八）　十七歳
3月、光塩高等女学校を卒業。4月、進学のため都立第五女子新制高等学校（現都立富士高等学校）に転入。

昭和24年（一九四九）　十八歳
3月、都立第五女子新制高等学校を卒業。4月、東京女子大学文学部英米文学科に入学。

昭和25年（一九五〇）　十九歳
5月、体調不良のため休学。7月、父眞次が脳溢血のため急死。

昭和26年（一九五一）　二十歳
4月、東京女子大学短期大学部英語科二年に転学。歌舞伎研究会に所属する。5月、雑誌『演劇界』の第四回懸賞俳優論「尾上松緑論」に応募、二等入選。8月、『演劇界』第五回懸賞俳優論「中村勘三郎論」に応募、二等入選。11月、『演劇界』の第六回懸賞俳優論「市川海老蔵論」に応募、二等入選。作品は未掲載だったが、編集長利倉幸一に認められる。このころ、多喜二・百合子研究会に参加。カトリック学生連盟に加入。

昭和27年（一九五二）　二十一歳
3月、東京女子大学短期大学部英語科を卒業。卒業論文は「プロレタリア文学の研究」であった。『演劇界』嘱託となって、訪問記事を書く。8月、大蔵財務協会発行『ファイナンス・ダイジェスト』の編集にかかわる。
7月　「渡邊美代子さんに歌舞伎の話を訊く」1日、『演劇界』十巻八号。「A記者」の署名。
9月　「英人歌舞伎研究家のスコットさんに歌舞伎の話を訊く」

1日、『演劇界』十巻十号。

11月　「〝旅〟の編集長の戸塚文子さんに歌舞伎の話を訊く」1日、『演劇界』十巻十二号。

12月　「女流作家の眞杉静枝さんに歌舞伎の話をきく《ママ》」1日、『演劇界』十巻十三号。

昭和28年（一九五三）　二十二歳

『演劇界』の訪問記事が好評を得、続けて訪問記「父を語る」を連載。同人雑誌『白痴群』の同人となる。演劇を志す新人たちが作った「ゼロの会」に参加。野口達二、永山雅啓らを知る。

1月　「婦人代議士の山口シヅエさんに歌舞伎の話を訊く」1日、『演劇界』十一巻一号。

3月　「米人歌舞伎ファンのロムバルディ氏に歌舞伎の話を訊く」1日、『演劇界』十一巻三号。

4月　「衣装研究家の花森安治氏に歌舞伎の話を訊く」1日、『演劇界』十一巻四号。

5月　「随筆家の幸田文さんに歌舞伎の話を訊く」1日、『演劇界』十一巻五号。

6月　「日本舞踊の西崎緑さんに歌舞伎の話を訊く」1日、『演劇界』十一巻六号。

7月　「ニッポン・タイムスのR・A・カースンさんに歌舞伎の話を訊く」1日、『演劇界』十一巻七号。

8月　「随筆家の小堀杏奴さんに歌舞伎の話を訊く」1日、『演劇界』十一巻八号。

9月　「女流作家の網野菊さんに歌舞伎の話を訊く」1日、『演劇界』十一巻九号。

10月　「声楽家の佐藤美子さんに歌舞伎の話を訊く」1日、『演劇界』十一巻十一号。

12月　「岡本綺堂氏令息経一氏に訊く―父を語る①―」1日、『演劇界』十一巻十三号。

昭和29年（一九五四）　二十三歳

4月、『白痴群』に発表した小説「落陽の賦」（のち、「落陽」と改題）が高山毅の「同人雑誌評」（『日本読書新聞』）などで評価され、作家への足掛かりとなる。6月、アメリカ公演を終えて帰国した日本舞踊家の吾妻徳穂に取材、以後親しくなる。7月、徳穂の主催するアヅマカブキ第二回アメリカ公演の連絡係兼秘書係となる。このころ第十五次『新思潮』同人となる。

1月　「松居松翁氏令息桃樓氏に訊く―父を語る②―」1日、『演劇界』十二巻一号。

2月　「真山青果氏令嬢・美保さんに訊く―父を語る③―」1日、『演劇界』十二巻二号。

3月　「水木京太氏令嬢・七尾怜子さんに訊く―父を語る④―」1日、『演劇界』十二巻三号。

4月「落陽の賦」1日、『白痴群』六号。

5月「岡鬼太郎氏令息・岡鹿之助画伯に訊く―父を語る⑤―」1日、『演劇界』十二巻五号。

6月「小山内薫氏令息徹氏に訊く―父を語る⑥―」1日、『演劇界』十二巻六号。

7月「島村抱月氏令嬢君子さんに訊く―父を語る⑦―」1日、『演劇界』十二巻七号。

8月「杉贋阿彌氏令息杉正作氏に訊く―父を語る⑧―」1日、『演劇界』十二巻八号。

「お三輪の道行」5日、『白痴群』七号。

9月「森鷗外氏令嬢茉莉女史に訊く―父を語る⑨―」1日、『演劇界』十二巻九号。

10月「岸田國士氏令嬢今日子さんに訊く―父を語る⑩―」1日、『演劇界』十二巻十一号。

11月「坪内逍遙氏令息・士行氏に訊く―父を語る⑪―」1日、『演劇界』十二巻十二号。

12月「時雨女史令妹長谷川春子さんに訊く―父を語る⑫―」1日、『演劇界』十二巻十三号。

「ブレケケケックス」25日、『白痴群』八号。

昭和30年（一九五五）　二十四歳

春、和歌山に一時帰郷。紀ノ川をおとずれる。8月、吾妻徳穂がアメリカ公演のため渡米。翌年4月の帰国まで留守を預かる。徳穂とは多く書簡を交わした。秋、祖母ミヨノを看病する母に代わり、ふたたび帰郷。祖母ミヨノ、脳溢血のため亡くなる。

3月「第八戒」1日、『遍路』創刊号。

5月「清貧でささえられた学校―尾上鯉三郎氏に聞《ママ》く・日本俳優学校の想い出」1日、『演劇界』十三巻五号。

6月「一本の金ののべ棒―文学座・三津田健氏に聞《ママ》く・日本俳優学校の想い出」1日、『演劇界』十三巻六号。

7月「俳優学校を基にして―花柳錦之輔氏と望月太意次郎氏に聞く・日本俳優学校の想い出」1日、『演劇界』十三巻七号。

8月「盲目」『新思潮』十一号。

「たのしかつた俳優学校―民芸の女優・高野由美さんに聞く」1日、『演劇界』十三巻七号。

9月「俳優学校試験の意義―舞台美術家・田中良氏に訊く」1日、『演劇界』十三巻十号。

11月「無邪気な校長さん―尾上松緑氏の語る俳優学校」1日、『演劇界』十三巻十二号。

昭和31年（一九五六）　二十五歳

1月、「地唄」が『文学界』新人賞候補作として掲載される。6月、吾妻徳穂の連絡係兼秘書係の職を退く。8月、舞踊劇「綾の鼓」

（東西合同歌舞伎。有吉作、清元榮壽郎作曲、藤間勘十郎振付）が新橋演舞場で上演、人形浄瑠璃「雪狐々姿湖《ゆきはこんこんすがたのみずうみ》」（高見順原作、有吉脚色、演出）が大阪文楽座で上演され、ともに好評を博す。9月、上半期芥川賞候補作として「地唄」が『文芸春秋』に掲載される。10月、あづま・さーくる第一回舞踊発表会のため書き下ろした舞踊劇「泥かぶら」（真山美保作、有吉脚本・演出）が東横ホールで上演される。12月、「綾の鼓」（有吉作、清元榮壽郎作曲、藤間勘十郎振付）が京都南座で、「雪狐々姿湖」が俳優座劇場で上演される。

「ぶちいぬ」『新思潮』十三号。刊記年月日付なし。

1月　「地唄」1日、『文学界』十巻一号。文学界新人賞候補作として掲載。

「瓜子姫とアマンジャク—口語体の文楽」1日、『演劇界』十四巻一号。

4月　「キリクビ」1日、『三田文学』四十六巻四号。

6月　「紫絵由来」1日、『新思潮』十四号。

9月　「地唄」1日、『文芸春秋』三十四巻九号。第三十五回芥川賞候補作として掲載。

10月　「まっしろけのけ」1日、『文芸』十三巻十五号。

「散り桜」1日、『短歌』三巻十号。

11月　「メキシコ・オパール」1日、『主婦と生活』十一巻十一号。

「出をまつ」17日、『朝日新聞』夕刊。

「白の哀悼」20日、『新思潮』十五号。

『日本文芸家協会創作代表選集18　一九五〇年度版前期』10日、講談社。「地唄」を収録。

12月　「今宵戦後派ばかり—1956年演劇界を座談する」1日、『演劇界』十四巻十二号。後藤榮夫、榎本滋民、松本ひろし、有吉佐和子、八木昌子、本地盈輝（司会）、野口達二による座談会。

「伝統美への目覚め—わが読書時代を通して」1日、『新女苑』二十巻十二号。

昭和32年（一九五七）　二十六歳

1月、吾妻徳穂『世界に踊る』（角川書店）の編集に協力。4月、「雪狐々姿湖」が大阪文楽座で上演。6月、菊五郎劇団「楢山節考」（深沢七郎原作、有吉脚本、演出）が歌舞伎座で上演。好評を得る。7月、「楢山節考」が大阪歌舞伎座で再演。「笑う赤猪子」（有吉脚色、演出）が東横ホールで上演。9月、「白い扇」が直木賞候補となる。前年芥川賞候補になったことから、受賞を逸した。10月、「地唄」（有吉作、大木靖演出）が新橋演舞場で上演。11月、「綾の鼓」が神戸会館で、あづま・さーくるのために書き下ろした「常盤津　赤猪子」が第一生命ホールで上演。10日に放映開始したNHKテレビ「私だけが知っている」にパネラーとしてレギュラー出演（〜34年11月）、人気を博す。TVドラマ「石の庭」（22日、NHK大阪。有吉脚本、和田勉演出）が放映、第十二回芸術祭テレビ部門奨励賞を受賞する。芸術祭参加ラジオ音楽劇「天の岩戸」（30日、ニッポン放送。有吉脚本）が放送。ラジオ邦楽組曲「大和女—大原女・海女・茶摘み」（23日、ラジオ東京。有吉作詞。古川太郎作曲）が放送。この年の芸術祭には多くの脚本作品が参加し、話題となった。このころから曽野綾子らとともに「才女」としてマスコミにもてはやされるようになる。


2月　「線と空間」1日、『文学界』十一巻二号。

「お染とお光」1日、『演劇界』十五巻二号。

「新友情論」『若い女性』。岩橋邦枝、深井迪子との座談。

『処女連禱』25日、三笠書房。書き下ろし。

4月　「赤猪子物語」1日、『新女苑』二十一巻四号。

5月　「張子の虎」1日、『婦人朝日』十二巻一号。

「花と〝熊野〟」1日、『演劇界』十五巻五号。

「ハッピー・バースデー」1日、『小説公園』八巻六号。


6月　「白い扇」1日、『キング』三十三巻六号。のちに「白扇抄」と改題。

「『新人』の抵抗」1日、『文学界』十一巻六号。小林勝、小田実、富島健夫、石原慎太郎、有吉佐和子による座談会。

『まっしろけのけ』10日、文芸春秋新社。

7月　「女雛」1日、『新潮』五十四巻七号。
「笑う赤猪子」1日、『文学界』十一巻七号。

8月　「女の幸福」1日、『文学界』十一巻八号。

「新作発表会」1日、『婦人生活』十一巻八号。

「適齢期」1日、『夫人画報』六百三十六号。

「奇妙な相手」1日、『東京新聞』。


9月　「私のきいた番組—冷静な口調が迫力ある」15日、『朝日新聞』。

「日曜対談」22日、『日本経済新聞』夕刊。市川寿海との対談。

「私のきいた番組—低い聴取率も当然・いわゆる人気番組以外のもの」29日、『朝日新聞』。

「浮世はなれた生活の端々—武原はん著『はん葉集』」30日、『日本読書新聞』。


10月　「美っつい庵主さん」1日、『文学界』十一巻十号。

「六十六歳の初舞台」1日、『キング』三十三巻十号。

「青春三音階—青空に飛ぶ白いボール」1日、『婦人画報』六百三十八号。

「私のきいた番組—録音構成の一級品・ラジオ東京『この人たち』」13日、『朝日新聞』。

「私のきいた番組—老いも若きも明るい・暗くなりがちな企画に救い」27日、『朝日新聞』。

「銅鑼」28日、『別冊文芸春秋』六十号。

11月　「演出後記」1日、『小説新潮』十一巻十五号。

「グロッキー―私の近況」1日、『新刊ニュース』。

「伊藤熹朔氏―私にとって魅力ある男性」1日、『婦人公論』四十二巻一号。

『断弦』10日、大日本雄弁会講談社。

「朝子の冒険」25日、『週刊新潮』二巻四十七号。

12月　「女性ひとり生きる疑問―結婚の幸福だけが女性の条件か」1日、『若い女性』三巻十二号。

「油煙の踊り」28日、『別冊文芸春秋』六十一号。

昭和33年（一九五八）　二十七歳

小説、随筆、テレビ出演、脚本執筆など多忙を極める。3月、ドラマ「処女連禱」が日本テレビで放映。4月、舞踊劇「千姫夜宴」が赤坂おどりで上演される。5月、和歌山を訪問。映画「美しい庵主さん」（「美っつい庵主さん」原作）が日活で公開。7月、あづま・さーくる「恋ヶ淵」（有吉演出）が上演。8月、「私は忘れない」取材のため鹿児島県黒島へ行く。舞踊劇「笛」（有吉作、藤間勘十郎演出・振付）が新橋演舞場で上演。9月、宝塚歌劇団星組「白い山吹」（室生犀星原作、有吉脚本、春日野八千代演出）が宝塚劇場で上演。10月、舞踊劇「菊女房」（有吉作、吾妻徳穂）が歌舞伎座で上演。音楽劇「額田王」（有吉作、古川吉太郎作曲）がNHKラジオ第二放送で放送。11月、ラジオ義太夫「ほむら」（有吉作詞、竹本越路大夫語り）がNHK第一放送で放送、第十三回芸術祭文部大臣賞を受賞する。人形浄瑠璃「ほむら」が大阪産経会館で上演される。文士劇「助六」に白玉役で出演。

1月　「穏やかで温かな雰囲気―井伏鱒二氏を訪ねて―」1日、『日本読書新聞』。

「勘三郎と梅幸」1日、『演劇界』十六巻一号。

「残骸」1日、『文芸春秋』三十六巻一号。

「花のいのち―小説・林芙美子」1日、『婦人公論』四十三巻一号～四十三巻四号（同年4月1日）。四回。

「更紗夫人」1日、『スタイル』二十一巻一号～十二号（～12月）。全十二回。

「三部作で『日本人』」4日、『読売新聞』夕刊。

「生きるしるし」11日、『装苑』。

「枯葉が唄う道」15日、『別冊小説新潮』十二巻二号。

「今年こそ」15日、『別冊小説新潮』十二巻二号。

「私の自慢」21日、『東京新聞』。

2月　「尾木流始末記」1日、『小説公園』九巻二号。

「朝子の恋愛」1日、『新女苑』二十二巻二号。

「妻の恐怖」25日、『週刊読売』臨時増刊。

「わたくしの道徳論④―大人の自己反省はご免」26日、『読売新聞』夕刊。

3月
「役者廃業」1日、『オール読物』十三巻三号。

「女の友情をめぐって」1日、『婦人画報』六百四十三号。高見順、松岡洋子、青野栄子、水谷良重、有吉佐和子による座談会。

「重要無形文化財シリーズその三・桑絹村を訪ねて」10日、『スタイル』増刊号『きもの読本』十九号。

「希望対面　無責任で愉快のひと時」31日、『東京新聞』。山下敬二郎との対談。

4月
「若いが勝ち」1日、『中央公論』七十三年四号。岡本太郎との対談。
「砂糖女の弁」1日、『あまカラ』八十号。
「生活と色彩」1日、『朗』。亀倉雄策との対談。
『花のいのち―小説・林芙美子』5日、中央公論社。「あとがき」を付す。
『美っつい庵主さん』10日、新潮社。
「貞女たち」15日、『別冊小説新潮』十二巻六号。
「私の言葉」21日、『週刊新潮』三巻十六号。

5月
「死んだ家」1日、『文学界』十二巻五号。
「お節句」1日、『主婦の友』四十二巻五号。
「マス・コミに棹さす新文学世代」1日、『婦人公論』四十三巻五号。臼井吉見（司会）、開高健、大江健三郎、有吉佐和子による座談会。

「才女遅刻す」4日、『週刊朝日』六十三巻十八号。石原慎太郎との対談。

「げいしゃわるつ・いたりあの」17日、『週刊東京』四巻二十号～五十一号（12月20日）。

「夜汽車の女」26日、『週刊新潮』三巻二十一号。

「子供万歳」『婦人生活』。

6月
「ほむら」『別冊週刊サンケイ』十四号。

「海の色」1日、『ドレスメーキング』八十七号。

「あなたも持ってる幸福の鍵」1日、『服装』二巻六号。開高健との対談。

「若き発明王―有吉佐和子連載訪問記①」1日、『婦人画報』六百四十六号。中松義郎。

「問答有用（373）」15日、『週刊朝日』六十三巻二十五号。徳川夢声との対談。

「日本の陰影（三）輪島の漆器」28日、『別冊文芸春秋』六十四号。

7月
「とろろ昆布」1日、『オール読物』十三巻三号。

「指輪」1日、『小説新潮』十二巻九号。

「天台宗の和尚さま―有吉佐和子連載訪問記②」1日、『婦人画報』六百四十七号。今東光。

「ぶっつけ本番人生舞台」1日、『婦人公論』四十三巻七号。フランキー堺との対談。

「怪物と才女」3日、『週刊明星』一巻二号。五島慶太との対談。

「友情と恋愛」『週刊朝日別冊』昭和三十三年四号。

8月
「フォト・ストーリー　太陽と幕」1日、『婦人公論』四十三巻八号。有吉原作、大竹省二撮影。

「幕」1日、『新婦人』十三巻八号。

「一人四役の監督さん─有吉佐和子連載訪問記③」1日、『婦人画報』六百四十八号。石原慎太郎。

「文壇あれこれ」31日、『週刊読売』。大江健三郎、開高健、菊村到、有吉佐和子による座談会。

9月
「海鳴り」1日、『新潮』五十五巻九号。

「『姥捨島』を訪ねて」1日、『婦人公論』四十三年九号。

「酒の徳」1日、『文芸春秋』三十六巻十号。

「ありがたいひと─有吉佐和子連載訪問記④」1日、『婦人画報』六百四十九号。棟方志功。

「型絵染の芹沢銈介先生を訪ねる─重要無形文化財シリーズその四」1日、『スタイル』増刊号『きもの読本』二十号。

「法師ぜみに思う」3日、『毎日新聞』夕刊。

『ずいひつ』5日、新制社。エッセイ集。

「小松川事件余話」10日、『毎日新聞』夕刊。

「『ながら族』考」17日、『毎日新聞』夕刊。

「芸術祭」24日、『毎日新聞』夕刊。

「恋愛について」『週刊朝日別冊』昭和三十三年五号。

10月
「江口の里」1日、『文芸春秋』三十六巻十一号。

「蚊と蝶」1日、『文学界』十二巻十号。

「笛吹川が生んだ人─有吉佐和子連載訪問記⑤」1日、『婦人画報』六百五十号。深澤七郎。

「体験女性論」1日、『若い女性』四巻十号。北原武夫との対談。

「市川海老蔵の家庭訪問」1日、『主婦の友』。

「新聞の活字」1日、『毎日新聞』夕刊。

「経営者はどんな女子社員を求めているか」1日、『婦人公論』四十三巻十一号。有吉佐和子（聞き手）、伊沢喜代磨、大崎巌、田中慎一郎、蜂谷三郎による座談会。

「ミッション・スクール」8日、『毎日新聞』夕刊。

「評判対談」13日、『週刊明星』一巻十三号。新橋喜兵衛との対談。

「虚名の効用」15日、『毎日新聞』夕刊。

「威厳」22日、『毎日新聞』夕刊。

「ある狂態」27日、『別冊文芸春秋』六十六号。

「僻地のテレビ」29日、『毎日新聞』夕刊。

「抵抗について」『週刊朝日別冊』。

11月
「白い花白い髭─有吉佐和子連載訪問記⑥」1日、『婦人画報』六百五十一号。式守伊之助。

「紀ノ川紀行」1日、『婦人画報』六百五十一号。

「趣味の雑誌」5日、『毎日新聞』夕刊。

「新しい文学の方向―新人発言⑤いいものは常に新しい―」9日、『東京新聞』夕刊。

「法規と人の心」12日、『毎日新聞』夕刊。

「みんな庶民だ」19日、『毎日新聞』夕刊。

「秋晴れ」26日、『毎日新聞』夕刊。

12月 「人形浄瑠璃」1日、『中央公論』七十三年十三号。

「天女よ舞い下りよ―有吉佐和子連載訪問記最終回」1日、『婦人画報』六百五十二号。天津乙女。

「美貌について」『週刊朝日別冊』。

昭和34年（一九五九） 二十八歳

前年同様、多忙を極める中、自分を見失いそうな不安にかられるようになる。3月、ミュージカル「浪速どんふぁん」（有吉脚色、菊田一夫演出）が東宝劇場で上演。舞踊劇「花吹雪」（有吉作）が新橋演舞場で上演。6月、菊五郎劇団「石の庭―竜安寺秘聞」（有吉脚本・演出。松浦竹夫演出）が歌舞伎座で上演。11月、「雪狐々姿湖」が新橋演舞場で上演。ロックフェラー財団の招きにより、ニューヨークのサラ・ローレンス・カレッジに留学。演劇研究が目的であったが、作家としての自分を確認する目的も兼ねての留学であった。


1月 「一文字」1日、『新潮』五十六巻一号。

「『薬湯便覧』由来」1日、『小説新潮』十三巻一号。

「新女大学」1日、『婦人公論』四十四巻一号～四十四巻十五号（12月1日）。十二回。

「遊女となるの記―文春まつり若手歌舞伎稽古風景」1日、『文芸春秋』三十七巻一号。

「紀ノ川」1日、『婦人画報』六百五十三号～六百五十七号（5月1日）。

「男と女の正月」1日、『ドレスメーキング』。

「私のキャリア」1日、『早稲田文学』。

「女は悲しくない」1日、『若い女性』五巻一号。三島由紀夫との対談。

「若い人たちの時代―もう甘えてはいられない」3日、『読売新聞』。

「私なりの反省」5日、『朝日新聞』。

「夜の香り」30日、『週刊女性自身』七号。

『げいしゃわるつ・いたりあの』30日、中央公論社。

2月 「祈禱」1日、『文学界』十三巻二号。

「山城少掾の引退」3日、『毎日新聞』夕刊。

「私の散歩道」27日、『別冊文芸春秋』六十八号。

「牛乳と卵―食べること」『QUEEN』二十九号。

3月　「千姫桜」『週刊朝日別冊』三十四年二号。日付なし。

「もなかの皮」1日、『オール読物』十四巻三号。

「わたしの季節」1日、『婦人の友』五十四巻三号。

「芥川賞残念会—芥川賞の候補者たち」1日、『新潮』五十六巻三号。

「マイクはなれて」1日、『放送文化』十四巻三号。八木治郎との対談。

「おひなさま」1日、『QUEEN』三十号。

「男よ、あなたは素晴らしい」20日、『婦人公論』四十四巻四号。

「ミュージカルを書いて」22日、『朝日新聞』。


4月　「私の一週間」1日、『文学界』十三巻四号。

「桜の花と想い出」1日、『QUEEN』三十一号。

「江口の里」15日、中央公論社。作品集。

「推理癖」『宝石』。


5月　「江戸の三十三ざくら」1日、『酒』七巻五号。

「春のカレーライス」1日、『週刊女性自身』二巻二十号。

「アンチョコ」1日、『QUEEN』三十二号。

「小柄の秘密」17日、『朝日新聞』。

「預り信者の弁」『声』。


6月　「スコットさんの眼」1日、『演劇界』十七巻六号。

「吾妻徳穂の行方—舞踊界の異端者は何処へゆく」1日、『日本』二巻六号。

「紀ノ川」10日、中央公論社。「あとがき」を付す。


7月　「芽鱗」1日、『文学界』十三巻七号。

「挿絵の女」1日、『オール読物』十四巻七号。

「龍安寺の庭」1日、『きょうと』十六号。

「たなばた」1日、『QUEEN』三十三号。

「事件記者—スチュワ《ママ》デス事件を追って」1日、『婦人画報』六百六十号。

「某月某日」1日、『小説新潮』十三巻九号。

「わたしの睡眠法—うんと早起きを」3日、『読売新聞』。

「若者の分別—あんまり若くはないけれど①」19日、『週刊朝日』六十四巻三十一号。

「バラバラの世代—あんまり若くはないけれど②」26日、『週刊朝日』六十四巻三十二号。


8月　「水と宝石」1日、『新潮』五十六巻八号。

「青空の歌」1日、『日本』二巻八号。

「赤い花」1日、『QUEEN』三十五号。

「非合理主義の提唱—あんまり若くはないけれど③」2日、『週刊朝日』六十四巻三十三号。

「分る、分らない—あんまり若くはないけれど④」9日、『週刊朝日』六十四巻三十四号。

「作者のことば」13日、『朝日新聞』夕刊。

「私は忘れない」16日、『朝日新聞』夕刊（～12月18日）。百二十四回連載。

「忘れてはならないこと―あんまり若くはないけれど⑤」16日、『週刊朝日』六十四巻三十六号。

「民意―あんまり若くはないけれど⑥」23日、『週刊朝日』六十四巻三十七号。

「大阪を愛して」23日、『週刊明星』。杉満助との対談。

「代読―あんまり若くはないけれど⑦」30日、『週刊朝日』六十四巻三十八号。

『代表作時代小説　昭和34年度版』東京文芸社。「千姫桜」（「作者の言葉」を付す）を収録。

9月　「熱帯の果物」1日、『QUEEN』三十六号。

「子供の愛国心―あんまり若くはないけれど⑧」6日、『週刊朝日』六十四巻三十九号。

10月　「私の始めて読んだ文学作品と影響を受けた作家」1日、『文学界』十三巻十号。

「機械と人間」1日、『QUEEN』三十七号。

「王臺」19日、『中央公論』七十四年十五号。

11月　「なま酔い」1日、『小説新潮』十三巻十五号。

「希望対談お国自慢―和歌山県の巻」3日、『週刊公論』一巻十五号。辻野実との対談。

「私だけが知らない」11日、『週刊平凡』。小島正雄との対談。

「こぶとりじいさん」15日、『講談社の絵本ゴールド版』二巻二十二号。有吉文、伊東万陽絵。

「才女よ、さようなら」17日、『週刊公論』一巻十七号。

12月　「若い情熱」1日、『若い女性』五巻十二号。佐藤充との対談。

「私の言葉」26日、『週刊新潮』五巻五十一号。

昭和35年（一九六〇）　二十九歳

2月、「綾の鼓」が名古屋御園座で上演。7月、映画「私は忘れない」が松竹で公開。8月、映画「新・女大学」が東宝で公開。アメリカからローマに赴き、朝日新聞特派員としてローマオリンピックを取材（～9月）。ヨーロッパ、中近東など十一か国を歴訪。この間はほとんど執筆しなかった。10月、「白い山吹」が宝塚劇場で、「雪狐々姿湖」が文楽座で上演。11月、帰国（16日）。帰国後は創作に専念し、対談や随筆を避けるようになった。
1月　「恋愛の条件―私の十代」1日、『マドモアゼル』一巻一号。
「古典と現代」『婦人画報』。高見順との対談。
2月　『祈禱』29日、講談社。
3月　「『夕鶴』のことなど―アメリカ通信」1日、『演劇界』十八巻三号。

『私は忘れない』5日、中央公論社。

「渡米カブキあれこれ」17日、『朝日新聞』夕刊。ドナルド・キーンとの対談。

6月　「おむすびころりん」15日、『講談社の絵本ゴールド版』三巻十二号。有吉文、川上四郎絵。

7月　「チャコへの手紙」1日、『酒』八巻七号。

8月　「忘れ得ぬ黄色いバラ」14日、五島慶太伝記並びに追想録編集委員会刊『五島慶太の追想』。

「ブロードウェイで見た歌舞伎」15日、『芸能』二巻八号。

「スタジアムに立って—二十五日　ローマで」26日、『朝日新聞』。

『新女大学』31日、中央公論社。「あとがき」を付す。


9月　「山中のレースを見て」1日、『朝日新聞』。

「女子選手村を訪ねて—ローマで」6日、『朝日新聞』。

「君が代に感無量—『体操』にこそオリンピック精神」9日、『朝日新聞』。

「オリンピック体操競技を終わって」11日、『朝日新聞』。小野喬、相原信行との対談。

「私のオリンピック観—みんな『勝つこと』」14日、『朝日新聞』。

11月　『新選現代文学全集32　戦後小説集（二）』15日、筑摩書房。「人形浄瑠璃」を収録。

「虚頭《ママ》対談連作社会時評—男の旅行・女の旅行」20日、『週刊公論』二巻五十号。大宅壮一との対談。

「聖なる異教徒」25日、『朝日新聞』夕刊。

昭和36年（一九六一）　三十歳

1月、『婦人公論』の対談でアート・フレンド・アソシエーション理事長の神彰と知り合う。「雪狐々姿湖」が東横ホールで上演。4月、「おぼろ月夜ものがたり」（有吉作）が歌舞伎座での赤坂おどりで上演。6月、中国人民対外文化協会の招きにより、日本文学代表団の一員として中国を訪問（28日〜7月15日）。同行は亀井勝一郎団長、井上靖、平野謙であった。8月、杉並区堀ノ内の新居に移る。11月、茶道を通じて知り合った塚本史郎（淡交新社東京支社長）と婚約。映画「街に気球が上がる時」（原作「若草の歌」）が日活で公開。


1月　「香華」1日、『婦人公論』四十六巻一号〜四十七巻十二号（昭和38年12月1日）。二十三回連載。

「文壇中堅今年の仕事①　基礎をしっかりと」1日、『朝日新聞』。

「ともしび」2日、『週刊文春』三巻一号。

「東京だより—魚河岸」22日、『朝日新聞』夕刊。

「四つの部屋」30日、『週刊文春』三巻五号。

2月　「三婆」1日、『新潮』五十八巻二号。

3月 「東京だより―東京中央郵便局」12日、『朝日新聞』夕刊。

『新鋭文学叢書9　有吉佐和子集』15日、筑摩書房。

「雛の日記」1日、『文学界』十五巻三号。

「落陽」1日、『小説新潮』十五巻三号。

「『呼び屋』一代論」1日、『中央公論』七十六年三号。神彰との対談。司会吉田史子。

「キューバ―隷従と貧困の歴史と、カストロ革命のあとに来るもの」1日、『婦人公論』四十六巻四号。

「私の日曜日」5日、『毎日新聞』。

「春宵放談　人生はドラマ」13日、『週刊文春』三巻十一号。吉川英治、松本幸四郎、福田恆存による座談会。

「東京だより―国会見学を見学する」19日、『朝日新聞』夕刊。

4月 「黒衣」1日、『オール読物』十六巻四号。

「女弟子」1日、『小説中央公論』二巻二号〜四号（7、10月）。全三回。

「脚光」1日、『婦人倶楽部』四十二巻四号〜十二号（12月1日）。全九回。

「サラ・ローレンスの学生たち」1日、『婦人画報』六百八十二号。

「花ならば紅く」2日、『週刊明星』四巻十三号〜四十一号（10月15日）。全二十九回。

「作者のことば」15日、『読売新聞』。

「閉店時間」21日、『読売新聞』夕刊（〜12月19日）。

『三婆』20日、新潮社。

5月 「東京だより―『観光レビュー』」30日、『朝日新聞』夕刊。

「ライオンのめがね」1日、『講談社の絵本ゴールド』四巻十号。有吉文、熊田千佳慕絵。

『ほむら』25日、講談社。

『紀ノ川　普及版』30日、中央公論社。

6月 「忘れられない味」1日、『あまカラ』百十八号。

「マルティニの味」1日、『酒』九巻六号。

「亀遊の死」28日、『別冊文芸春秋』七十六号。

「東京女子大」『主婦の友』。

7月 「最も身近な読者」1日、『新潮』五十八巻七号。

「この夏のプラン」15日、『別冊小説新潮』十五巻三号。

8月 「東京だより―市ケ谷」6日、『朝日新聞』夕刊。

10月 「三人の女流作家」1日、『世界』百九十号。

「アド・リブ対談（42）」1日、『放送朝日』八十九号。日付なし。平井常次郎との対談。

「旅で見たこと、考えたこと」17日、『毎日新聞』。

「東京だより―増上寺」8日、『朝日新聞』夕刊。

11月 「墨」1日、『新潮』五十八巻十一号。

『女弟子』15日、中央公論社。

12月　「東京だより―ホテルのロビー」8日、『朝日新聞』夕刊。

昭和37年（一九六二）　三十一歳

1月、塚本史郎との婚約を解消。3月27日、神彰と結婚、赤坂の神宅で新婚生活を始める。婚約解消から二カ月の結婚はマスコミを騒がせた。4月、銀座東急ホテルで結婚披露宴を行う。映画「閉店時間」が大映で公開。5月、文学座「光明皇后」（有吉脚本、戌井市郎演出）が都市センターホールで上演。6月、「有田川」取材のため和歌山を訪れる。9月、中国の招きで訪中（～10月）。帰国後、「有田川」取材のため再度和歌山を訪れる。神の会社の赤字が続き、次第に金策に追われるようになる。


1月　「助左衛門四代記」1日、『文学界』十六巻一号～十七巻六号（38年6月1日）。全十七回。

「連舞」1日、『マドモアゼル』三巻一号（～38年5月1日）。十六回。

「わが小説（四三）―紀ノ川」4日、『朝日新聞』。

「私の周辺」9日、『毎日新聞』。

2月　「うるし」1日、『小説新潮』十六巻二号。

「つかずはなれず―文春とわたし」1日、『文芸春秋』四十巻二号。

『更紗夫人』10日、集英社。

「日本文学史展を見て」24日、『毎日新聞』夕刊。

『雛の日記』25日、文芸春秋新社。

3月　「京の町をたずねて―やっと見付けた『御殿』」1日、『朝日新聞』夕刊。

「東京だより―ジャズ喫茶」4日、『朝日新聞』夕刊。

「名作取材紀行12　紀ノ川」19日、『週刊読書人』。

「私と外国語」28日、『毎日新聞』夕刊。

『閉店時間』30日、講談社。

4月　「火野先生の思い出」19日、講談社『日本現代文学全集87　丹羽文雄・火野葦平』付録『月報19』。

5月　「足袋」1日、『新潮』五十九巻五号。

「光明皇后」1日、『文芸』一巻五号。

「私の婚約解消から結婚まで」1日、『婦人公論』四十七巻五号。伊藤整との対談。

「日本のオギョウギ」3日、『毎日新聞』夕刊。

「若草の歌」6日、『北海タイムス』『大阪新聞』（～12月）。百二十二回連載。

「ブレーメンの音楽隊」15日、『講談社の絵本ゴールド』五巻九号。有吉文、矢車涼絵。

「私の新婚報告」20日、『小説中央公論』七号。

「東京だより―料理学校」27日、『朝日新聞』夕刊。

『脚光』10日、講談社。

7月　「中国旅行」30日、新潮社『井上靖文庫7』付録『月報21』。

『生活の随筆6　訓』30日、筑摩書房。「新女大学」を収録。
8月　「櫻の影」1日、『文芸春秋』四十巻八号。
10月　「休日」1日、『文芸』一巻八号。
　『長編小説全集37　有吉佐和子集』25日、講談社。
11月　『新日本文学全集4　有吉佐和子』29日、集英社。
12月　「私と'62」7日、『毎日新聞』夕刊。
　『香華』15日、中央公論社。
　「魔法のつえ」25日、講談社『講談社の世界童話全集1　ピーターパン　魔法のつえ』。

昭和38年（一九六三）　三十二歳

出産のため杉並区の自宅に戻る。会社経営は好転せず、金策などの心労で、妊娠七カ月ごろから半年間何も書けなくなる。2月、「香華」で第一回婦人公論読者賞を受賞。9月、「香華」（中野実脚色、演出）が東宝芸術座で上演。11月、舞踊劇「菊山彦」（有吉作、吾妻徳穂）が歌舞伎座で上演。11月、長女玉青を出産。「香華」で第十回小説新潮賞を受賞。


1月　「崔敏殻」1日、『小説新潮』十七巻一号。

　「有田川」1日、『日本』六巻一号～十二号（12月1日）。十二回連載。

　「きものに魅せられて」1日、『婦人公論』四十八巻一号。

　有吉佐和子、白洲正子、藤間正子による座談会。

　「仮縫」3日、『週刊平凡』五巻一号（～7月）。三十回
　「婦唱夫随」3日、『毎日新聞』。

2月　「三つのストラットフォードーシェークスピア」1日、『婦人公論』四十八巻二号。

　「読者への感謝―婦人公論読者賞受賞のことば」1日、『婦人公論』四十八巻三号。

3月　「異議申し立て並びに引退表明」1日、『酒』十一巻二号。

　「行きつけの店」1日、『小説現代』。

4月　「非色」1日、『中央公論』七十八年四号～七十九年六号（39年6月1日）。全十五回。

　「闇の中の白鳥」1日、『女性明星』一巻四号～六号。全三回。

　『若草の歌』1日、集英社。

5月　「ジャワーおぶい紐のある風俗」26日、『毎日新聞』夕刊。

　「1年の歩み」1日、『マドモアゼル』四巻五号。

　「たのしいいじわるデイト」5日、『女性セブン』一巻一号。三島由紀夫との対談。

　「紗袷」30日、『朝日新聞』。「きものと私③」として掲載。

6月　「草の花」1日、『風景』四巻六号。

　『閉店時間』10日、講談社ロマンブックス。

　『連舞』25日、集英社。

7月　「わたしの母校⑱　県立和歌山高女」8日、『朝日新聞』夕刊。
8月　『紀ノ川』10日、角川文庫。
9月　「花」3日、『朝日新聞』。「九月の博物誌」欄に掲載。
　『助左衛門四代記』25日、文芸春秋新社。
10月　「『香華』について」東宝芸術座『香華』パンフレット。
　「〝香華〟にみる母と娘」1日、『婦人公論』四十八巻十一号。有吉佐和子、山田五十鈴、香川京子による座談会。
　「国慶節の印象」1日、『婦人公論』四十八巻十一号。
　「魔女は勝った」24日、講談社。

11月　『有田川』20日、講談社。

　『仮縫』10日、集英社。

　『脚光』10日、講談社ロマンブックス。

昭和39年（一九六四）　三十三歳

4月、舞踊劇「お伽草子」（有吉作、清元梅吉振付）が歌舞伎座での赤坂おどりで上演。「連舞」で第一回マドモアゼル読者賞を受賞。5月、神彰と協議離婚、玉青を引き取る。映画「香華」（木下恵介監督・脚本）が松竹で公開。10月、NHKがテレビドラマ「紀ノ川」（依田義賢脚本）を放映。


2月　「受賞のことば」1日、『小説新潮』。

　「若き女性十人の人生経験」1日、『婦人公論』四十九巻二号。

3月　「書ける！」1日、『新潮』六十一巻三号。

　「男と女の愛の戦い」1日、『マドモアゼル』五巻三号。三島由紀夫との対談。

4月　「爪」1日、『風景』五巻四号。

　『連舞』の秋子」1日、『マドモアゼル』五巻四号。

　『つるの恩返し』20日、講談社。

5月　「鬼の腕」1日、『小説新潮』十八巻五号。

　「二代目の握手」1日、『婦人公論』四十九巻五号。座談会。五島昇、堤清二、有吉佐和子。

　「女館」1日、『二人自身』四巻五号～五巻五号。

　「一冊の本（一六五）　岡本かの子『生々流転』」3日、『朝日新聞』。

6月　「一の糸」1日、『文芸朝日』三巻六号～四巻六号（40年6月1日）。全十八回。

　「小説の跡を訪ねて―有吉佐和子『香華』」1日、『小説新潮』十八巻六号。

7月　『紀ノ川』30日、新潮文庫。

　「ぷえるとりこ日記」1日、『文芸春秋』四十二巻七号～四十二巻十二号（12月1日）。全六回。

　「強引に結婚し強引に離婚した男」6日、『週刊文春』六巻二十七号。

8月　「作家として、妻として、私の立場から」1日、『婦人公論』四十九巻八号。

10月　『非色』8日、中央公論社。

「今月の争点　黒人問題と米大統領選」1日、『婦人公論』四十九巻十号。寺沢一司会、有吉佐和子、中屋健一、山内大介による座談会。

12月　「愛のすがた」1日、『マドモアゼル』五巻十二号。

「愛憎不二」1日、『婦人公論』四十九巻十二号。

『ぷえるとりこ日記』15日、文芸春秋社。

「取材紀行」28日、『週刊文春』六巻五十二号。

昭和40年（一九六五）　三十四歳

1月、ドラマ「香華」がNETテレビで放映。3月、「有田川」（菊田一夫脚色、演出）が東宝芸術座で上演。5月、中国天主教調査のため、一年間の予定で中国に留学。11月、予定を早めて帰国。12月、アメリカ、ハワイを取材旅行（〜翌年1月）
1月　「日高川」4日、『週刊文春』七巻一号〜四十六号（11月15日）。
『日本文学全集72　名作集（四）昭和編・下』20日、新潮社。「地唄」を収録。
2月　『現代の文学41　有吉佐和子集』8日、河出書房新社
『有田川』10日、講談社ロマンブックス。
3月　「上村松園」1日、『婦人公論』五十巻三号。
『香華』15日、新潮文庫。
「百年河清を待つ」16日、『朝日新聞』。「隅田川　随想」欄。
4月　「『有田川』と私」芸術座『有田川』パンフレット。
『連舞』30日、集英社コンパクトブックス。
『私の旅情』30日、毎日新聞社。「ジャワ―おぶい紐のある風俗」を収録。
5月　『若草の歌』10日、講談社ロマンブックス。
6月　「北京留学の弁」1日、『婦人画報』七百三十七号。
『女館』20日、講談社。
7月　「火の踊りに学ぶ―吾妻徳穂」1日、『文芸春秋』四十三巻七号。
8月　『仮縫』15日、集英社コンパクトブックス。
9月　『助左衛門四代記』6日、新潮文庫。
10月　『更紗夫人』24日、講談社ロマンブックス。
11月　「羅淑珍―若き母親労働規範」1日、『婦人公論』五十巻三号。
『一の糸』15日、新潮社。

昭和41年（一九六六）　三十五歳

1月、アメリカから帰国。体調を崩し入院。退院後、「出雲の阿国」

執筆のため文献調査、出雲への取材を繰り返す。6月、映画「紀ノ川—花の巻・文緒の巻」（久板栄二郎脚本、中村登監督）が松竹で公開。9月、「海暗」取材のため御蔵島に行く。

1月　「乱舞」1日、『マドモアゼル』七巻一号〜八巻一号（42年1月）。
「地下鉄ストとベトナム戦争—6年ぶりのニューヨークで」22日、『朝日新聞』夕刊。

2月　『日高川』15日、文芸春秋社。

「婦選外伝」1日、『中央公論』八十一年二号。

「私が見た中国の文学革命」1日、『文芸春秋』四十四巻二号。

『現代文学11　有吉佐和子集』25日、東都社。

『有田川　新装版』28日、講談社。

5月　「元禄よもやま話」14日、『日本の歴史16』（中央公論社）付録『月報』。児玉幸多との対談。

7月　「病後」1日、『新潮』六十三巻七号。

『われらの文学15　阿川弘之・有吉佐和子』15日、講談社。

「私の文学　ああ十年！」15日、『われらの文学15　阿川弘之・有吉佐和子』（講談社）。

「やあこんにちは（612）」29日、『週刊読売』。近藤日出造との対談。

8月　「異色対談」『主婦の友』。今東光との対談。

9月　「秋扇抄」15日、『別冊文芸春秋』九十七号。

「ちびくろサンボ」25日、講談社『講談社の絵本ワイド版』一巻四号。

『女弟子』15日、東方社。東方小説選書。

10月　「髪を染める」1日、『文学界』二十巻十号。
「舞台再訪　私の小説から—紀ノ川」27日、『朝日新聞』第二部「読書特集」欄。

11月　「華岡青洲の妻」1日、『新潮』六十三巻十一号。

「真珠島にて」1日、『小説新潮』二十巻十一号。

「団伊玖磨の動くサロン—見たまま住んだままの中国」1日、『婦人公論』五十一巻十一号。団伊玖磨との対談。

12月　「かの子讃—芸術座・東宝現代劇」1日、『演劇界』二十四巻十三号。

昭和42年（一九六七）　三十六歳

2月、『華岡青洲の妻』刊行。ベストセラーとなる。演劇化、映画化、ドラマ化があいつぎ、ブームとなる。3月、「華岡青洲の妻」によって女流文学賞を受賞。8月、「海暗」で文芸春秋読者賞を受賞。9月、「華岡青洲の妻」（有吉脚本、演出）が東宝芸術座で上演。大映が映画「華岡青洲の妻」（増村保造監督）を公開。10月、ドラマ「更紗夫人」がNHKで放映。11月、ドラマ「華岡青洲の妻」がNETテレビで放映。舞踊劇「赤猪子」（有吉脚本、吾妻徳穂）が国立劇場で上演。12月、芸術座「非色」（大垣肇脚色、村山知義演出）が読売ホールで上演。

1月 「出雲の阿国」1日、『婦人公論』五十二巻一号～五十四巻十二号（44年12月1日）。
「亀井勝一郎先生のこと」1日、『新潮』六十四巻一号。
『私は忘れない』5日、講談社ロマンブックス。
「作者のことば」6日、『日本経済新聞』。
「不信のとき」15日、『日本経済新聞』（～12月15日）。全三百三十三回。

2月 『華岡青洲の妻』5日、新潮社。
『乱舞』20日、集英社。

4月 「神話の生きている国」1日、『世界』二百五十七号。
「海暗」1日、『文芸春秋』四十五巻四号～四十六巻四号（43年4月1日）。全十三回。

5月 「一日ずっとセーター」4日、『朝日新聞』夕刊。「私のふだん着」欄。
「華岡青洲の妻」1日、『婦人公論』五十二巻六号。第六回女流文学賞受賞作として掲載。
「受賞のことば」1日、『婦人公論』五十二巻六号。

6月 『断弦』20日、東方社。

8月 「見たくない観光風俗」1日、『朝日新聞』夕刊。

9月 『日本文学全集50　現代名作集（下）』15日、新潮社。「地唄」を収録。
「週間日記―『華岡青洲の妻』に明け暮れて」16日、『週刊新潮』十二巻三十七号。
「劇化『青洲』ノオト」東宝芸術座『華岡青洲の妻』パンフレット。

10月 「目と耳」国立劇場パンフレット。浅野長武との対談。

11月 『非色』10日、角川文庫。
『地唄』25日、新潮文庫。

12月 「華岡青洲をめぐる医術対談」13日、『女性セブン』。天野道之助との対談。
『有田川』20日、角川文庫。
『げいしゃわるつ・いたりあの』25日、東方社。

昭和43年（一九六八）　三十七歳

1月、ドラマ「助左衛門四代記」がTBSで放映。2月、文化人類学者の畑中幸子に誘われ、カンボジア、インドネシア、ニューギニアの奥地を廻る（～4月）。「出雲の阿国」で第六回婦人公論読者賞を受賞。4月、帰国するが、マラリアを発病し入院。ドラマ「不信のとき」がTBSで放映。6月、映画「不信のとき」（井出俊郎演出、今井正監督）が大映で公開。

1月 「某月某日」1日、『小説新潮』二十二巻一号。
「不要能力の退化」1日、『新潮』六十五巻一号。

「紀州の川と道にかける夢」1日、『県民の友』三百五十七号。大橋和歌山県知事との対談。

2月 「十年以上あたためてきた題材と取りくんで……」1日、『婦人公論』。

『不信のとき』15日、新潮社。

『日本短篇文学全集37 平林たい子、円地文子、有吉佐和子』5日、筑摩書房。

3月 「日記」1日、『風景』九巻三号。

「日高川にひそむ龍神温泉」25日、日本交通社『秘めたる旅路』。

5月 「女二人のニューギニア」31日、『週刊朝日』（～11月8日）。ルポルタージュ。

『女館』4日、講談社ロマンブックス。

6月 『現代文学大系66 現代名作集（四）』10日、筑摩書房。「海鳴り」を収録。

7月 「小説『出雲の阿国』について」1日、『季刊歌舞伎』復刊一号。

9月 『十冊の本1 青春の日々に』5日、主婦の友社。「わたしの有情《ゆうじょう》論」を収録。

10月 『海暗』1日、文芸春秋社。

11月 『乱舞』25日、集英社コンパクトブックス。

『ぷえるとりこ日記』30日、角川文庫。

『新潮日本文学57 有吉佐和子集』12日、新潮社。

「偶然からの出発―わが文学の揺籃期―」10日、『新潮日本文学57 有吉佐和子集』（新潮社）付録『月報3』。

12月 「同級生交歓」1日、『文芸春秋』四十六巻十二号。

「津山紀行」1日、『婦人公論』五十三巻十二号。

「落城寸前―私の城」20日、『週刊朝日』七十五巻五十三号。

昭和44年（一九六九） 三十八歳

作品のテレビドラマ化、映画化が相次ぐ。1月、「不信のとき」（菊田一夫脚色・演出、平山一夫演出）が東宝芸術座で上演。ドラマ「香華」がフジテレビで放映。4月、ドラマ「一の糸」がNHKで放映。5月、ドラマ「乱舞」がフジテレビで放映。9月、東宝が映画「華麗なる闘い」（有吉原作、大野靖子脚本、浅野正雄監督）を公開。11月、舞踊劇「藤戸の浦」（有吉作詞・演出、野沢喜左衛門作曲）が国立劇場で上演。


1月 「孟姜女考」1日、『新潮』六十六巻一号。

「終わらぬ夏」1日、『文学界』二十三巻一号～二十四巻七号（45年7月1日）。十九回、休載。

「芝櫻」4日、『週刊新潮』（～45年4月4日）。

「ドフクレン」1日、『風景』十巻一号。

『女二人のニューギニア』30日、朝日新聞社。

「小説『不信のとき』について」菊田一夫脚本演劇『不信のとき』パンフレット（東宝芸術座）。
2月　「女二人のニューギニア」15日、『新刊ニュース』。奥野健男との対談。
『日本の文学75　阿川弘之・庄野潤三・有吉佐和子』24日、中央公論社。「紀ノ川」を収録。
「阿川・庄野・有吉文学の周辺」24日、『日本の文学75　阿川弘之・庄野潤三・有吉佐和子』（中央公論社）付録『付録61』。阿川弘之、庄野潤三、有吉佐和子、奥野健男による座談会。
5月　「二代の生けり」1日、『文芸春秋』四十七巻五号。「現代日本作家シリーズ」として掲載。
6月　『日本現代文学全集106　現代名作選（二）』19日、講談社。「地唄」を収録。
7月　「日本にもある毛沢東思想学院」1日、『諸君！』一巻一号。
「針女」『主婦の友』五十三巻八号～五十四巻十五号（45年12月）。
8月　「近況――『出雲の阿国』推敲に懸命」14日、『朝日新聞』。
9月　『出雲の阿国　上巻』15日、中央公論社。
『現代長編文学全集43　有吉佐和子』6日、講談社。
10月　『出雲の阿国　中巻』15日、中央公論社。
『出雲の阿国　下巻』15日、中央公論社。
『日本文学全集40　有吉佐和子・松本清張・水上勉・瀬戸内晴美・司馬遼太郎』新潮社。
11月　『私は忘れない』15日、新潮文庫。

昭和45年（一九七〇）　三十九歳

2月、十七新劇団合同東京都助成公演「海暗」（宇野重吉演出、大藪郁子脚色）が砂防会館ホールで上演。3月、「出雲の阿国」が第二十回芸術選奨文部大臣賞を受賞。4月、『有吉佐和子選集』全十三巻が刊行開始。6月、文学座「華岡青洲の妻」（有吉脚本、戌井市郎演出）が中日劇場などで上演。7月、「出雲の阿国」（平岩弓枝脚色、演出）が歌舞伎座で上演。10月、「芝櫻」（成沢昌茂脚色・演出）が新橋演舞場で上演。ドラマ「芝櫻」がフジテレビで放映。

1月　『かみながひめ』日付なし、ポプラ社。童話。「道成寺縁起について」（まえがき）を付す
「初春らしい花やかさ」10日、『読売新聞』夕刊。

『華岡青洲の妻』30日、新潮文庫。

2月　「『ひらがな繁盛記』」16日、『読売新聞』夕刊。

4月　「夕陽ヵ丘三号館」1日、『毎日新聞』（～12月31日）。

「思い出すこと」1日、『季刊歌舞伎』二巻四号。

「有吉文学を語る」15日、『新刊ニュース』百九十二号。巌谷大四との対談。

『有吉佐和子選集第一巻』20日、新潮社。

5月　「梅幸のはまり役〝惣七〟」22日、『読売新聞』夕刊。

『有吉佐和子選集第七巻』20日、新潮社。

6月　「名実備わった『千本桜』」1日、『読売新聞』夕刊。

『有吉佐和子選集第十一巻』20日、新潮社。

「連載対談20　日本の芸の美しさ」20日、『国文学　解釈と教材の研究』十五巻八号。吉田精一との対談。

7月　「ふるあめりかに袖はぬらさじ―亀遊の死」1日、『婦人公論』五十五巻七号。

「出雲ふたたび」1日、『図書』二百五十一号。

「ふるあめりかに袖はぬらさじ」10日、中央公論社。戯曲集。

「芝居に深入りしたら大変」17日、『週刊朝日』七十五巻三十号。飯沢匡との対談。

「連載対談21　時代に生きる女性像」20日、『国文学解釈と教材の研究』十五巻九号。吉田精一との対談。

『有吉佐和子選集第六巻』20日、新潮社。

8月　『有吉佐和子選集第八巻』20日、新潮社。

『芝櫻　上』25日、新潮社。

9月　「風景と私」1日、『風景』十一巻九号。

『現代日本の文学49　有吉佐和子、瀬戸内晴美集』1日、学習研究社。

「東京女子大の青春時代」1日、『現代日本の文学49　瀬戸内晴美、有吉佐和子集』（学習研究社）。瀬戸内晴美との対談。

『閉店時間』5日、読売新聞社。

『芝櫻　下』10日、新潮社。

「ほんとうの教育はと問われて82　困った神さま」8日、『朝日新聞』。

「若さと迫力の『寺子屋』」16日、『読売新聞』夕刊。

『有吉佐和子選集第四巻』20日、新潮社。

10月　『有吉佐和子選集第九巻』20日、新潮社。

11月　『有吉佐和子選集第三巻』20日、新潮社。

12月　「日本の男性はおくれている」1日、『婦人公論』五十五巻十一号。市川房枝、平林たい子、中山千夏、宮城千賀子、有吉佐和子による座談会。

『有吉佐和子選集第十二巻』20日、新潮社。

昭和46年（一九七一）　四十歳

1月、文学座、松竹提携公演「華岡青洲の妻」（有吉脚本、戌井市郎演出）が京都南座で上演。2月、「一の糸」（松山善三脚本・演出、黒田徹雄演出補）が梅田コマ劇場で、「連舞」（榎本滋民脚本・演出）が東京宝塚劇場で上演。6月、ハワイ大学での講義を終える。ニューヨークに行き、多くの芝居を見る。殊に反戦劇「ケイトンズヴィル事件の九人」に感銘を受ける。ヨーロッパを経て8月に帰国。9月、脚色、演出担当した「楢山節考」（深沢七郎原作）が歌舞伎座で上演。

1月　『有吉佐和子選集第二巻』20日、新潮社。

2月　『有吉佐和子選集第十巻』20日、新潮社。

3月　『有吉佐和子選集第五巻』20日、新潮社。

『針女』25日、新潮社。

4月　『有吉佐和子選集第十三巻』20日、新潮社。

5月　「中国天主教―一九六五年の調査より」1日、『世界』三百六号。

「ハワイにて」1日、『図書』二百六十一号。

『夕陽ヵ丘三号館』30日、新潮社。

7月　『日本文学全集45　有吉佐和子・瀬戸内晴美』20日、新潮社。

8月　『カラー版日本文学全集54　有吉佐和子・瀬戸内晴美・河野多恵子』30日、河出書房新社。「助左衛門四代記」を収録。

9月　「『楢山節考』再演に思ったこと」29日、『朝日新聞』。

12月　「実像と虚像」1日、『言語生活』二百四十三号。

「最も影響を受けた小説」10日、『文芸春秋』四十九巻十六号、臨時増刊「明治・大正・昭和　日本の作家100人」。

昭和47年（一九七二）　四十一歳

2月、書き下ろし小説「恍惚の人」を脱稿。3月、文学座「華岡青洲の妻」（有吉脚本、戌井市郎演出）が東横劇場などで上演（～5月）。春、高峰秀子とともにメキシコへ行く。6月、『恍惚の人』を刊行。老人問題をとりあげた話題作としてベストセラーとなる。10月、自ら翻訳・脚色・演出した「ケイトンズヴィル事件の九人」を紀伊國屋ホールで上演。ドラマ「更紗夫人」がNHKで放映。12月、文学座「ふるあめりかに袖はぬらさじ」（戌井市郎演出）が名古屋中日劇場で上演。

1月　「ケイトンズヴィル事件の九被告」1日、『世界』三百十四号。ダニエル・ベリガン作、エリザベス・ミラー、有吉佐和子訳。戯曲。有吉「付記」を付す。

「『恍惚のひと《ママ》』について」1日、『波』二十五号（1、2月合併号）。「一九七二年・私の文学的課題」として掲載。

『現代日本文学大系89　深澤七郎・有吉佐和子・三浦朱門・水上勉集』15日、筑摩書房。

2月　「出雲の阿国」29日、『日本史探訪第三集』（角川書店）。

3月　「森田先生の思い出」2日、『わたしの森田たま』（東京文化センター）。

5月　『出雲の阿国　上之巻』30日、中央公論社。

『出雲の阿国　中之巻』30日、中央公論社。

『出雲の阿国　下之巻』30日、中央公論社。
「私の阿国」15日、『演劇界』三十巻六号。
「花浮くプール」1日、『世界』三百十九号。
「『老い』について考える」1日、『波』二十九号。平野謙との対談。

6月
「近況」6日、『中日新聞』夕刊。
「木瓜の花」11日、『読売新聞』（～48年5月10日）。
『恍惚の人』10日、新潮社。純文学書き下ろし特別作品。

8月
「人生無情！　若いモンもいずれは老残の身」1日、『財界』。有吉義弥との対談。
「私のにっぽん改造論①サッサと世界に中立宣言」6日、『朝日新聞』夕刊。インタビュー。
「若者に知って欲しい老いの意味」11日、『週刊朝日』。大橋巨泉との対談。

9月
「『恍惚の人』を書かせたボルテージ」1日、『潮』百五十八号。高峰秀子との対談。
「あなたが恍惚の人になるとき」1日、『婦人公論』五十七巻九号。松原治郎、森幹郎、横山和子、有吉佐和子による座談会。
「四次防と恍惚の人」1日、『中央公論』八十七年九号。石垣純二との対談。
「日本におけるケイトンズヴィル事件」1日、『波』三十二号。

10月
『ケイトンズヴィル事件の九人』25日、新潮社。
「開幕を前にして」『ケイトンズヴィル事件の九人』パンフレット。
「芝居づくりの根源にふれて」『ケイトンズヴィル事件の九人』パンフレット。
「恍惚摘録」5日、『面白半分』一巻五号。野坂昭如との対談。

11月
『海暗』30日、新潮文庫
「日本の『ケイトンズヴィル事件』」1日、『世界』三百二十四号。
「日本のなかにケイトンズヴィルを」1日、『潮』百六十号。

12月
「『都市の時代』と『文学者の時代』」1日、『図書』二百八十号。伊東光晴との対談。
「野上先生の生活と文学―作家を語る　野上弥生子」1日、ほるぷ出版『名作自選日本現代文学館別冊』。

昭和48年（一九七三）　四十二歳

1月、ドラマ「出雲の阿国」がNETテレビで放映。東宝映画「恍惚の人」（松山善三脚本、豊田四郎監督）が公開。文学座「ふるあめりかに袖はぬらさじ」（戌井市郎演出）が国立劇場で上演。ドラマ「華岡青洲の妻」がTBSで放映。5月、新派特別公演「華岡青洲の妻」（戌井市郎演出）が新橋演舞場で上演。7月、「三婆」（小幡欣治脚本・演出）が芸術座で上演。

1月「真砂屋お峰」1日、『中央公論』八十八年一号～八十九年八号（49年8月1日）。全二十回。

「母子変容」6日、『週刊読売』三十二巻一号～五十七号（12月29日）。

『現代キリスト教文学全集第十一巻　日常と家庭』20日、教文館。「芽鱗」を収録。

2月『現代キリスト教文学全集第二巻　日本への土着』20日、教文館。「江口の里」を収録。

3月『孟姜女考』10日、新潮社。

6月「尖端と土着のはざまで」20日、『現代キリスト教文学全集』付録『月報9』。武田友寿との対談。

7月「哀悼」28日、平林たい子記念文学会『平林たい子追悼文集』。

8月「お手本は職人さんの努力」15日、御木白日『ちょっと失礼』（読売新聞社）。御木白日との対談。

9月『木瓜の花　上』15日、新潮社。

『木瓜の花　下』15日、新潮社。

10月「司馬文学のファンとして」30日、『司馬遼太郎全集第二巻』付録『月報26』。

昭和49年（一九七四）　四十三歳

4月、上智大学で金田一春彦教授の言語学セミナーに通う。松竹、文学座提携公演「ふるあめりかに袖はぬらさじ」（有吉作、戌井市郎演出）が新橋演舞場で上演。5月、参議院選挙に立候補した市川房江、紀平悌子の選挙活動に加わり、応援演説を行う（29日～7月7日）。7月、「三婆」（小幡欣治脚本・演出）が芸術座で上演。8月、テレビ朝日「奈良和モーニングショウ」のキャスターとなり、人気を呼んだ。10月、『朝日新聞』に「複合汚染」を連載。公害問題をとりあげた社会小説として反響を呼んだ。ドラマ「三婆」がNETテレビで放映。11月、「複合汚染」取材のためフランスへ行く。パリでの有機農業国際会議に参加。

1月「黄金伝説」1日、『新潮』七十一巻一号～七十二巻八号（50年8月1日）。全十九回。49年7月より「鬼怒川」と改題。

「山美しく、水美しい和歌山市」1日、『市報わかやま』二百八十七号。

『出雲の阿国　上之巻』10日、中公文庫。

2月『出雲の阿国　中之巻』10日、中公文庫。

「いまでも芥川賞がほしい」10日、文芸春秋社『文壇よもやま話』。池島信平との対談。

「手紙」10日、文芸春秋社『文壇よもやま話』。

3月「歴史のヒロインたち」10日、『産経新聞』。馬場あき子との対談。

『出雲の阿国　下之巻』10日、中公文庫。

『母子変容　上』28日、講談社。

『母子変容　下』28日、講談社。

5月　「華岡青洲」29日、『日本史探訪第十集』（角川書店）。

8月　「〝母〟なるかの子」1日、『海』六巻八号。岡本太郎との対談。

「井上靖語録」20日、新潮社『井上靖小説全集第十八巻』付録『付録23』。

9月　『真砂屋お峰』25日、中央公論社。

10月　「複合汚染」14日、『朝日新聞』（〜50年6月30日）。二百五十六回連載。

『現代の女流文学3』20日、毎日新聞社。「華岡青洲の妻」を収録。

11月　『一の糸』26日、新潮文庫。

昭和50年（一九七五）　四十四歳

1月、ミュージカル「山彦ものがたり」（有吉作・演出。劇団山彦の会）が紀伊國屋ホールで上演。2月、「華岡青洲の妻」（有吉脚本、戌井市郎演出。新劇合同公演）が読売ホールで、「三婆」（小幡欣治脚本・演出。東宝現代劇）が中日劇場で上演。4月、『複合汚染　上』が出版され、ベストセラーとなる。5月、「香華」（有吉演出。大藪郁子脚本）が芸術座で上演。6月、「真砂屋お峰」（有吉脚色・演出）が東京宝塚劇場で上演。8月、「山彦ものがたり」（有吉作・演出）が日生劇場で上演。11月、「四畳半襖の下張り」裁判で被告証人として出廷。

2月　「作者のことば」新劇合同公演『華岡青洲の妻』パンフレット。

3月　『不信のとき』30日、新潮文庫。

4月　「『複合汚染』への疑問に答える」1日、『波』六十三号。

『複合汚染　上』20日、新潮社。「あとがき」を付す。

6月　『夕陽ヵ丘三号館　上』25日、文春文庫。

『夕陽ヵ丘三号館　下』25日、文春文庫。

7月　「『複合汚染』を終わって」2日、『朝日新聞』夕刊（〜3日）。

「『複合汚染』がつくる人間のタイプ」24日、『週刊現代』十七巻二十九号。西丸震哉との対談。

『複合汚染　下』30日、新潮社。「あとがき」を付す。

8月　「現代に欠けた神話を求めて」1日、『朝日新聞』夕刊。ジョン・デビッドとの対談。

『江口の里』10日、中公文庫。

「『複合汚染』に救いはあるか」22日、『朝日ジャーナル』十七巻三十六号。星野芳郎、華山謙、有吉佐和子による座談会。

9月　「農業に寄せる思い」『家の光』。宮脇朝男との対談。
「人間を『複合汚染』から救えるか」1日、『潮』百九十五号。宮本憲一との対談。
「『複合汚染』のうらおもて」1日、『諸君!』七巻九号。野坂昭如との対談。
11月　『鬼怒川』10日、新潮社。
「『鬼怒川』に流れるもの」1日、『波』七十号。和歌森太郎との対談。

昭和51年（一九七六）　四十五歳

2月、「東西才女覚、可愛い『おとこ』」（有吉演出、大藪郁子脚本）が帝国劇場が上演。春、玉青を伴ってアメリカへ行く。肺炎になり帰国、入院する。更年期障害と診断される。5月、「芝櫻」（小幡欣治脚本、演出）が東京芸術座で上演。6月、「真砂屋お峰」（有吉脚本・演出）が東宝劇場で、「乱舞」（大藪郁子脚本、松浦竹雄演出）が明治座で上演。雑誌『面白半分』で臨時増刊「全特集有吉佐和子」が組まれる。8月、「山彦ものがたり」が日生劇場で上演。

この年　「魯迅展に寄せて」日中文化交流会編『中華人民共和国魯迅展』（日本経済新聞社）。日付なし
1月　「青い壺」1日、『文芸春秋』五十四巻一号～五十五巻二号（52年2月1日）。全十三回。
2月　『断弦』文春文庫。「あとがき」を付す。
4月　「『四畳半襖の下張』裁判証言」『面白半分』増刊号。
「舟橋先生、ごきげんよう」1日、『風景』十七巻四号。
6月　「お峰ふたたび」1日、『婦人公論』六十一巻六号。
『筑摩現代文学大系63　芝木好子・有吉佐和子』15日、筑摩書房。
「あの頃」30日、『面白半分』九巻八号。臨時増刊「全特集・有吉佐和子」号。
「随筆家の幸田文さんに歌舞伎の話を訊く」30日、『面白半分』九巻八号。再録。
「石の庭」30日、『面白半分』九巻八号。再録。
「私たちの二十年」「30日、『面白半分』九巻八号。宮城まり子との対談。
7月　「お峰を着る」1日、『婦人公論』六十一巻七号。
「あの頃、この頃」1日、『銀座百点』二百六十号。円地文子、戸板康二、車谷弘、有吉佐和子による座談会。
『美っつい庵主さん』30日、新潮文庫。
8月　『日本飢餓列島』10日、文芸春秋社。野坂昭如との対談。
「『複合汚染』のうらおもて」を収録。
9月　『真砂屋お峰』25日、中央公論社
10月　「じゃがたらお春」15日、『日本史探訪第十七集』（角川書店）。

12月　「いまむらいづみ讃」前進座パンフレット。

昭和52年（一九七七）　四十六歳

2月、「日本人萬歳！」（有吉作・演出）が帝国劇場で上演。3月、過労のため入院。退院後は体力作りのためジョギングを始める。舞踊劇「赤猪子」が国立劇場で上演。5月、「一の糸」（有吉、野口達二脚本・野口達二演出）が東京宝塚劇場で上演。8月、『有吉佐和子選集第二期』全十三巻が刊行開始。9月、取材のため京都、箱根、群馬などを廻る。11月、文士劇「ベニスの商人」にポーシャ役で出演。「三婆」（小幡欣治脚本、演出）が都市センターホールで上演。

1月　「和宮様御留」1日、『群像』三十二巻一号～三十三巻三号（53年3月1日）。
「ゴージャスなもの」1日、『演劇界』三十五巻一号。
「新春異色対談」20日、『女性セブン』。中村富十郎との対談。

2月　「日本人萬歳！」1日、『中央公論』九十二年二号。
「豊かな夢を」『日本人萬歳！』パンフレット。

4月　『青い壺』10日、文芸春秋社。

7月　『複合汚染その後』20日、潮出版社。対談集。

8月　「小説を書くのは難しい」1日、『波』九十一号。
「大徳寺で思ったこと」20日、『古寺巡礼京都16　大徳寺』（淡交社）。
『有吉佐和子選集第二期第八巻　恍惚の人』25日、新潮社。

9月　『有吉佐和子選集第二期第一巻　出雲の阿国　上』25日、新潮社。
「文学と数学の共通項は美意識にあり」2日、『週刊朝日』。広中平祐との対談。

10月　『有吉佐和子選集第二期第二巻　出雲の阿国　下』25日、新潮社。

11月　『有吉佐和子選集第二期第七巻　夕陽ヵ丘三号館』25日、新潮社。
「NOBODYについて」1日、『坂西志保さん』（国際文化会館刊）。

12月　『有吉佐和子選集第二期第四巻　芝櫻　上』25日、新潮社
『三婆』20日、新潮文庫。

昭和53年（一九七八）　四十七歳

1月、「紀ノ川」（大藪郁子脚本、有吉演出、本間忠良演出）が帝国劇場で上演。2月、「乱舞」（大藪郁子脚本、松浦竹雄演出）が明治座で上演。3月、『週刊朝日』に「悪女について」を連載。テレビ朝日で連続ドラマ「悪女について」が小説と同時進行で放映。ドラマ「三婆」がTBSで放映。4月、『最後の植民地』翻訳のため渡仏（～5月）。6月、中国の農村の実情調査のため訪中、各地

の人民公社を訪ねる。日中国交正常化による実現であった。7月、帰国。8月、「有吉佐和子の中国レポート」を発表。玉青と軽井沢で過ごすが、夏風邪をこじらせて入院。高校野球観戦に熱中するようになる。「芝櫻」（小幡欣治脚本、演出）が明治座で上演。10月、ドラマ「不信のとき」がフジテレビで放映。11月、「日本人萬歳！」（有吉作、演出）が中日劇場で上演。

1月　「ハストリアンとして」1日、『波』九十六号。
2月　『有吉佐和子選集第二期第五巻　芝櫻　下』25日、新潮社。
　　『有吉佐和子選集第二期第十二巻　複合汚染』25日、新潮社。「あとがき」を付す。
3月　「悪女について」31日、『週刊朝日』（～9月29日）。
　　『有吉佐和子選集第二期第六巻　針女』25日、新潮社。
4月　『和宮様御留』10日、講談社。「あとがき」を付す。
　　『処女連禱』25日、三笠書房。新版。
　　『有吉佐和子選集第二期第九巻　木瓜の花　上』25日、新潮社。
5月　『有吉佐和子選集第二期第十巻　木瓜の花　下』25日、新潮社。
6月　『有吉佐和子選集第二期第十三巻　鬼怒川』25日、新潮社。
7月　『有吉佐和子選集第二期第三巻　孟姜女考』25日、新潮社。
8月　「有吉佐和子の中国レポート」3日、『週刊朝日』二十三巻三十一号～二十四巻六号（54年2月8日）。ルポルタージュ。二十七回連載。
　　『有吉佐和子選集第二期第十一巻　真砂屋お峰』25日、新潮社。
9月　『悪女について』25日、新潮社。
10月　「男性社会の中で」1日、『波』百六号。
11月　『新潮現代文学51　有吉佐和子』15日、新潮社。

昭和54年（一九七九）　四十八歳

1月、『和宮様御留』で第二十回毎日芸術賞を受賞。「ふるあめりかに袖はぬらさじ」（有吉脚本、戌井市郎演出）が新橋演舞場で上演。4月、「油屋おこん」を『毎日新聞』に連載。遊郭の性を正面から描く意欲作であったが、中断。「日本の島々、昔と今。」取材のため、焼尻島など各地の離島をめぐる。

1月　「初の文学賞」9日、『毎日新聞』夕刊。
3月　『有吉佐和子の中国レポート』5日、新潮社。
4月　「私の初のポルノグラフィー」6日、『毎日新聞』。
　　「油屋おこん」11日、『毎日新聞』（～8月19日。）百二十八回連載。
　　『最後の植民地』20日、新潮社。ブノワット・グルー作。カトリーヌ・カドゥとの共訳。
5月　『複合汚染』25日、新潮文庫。選集版「あとがき」を付す
6月　「炭を塗る」1日、『波』十三巻六号。

10月　「『演劇界』は私にとって育ての親」25日、演劇出版社刊『演劇出版社30年』。
『芝櫻　上』25日、新潮文庫。
『芝櫻　下』25日、新潮文庫。
『連舞』25日、集英社文庫。
12月　「皇女和宮の謎」1日、『NHK歴史への招待②』（日本放送協会）。鈴木尚との対談。

昭和55年（一九八〇）　四十九歳

6月、「和宮様御留」（小幡欣治脚本・演出）が東京宝塚劇場で上演。10月、ドラマ「華岡青洲の妻」が日本テレビで放映。11月、「華岡青洲の妻」（有吉脚本、戌井市郎演出）が中日劇場で上演。

1月　「日本の島々、昔と今。」1日、『すばる』二巻一号〜三巻一号（〜56年1月）。全十三回。
2月　『乱舞』25日、集英社文庫。
4月　『青い壺』25日、文春文庫。
5月　『鬼怒川』25日、新潮文庫。
「西鶴、三婆、三代男」1日、小学館『暉峻康隆対談集・西鶴粋談』。暉峻康隆との対談。
6月　「原作者のことば」東京宝塚劇場『和宮様御留』パンフレット（東京宝塚劇場）。
9月　「ライブ・ディスカッション　廃棄の時代から計画に時代へ」平凡社『平凡社カルチャーtoday5　作る〈もの〉からの発言』。伊東光晴、華山謙、平田清明、有吉佐和子による座談会。
10月　「御幸の夢―青岸渡寺」5日、小学館『探訪日本の古寺13　近畿』。

昭和56年（一九八一）　五十歳

1月、ドラマ「和宮様御留」がフジテレビで放映。2月、パリを訪れる。4月、「華岡青洲の妻」（有吉脚本、戌井市郎演出）が新劇合同中国で上演。劇団に同行して訪中。北京市などで公演（〜21日）を行う。帰国後、池袋サンシャイン劇場で訪中記念公演（〜5月）が行われる。5月、「一の糸」（野口達二脚色、戌井市郎演出）が日本橋三越劇場で上演。「和宮様御留」（小幡欣治脚本・演出）が東京宝塚劇場で上演。「芝櫻」（小幡欣治脚本・演出、臼杵吉春演出）が大阪新歌舞伎座で上演。7月、ヨーロッパ、アメリカを歴訪。

5月　『日本の島々、昔と今。』30日、集英社。
『木瓜の花』25日、新潮文庫。
7月　「ノンフィクションのおもしろさ―有吉佐和子『日本の島々、昔と今』をめぐって」1日、『すばる』三巻七号。深田祐介との対談。
「現代の演劇事情を語る」1日、『演劇界』三十九巻八号。

尾崎宏次との対談。

12月　『針女』25日、新潮文庫。

昭和57年（一九八二）　五十一歳

1月、「芝櫻」（小幡欣治脚本・演出、臼杵吉春演出）が中日劇場で上演。2月、「乱舞」（有吉演出、大藪郁子脚本）が帝国劇場で上演。文学座「ふるあめりかに袖はぬらさじ」（戌井市郎演出）がサンシャイン劇場で上演。3月、書き下ろし小説『開幕ベルは華やかに』を刊行。「香華」（有吉演出、大藪郁子脚本）が朝日座で上演。6月、「和宮様御留」（小幡欣治脚本・演出）が中日劇場で上演。12月、前進座「助左衛門四代記・第一部」（津上忠脚色・演出）が新橋演舞場で上演。

1月　『ふるあめりかに袖はぬらさじ』10日、中公文庫。

3月　『開幕ベルは華やかに』25日、新潮社。書き下ろし。

4月　「〈笑い待ち〉の流儀」1日、『中央公論』九十七年四号。つかこうへいとの対談。

「深田祐介のトーキング・ライブラリー有吉佐和子」24日、『週刊宝石』二巻十七、十八号。深田祐介との対談。全二回。

10月　「作家に聞く（この人と一時間）—特老施設に貧者の一灯を」5日、『エコノミスト』六十巻四十二号。インタビュー。

『恍惚の人』25日、新潮文庫。

11月　「人生みなわが師」15日、育英出版社『改訂版現代和歌山の百人』。

昭和58年（一九八三）　五十二歳

1月、ドラマ「開幕ベルは華やかに」（有吉脚本、久野浩平演出）がテレビ朝日で放映。ドラマ「木瓜の花」が日本テレビで放映。2月、「乱舞」（有吉脚色、演出。大藪郁子演出）が帝国劇場で上演。5月、「芝櫻」（2日～26日。小幡欣治脚本・演出、臼杵吉春演出）が新橋演舞場で上演。秋、TBSのドキュメンタリー番組「有吉佐和子タンザニアを行く」撮影のため、アフリカへ行く。

4月　『悪女について』25日、新潮社。

5月　「プレー・ボールは華やかに」1日、『月刊カドカワ』一巻一号。長島茂雄との対談。

6月　『有吉佐和子の中国レポート』25日、新潮文庫。

8月　『日本の原爆文学10　短篇I』1日、ほるぷ出版。「祈禱」を収録。

10月　「地唄」1日、『文学界』三十七巻十号。「五十年短篇傑作選」として掲載。

昭和59年（一九八四）　五十三歳

3月、「香華」が芸術座で上演。4月、ウェールズ大学日本学大会のゲスト講演のため、イギリスへ行く。5月、国際ペン東京大会に出席。6月、「華岡青洲の妻」（有吉脚本、戌井市郎演出）が新橋演舞場で上演。フジテレビ「笑っていいとも！」にゲスト出演、話題となる。7月、イギリスで短期留学する玉青をロンドンまで送る。8月30日、自宅で急性心不全のため死去。9月4日、東京大聖堂マリア・カテドラルで告別式が行われる。11月、東宝、松竹提携「有吉佐和子追悼公演　香華」が南座で上演される。

この年、李徳純訳『非色』（上海）の序文を執筆。

1月　『有吉佐和子と七人のスポーツマン』10日、潮出版社。対談集。

3月　『日本の島々、昔と今。』25日、集英社文庫。

「作者の言葉」芸術座『香華』パンフレット。

5月　『母子変容　上』15日、講談社文庫。

『母子変容　下』15日、講談社文庫。

「ほろ酔い対談　酒は親の仇、されど…」『たる』。阿木翁助との対談。

6月　「カルチャーエッセイ54　生きがい」26日、『週刊明星』。

9月　「紫式部の美」14日、『週刊朝日』八十九巻四十号。

11月　「人生、見せ場づくり」1日、『潮』三百七号。対談（橋本治）。

（岡本和宜）

主要文献目録

【凡例】

一　本目録は、これまでの調査の中で、有吉佐和子に関する重要と思われる文献を年代順に並べたものである。
一　文献は、大きく**1単行本**、**2雑誌**、**3新聞**　に分類した。
一　原則として著者名、文献名（書名・論文名など）、刊期、発行元の順に明記し、必要に応じて注記を書き加えた。
一　年代表記には元号（日本年号）を用いた。
一　書名及び雑誌・新聞名は『　』、論文名は「　」で記した。
一　本目録の作成に当たり、主として次の先行文献を参照した。
①『現代日本の文学49　有吉佐和子　瀬戸内晴美集』（昭和45年9月、学習研究社）
②『現代日本文学大系89　深澤七郎　有吉佐和子　三浦朱門　水上勉集』（昭和47年2月、筑摩書房）
③『面白半分』第9巻8号《全特集・有吉佐和子》（昭和51年6月、面白半分）
④『日本歴史文学館29　有吉佐和子』（昭和63年9月、講談社）
⑤『新潮日本文学アルバム　有吉佐和子』（平成7年5月、新潮社）
一　本目録は『皇學館論叢』第35巻2・3・4号（平成14年4月、6月、8月）に掲載の岡本和宜「有吉佐和子研究参考文献（上）（中）（下）」を基に作成した。

1　単行本

［A］単行本研究書

千頭剛『有吉佐和子―〈家〉に生きる人々を書く作家』昭和50年1月、汐文社
岩本経丸ほか『小説『複合汚染』への反証』昭和50年10月、国際商業出版
丸川賀世子『有吉佐和子とわたし』平成5年7月、文芸春秋社
宮内淳子編『新潮文学アルバム　有吉佐和子』平成7年5月、新潮社

［B］回想録など

吾妻徳穂『踊って踊って八十年―想い出の交友記』昭和63年11月、読売新聞社
有吉玉青『身がわり―母・有吉佐和子との日日』平成1年3月、新潮社
吾妻徳穂『女の自叙伝　女三昧芸三昧―如是の華』平成2年1月、婦人画報社
戸板康二『あの人この人』平成5年6月、文芸春秋社
大島幹雄『虚業成れり―「呼び屋」神彰の生涯』平成16年1月、岩波書店

〔C〕　単行本収載論文

草柳大蔵「日本文学の伝統を生かす　作家有吉佐和子」昭和45年1月、草柳大蔵監修『現代日本の200人』（省光社）

室生犀星「有吉佐和子」昭和36年4月、中央公論社『黄金の針―女流評傳』

浜本武雄「人種問題へのアプローチ―有吉佐和子『非色』をめぐって―」昭和39年9月、『二十世紀文学』

巌谷大四「香華（有吉佐和子）」「『非色』有吉佐和子」昭和43年1月、共同出版社『日本の文学一〇〇の案内（昭和篇）』

尾崎秀樹「『家』と愛に悩む女の業―有吉佐和子『紀ノ川』」昭和44年11月、大和書房『愛をつくるもの―文学にみる女性の生きかた』

白頭巾「有吉佐和子」昭和47年10月、巌谷大四、尾崎秀樹、進藤純孝『文壇百人』（読売新聞社）

馬渡憲三郎「近代女流文学論」昭和48年8月、馬渡憲三郎編『女流文芸研究』（南窓社）

助川徳是「有吉佐和子―歴史ものと話ものについて」昭和48年8月、馬渡憲三郎編『女流文芸研究』（南窓社）

油野良子「有吉佐和子」昭和48年11月、至文堂『戦後作家の履歴』

武田友寿「人間の賦活―曽野綾子と有吉佐和子」昭和49年6月、講談社『救魂の文学』

武田友寿「人間宣言・有吉佐和子」昭和49年6月、教文館『日本のキリスト教作家たち』

尾崎秀樹「紀ノ川の流れ　有吉佐和子―『紀ノ川』『華岡青洲の妻』」昭和50年8月、みずうみ書房『ろまんの小径』

小田切秀雄「有吉佐和子らと松本清張ら」昭和50年12月、集英社『現代文学史　下巻』

三好行雄「曽野綾子・有吉佐和子」昭和52年4月、至文堂『増補新版日本文学史　近代Ⅱ』

野村　喬「戦後の戯曲―四十年代から五十年代まで」昭和52年4月、至文堂『増補新版日本文学史　近代Ⅱ』

巌谷大四「才女時代」「神彰との出会い」昭和52年6月、中央公論社『物語女流文学　下』

尾崎秀樹「有吉佐和子と流れ」昭和52年9月、時事通信社『作家の表象　現代作家116』

星野芳郎「複合汚染」昭和53年6月、朝日新聞社『ベストセラー物語　下』

尾崎秀樹「日本文学にみる愛の姿―有吉佐和子『華岡青洲の妻』」「名作のヒロインたち　有吉佐和子『紀ノ川』―紀本花」昭和53年8月、ふみくら書房『三代の女たち』

山村正夫「NHKテレビの人気番組『私だけが知っている』」昭和55年4月、双葉社『続々・推理文壇戦後史』

尾崎秀樹・尾崎恵子「加代　愛憎を胸に姑との闘い」昭和57年4月、創流社『愛の目録　小説のなかの女101』
岡田喜秋「有吉佐和子と離島」昭和59年12月15日、牧羊社『旅する作家たち』
奥野健男「嫁姑の葛藤と戦争花嫁―有吉佐和子の『華岡青洲の妻』と『非色』」昭和60年3月、毎日新聞社『歴史の斜面に立つ女たち　文学のなかに女性像を追う』
磯田光一「紀ノ川のゆくえ」昭和61年6月、新潮社『昭和作家論集成』
米山正信「苦難の同一化の過程と女の一生―有吉佐和子『華岡青洲の妻』」昭和60年8月、誠信書房『文学作品に学ぶ心の秘密』
李　徳純「有吉佐和子と『非色』」「弛まざる探求者―有吉佐和子への悼念」昭和61年5月、明治書院『戦後日本文学管窺―中国的視点』
橋本　治「有吉佐和子と『アラベスク』」昭和61年9月、作品社『ロバート本』
山下喬子「華岡青洲の妻」昭和62年3月、ぎょうせい『日本文芸鑑賞事典　第十九巻』
発田和子「有吉佐和子と死」昭和62年7月、不二出版『女流作家の神髄』
発田和子「女流作家における女優願望」昭和62年7月、不二出版『女流作家の神髄』
発田和子「『天璋院篤姫』や『和宮様御留』」昭和62年7月、不二出版『女流作家の神髄』
尾崎秀樹「有吉佐和子―『紀ノ川』『華岡青洲の妻』ほか」昭和62年12月、潮出版社『この愛、この生き方』
谷田昌平「有吉佐和子―社会問題を先取りして小説を書く」昭和63年4月、筑摩書房『回想戦後の文学』
直良三樹子「紀ノ川」昭和63年4月、ぎょうせい『日本文芸鑑賞事典　第十八巻』
桐村　涼「恍惚の人」昭和63年6月、ぎょうせい『日本文芸鑑賞事典　第二十巻』
尾形明子「有吉佐和子『紀ノ川』の花」昭和63年10月、ドメス出版『現代文学の女たち』
橋本　治「理性の時代」平成2年3月、河出書房新社『橋本治雑文集成　パンセⅢ　文学たちよ！』
村松定孝「有吉佐和子」平成3年7月、村松定孝編『近代作家エピソード辞典』（東京堂出版）
大久保典夫「加恵―有吉佐和子『華岡青洲の妻』」平成4年3月、高文堂出版社『現代文学の風景』
山本千恵「非色」平成4年5月、大月書店『追い風の女たち―女性文学と戦後』
小田切進「有吉佐和子『紀ノ川』」平成4年9月、ぎょうせい『近代名作紀行―文学と名作に出逢う』
大村彦次郎「小泉喜美子と有吉佐和子」平成7年5月、筑摩書房『文壇うたかた物語』
橋爪　博「有吉佐和子『油屋おこん』と伊勢」平成7年3月、山文印刷『〝続〟伊勢・志摩の文学』
千頭　剛「有吉佐和子『複合汚染』―戦後エコロジー文学の草分け」平成7年5月、関西書院『戦後文学の作家たち』
大村彦次郎「中間小説の隆盛と変質」平成10年12月、筑摩書房『文壇栄華物語―中間小説とその時代』
尾崎秀樹「有吉佐和子『紀ノ川』」平成11年11月、東京新聞社『日本文学の百年―もう一つの海流』
半田美永「有吉佐和子」昭和62年1月、ゆのき書房『紀伊半島をめぐる文人たち』
尾形明子「女性作家の進出」平成9年5月、東京堂出版『時代別日本文学事典　現代編』
奥野健男「有吉佐和子」『この一冊で日本作家がわかる』平成9年9月、三笠書房
小田切秀雄「有吉佐和子『華岡青洲の妻』」平成10年10月、東京新聞出版局『日本文学の百年』
尾崎秀樹「有吉佐和子『紀ノ川』」平成11年11月、東京新聞出版局『日本文学の百年　もう一つの海流』
尾崎秀樹「有吉佐和子『恍惚の人』にふれて」平成12年10月、北溟社『逝く人たちの声』

［D］文庫本解説
亀井勝一郎「解説」昭和38年8月、角川文庫『紀ノ川』
日沼倫太郎「解説」昭和42年11月、角川文庫『非色』
池田弥三郎「解説」昭和42年12月、角川文庫『有田川』
桂　芳久「解説」昭和39年6月、新潮文庫『紀ノ川』
小松伸六「解説」昭和40年3月、新潮文庫『香華』
河盛好蔵「解説」昭和40年9月、新潮文庫『助左衛門四代記』
戸板康二「解説」昭和42年11月、新潮文庫『地唄』
進藤純孝「解説」昭和44年11月、新潮文庫『私は忘れない』
和歌森太郎「解説」昭和45年1月、新潮文庫『華岡青洲の妻』
磯田光一「解説」昭和47年10月、新潮文庫『海暗』
戸板康二「解説」昭和49年11月、新潮文庫『一の糸』
巌谷大四「解説」昭和50年3月、新潮文庫『不信のとき』
尾崎秀樹「解説」昭和51年7月、新潮文庫『美っつい庵主さん』
奥野健男「解説」昭和52年12月、新潮文庫『三婆』
奥野健男「解説」昭和54年5月、新潮文庫『複合汚染』
池田弥三郎「解説」昭和54年10月、新潮文庫『芝櫻　下』
武田友寿「解説」昭和55年5月、新潮文庫『鬼怒川』
池田弥三郎「解説」昭和56年5月、新潮文庫『木瓜の花』
池田弥三郎「解説」昭和56年12月、新潮文庫『針女』

森　幹郎「解説」昭和57年5月、新潮文庫『恍惚の人』
武蔵野次郎「解説」昭和58年3月、新潮文庫『有吉佐和子の中国レポート』
尾崎秀樹「解説」昭和58年5月、新潮文庫『悪女について』
川嶋　至「解説」昭和59年12月、新潮文庫『開幕ベルは華やかに』
篠田一士「解説」昭和56年5月、講談社文庫『和宮様御留』
編集部「年譜」昭和56年5月、講談社文庫『和宮様御留』
橋本　治「理性の時代に」昭和59年5月、講談社文庫『母子変容　下』
進藤純孝「解説」昭和54年10月、集英社文庫『連舞』
進藤純孝「解説」昭和55年2月、集英社文庫『乱舞』
篠田一士「解説」昭和59年4月、集英社文庫『日本の島々、昔と今。』
進藤純孝「解説」昭和60年4月、集英社文庫『仮縫』
川西政明「解説」昭和60年9月、集英社文庫『更紗夫人』
川西政明「解説」昭和61年11月、集英社文庫『処女連禱』
服部幸雄「解説」昭和49年3月、中公文庫『出雲の阿国　下之巻』
進藤純孝「解説」昭和50年8月、中公文庫『江口の里』
磯田光一「解説」昭和57年2月、中公文庫『ふるあめりかに袖はぬらさじ』
塩田丸男「解説」昭和50年6月、文春文庫『夕陽ヵ丘三号館』

［E］　全集、作品集解説

山本健吉「解説」昭和35年11月、筑摩書房『新選現代文学館33　戦後小説集（二）』
戸板康二「解説」昭和36年2月、筑摩書房『新鋭文学叢書9　有吉佐和子集』
瀬沼茂樹「解説」昭和37年11月、集英社『新日本文学全集4　有吉佐和子集』
平野　謙「有吉佐和子のこと」昭和37年11月、『新日本文学全集4』月報
進藤純孝「郷愁と脱皮の間（有吉佐和子）―『紀ノ川』をめぐって」昭和41年7月、講談社『われらの文学15　阿川弘之　有吉佐和子』
戸板康二「解説」昭和43年11月、新潮社『新潮日本文学57　有吉佐和子集』
奥野健男「解説」昭和44年2月、中央公論社『日本の文学75　阿川弘之　庄野潤三　有吉佐和子』
小田切秀雄「作品解説」「作家入門」昭和44年6月、講談社『日本現代文学全集106　現代名作選（二）』
尾崎秀樹「『紀ノ川』の旅」昭和45年9月、学習研究社『現代日本の文学49　有吉佐和子　瀬戸内晴美集』

巌谷大四「評伝的解説」昭和45年9月、学習研究社『現代日本の文学49　有吉佐和子　瀬戸内晴美集』

進藤純孝「郷愁と脱皮の間　有吉佐和子論」昭和47年2月、筑摩書房『現代文学大系89　深沢七郎　有吉佐和子　三浦朱門　水上勉集』

武田友寿「贖罪と回生の文学―有吉佐和子『恍惚の人』の問題」昭和49年7月、教文館『現代日本キリスト教文学全集第十八巻　キリスト教と文学』

松原新一「解説」昭和49年10月、毎日新聞社『現代の女流文学3』

上田三四二「人と文学　有吉佐和子」昭和51年6月、筑摩書房『筑摩現代文学66　芝木好子　有吉佐和子集』

武田友寿「解説」昭和53年11月、新潮社『新潮現代文学51　有吉佐和子』

橋本　治「有吉佐和子・人と作品」昭和63年4月、小学館『昭和文学全集25』

宮内淳子「解説」平成12年11月、日本図書センター『作家の自伝109　有吉佐和子』

［F］　全集月報など

『有吉佐和子選集』月報

桂　芳久「『紀ノ川』前後」昭和45年4月、第一巻

池田弥三郎「有吉文学の一面―有田川を中心に―」昭和45年5月、第七巻

尾崎秀樹「日本の家と女」昭和45年6月、第十一巻

和歌森太郎「絶妙な歴史文学」昭和45年7月、第六巻

本田創造「『非色』の世界」昭和45年8月、第八巻

森田たま「色彩豊かな世界」昭和45年9月、第四巻

大江健三郎「端倪すべからず」昭和45年10月、第九巻

進藤純孝「処女出版のころ」昭和45年11月、第三巻

平林たい子「一歩先んじて現代を書いた小説」昭和45年12月、第十二巻

瀬沼茂樹「最初の新聞小説のころ」昭和46年1月、第二巻

戸板康二「有吉さん」昭和46年2月、第十巻

巌谷大四「有吉さんの向学心」昭和46年3月、第五巻

奈良本辰也「歴史を見る目」昭和46年4月、第十三巻

有吉佐和子「〝老い〟を見つめるのはつらい」昭和52年8月、第二期第八巻

服部幸雄「踊り踊りて」昭和52年9月、第二期第一巻

服部幸雄「踊り踊りて（承前）」昭和52年10月、第二期第二巻

小野山良一「新しい時代の良妻賢母」昭和52年11月、第二期第七巻

猿谷　要「有吉さんと『ルーツ』」昭和52年12月、第二期第四巻

小幡欣治「たった一度の注文」昭和53年1月、第二期第五巻

雑喉潤「『複合汚染』連載のころ」昭和53年2月、第二期第十二巻
野口達二「有吉さんの作劇」昭和53年3月、第二期第六巻
野坂昭如「〝悪い人〟でありたい」昭和53年4月、第二期第九巻
ドナルド・キーン「女王の即位を迎えて」昭和53年5月、第二期第十巻
馬場あき子「女手の年月」昭和53年6月、第二期第十三巻
武田友寿「人間復位への希望」昭和53年7月、第二期第三巻
大藪郁子「絢爛豪華な舞台」昭和53年8月、第二期第十一巻

［G］事典類
浅井清「地唄」昭和35年6月、『日本文学鑑賞辞典近代編』（東京堂出版）
熊坂敦子「有吉佐和子」昭和40年11月、『現代日本文学大事典』（明治書院）
無記名「有吉佐和子」昭和48年8月、『現代作家辞典』（東京堂出版）
田所泉「有吉佐和子」昭和52年3月、『現代人物事典』（朝日新聞社）
廣島一雄「有吉佐和子」昭和52年9月、『世界文学シリーズ　日本文学案内近代篇』（朝日出版社）
和田芳恵「有吉佐和子」昭和52年11月、『近代文学大事典第一巻』（講談社）
阪上義和「有吉佐和子」昭和54年10月、『郷土歴史人物事典〈和歌山〉』（第一法規出版）
細川正義「有吉佐和子」昭和58年6月、『近代作家研究事典』（桜楓社）
助川徳是「有吉佐和子」昭和58年7月、『現代文学研究事典』（東京堂出版）
瀬沼茂樹・磯田光一「有吉佐和子」昭和63年1月、『増補改訂新潮日本文学事典』（新潮社）
無記名「有吉佐和子」昭和62年2月、『日本文学史辞典　近現代編』（角川書店）
無記名「有吉佐和子」平成2年10月、『現代女性文学辞典』（東京堂出版）
田中美代子「有吉佐和子」平成2年12月、『現代日本朝日人物事典』（朝日新聞社）
無記名「有吉佐和子」平成2年12月、『作家・小説家人名事典』（日外アソシエーツ）
細川正義「有吉佐和子」平成4年9月、『明治大正昭和作家研究大事典』（桜楓社）
細川正義「有吉佐和子」平成6年3月、『世界日本キリスト教文学事典』（教文館）
大路和子「出雲の阿国」「和宮様御留」平成12年9月、『歴史・時

代小説事典』（実業之日本社）

2 雑誌

［A］ 特集雑誌

『ヤングレディ』三十五号昭和47年9月4日。特集「有吉佐和子自殺より私は〝恍惚〟を選ぶ」

『面白半分』九巻八号昭和51年6月30日、臨時増刊号「全特集・有吉佐和子」

『季刊創造』二号昭和52年1月1日、「特集・有吉佐和子の文学」

『文芸春秋』六十二巻十二号昭和59年11月、「有吉佐和子ちょっといい話」

『すばる』六巻十一号昭和59年11月、「有吉佐和子追悼」

［B］ 雑誌掲載論文

臼井吉見「才女時代の到来」昭和32年5月9日、『産経時事』

正宗白鳥「今の文壇は才女時代か」昭和32年12月、『婦人公論』四十二巻十二号

利倉幸一「私は発見した、有吉佐和子の才女ぶり」昭和33年1月18日、『週刊東京』

曾野綾子「有吉佐和子さんのこと」昭和34年3月、『文学界』十三巻三号

十返　肇「有吉佐和子の秘密」昭和34年6月、『週刊サンケイ』別冊

亀井勝一郎「美術と文学」昭和34年8月、『群像』。「紀ノ川」について

進藤純孝「有吉佐和子の文章―外面的志向の文体」昭和35年9月、『言語生活』一〇八号

扇谷正造「マスコミ交遊録」昭和36年6月、『銀座百点』

佐古純一郎「有吉佐和子」昭和37年9月、『解釈と鑑賞』二十七巻十号

杉森久英「香華（有吉佐和子）」昭和39年6月、『小説新潮』十八巻六号。グラビア解説

佐古純一郎「有吉佐和子の魅力を探る」昭和39年10月、『解釈と鑑賞』二十九巻十号

安岡章太郎「戦争花嫁通した黒人問題―『非色』有吉佐和子著」昭和39年9月25日、『週刊朝日』

大江健三郎「日本人のみた人種問題―『非色』」昭和39年10月4日、『朝日ジャーナル』

池淵鈴江「『非色』の雑感」昭和40年1月、『世紀』百七十六号

川口松太郎「親バカお佐和のこと」昭和40年7月、『文芸春秋』四十三巻七号

宇野千代「大時代的衣装の魅力―『一の糸』」昭和40年12月16日、『朝日ジャーナル』

渡邊澄子「有吉佐和子論」昭和42年4月、『文壇的立場』（日本近

代文学研究所）
藤枝静男「妻の座への疑問―『華岡青洲の妻』」昭和42年11月12日、『朝日ジャーナル』
進藤純孝「紀ノ川〈有吉佐和子〉」昭和43年4月、『国文学』十三巻五号
高田瑞穂「女流文学一〇〇年の流れ」昭和43年4月、『国文学』十三巻五号
巌谷大四「文壇評判記」昭和43年4月、『小説現代』
野村喬「最近の女流文学のベスト・セラーから」昭和43年4月、『国文学』十三巻五号
川副国基編「明治大正昭和女流作家事典　有吉佐和子」昭和43年4月、『国文学』十三巻五号
進藤純孝「有吉佐和子」昭和44年1月、『国文学』十四巻二号
千頭剛「有吉佐和子の文学―女性の生き方についての二、三の問題」昭和44年5月、『民主文学』四十五号
無記名「現代作家の徹底的研究　有吉佐和子」昭和44年6月、『小説セブン』
無記名「人物交差点　有吉佐和子」昭和44年12月、『中央公論』八十四年十二号
高橋英夫「先駆者的気力と情熱―有吉佐和子著『出雲の阿国』」昭和45年1月、『中央公論』八十五年一号
沢田章子「有吉佐和子―『非色』から『海暗』まで」昭和45年6月、『民主文学』五十五号
千頭剛「有吉佐和子の方法―『出雲の阿国』について」昭和45年12月、『民主文学』六十一号
大岡昇平「文学と郷土」昭和46年1月、『小説現代』九巻一号
河内夫佐子「有吉佐和子」昭和47年2月、『解釈と鑑賞』三十七巻二号
助川徳是「有吉佐和子」昭和47年3月、『解釈と鑑賞』三十七巻三号
巌谷大四「直木賞・芥川賞と現代女流作家」昭和47年3月、『解釈と鑑賞』三十七巻三号
田中美代子「〈老い〉とは何か―『老い』と『恍惚の人』をめぐって」昭和47年9月、『海』四巻九号
磯田光一「ユニークな老人文学―『恍惚の人』」昭和47年8月、『中央公論』
大熊信行「自己に発見した『老い』の兆し―『恍惚の人』」昭和47年9月、『潮』百五十八号
尾崎秀樹「有吉佐和子の老年学」昭和47年9月、『流動』
鈴木志郎康「『恍惚の人』極私的批判」昭和48年1月、『新日本文学』二十八巻一号
古谷専三「これが純文学とは―『恍惚の人』について」昭和48年3月、『聖徳学園短期大学紀要』五号
武田友寿「人間宣言・有吉佐和子」昭和48年11月、『世紀』二百

八十二号
藤沢　全「紀の川」昭和49年7月、『解釈と鑑賞』三十九巻八号
山崎一穎「有吉佐和子」昭和49年7月、『解釈と鑑賞』三十九巻八号
鈴木秀子「有吉佐和子」昭和49年7月、『解釈と鑑賞』三十九巻九号
鈴木秀子「有吉佐和子（作家の性意識）」昭和49年11月、『解釈と鑑賞』三十九巻十四号
畑下一男「作家論からの臨床判断　有吉佐和子」昭和49年11月、『解釈と鑑賞』三十九巻四号
和歌森太郎「鬼怒川を流れるもの」昭和50年11月、『波』
岡部貴子「有吉佐和子『紀ノ川』について」昭和50年12月20日、『駒沢短大国文』六号
助川徳是「『恍惚の人』有吉佐和子」昭和51年7月、『国文学』二十一巻九号
江種満子「有吉佐和子『紀ノ川』の花」昭和51年9月、『解釈と鑑賞』四十一巻十一号
小沢遼子「有吉佐和子の軌跡と読者」昭和51年10月、『思想の科学』六十七号
尾崎秀樹「歴史…点と線　紀ノ川」昭和51年12月、『旅行ホリデー』
岡　保生「第三十七回直木賞　選評と受賞作家の運命」昭和52年6月、『解釈と鑑賞』四十二巻八号
越次倶子「『複合汚染』」昭和52年12月、『解釈と鑑賞』臨時増刊「現代新聞小説事典」
進藤純孝「有吉佐和子」昭和53年4月、『国文学』
奥野健男「小説の中の〝関係〟競って生命を賭す嫁姑」昭和53年10月、『新鮮』
山内　真「有吉佐和子『出雲の阿国』」昭和53年12月、『愛媛国文研究』二十八号
尾崎秀樹「歴史をうつす紀ノ川　有吉佐和子『紀ノ川』『華岡青洲の妻』」昭和54年4月、『M&M』（不動産経済研究所）
塩見鮮一郎「六・七〇年代ベストセラー作家再読　再現された社会」昭和55年1月、『創』
藤沢　全「紀の川の花（有吉佐和子）」昭和55年3月、『国文学』二十五巻四号
日高昭二「状況への架橋として　有吉佐和子と倉橋由美子」昭和55年12月、『国文学』二十五巻十五号
河内夫佐子「華岡青洲の妻」昭和55年12月、『国文学』二十五巻十五号
芝仁太郎「有吉佐和子の『複合汚染』の文学性について」昭和56年1月、『主潮』九号
細川正義「有吉佐和子文芸の世界―女性復権への祈り―」昭和56年4月、『方位』二号

大笹吉雄「有吉佐和子の戯曲」昭和57年1月、『悲劇喜劇』三十五巻一号
文　潔若「有吉佐和子的創作」昭和57年2月、『日本文学』一号（東北師范大学）
河内大佐子「人気作家30人　有吉佐和子」昭和57年2月、『解釈と鑑賞』四十七巻二号
寺井美奈子「時代を射ぬいた女の眼―有吉佐和子『華岡青洲の妻』」昭和57年5月、『思想の科学』十七号
細川正義「方位―作家の死」昭和57年12月、『方位』八号
藤原節子「『紀ノ川』『伸子』に見る母と娘の葛藤」昭和58年5月、『ぽ』（竹林館）三十三号
石田久美子「有吉佐和子論―その女性観について」昭和58年9月、『米沢国語国文』十号
小野寺凡「有吉佐和子『香華』の友子」昭和59年3月、『国文学』二十九巻四号
長岡達也「文学における老いと死の一考察―有吉佐和子の『恍惚の人』を中心に」昭和59年5月、『聖カタリナ女子短期大学紀要』十七号
山本容朗「有吉佐和子さんのこと」昭和59年9月17日、『週刊読書人』
吉武輝子「有吉さん有難う」昭和59年10月、『別冊婦人公論』
円地文子「秋の笛―追悼・有吉佐和子さん」昭和59年10月、『別冊婦人公論』
阿川弘之・三浦朱門・奥野健男「有吉佐和子・人と文学」昭和59年11月、『文学界』三十八巻十一号
橋本　治「有吉佐和子追悼・誰が彼女を殺したか」昭和59年11月、『月刊カドカワ』二巻十一号
橋本　治「有吉さんに死なれたおかげでひとつ仕事をしそこなった話」昭和59年11月、『潮』三〇七号
野村　喬「有吉佐和子を悼む」昭和59年11月、『テアトロ』
篠田一士「有吉佐和子・人と文学―『香華』から『和宮様御留』まで」昭和59年11月、『群像』三十九巻十一号
千頭　剛「有吉佐和子さんのこと、あれこれ」昭和59年11月、『民主文学』
村上　龍「有吉佐和子の死」昭和59年11月、『新潮』八十一巻十一号
磯田光一「〝紀ノ川〟のゆくえ―有吉佐和子論」昭和59年11月、『新潮』八十一巻十一号
吾妻徳穂「有吉佐和子さんに死化粧をして」昭和59年11月、『婦人公論』六十九巻十一号
奥野健男「有吉佐和子の文学と生涯」昭和59年12月、『中央公論文芸特集』一巻一号
長尾一雄「有吉佐和子の邦楽小説―『地唄』『一の糸』を中心に」昭和59年12月、『季刊邦楽』四十一号

大里恭三郎「有吉佐和子『人形浄瑠璃』論」昭和60年6月、『常葉学園短期大学紀要』十六号
研井貴子「有吉佐和子著作年譜」昭和60年9月、『国語国文研究』七十四号
鈴木秀子「〈女流作家〉有吉佐和子――『地唄』より」昭和60年9月、『解釈と鑑賞』五十巻十号
須浪敏子「『華岡青洲の妻』論―物語的要素の分析を中心に―」昭和60年12月、『四国学院大学論集』六十一号
武田虎雄「有吉佐和子脚色『雪狐々姿湖』」昭和60年12月、『園田学園女子大国文学会誌』十六号
杉田英一「有吉佐和子論―〝偉大なる母性〟の文学」昭和61年3月、『中央大学国文』二十九号
小西基視子「『紀ノ川』を読んで―有吉佐和子と『家』の伝統」昭和61年3月、『文芸』（園田学園女子短期大学）十七号
有吉玉青「『恍惚の人』のころ」昭和61年9月、『波』
戎井市郎「『華岡青洲の妻』の初演―有吉佐和子さんとの出会い」昭和61年7月、『悲劇喜劇』三十九巻七号
石阪幹将「大衆文学・名作文学館への招待　有吉佐和子　華岡青洲の妻」昭和61年8月、『国文学』三十一巻九号
中村　友「有吉佐和子」昭和61年11月20日、国文学解釈と鑑賞別冊『現代文学研究　情報と資料』
田中さつき「有吉佐和子論―紀州ものを中心に」昭和62年3月、福岡女子短期大学国語国文会編『太宰府国文』六号
桝岡直子「社会問題に対する有吉佐和子―『汚染』と『老人問題』」昭和62年3月、『愛知女子短期大学国語国文』三号
渡辺裕子「有吉佐和子『紀ノ川』の世界」昭和62年3月、『新大国語』十三号
大本　泉「『華岡青洲の妻』（有吉佐和子）―女の性の中で行われるアイデンティティの確立」昭和62年10月、『解釈と鑑賞』五十二巻十号
松永倫世「有吉佐和子論―『紀ノ川』試論」昭和63年6月、『瀬名国文』九号
吉田知子「『老い』の問題を予見―有吉佐和子『恍惚の人』」昭和63年12月、『新潮』八十五巻十二号
有吉玉青「母・有吉佐和子との日日」平成1年3月、『波』二十三巻三号
助川徳是「『恍惚の人』（有吉佐和子）」平成1年4月、『解釈と鑑賞』五十四巻四号
有吉玉青「母と娘の物語」平成1年5月、『文芸春秋』六十七巻六号
戸板康二「有吉佐和子の笑い声」平成2年10月、『オール讀物』
仲　玲子「有吉佐和子『紀ノ川』考」平成3年3月、『国文橘』十八号
鵜木奎治郎「有吉佐和子のバイオエシックスの諸問題（その

二〇〇一）平成3年3月、『千葉大学環境科学研究報告』十六号
佐藤和正「和歌山県龍神温泉『日高川』（有吉佐和子）」平成3年4月10日、長谷川泉編『近代名作のふるさと〈西日本篇〉』（至文堂）
佐藤和正「和歌山県紀ノ川『紀ノ川』（有吉佐和子）」平成3年4月10日、長谷川泉編『近代名作のふるさと〈西日本篇〉』（至文堂）
若月桂子「有吉佐和子」平成3年4月10日、長谷川泉編『近代名作のふるさと〈西日本篇〉』（至文堂）。竹内清己編「近代名作のふるさと収載作家改題」欄
半田美永「有吉佐和子『香華』を読む―終章〈第二十五章〉における《片男波》の解釈をめぐって」平成3年6月、『皇学館論叢』二十四巻三号
梁　安玉「有吉佐和子『笑う赤猪子』論―現代の女性から見た『古事記』」平成4年1月、『上智大学文学論集』二十五号
鵜木奎治郎「有吉佐和子のバイオエシックスの諸問題（その二）」平成4年3月、『千葉大学環境科学研究報告』十七号
梁　安玉「有吉佐和子『出雲の阿国』論」平成5年1月、『上智大学文学論集』二十六号
丸山和香子「老いとユーモア―有吉佐和子『三婆』『恍惚の人』より」平成5年4月、『煌きのサンセット』
大河晴美「研究動向　有吉佐和子」平成6年2月、『昭和文学研究』二十八号
千頭　剛「戦後文学の作家たち⑰　有吉佐和子『複合汚染』―戦後エコロジー文学の草分け」平成6年7月、『関西文学』三百六十三号
井上ひさし「ベストセラーの戦後史29　有吉佐和子『恍惚の人』―日本の男たちが夢見ていた長寿幻想を打ち砕く」平成7年4月、『文芸春秋』七十三巻五号
千頭　剛「有吉佐和子―苛烈で優雅な女権宣言の文学」平成8年1月～九年8月、『関西文学』三百八十一号～四百号
日高昭二「有吉佐和子『非色』」平成9年11月1日、『中央公論』百十二年十三号
池内　紀「有吉佐和子と『婦女訓』を読み直そう　女性のための時代小説4」平成10年8月、『新潮45』十七巻八号
半田美永・岡本和宜「有吉佐和子著作年表稿」平成12年8月、『皇學館論叢』三十三巻四号
半田美永・岡本和宜「続有吉佐和子著作年表稿」平成12年10月、『皇學館論叢』三十三巻五号

3　新聞

高山　毅「同人雑誌評　続けている作家のきびしい眼」昭和二十九年4月12日、『日本読書新聞』七百四十一号
杉浦久秀「有吉佐和子の新しさ」昭和33年5月10日、『図書新聞』

四百四十九号
福田清人「才女才筆　古風な世界に新しい照明あてる」昭和33年5月12日、『日本読書新聞』九百五十十号
森田たま「有吉佐和子著『紀ノ川』」昭和34年6月28日、『読売新聞』
桂　芳久「力作・女の三代」昭和34年6月29日、『日本読書新聞』千八号。『紀ノ川』
無記名「三代の女を描く　有吉佐和子『紀ノ川』」昭和34年7月19日、『朝日新聞』
亀井勝一郎「封建の世のふしぎな生命力―『助左衛門四代記』」昭和38年10月3日、『読売新聞』夕刊
今　官一「鮮やかすぎる背景　有吉佐和子著『有田川』」昭和39年2月3日、『日本読書新聞』一千二百四十号
井上俊夫「人種問題の秘密を告発―有吉佐和子著『非色』」昭和39年9月7日、『日本読書新聞』一千二百七十三号
大原富枝「有吉佐和子著『華岡青洲の妻』」昭和42年2月27日、『日本読書新聞』
林富士馬「医学の先覚者素材に　有吉佐和子著『華岡青洲の妻』」昭和42年3月9日、『読売新聞』夕刊
田野辺薫「有吉佐和子著『華岡青洲の妻』」昭和42年3月18日、『図書新聞』
平林たい子「被虐者としての男性　有吉佐和子著『不信のとき』」昭和43年3月14日、『読売新聞』
瀬沼茂樹「孤島の人間模様　有吉佐和子著『海暗』」昭和43年10月10日、『読売新聞』夕刊
戸板康二「個性的なお国の一生　有吉佐和子著『出雲の阿国』」昭和44年12月1日、『週刊読書人』八百三号
進藤純孝「〃お国傾き〃内奥の熱　有吉佐和子著『出雲の阿国』」昭和44年12月21日、『日本経済新聞』
飯野　博「現代作家論15　有吉佐和子と『芸』の世界」昭和45年5月10日、『赤旗』
無記名「花柳界を描いて絶妙　有吉佐和子著『芝桜』」昭和45年9月21日、『読売新聞』
巌谷大四「名作の女たち『非色』の笑子」昭和46年5月30日、『朝日新聞』
瓜生忠夫「複合汚染　上」昭和50年5月24日、『図書新聞』
柴田徳衛「複合汚染〈上〉を読んで」昭和50年6月1日、『朝日新聞』
柏　「この人　有吉佐和子氏　虚構を越えた事実で」昭和50年6月9日、『週刊読書人』千八十三号
山口幸夫「『複合汚染』と〃知〃の構造」昭和50年10月13日、『日本読書新聞』
滝いく子「文学のなかの親子　有吉佐和子『紀ノ川』」昭和50年12月29日、『赤旗』

小松伸六「有吉佐和子著『鬼怒川』」昭和51年1月5日、『週刊読書人』
保高みさ子「有吉佐和子著『和宮様御留』」昭和53年7月1日、『図書新聞』千四百二十九号
小松伸六「有吉佐和子著『和宮様御留』」昭和53年7月17日、『週刊読書人』
篠田一士「タブーに取り組み快刀乱麻―有吉佐和子氏」昭和54年1月1日、『毎日新聞』
大久保房男「戦後文学の証人（54）　有吉さんは一種の女傑」昭和57年3月1日、『週刊読書人』
小松伸六「有吉佐和子著『開幕ベルは華やかに』」昭和57年4月26日、『週刊読書人』
小松伸六「現代作家の世界（37）～（41）　有吉佐和子」昭和57年7月30日、『東京新聞』（～8月27日）
戸板康二「有吉佐和子さんとの思いがけぬ別れ」昭和59年8月31日、『毎日新聞』夕刊
円地文子「有吉さんの死を悼む」昭和59年9月1日、『読売新聞』夕刊
巌谷大四「有吉佐和子・人と作品」昭和59年9月3日、『サンケイ新聞』夕刊
小松伸六「有吉さんの仕事」昭和59年9月4日、『東京新聞』夕刊
山本容朗「有吉佐和子さんのこと」昭和59年9月17日、『週刊読書人』
胡潔青・胡舒乙「有吉佐和子、あなたは逝くのが早過ぎた」昭和59年10月9日、『人民日報』

（岡本和宜）

翻訳書目

【凡例】

本目録は現時点で判明できる有吉佐和子の翻訳作品を作品順に掲載したものである。

本目録作成にあたっては、以下の文献を参考にした。

Modern Japanese Literature in Translation [Compiled by The International House of Japan Library, Kodansha International Ltd. 1979]

Japanese Women Writers in English Translation [Claire Zebroski Mamola, Garland Publishing,Inc. 1989]

Japanese Literature in European Languages [Compiled by The Japan P.E.N Club, The Kazui Press 1961]

Modern Japanese Literature in Foreign Languages 1945-1990 [Compiled by The Japan P.E.N Club, Japan Book Publishers Association 1990]

Modern Japanese Literature in Foreign Languages 1945-1995 [Compiled by The Japan P.E.N Club, Obun Printing Co.,Inc. 1997]

Index Translationum. [UNESCO, 1975~1984]

Japanese Women Novelists in the 20th Century. [Sachiko Schierbeck,Museum Tusculanum Press University of Copenhagen 1994]

『文藝年鑑』（日本文芸家協会編、新潮社）掲載の「日本文学の外国語訳一覧」

なお韓国語訳、中国語訳については半田美永先生、長谷川泉先生のご教示をいただいた。

1　書目はⅠ作品集、Ⅱ単行本、Ⅲ雑誌掲載作品に分類し、掲載順序は年代順とした。

2　Ⅰは収録作品を掲載した。

3　ⅡⅢの配列は作品の五十音順とした。内容は作品名、翻訳者名、作品が収録された雑誌・単行本名、出版地名、出版社名、刊行年、言語名の順である。

Ⅰ作品集

『日本新鋭文学作家受賞作品選集5』　ソウル　青雲社 1964

〝차우다〟（地唄）／〝붇마보석〟（水と宝石）／〝기도〟（祈祷）李蓉姫譯　韓国語

『戦後日本短篇文学全集5』　ソウル　日光出版社 1965

〝차우다〟（地唄）／〝붇마보석〟（水と宝石）／〝기도〟（祈祷）李蓉姫譯　韓国語

『日本代表作家百人集5』　ソウル　希望出版社 1966

〝호롱불〟（ともしび）申智植訳　韓国語

『日本短篇文学全集6』 ソウル 日光出版社 1969
〃호롱불〃（ともしび）申智植訳 韓国語
『現代日本文学全集5』 ソウル 平和出版社 1973
〃차우다〃（地唄）／〃물마보석〃（水と宝石）／〃기도〃（祈祷）李蓉姫譯 韓国語
『有吉佐和子小説选』 北京 人民文学出版社 1977
地歌（地唄）文浩若訳／木偶淨瑠璃（人形浄瑠璃）文浩若訳／黒衣（黒衣）文浩若訳／墨（墨）叶渭渠訳 中国語
『日本卷（世界短篇小説精品）』 北京 中国青年出版社 1983
「儒米皮」（もなかの皮）文潔若訳 中国語
'The Mother of Dreams and Other Short Stories' ED. Makoto Ueda. Tokyo: Kodansha, 1986
'The Tomoshibi' Tr. by Keiko Nakamura.（ともしび）英語
'O conto da terra: antologia do conto cotemporaneoJapones' introducao Paulo Warth Gick, traducao e apresentacao dos autores meiko Simon. Porto Alegre: Movimento 1994
'Jiuta'/'Sumi'（地唄）（墨）ポルトガル語

Ⅱ単行本

悪女について

『變色蝶』嶺月訳。台北 大地出版社 1961 中国語
『시랑받은악녀』엄은옹訳。1991.8 ソウル 여성신문사 韓国語

出雲の阿国

'Kabuki dancer' Tr. by James R. Brandon. Tokyo, Kodansha International 1994 英語
'Kabuki dancer' Tr. by James R. Brandon. Tokyo, New York, Kodansha International pbk 2001 英語

海暗

『暗流』梅韜譯 香港 七十年代雑誌社 1974 中国語
『暗流』梅韜譯 北京 中國文藝聯合出版公司 1984 中国語
『暗流』梅韜譯 北京 中國文藝聯合出版公司（亜非拉文学叢書）1984 中国語
『暖流』唐月梅譯 沈阳 春風文芸出版社 1986 中国語

和宮様御留

『代嫁公主』陳宝蓮譯 台北 麥田出版有限公司 1995 中国語

紀ノ川

'The River of Ki' Tr. by Mildred Tahara. Tokyo, Kodansha Interntional 1980 英語
'The River of Ki' Tr. by Mildred Tahara. Tokyo, Kodansha Interntional (Japan's wemen writers) pbk 1981 英語
'Les dames de Kimoto 'traduit du Yoko Sim, abec la collaboration Soulac. Paris, Stock (Nouveau cabinet

cosmopolite) 1983　フランス語
'Eine Braut zieht flussabwärts' deutsch vou Marion Dill. Reinbek bei Hamburg, Rowohlt, 1987　ドイツ語
'Il fiume Ki' con una prefaazione di Sandra Petrignai (traduzione dai Gapponese, Lidia Origlia). Milano, Jaca Book (Jaca letteraria 47) 1989　イタリア語
'Les dames de Kimoto' traduit du Yoko Sim, abec la collaboration d' Anne-Marie Soulac. Paris, Stock (Biblioth cosmopolite) 1991　フランス語
『女人啊女人　女人自覺交響曲』張蓉蓓譯　台北　實學社出版（改編電影的名家名著 17）1996　中国語

黒衣

『黒衣』李進守譯　上海　上海譯文出版社 1979　中国語

香華

'Le miroir des courtisans'　traduit du Corinne Atlan. Arles, Philippe Picquier (Picquier poche 86) 1994　フランス語
'Le miroir des courtisans'　traduit du Corinne Atlan. Arles, Philippe Picquier 1998　フランス語

恍惚の人

『恍惚的人』余阿勳譯　台北　皇冠雑誌社　1973　中国語
『恍惚的人』柳麗華譯　台北　天人出版社　1973　中国語
『황홀어 인생』金명철譯　ソウル　韓進文化社　1973　韓国語
『恍惚어人生』權一鶴譯　ソウル　文潮社　1975　韓国語
『恍惚的人』秀豊、渭慧譯　香港　朝陽出版社　1978　中国語
『恍惚的人』秀豊、渭慧譯　北京　人民文学出版社　1979　中国語
'The twilight years'　Tr. by Mildred Tahara. London, P. Owen (Unesco collection of representative works) 1984　英語
'The twilight years' Tr. by Mildred Tahara. Tokyo, London, Kodansha Interntional (Unesco collection of representative works) pbk 1984　英語
'Les annes du crépuscule'　traduit du Jean-Christian Bouvier. Paris, Stock (Nouveau cabinet cosmopolite) 1986　フランス語
'The twilight years'　Tr. by Mildred Tahara. Tokyo, Kodansha Interntional (Unesco collection of representative works) pbk 1987　英語
'The twilight years'　Tr. by Mildred Tahara. Tokyo, Kodansha Interntional (Japan's wemen writers) pbk 1987　英語
'Les annes du crépuscule'　traduit du Jean-Christian Bouvier. Stock (Biblioth cosmopolite) 1994　フランス語
『황홀어 인생』청성호。ソウル　초판발행일　1995　韓国語

『家有活神仙　一個女人的成長故事』丁希如、李西媛譯　台北　實學社出版（改編電影的名家名著18）1996　中国語

'Meniti senja' penter jemah Thaiyibah Sulaman. Kuala Lumpur, Dewan Bahasa dan Pustaka 1999　マレーシア語

三婆

'Die drei Aufl' ein Erzahlung aus Japan ubersetzt von Fleur Woss. Berlin, Galrev-Verlag 1989　ドイツ語

地唄

'Pesen' Tr. by Dora Barova. Sofiia, 1984　ブルガリア語

'Jiuta' Tr. by Dora Barova. Esenen peizazh; deçet iaponski raskazvachi, 1985　ブルガリア語

人形浄瑠璃

『木偶淨瑠璃』錢稲孫　文浩若譯　北京　作家出版社　1965　中国語

華岡青洲の妻

'The doctr's wife' Tr. by Wakako hironaka and Patricia Beaujin. Tokyo, New York, Kodansha Interntional 1978　英語

'The doctr's wife' Tr. by Wakako hironaka and Patricia Beaujin. Tokyo, New York, Kodansha Interntional (Japan's wemen writers) pbk 1981　英語

'Kaé ou les deux rivales' traduit du Yoko Sim et Patricia Beaujin. Paris, Stock(Nouveau cabinet cosmopolite) 1981　フランス語

'Съпругата на доктор Ханаока' Tr. by Kurita-Bando. Sofia: Христо г. данов, 1985　ロシア語

'Sprugata na doktor Khanaoka' Tr. by Ruzhitsa Ugrinova. Ruzhitsa Ugrinova. Plovdiv, Danov, 1985.　ブルガリア語

'Kaé ou As duas rivais' Tr. by Liz Silva. Lisbaõa, Circulo de Leitores, 1983.　ポーランド語

'Kae o le due rivali' Tr. by Lydia Origlia. Milano, Jaca book 1986, c1984 (Jaca letteraria)　イタリア語

'Kae und Ihre Rivalin' aus dem Japanischen von Urs Loosli. Zrich, Müünchen, Theseus Verlag (Japanische Literatur/herausgegeben von Eduard Klopfenstein), 1990　ドイツ語

'Kaé ou les deux rivales' traduit du Yoko Sim et Patricia Beaujin. Paris, Stock (Biblioth cosmopolite) 1990　フランス語

'De vrow van dokter' vertaald door Paul Wijsman. Breda, De Geus 1991.　オランダ語

『婆媳戰争　一代名医的家族秘辛』李峯吟譯　台北　實學社出版（改編電影的名家名著14）1996　中国語

非色

『非色』李徳純譯　上海　譯文出版社　1984　中国語

'Not Because of Color' Tr. by Mildred Tahara, Heroic with

Grace. (comp) Chieko Mulhern. Armonk, New York, M.E. Sharpe 1988.　英語

複合汚染

『死神悄悄来臨』王紀卿譯　北京　中国文聯出版社　1987　中国語

『複合汚染與健康』上下　廖名鴿　台北　青春出版社　1995.11　中国語

Ⅲ雑誌掲載

海暗

「海暗」明滔譯　七十年代月刊　1973.8, 1973.9　中国語

「海暗」梅韜譯　七十年代月刊　1973.10 ～ 12　中国語

江口の里

'The village of Eguchi'　Tr. by Yukiko Sawa and Herbert Glazer. Japan Quarterly, v. 18, no. 4, 1971.　英語

和宮様御留

'Her Highness Princess Kazu.'　Tr. by Mildred Tahara. Journal of literary translation, v. 17, 1986.　英語

祈禱

'Prayer'　Tr. by Jhon Bester. Japan Quarterly, v. 7, no. 4, 1960.　英語

「祈祷」対徳有譯「世界文学」1961.7.　中国語

'Ein Gebet'　Tr. by J rgen Berndt. An jenem Tag, 1985.　ドイツ語

恍惚の人

'Love the old as yourself'　Tr. by F. Uyttendaele, Japan Missionary Bulletin, v. 26, no. 10, 1972.　英語

地唄

'Jiuta'　Tr. by Yokiko Sawa and Herbert Glazer. Japan Quarterly, v. 22, no. 1, 1975.　英語

墨

'The ink stick'　Tr. by Mildred Tahara. Japan Quarterly, v. 22, no. 4, 1971.　英語

ともしび

'Laternchen'　bers. von Margerete Donath. Japan erz hit. Hamburg, Fischer. 1969.　ドイツ語

二代の生けり

'Дважды рожденный'　Перевод В. Логуновой. *Иносмранная Лцмерамура, Декабрь*　1971.　ロシア語

'Dvazhdy rozhdennyi'　Tr. by V. Logunova. Inostrannaia Literatura, 1971.　ロシア語

華岡青洲の妻

'The doctor's wife'　Tr. by Wakako Hironaka and Ann Siller Kostannt. Social Education v. 45, no. 5, 1981.　英語

湯煙の躍り

'Tanzender Rus' Tr. by Wolfgng E. Schlecht. Das elfte Haus, 1987; Frauen in Japan Erz hlungen, M nchen, Deutcher Taschenbuch Verlag, 1989. ドイツ語

'Voda i dragotsennosti' Tr. by E. Maevskii. Sovremennaia iaponskaia novella, 1945-1978, 1980. ロシア語

随筆

〝年輕的母辛、労劫模范罗淑珍〟李直訳「世界文学」1966.1 中国語

〝보이프렌드〟와술울마실메〟金賢珠訳「바이바이바디」三韓出版社 1966 韓国語

〝我所看見中國文学改革〟澄明訳「明報」六巻三期 1971 中国語

'Danchi life as seen by Ariyoshi Sawako: letter's' Japan Missionary Bulletin, v. 26, no. 5, 1972. 英語

（岡本和宜）

あとがき

　有吉佐和子は、一九五六年に「地唄」が芥川賞候補となって脚光を浴びてから、一九六〇、七〇年代と、つねに人気作家として走り続けた。自作を戯曲にして自ら演出するなど、演劇界でも活躍した。他にも脚色された小説は多く、現在でも繰り返し上演されている。晩年にはルポルタージュにも力を注いだ。

　しかしその業績に比べると、これまで有吉について充分論じられてきたとは言えない。

　歌舞伎に傾倒し演劇評論家を目指したこともある有吉は、小説に劇的展開をもたらすことが巧みで、読者を飽きさせないストーリーテラーとして評価された。しかし一方、このような小説は、まだ強い〈文学〉という枠が作用していた当時の文壇において、批評の対象から外された感がある。また、一般によく読まれる小説は世俗の通念に従った口当たりの良いものが多いが、有吉の場合、その通念を外そうとするところがあった。たとえば、有吉の小説は、通俗的な展開に都合が良い近代家族像の礼賛や恋愛結婚イデオロギーといったものに流されず、これら読者の情緒にもっとも働きかけやすい仕組みを退けている。この潔さは、当時の批評が〈女流〉に求めたものからはほど遠いものだった。それにもかかわらず、これとは反対に、通念通りの「家」や「女」の物語を書く作家という受け止め方があり、読まないままに敬遠してしまう人もあると聞く。これは有吉にとって残念なことであろう。

　有吉はよく、自分は女性の視点を活かして小説を書いたと言っていたが、それは単に性別にかかわるものではなく、主流から身を外しているがゆえに体制の矛盾が見えやすい者の視線という意味である。老人問題や環境問題などをいちはやく取り上げてベストセラーとなった『恍惚の人』『複合汚染』も、その成果といえる。また、正史の裏に隠されたことがあるはずだという思いから生まれたのが『和宮様御留』であった。ほかの小説も、それぞれに、この視点が活かされているだろう。

有吉佐和子は、一九八四年八月三〇日に五三歳で急逝した。今年、早くも没後二〇年を迎える。現在、彼女が浮上させようとした既存の制度は、以前よりは意識化されて、その問い直しが進んでいる。有吉の伝えたかったものは、より理解されやすくなっているはずだ。今、それをさまざまな角度から明らかにしたいという趣旨で、本書は編集を進めた。ここに寄せられた文章からは、有吉佐和子の新鮮な表情が浮かび上がっている。ここから、さらなる探究が進めば幸いである。

最後になったが、有吉玉青氏には本書を編む上での諸般にわたり、ひとかたならぬご尽力をいただいた。ここに深く感謝いたします。

なお、本書は『幸田文の世界』に続くシリーズとして、体裁はそれに準じた。

二〇〇四年　九月

井上謙・半田美永・宮内淳子

執筆者一覧

明石　康（あかし・やすし）一九三一年生。元国連事務次長。スリランカ問題担当日本政府代表。五七年国連入り。カンボジア、旧ユーゴスラビアの平和維持活動を指揮。『生きることにも心せき』（中央公論社）他。

吾妻徳穂（あづま・とくほ）一九〇九〜一九九八年。舞踊家。吾妻流四代目。

有吉玉青（ありよし・たまお）一九六三年生。作家。『身がわり—母・有吉佐和子との日日』『ニューヨーク空間』（新潮社）、『ねむい幸福』（幻冬舎）、『キャベツの新生活』『車掌さんの恋』（講談社）他。

石田仁志（いしだ・ひとし）一九五九年生。東洋大学助教授。「中島湘煙『山間の名花』論」（『文学論藻』第73号）、「樋口一葉「十三夜」論(一)(二)」（『東洋』第39巻第9〜11号）。

一戸良行（いちのへ・よしゆき）一九三一年生。元日本大学教授。『環境と生態—人間と地球—』（培風館・編著）、『麻薬の科学』（研成社）、『生物毒の世界』（大日本図書・日本化学会編）他。

井上　謙（いのうえ・けん）一九二八年生。元近畿大学教授。ＮＨＫ文化センター（青山・横浜）講師。『横光利一評伝と研究』（おうふう）、『森敦論』（笠間書院）、『東京文学探訪』（ＮＨＫ出版）他。

伊吹和子（いぶき・かずこ）一九二九年生。エッセイスト。『われよりほかに—谷崎潤一郎最後の十二年』（講談社）『川端康成　瞳の伝説』（ＰＨＰ研究所）他。

禹　朋子（う・ともこ）一九六四年生。帝塚山学院大学助教授。

エリザベス・ミラー・カマフェルド　一九三一年生。"Tell me about Tokyo" "Ken-chan and Seven Lucky Gods" という子供向きの本が、ベストセラーとなり米出版会でみとめられる。またニューヨーク国際連合に席を置き様々な問題解決に奉仕、一九九八年と二〇〇〇年国連 Boutrous Ghali Award 受賞。

大河晴美（おおかわ・はるみ）一九六三年生。仁愛女子短期大学助教授。「抵抗としての〈空白〉—『花ごもり』試論—」（『樋口一葉を読みなおす』學藝書林）、「『道標』—排除する〈自然〉—」（『宮本百合子の時空』翰林書房）。

大久保房男（おおくぼ・ふさお）一九二一年生。編集者、作家。『文芸編集者はかく考える』（紅書房）

大越愛子（おおごし・あいこ）一九四六年生。近畿大学教授。『フェミニズム入門』（筑摩書房）、『フェミニズムと国家暴力』（世界書院）。

大藪郁子（おおやぶ・いくこ）一九二九年生。劇作家。『クーデンホーフ・光子』（新橋演舞場）『樋口一葉』（明鉄ホール）。

岡本和宜（おかもと・かずのり）一九七五年生。皇學館大学院生。「川端康成『油』試論」（皇学館論叢）、『伊勢志摩と近代文学』（共著、和泉書院）、『紀伊半島文学事典』（共著、和泉書院）。

岡本太郎（おかもと・たろう）一九一一〜一九九六年。芸術家。

奥出　健（おくで・けん）一九四九年生。湘南短期大学教授。『雪国を読む』（三弥井書店）他。

小幡欣治（おばた・きんじ）一九二八年生。劇作家・演出家。『熊楠の家・根岸庵律女・小幡欣治戯曲集』（早川書房）、『隣人戦争・小幡欣治戯曲集』（講談社）。

恩田雅和（おんだ・まさかず）一九四九年生。和歌山放送プロデューサー。『落語ジャーナリズム』（有馬書店）。

カトリーヌ・カドウ　一九四三年生。翻訳家。一〇〇本をこえる日本の映画の字幕を担当、翻訳としては永井荷風の「腕くらべ」「おかめ笹」等。二〇〇一年より映画製作にかかわり「木場住めば都」というドキュメンタリーを製作。

木村一信（きむら・かずあき）一九四六年生。立命館大学文学部教授。『中島敦論』（双文社出版）、『昭和作家の〈南洋行〉』（世界思想社）他。

小林國雄（こばやし・くにお）一九三〇年生。元・常葉学園大学教授。『精選古典文法』（東京書籍）、『高等学校国語科教育の実践』（大修館書店）、『文学・今日は何の日』（東洋館出版社＝近刊）。

佐伯順子（さえき・じゅんこ）一九六一年生。同志社大学大学院教授。『遊女の文化史』（中央公論新社）、『「色」と「愛」の比較文化史』（岩波書店）、『泉鏡花』（筑摩書房）、『一葉語録』（岩波書店）。

佐藤　泉（さとう・いずみ）一九六三年生。青山学院大学助教授。『漱石　片付かない〈近代〉』（ＮＨＫライブラリー）。

島村　輝（しまむら・てる）一九五七年生。女子美術大学教授。『読むための理論』（共著・世織書房）、『臨界の近代日本文学』（世織書房）他。

真銅正宏（しんどう・まさひろ）一九六二年生。同志社大学教授。『永井荷風・音楽の流れる空間』（世界思想社）、『ベストセラーのゆくえ』（翰林書房）、『言語都市・上海』『言語都市・パリ』（共著・藤原書店）他。

鈴木啓子（すずき・けいこ）一九六一年生。宇都宮大学助教授。『「湯島詣」とその時代」（『論集泉鏡花』和泉書院）、「反転する鏡花世界」（『大正期の泉鏡花』おうふう）。

司　葉子（つかさ・ようこ）俳優。映画「紀ノ川」、舞台「華岡青州の妻」「和宮様御留」等。

十重田裕一（とえだ・ひろかず）一九六四年生。早稲田大学教授。共編著に『定本横光利一全集補巻』（河出書房新社）、『山田美妙「竪琴草紙」本文の研究』（笠間書院）、『文学者の手紙6高見順』（博文館新社）他。

橋本　治（はしもと・おさむ）一九四八年生。作家。『桃尻娘』等

半田美永（はんだ・よしなが）一九四七年生。皇學館大学教授。『劇作家阪中正夫』（和泉書院）、『佐藤春夫研究』（双文社出版）、『紀伊半島近代文学事典』（共編著、和泉書院）他。

坂東玉三郎（ばんどう・たまさぶろう）歌舞伎俳優。

日高昭二（ひだか・しょうじ）一九四五年生。神奈川大学教授。著書に『伊藤整論』（有精堂）、『文学テクストの領分』（白地社）、『菊池寛を読む』（岩波書店）他。

藤田　洋（ふじた・ひろし）一九三三年生。演劇評論家。『猿之助歌舞伎ヨーロッパへ宙乗り』（朝日新聞社）、『演劇年表』（桜楓社）、『歌舞伎ハンドブック』『文楽―』（三省堂）、『遍歴・山田五十鈴』（河出書房新社）他。

フランキー堺（ふらんきー・さかい）一九二九～一九九六年。俳優。

丸川賀世子（まるかわ・かよこ）一九三一年生。小説家。「浅草喜劇事始」（講談社）、「奇術師誕生」（新潮社）、「有吉佐和子とわたし」（文藝春秋社）、「四国八十八ヶ所巡り」（昭文社）他。

宮内淳子（みやうち・じゅんこ）一九五五年生。帝塚山学院大学教授。『岡本かの子論』『藤枝静男論』（ともにＥＤＩ）、『言語都市・パリ』（共著、藤原書店）他。

渡邊ルリ（わたなべ・るり）一九六二年生。東大阪大学助教授。「『光と風と夢』試論」「『海神丸』論」（『叙説』）、「庄野潤三『浮き燈台』論」（『伊勢志摩と近代文学』和泉書院）。

【写真提供・協力】
日本近代文学館／有吉玉青／藤田三男／田沼武能／
掲載写真の著作権につきましては極力調査しましたが、お気付きの点がございましたらご連絡下さい。

有吉佐和子の世界

発行日	2004年10月18日 初版第一刷
編 者	井上 謙 半田美永 宮内淳子
発行人	今井 肇
発行所	翰林書房
	〒101-0051 東京都千代田区神田神保町1-14
	電 話 03-3294-0588
	FAX 03-3294-0278
	http://www.kanrin.ne.jp/
	Eメール● kanrin@mb.infoweb.co.jp
印刷・製本	アジプロ

落丁・乱丁本はお取替えいたします

ISBN4-87737-193-1